Oetinger

W0386761

Kirsten Boie, 1950 in Hamburg geboren, ist eine der renommiertesten deutschen Kinder- und Jugendbuchautorinnen. Für ihr Gesamtwerk wurde sie mit dem Sonderpreis des Deutschen Jugendliteraturpreises geehrt. Kirsten Boie hat viele beliebte Kinderbuchfiguren für alle Altersgruppen erschaffen, darunter »Der kleine Ritter Trenk«, »Seeräubermoses«, »King-Kong«, »Die Kinder aus dem Möwenweg« und »Thabo«. Darüber hinaus ist die promovierte Literaturwissenschaftlerin mit großem Einsatz auf dem Gebiet der Leseförderung aktiv. Für ihr Engagement für die deutsche Kinder- und Jugendliteratur wurde ihr 2019 die Hamburger Ehrenbürgerwürde verliehen. Nicht nur »Paule ist ein Glücksgriff« – so der Titel ihres Debütromans –, sondern auch »Kirsten Boie ist ein Glücksfall für die deutsche Kinderbuch-Literatur« (NDR).

Kirsten Boie

Alhambra

Verlag Friedrich Oetinger · Hamburg

MIX
Papier | Fördert gute Waldnutzung
FSC® C002795

1. Auflage
© 2022 Verlag Friedrich Oetinger GmbH,
Max-Brauer-Allee 34, 22765 Hamburg
Alle Rechte vorbehalten
Diese Ausgabe ist ursprünglich erschienen in:
2010 Oetinger Taschenbuch in der Verlag Friedrich Oetinger GmbH
© Originalausgabe: Verlag Friedrich Oetinger GmbH, Hamburg 2007
© Text: Kirsten Boie
© Umschlaggestaltung: Zero Werbeagentur
© Karte: Constanze Spengler
Druck und Bindung: Livonia Print SIA, Jūrkalnes iela 15/25,
LV-1046 Riga, Lettland
ISBN 978-3-7512-0322-7
*Printed 2023/3

www.kirsten-boie.de
www.moewenweg-stiftung.de
www.oetinger.de

Mein Rat ist aber der: ihr nehmt
Die Sache völlig wie sie liegt. Hat von
Euch jeder seinen Ring von seinem Vater:
So glaube jeder sicher seinen Ring
Den echten. – (...) Wohlan! (...)
Es strebe von euch jeder um die Wette,
Die Kraft des Steins in seinem Ring' an Tag
Zu legen! komme dieser Kraft mit Sanftmut,
Mit herzlicher Verträglichkeit, mit Wohltun,
Mit innigster Ergebenheit in Gott
Zu Hilf'! Und wenn sich dann der Steine Kräfte
Bei euern Kindes-Kindeskindern äußern:
So lad ich über tausend tausend Jahre
Sie wiederum vor diesen Stuhl. Da wird
Ein weisrer Mann auf diesem Stuhle sitzen
Als ich; und sprechen. Geht! – So sagte der
Bescheidne Richter.

Gotthold Ephraim Lessing
Nathan der Weise

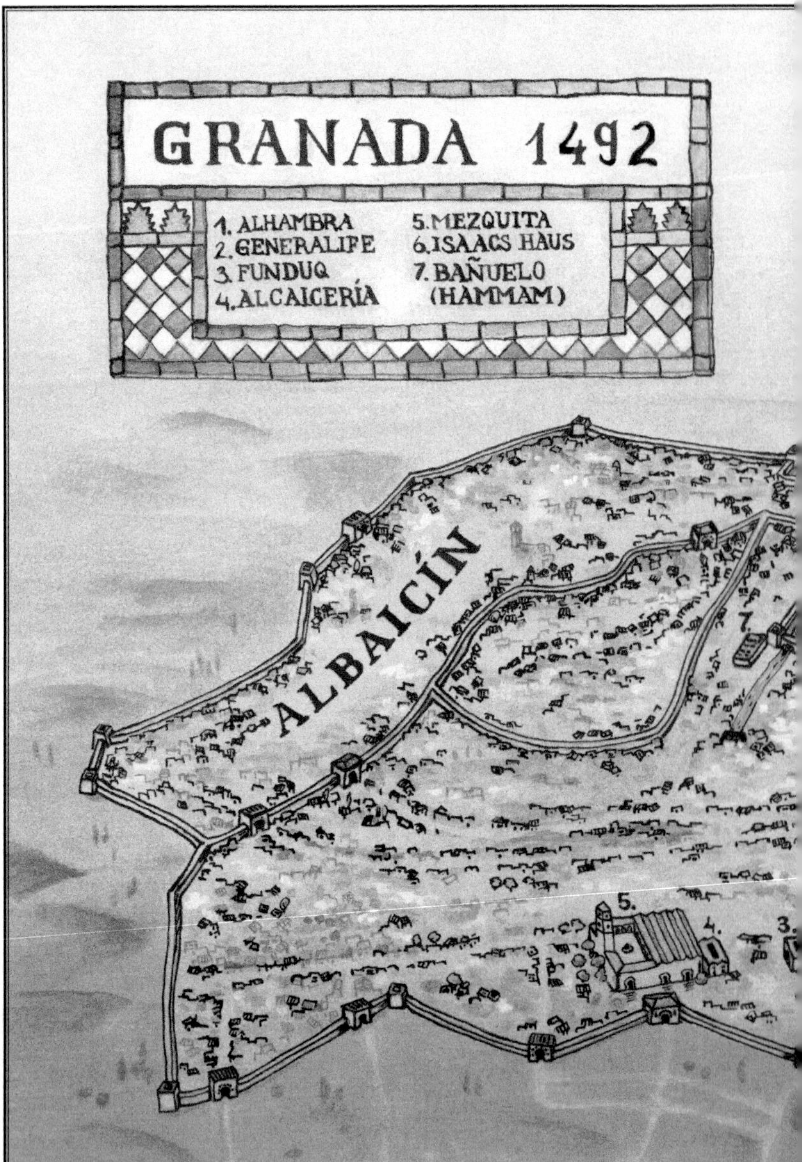
GRANADA 1492
1. ALHAMBRA
2. GENERALIFE
3. FUNDUQ
4. ALCAICERÍA
5. MEZQUITA
6. ISAACS HAUS
7. BAÑUELO (HAMMAM)
ALBAICÍN
7.
5.
4.
3.

AL-PUDXARRAS
SIERRA NEVADA
2.
1.
REALEJO
6.

Vorspiel. Granada. Gegenwart.

Es regnet selten in Granada.

Wenn sich aber die Schleusen des Himmels öffnen (und keine andere Formulierung wäre zutreffend, um zu beschreiben, was dort an diesem Vormittag geschah), dann wird die Stadt unter den Bergen eine andere.

Pfützen stehen auf den unebenen Granitplatten vor der Kathedrale und zwischen den schwarz-weißen Kieseln des Kopfsteinpflasters im Realejo*; Rinnen, in Jahrhunderten ausgewaschen, führen Sturzbäche die schmalen Gassen im maurischen Viertel des Albaicín hinab, und über den engen Gängen in der Alcaicería, dem orientalischen Basar zwischen Plaza Bib-Rambla und alter Karawanserei, spannen die Händler eilig endlose Plastikbahnen über Schnabelschuhen, ledernen Sitzkissen, Messinglampen und Wasserpfeifen aus. Der afrikanische Händler an der Calle de los Reyes Católicos verdient mit seinen billigen Klappschirmen in wenigen Stunden mehr als sonst im Rest des Jahres, so gierig reißen ihm die Touristen, angereist aus dem kalten, regnerischen Norden und am Ziel ihrer Reise nur auf Sonne eingestellt, seine Ware aus den Händen.

Kleine alte Frauen in schwarzen Kleidern trippeln in durchweichten Hausschuhen tapfer, als bemerkten sie das Wetter nicht, hügel-

* *Worterläuterungen in einem Glossar ab Seite 418.*

auf und -ab, um Fisch zu kaufen oder Brot. Die Straßen leeren sich. Die alten Frauen öffnen die Türen ihrer Häuser und werfen einen letzten Blick hinter sich in das Grau.

Schon morgen, das wissen sie, wird die Sonne der Stadt wieder ihre Farben zurückgeben, die Pfützen trocknen und die Schöne am Fuße der Sierra den Touristen präsentieren, wie die Reiseführer es ihnen versprochen haben. Vielleicht am Nachmittag schon.

Die alten Frauen legen in der Küche den Fisch in den Kühlschrank oder das Brot auf den Tisch. Nur im Winter ist es der Regen, der die Wahrheit erzählt, und die Sonne, die lügt. Jetzt aber werden sie eines Morgens erwachen, und auch die letzte Ahnung von Schnee auf den Gipfeln der Berge jenseits der Alhambra wird verschwunden sein. Und bunt und leuchtend wird der Sommer von der Sierra her Einzug in die Stadt halten. So ist es immer gewesen. So wird es auch in diesem Jahr wieder sein.

1.

Granada im April, Gegenwart

Beim Landeanflug waren sie durch die Wolken getaucht, und Boston hatte noch einmal am Verschluss seines Sicherheitsgurtes gezogen, um zu prüfen, ob er auch fest saß, als das Rütteln einsetzte. Er war erleichtert gewesen, als er gesehen hatte, dass Kadir neben ihm verstohlen das Gleiche tat, auch Tukan auf der anderen Seite des Ganges. Beim Einchecken waren die beiden wütend gewesen, dass sie keine Plätze direkt nebeneinander bekommen hatten.

»Wieso muss ich neben dem?«, hatte Kadir geschrien. »Nee! Wieso kann ich nicht neben Tukan?«

»Da ist nur der Gang dazwischen«, hatte Frau Hilbert gesagt. »Also sitzt du ja neben Tukan, maul hier mal nicht rum, Kadir.«

»Hinsetzen, bitte alle hinsetzen!«, hatte der schüchterne Spanischreferendar gerufen und war aufgeregt durch den Gang gelaufen. Als ob jemand etwas anderes vorgehabt hätte.

»Mann, Scheiße, Mann!«, hatte Kadir gesagt und Frau Hilberts Rücken eine Fratze geschnitten. Danach hatte Boston sich so klein und unauffällig gemacht wie möglich. Er hatte während des Fluges nicht einmal das Buch aus dem Rucksack zu seinen Füßen geholt, obwohl Frodo gerade in einer ziemlich aussichtslosen Situation war; vielleicht hätte Kadir sonst wieder etwas gesagt. Stattdessen hatte er aus dem Fenster auf die Wolken gestarrt, die von oben aussahen wie überdimensionale Wattebäusche. Darüber Sonne, Sonne, Sonne.

Natürlich waren sie sicher gelandet. Der Flughafen von Málaga lag in tiefem Grau, und der Regen prasselte auf den glänzenden Asphalt der Landebahn.

»Na geil!«, sagte Sergej, während sich die Fluggäste im schmalen Gang zwischen den Sitzen rechts und links drängelten und warteten, dass endlich die Ausstiegstür geöffnet wurde. »Hätten wir ja gleich zu Hause bleiben können bei dem Scheißwetter.«

»Andere Ausdrücke kennt ihr wohl nicht, was?«, sagte ein älterer Mann. Sein Gesicht war viel zu rot. Während des Fluges hatten die meisten Fluggäste getan, als störe die Gruppe sie nicht, als nähmen sie die zweiunddreißig Jungen und Mädchen gar nicht wahr. Boston fand aber auch, dass sie sich eigentlich ziemlich gut verhalten hatten die ganze Zeit, nicht mal zu laut oder was. Und getrunken hatten schließlich nur die Erwachsenen und waren immer vergnügter geworden, Alkohol gegen die Flugangst, das war bekannt. Aber hätten *sie* ja auch gar nicht gekonnt, trinken, erstens hätten die Stewardessen ihnen schon mal nichts gegeben, und zweitens hatten alle Eltern vor der Reise unterschreiben müssen, dass sie einverstanden waren, wenn ihre Kinder wegen Alkoholkonsums auf eigene Kosten und unbegleitet nach Deutschland zurückgeschickt wurden. Mal gucken, dachte Boston. Wird man ja noch sehen, ob die Lehrer sich das wirklich trauen.

»Na endlich!«, sagte Kadir. Die Schlange im Gang begann langsam, sich nach vorne zu schieben. Boston blieb sitzen. Aufstehen reichte immer noch, wenn das Gedrängel weniger geworden war.

Manuel Corazón setzte sich ächzend auf den kleinen Hocker in seinem dämmerigen Laden, direkt neben der Ladentür. Mit einem Besenstiel hatte er nun schon zum zweiten Mal die Plane über den Waren in der Gasse angehoben, damit der Regen, der sich in tiefen

Mulden auf dem durchsichtigen Plastik gesammelt hatte, nicht zu schwer wurde. Wenn es weiter so schüttete, würde er schon in wenigen Minuten wieder mit dem Besenstiel nach draußen gehen müssen.

»Mierda!«, murmelte er. Die Alcaicería lebte vom Sonnenschein. Nur bei Sonne kamen die Touristen von der Küste, machten mit ihren Bussen nach der Besichtigung der Alhambra einen kleinen Abstecher hinunter in die verwinkelten Gassen der Stadt, zur Kathedrale, wurden von hilfsbereiten Reiseführern zum Basar geleitet, um zu staunen über den Hauch von Orient, der hier auch fünfhundert Jahre nach dem Abzug der Mauren noch durch die Gassen wehte; seit die Touristen aus dem Norden immer zahlreicher wurden, dachte Manuel spöttisch, wehte der Hauch sogar von Jahr zu Jahr stärker. Dann stießen die Gäste kleine Begeisterungsschreie aus, drehten Glasbläserarbeiten in den Händen, ließen ihre Finger prüfend über Messingleuchter gleiten, begutachteten fachmännisch Aschenbecher mit einem Dekor aus arabischen Schriftzeichen, das tat, als wäre es Email. Sie untersuchten Silberschmuck, aus Speckstein geschnitzte Figuren und Kamelhocker, hergestellt in Taiwan. Die Händler lächelten und nickten und warteten geduldig. Irgendetwas kauften die Touristen schließlich immer, die Alcaicería verließ kaum einer ohne Beute; und die Reiseführer, die auf der Plaza bei einem Kaffee gelassen auf ihre Schützlinge gewartet hatten, bekamen von den Händlern Dank in Euros und Cents.

Bei Regen dagegen blieben die Gäste in den Hotels an der Küste und spielten Bingo oder sahen im Satellitenfernsehen, was in ihren Ländern zu Hause geschah. Bei Regen verdienten nur die Bars in den Hotels zwischen Gibraltar und Almería, in denen die Gäste heißen Kaffee oder Kakao mit Rum orderten, den sie Lumumba nannten. Selbst die Lokale an der Bib-Rambla blieben dann leer, obwohl sie über ihren Tischen zum Schutz vor den himmlischen Wasserfluten einladend riesige Schirme aufgespannt hatten und Markisen.

Manuel dachte erleichtert, dass jetzt die Zeit vorüber war, in der er sich an jedem Morgen von Neuem fragte, ob es überhaupt lohnenswert war, das Geschäft aufzuschließen. Aber was wohl sonst? Solange seine Nachbarn die ihren öffneten und Schnabelschuhe, Spitzendeckchen und Schlüsselanhänger in der Gasse vor den Ladenfenstern stapelten, hatte er es ihnen gleichgetan. Die Einnahmen waren lächerlich, dafür standen sie immer öfter zu einem Schwätzchen zusammen, die Händler aus der Gasse, bei einem *cortado* oder einer Zigarette; wenn es ganz ruhig war, auch einmal bei einem Zug aus der Wasserpfeife.

Wieder hatte er die Winterzeit nicht genutzt, um endlich zu entscheiden, was geschehen sollte.

Manuel schreckte zusammen und sah sich um. Niemand beobachtete ihn.

Obwohl er sie schon vor Wochen wiedergefunden hatte, als er im dunklen hinteren Teil des Ladens, den er das Lager nannte, die Regale durchgesehen hatte. Nur im Winter war dazu die Zeit, keine Kunden, die ihn immer wieder nach vorne auf die Gasse zwangen und mit verschlagenem Grinsen versuchten, den Preis für Seidenschals und Mokkatassen lächerlich weit herunterzuhandeln, nur um dann schließlich doch zu einem lächerlich hohen Preis zu kaufen.

Manuel seufzte. In jedem Herbst wieder nahm er sich vor, die Regale hinten im Lager einmal gründlich durchzusehen, auszusortieren, was ihm nur Platz stahl, nach vorne zu tragen, was zu verkaufen vielleicht doch noch lohnte. In jedem Herbst wieder begann er beim ersten Regen die Regale zu ordnen, bis ihn dann schließlich doch die Gleichgültigkeit überkam und er lieber mit den anderen Händlern auf der Gasse stand und plauderte. Die Gleichgültigkeit und die Verstörung.

Er wandte sich um und starrte in die Dunkelheit in der Tiefe des Ladens. Er war nicht verwirrt gewesen, als er sie im vergangenen Herbst plötzlich wiederentdeckt hatte, nach so vielen Jahren zum ersten Mal. Sie war fast das Erste gewesen, das ihm entgegengekommen war, als er vorsichtig die Deckel von den verstaubten Kartons gehoben hatte, um zu sehen, was sich in ihnen verbarg. Die arabischen Schriftzeichen auf ihrer Oberfläche, am Rand abgesplittert, wo die Fliese aus der Wand geschlagen war, *wa-la ghaliba illa'llah*, kein Mensch sprach mehr Arabisch in Granada, schon seit Jahrhunderten nicht.

Er hatte sich gefragt, warum sie plötzlich wieder aufgetaucht war, gerade jetzt, in diesem Winter, nachdem er sie in all den Jahren zuvor nicht gesehen, nachdem er sie fast vergessen hatte. Nachdem er fast angefangen hatte zu glauben, es hätte sie nie gegeben. Manche Erinnerungen, das wusste Manuel, sind wie die Erzählungen, die sie begleiten, nichts als Lügen.

Er hätte sie gerne vergessen. Er hätte gerne weiterhin so getan, als ob es sie nicht gab. Obwohl er neugierig war, das auch.

Manuel stand auf. Es war noch nicht wieder nötig, das Wasser von der Plane zu schütteln. Mit zögernden Schritten näherte er sich dem Lager. Jetzt war es April, und er hatte immer noch keine Entscheidung getroffen.

»Natürlich fährst du da mit, Boston!«, hatte seine Mutter gesagt, als sie damals nach dem Elternabend noch in Bostons Zimmer gekommen war, um das Licht auszuschalten, und ihn wach und mit Buch in der Hand im Bett vorgefunden hatte. »So eine Chance lässt du dir doch nicht entgehen!«

»Es ist ziemlich teuer!«, hatte Boston gemurmelt und sofort ein schlechtes Gewissen bekommen. Man spricht nicht über Geld, sagte seine Mutter immer. Übrigens ist Geld nicht das Wichtigste im Leben, glaub das nie.

Aber Boston war ziemlich sicher, dass sie das nur sagte, weil sie sowieso keins hatte. Gleich am Anfang ihres Studiums war sie für ein Jahr in die USA gegangen, und da hatte sie einen wunderbaren jungen Amerikaner kennengelernt; und dann war sie zurück nach Deutschland gefahren, da war sie schon schwanger gewesen und hatte Boston bekommen und ihn Boston genannt nach der Stadt, in der sein Dad lebte, und ihr Studium hatte sie darum niemals zu Ende gemacht.

»Aber wenn mein Dad doch so reich war?«, hatte Boston immer wieder gefragt. »Warum hast du dem denn nie erzählt, dass du mich kriegst?«

Da hatte sie sich ein wenig gewunden und gesagt, sie hätte damals einfach nicht gewusst, ob sie die Komplikationen überhaupt wollte, die es dann bestimmt gegeben hätte.

Aber Boston war sich ziemlich sicher, dass er die Komplikationen gewollt hätte und diesen Dad auch. Über vier Jahrhunderte konnte der seine Familie in Amerika schon zurückverfolgen, und das war in den USA mindestens so viel wert wie hier ein Adelstitel, sagte seine Mutter. Wer sagen konnte, dass seine Vorfahren vor fast vierhundert Jahren mit der »Mayflower« eingewandert waren, der war beinahe so etwas wie ein Baron.

Da hatte Boston nachgelesen, was die »Mayflower« war; und dann hatte er beschlossen, dass er vor keiner Komplikation zurückschrecken und später nach Amerika reisen würde, um seinen Dad kennenzulernen, sobald er nur genügend Geld zusammengespart hätte.

Aber jetzt hatte er ja noch nicht mal genügend Geld für die Spanischreise. Dabei war die Reise nach Granada natürlich mit ein Grund für ihn gewesen, Spanisch zu wählen und nicht Wirtschaft oder Sport Extra. Die Spanischleute fuhren einmal im Jahr für zwei Wochen nach Spanien, und sobald man anfing mit dem Kurs, konnte man in der Schule monatlich etwas auf ein Konto einzahlen, damit man das viele Geld auch wirklich zusammenbekam. Die Spanischreisen waren an der Schule berühmt, und manche in der Oberstufe, die das Geld dafür hatten, waren schon zwei- oder dreimal mitgefahren. Es musste also gut sein.

»Irgendwie kriegen wir das schon hin!«, hatte seine Mutter gesagt. »Wozu trägst du Zeitungen aus? Mensch, Boston, denk doch mal, Spanien! War ich ja noch nicht mal!«

Als ob das viel heißen würde, hatte Boston gedacht. Wo du schon gewesen bist außer damals vor tausend Jahren in Amerika.

»Und nicht nur Mallorca oder die Costa del Sol oder wo es sonst so billig ist! Sogar Granada! Das ist eine richtig tolle Stadt, hat eure Frau Hilbert erzählt, es gibt eine Burg und eine Kathedrale und ...«

»Da steh ich sowieso nicht so drauf«, hatte Boston gesagt. Obwohl das gelogen war. Er wusste längst, was es in Granada alles anzusehen gab, im Medienraum hatte er es sich im Internet rausgesucht und angeguckt bei Google Earth. Aber das gehörte zu den Dingen, die man im Leben nicht zugeben durfte. Nicht mal der eigenen Mutter gegenüber. Wer wusste denn, wem sie sonst davon erzählte, stolz auf ihren klugen, interessierten, tüchtigen Sohn, und dann sprach es sich in der Klasse herum, und er hatte den Ärger. »Gibt's da auch Klamottenläden? Und Kneipen?«

Seine Mutter hatte verblüfft geguckt, dann hatte sie gelacht. »Wird es schon auch geben«, hatte sie gesagt. »Jedenfalls hab ich dich angemeldet.« Und damit war es entschieden gewesen.

Während Boston jetzt den Regen an der Fensterscheibe des Busses herunterrinnen sah, der sie von Málaga nach Granada bringen sollte, weil das billiger war als ein Flug direkt, fragte er sich, ob er nicht doch einen Rückzieher hätte machen sollen. Aus seinem Jahrgang waren sie nur vier, Kadir, Tukan, Sergej und er; aus dem darüber drei Mädchen, von denen eine Sylvia hieß und eine Yesim, die andere kannte er nicht; und auch noch sechs Jungs. Die aus den Jahrgängen darüber waren sowieso zu alt für ihn. Vielleicht konnte er mit den Mädchen rumlaufen. Kadir und Tukan wollten ihn jedenfalls nicht, und dass Sergej versuchte, bei denen mitzumachen, war schon am Flughafen klar gewesen.

Der Regen peitschte unregelmäßige Striemen außen über das Fensterglas. Fast waagerecht zogen schwere Tropfen zitterige Spuren: von vorne nach hinten, dann in einer vorsichtigen Kurve wie unwillig nach unten, wo sich am unteren Fensterrand oberhalb der Gummidichtung das Wasser sammelte, bis es schließlich auf dem Blech der Buswand verschwand. Zwischendurch schien es manchmal, als hielte ein Tropfen einen Augenblick lang inne, als zögere er, wohin, bevor er dann eilig weiterzog, auf der gleichen Bahn wie alle anderen.

Und draußen, jenseits der Scheibe, lag Spanien, lag die Costa del Sol: einförmige Siedlungen, Wohnblocks, Vororte ohne Ende; ein Golfhotel direkt an der Autobahn, das seine Lage auf riesengroßen Plakatwänden in spanischer, deutscher und englischer Sprache als einmalig pries. Allerdings!, dachte Boston und hatte fast das Gefühl, dass er ein wenig vergnügter wurde. Manchmal war hinter dem Dickicht aus Häusern zwischen zwei Hügeln für einen winzigen Augenblick ein kleiner Streifen stumpfes Grau zu sehen, nur um sofort wieder zu verschwinden. Das Mittelmeer.

»Mann, voll die Scheiße, oder?«, sagte Sergej neben ihm. »Willst du Kaugummi?«

Boston nickte erschrocken. Natürlich waren Tukan und Kadir auf dem Sitz vor ihnen eingeschlafen, Kadirs Kopf lag auf Tukans Schulter, ein Mädchen aus der Oberstufe hatte die beiden schon fotografiert. Viele waren inzwischen eingeschlafen, sie hatten am Morgen den frühesten Flug genommen, weil das am billigsten gewesen war. Aber trotzdem hätte Sergej ja nicht mit ihm reden müssen. Und Kaugummi anbieten schon sowieso nicht.

»Wenn meine Alten das sehen würden!«, murmelte Sergej und hielt Boston das unordentlich aufgerissene Päckchen hin. »Mein Vater hat Überstunden geklotzt, ey, ist doch sauteuer, und jetzt so Wetter!«

Boston nickte wieder. »Um diese Jahreszeit ist das Wetter hier immer noch ziemlich unsicher«, sagte er. »Ich hab gelesen ...«

»Wieder voll der Professor!«, sagte Sergej und schüttelte den Kopf. Aber Boston merkte erleichtert, dass es nicht wirklich aggressiv klang. »Mann, entweder es wird besser, oder es bleibt so, brauchst du gar nichts zu lesen. Ändert sowieso nichts.«

»Nee«, sagte Boston demütig.

»Ich schlaf auch mal kurz«, sagte Sergej. »Ist ja sowieso nichts los draußen. Aber wehe, du weckst mich nicht, wenn ich mich an dich ranschmuse, Alter. Schubs mich von dir runter.«

»Okay«, sagte Boston. Er rutschte von Sergej weg, so dicht ans Fenster, wie es nur ging.

Die Regenstreifen auf den Scheiben wurden weniger und zittriger. Der Himmel hellte sich auf. Boston schloss die Augen.

Manuel Corazón schüttelte die Regentropfen von der Plane und rollte sie mit geübten Bewegungen zusammen. Besser wäre es gewesen, er hätte sie noch eine Weile ausgespannt trocknen lassen; aber jetzt, wo die Sonne wieder strahlend hoch an einem azurblauen

Himmel stand, erschienen auch schon die ersten Touristen in der Gasse, nasse Schirme in der Hand und doch, da das Wetter wieder hielt, was die Prospekte ihnen versprochen hatten, fröhlich und versöhnt.

Aus Erfahrung wusste er, dass zu den ersten Käufen jetzt Sandalen gehören würden, *alpargatas,* nur selten auch kunstvoll gepunzte arabische Lederschuhe, die die Reisenden gegen ihre während des Regens in den unebenen Straßen Granadas durchweichte Fußbekleidung tauschen würden. Schon standen zwei Frauen vor seinem Laden und drehten Plastik-Flipflops in den Händen.

Manuel lächelte und schob die zusammengerollte Plane tief im Laden zwischen Kamelhocker und Sitzkissenhüllen ohne Füllung. Am Abend, wenn auch der letzte Tourist verschwunden war, würde er sie noch einmal herausholen und auf dem Boden ausbreiten. Schon wurden ihm die ersten Münzen hingehalten, die ersten Sandalen über regenfeuchte Kinderfüße gestreift. Er reichte einer Frau eine Tüte, in der sie die nassen Schuhe verstauen konnte.

Zwei Familien mit Kindern lachten gemeinsam vor seinen Auslagen, hoben Schnabelschuhe hoch und zeigten sich gegenseitig Aschenbecher und Armreifen. Vielleicht waren sie zusammen aus dem Norden angereist, vielleicht hatten sie sich erst am Strand oder im Restaurant ihres Hotels kennengelernt. Sie würden eine Weile brauchen, bevor sie sich entschieden, was sie kaufen wollten für die Freunde zu Hause oder für sich selbst, das kannte Manuel aus Erfahrung. Er trat einen Schritt zurück in den Laden. Sie konnten sich leichter entscheiden, wenn er nicht auf sie einredete, das wusste er wie die anderen Verkäufer im Basar, so waren die Menschen aus dem Norden; dann aber musste man den richtigen Augenblick abpassen, um ihre halbe Entscheidung lächelnd in eine ganze zu verwandeln. Und beobachten musste er sie nicht, überwachen. Sie stahlen nur selten und schon gar nicht, was wertvoll war. Wenn es das denn gegeben hätte bei ihm.

Manuel drehte sich um und starrte auf den geöffneten Karton. Er würde sie vorne zu den anderen Fliesen legen, die, mit maurischen Ornamenten versehen und doch irgendwo im östlichen Asien gebrannt, mit Filz unterklebt den Käufern als Untersetzer dienen sollten. Sollte jemand ihn fragen, warum diese eine so erbärmlich aussah, schäbig, abgestoßen, er könnte sagen, dass gerade darin ihr Wert läge: Sie als Einzige wäre echt, wäre alt, wie alt genau, könne man nicht mehr ermitteln.

Sein Herz schlug heftiger. Es wäre nicht gelogen, dachte Manuel. Und warum sollte ich ihnen mehr erklären? Sie würden es ohnehin für Aberglauben halten, vielleicht ist es das sowieso. Ich wäre sie los, und der Käufer hätte für wenig Geld ein wirkliches Schnäppchen gemacht. Wenn ich überlege, tatsächlich das einzige, das bei mir zu holen ist, bei der Ausfuhr an der Grenze natürlich illegal.

Er nahm den Karton und trug ihn nach vorne. Ein kleiner Junge streckte ihm mit der einen Hand einen Vogel aus Plüsch mit Hals und Beinen aus Spiraldraht entgegen, mit der anderen einen kleinen Schein. Manuel lächelte, griff nach dem Wechselgeld und strich dem Jungen über den Kopf. Er wusste, dass die Menschen aus dem Norden dies an ihnen priesen, ihre Kinderfreundlichkeit, und warum sollte er ihnen nicht geben, was sie erwarteten. Sie kauften dann noch einmal so gerne.

»Hola, chico!«, sagte Manuel. Der Junge zog den Kopf zurück, rannte zu seiner Mutter und drängte sich gegen ihre Beine. Schon auf der Rückfahrt zum Hotel würde der Kopf, würden die Füße des Vogels sich von ihren Drähten lösen, für wenig Geld nur kurzes Glück.

»Und die da bitte auch!«, sagte ein Mann und trug eine Karaffe vor sich her. »Was macht das?«

Manuel stellte den Karton mit seinem Fund zwischen die übrigen Fliesen und rechnete ab. Warum hatte er noch immer diese Scheu davor, sie zu berühren? Wer glaubte denn, dass wirklich geschehen konnte, was sein Vater ihm erzählt hatte und dessen Vater vor ihm und endlos weiter zurück in der Zeit? Menschen verschwanden nicht, egal wovon die Ältesten unter den Händlern berichteten, doch niemals laut. Damals hatte er es geglaubt, weil er ein Kind gewesen war; und Kinderglaube, das hatte er sich tausendmal erklärt, ist auch später nicht leicht zu erschüttern, gleichgültig was die Vernunft dazu sagt. Schon lange war es nicht mehr geschehen. Wenn es jemals geschehen war.

Aber wissen konnte man nie, dachte Manuel und bekreuzigte sich flüchtig. Alles war schließlich möglich, wenn die Erzählung seit Generationen in der Alcaicería weitergegeben wurde. Wenn niemals irgendwer das Gegenteil bewiesen hatte. Wenn die Tür noch immer offen stand.

Irgendein Käufer würde bald ein Schnäppchen machen. Niemand konnte ahnen, worin es wirklich bestand.

2.

Das Frühstück war natürlich Mist.

»Nee, oder?«, sagte Sergej und starrte in seinen Becher mit dem dünnen Milchkaffee. »Und dafür haben meine Alten nun Kohle ohne Ende geblecht! Ich denk, es gibt Frühstücksbüfett? Nun bin ich schon mal im Hotel.«

»Dies ist ein *hostal, chico*«, sagte Frau Hilbert. »Und noch zentraler geht es nicht, wie du ja gestern bei unserem Orientierungsspaziergang vielleicht gemerkt hast. Wäre es dir lieber, wir hätten ein Traumfrühstück und müssten dafür eine Stunde mit Bus und Bahn in die Stadt fahren?«

»Sergej will zentrale Lage *und* Traumfrühstück!«, sagte Kadir. Mit Tukan saß er Sergej und Boston an einem der Frühstückstische mit Resopalplatte gegenüber. Keiner hatte gemault, als Boston gestern in ihrem Viererzimmer, ohne zu fragen, leise seine Reisetasche auf das letzte freie Bett gestellt hatte. Direkt gejubelt hatte natürlich auch keiner. »Ich find's cool, dass die Läden alle gleich um die Ecke sind.«

»Typisch«, sagte Frau Hilbert. »Über die Kathedrale wolltest du nicht auch ein freundliches kleines Wort verlieren?«

»Uuuaah!«, stöhnte Kadir und schüttelte sich. Aber er sah äußerst zufrieden aus dabei. Alle sahen sie äußerst zufrieden aus, dachte Boston, sogar Sergej. Als ob das Frühstück irgendwem wichtig war. Die Sonne schien, das *hostal* lag mitten in der Stadt an der Gran Vía, und dass es schäbig war und vielleicht auch nicht so ganz besonders sauber, störte niemanden wirklich. Obwohl sie natürlich gejammert und geschimpft hatten, auf einer Schulreise musste man tun, was man tun musste. Die Geschäfte waren nur einen Steinwurf entfernt, auch die Kathedrale und der Albaicín und die Alcaicería; und zwei Steinwürfe entfernt, so aus der Nähe hoch über ihnen nicht zu sehen, sogar die Alhambra. Was natürlich niemanden interessiert hatte, nachdem sie einmal wussten, wo die Läden lagen.

Frau Hilbert und drei von den Wiederholungsreisenden aus der Oberstufe, die dabei so gelangweilt taten, als wären sie in Granada geboren, hatten ihnen gestern die Umgebung gezeigt.

»Damit sich keiner von euch verläuft, wenn ihr dann Freizeit habt«, hatte Frau Hilbert gesagt. »Ihr wollt ja wohl auch mal Freizeit haben.«

»Yeah!«, hatte Sergej geschrien.

»Immer nur!«, hatte Boston gesagt, vielleicht nicht ganz so laut, aber es hatte genügt, dass Tukan ihn freundschaftlich in die Seite geboxt hatte.

Aber natürlich konnte eine Spanischreise nicht sofort mit Freizeit anfangen. »Und darum geht es heute Morgen auch gleich auf die Alhambra«, sagte Frau Hilbert.

»Nee!«, stöhnte einer aus der Zehnten. »Nicht gleich, oder? Ich denk, wir fahren auch mal ans Meer?«

Zwei Mädchen mit frisch gewaschenen und nicht trocken geföhnten langen Haaren kamen in den Frühstücksraum und sahen sich suchend nach freien Plätzen um. Wenigstens waren ihre Gesichter fertig geschminkt.

»*Auch mal* heißt *auch mal*«, sagte Frau Hilbert. »*Auch mal* heißt nicht, gleich am ersten Tag. Für heute haben wir Tickets für die Alhambra, die hab ich schon vor drei Monaten online bestellt. Ihr glaubt doch wohl nicht im Ernst, dass wir da sonst so einfach reinkämen.«

»Wen stört das?«, flüsterte Tukan, und Boston lachte lauter, als es nötig gewesen wäre.

»Genau!«, sagte er, obwohl Frau Hilbert zu ihnen herübersah. Er war sich fast sicher, sie wusste sowieso, dass er sich auf die Besichtigungen freute, vielleicht als Einziger, vielleicht mit einigen aus der Oberstufe zusammen oder auch schon aus der Zehnten.

»Boston?«, sagte Frau Hilbert. »Ist was?«

»Nichts, alles okay«, sagte Boston und zwang sich, sie anzugrinsen. Frau Hilbert seufzte und schüttelte den Kopf. Niemand boxte ihm zustimmend in die Seite, trotzdem wusste Boston, dass er sich seinen Platz an diesem Tisch, im Viererzimmer, wieder ein Stückchen mehr verdient hatte.

»Wir treffen uns in zwanzig Minuten vor dem Haus«, sagte Frau Hilbert. »Wir laufen hoch.«

Das Stöhnen war so laut, wie es das bei dieser Äußerung sein musste. An den Gesichtern sah Boston, dass alle sich freuten, hier zu sein.

al-Andalus, April 1492

Die Königin sah auf den besonnten Löwenhof, in dessen weißem Brunnen leise plätschernd das Wasser sprudelte: hochauf in der Mitte des Beckens und in graziösen Bögen aus den Mäulern der zwölf Löwen, deren Rücken die Brunnenschale trugen. Noch immer konnte sie nur schwer begreifen, dass all diese Schönheit nun ihr gehörte, täglich dankte sie dem Herrn.

»Wenn Ihr sie aber ungestraft lasst!«, sagte der Großinquisitor. Sein Schatten fiel lang und schmal auf die schweren Kiesel des

Hofes. »Dann werden sie Euch verspotten. Heimlich, vor ihren verruchten Altären des Unglaubens. Haben wir nicht in den anderen Städten Eures Reiches bewiesen, in Burgos, Toledo, in Córdoba und Cadix, dass allein durch den Tod …«

Tod, immer wieder Tod. Scheiterhaufen, Gestalten im *sanbenito*, dem mit Teufelszeichen bemalten Büßersack, die brüllten, sich krümmten, dann Stille, nur das Prasseln des Feuers.

Sie war stark. Sie hatte sechs Kinder geboren und gemeinsam mit ihrem Mann Ferdinand zwei Königreiche vereinigt. Wenn eine Schlacht aussichtslos erschien, war sie hoch zu Ross zum Kampfplatz geeilt, um ihren Soldaten Mut zu machen. Auch Granada wäre noch immer in den Händen der Ungläubigen, wäre sie nicht ins Feldlager geritten, hätte sie nicht Santa Fé erbauen lassen, die Stadt in der Form des heiligen Kreuzes: auf der Vega in Sichtweite der Alhambra. Sie traf Entscheidungen, wenn sie getroffen werden mussten, sie war keine Zauderin.

Nur wenn es um Fragen des Glaubens ging, wurde sie klein und demütig und zögerte. Nichts war so schwierig, wie den Willen des Herrn zu erkennen, da es Ihm niemals gefallen hatte, zu ihr zu sprechen. Nur durch die Münder Seiner geweihten Priester tat Er ihr kund, was Sein Wunsch war, und wer sagte ihr denn, dass Seine Diener Seine Wünsche immer richtig verstanden? Wo war der Beweis, dass all diese Tode überall in ihrem Reich, diese furchtbaren Flammentode, Sühnetode, wirklich der Wille des Herrn waren?

»Wir haben Eure Forderung erfüllt und das Judenedikt unterzeichnet«, sagte Isabella. »Sollte es damit nicht genug sein? Können wir nun nicht warten, bis die Frist abgelaufen ist, die wir ihnen gewährt haben?«

»Der Herr hat unter allen Herrschern Euch auserwählt, die Standarte des einzig wahren Glaubens aufzurichten über Seinen Ländern Kastilien und Aragón«, sagte Torquemada. »Hätte Er Euch sonst Sieg über Sieg beschert über die Ungläubigen, Erfolg nach Erfolg, wenn es nicht Sein Wille wäre, dass Ihr in diesem Land Sein katholisches Reich auf Erden errichtet, meine Tochter? Und gehört nicht zuvörderst dazu, dass die Ketzer bestraft werden für ihre Sünden?«

»Unser Herr hat Vergebung gepredigt«, murmelte Isabella. Alles wäre einfacher, hätte der Herr Seinen Willen klarer verkündet, jedem Menschen, auch ihr, verständlich. Aber es hatte Ihm gefallen, die Dinge im Unklaren zu lassen. »Liebe deinen Nächsten!«, hatte Er Seinen Sohn predigen lassen. »Liebt sogar eure Feinde!« Aber Seine Priester sprachen eine andere Sprache, und hatten sie nicht die Heilige Schrift studiert und waren ihrer nicht viele?

»Der Herr *ist* Vergebung!«, rief Torquemada leidenschaftlich. »Selbst den Ungläubigen vergibt Er, wenn sie umkehren und Buße tun! Aber diese hier, von denen ich spreche, betrügen nicht nur uns, meine Tochter, denn fürwahr, das müssten wir verzeihen, wie unser Herr Jesus Christus uns gepredigt hat, zu vergeben unseren Schuldigern. Sie aber betrügen den Herrn selbst, ihr Ziel ist nichts Geringeres als die Vernichtung der heiligen Mutter Kirche! Wozu denn, meine Tochter, wären all Eure Siege über die Ungläubigen nütze, wenn Ihr jetzt sehenden Auges den Feinden des Glaubens gestatten wollt, das Land für ihre falschen Götzen zurückzuerobern?«

»Aber heißt nicht das fünfte Gebot: *Du sollst nicht töten*?«, fragte Isabella. Da war es wieder, was sie verwirrte, immer schon: dass alles so widersprüchlich war. So leicht, etwas misszuverstehen, so leicht, eine Sünde zu begehen, ohne es zu wollen. »Und steht dieses Gebot nicht über allen anderen?«

Der Bischof lächelte. »Über allen anderen, meine Tochter, steht das erste Gebot«, sagte er. »*Ich bin der Herr, dein Gott*. Und auch: *Du sollst nicht andere Götter haben neben mir*. Habt Ihr nicht erlebt, dass der Segen des Herrn auf unseren Schlachten ruht, wenn wir sie zu *Seinem* Ruhme schlagen? Wenn das Töten nötig ist, um den Ungläubigen unseren heiligen Glauben zu bringen und die Verstockten zu strafen, verlangt Er dann nicht von Seinen Kindern, dass sie das fünfte Gebot zu diesem Ende mit Schmerzen vergessen?«

Isabella schwieg. Den Ungläubigen Granada zu entreißen war so notwendig gewesen wie einstmals die Kreuzzüge ins Heilige Land, daran zweifelte sie nicht. Aber dieses hier, all das, was der Großinquisitor jetzt von ihr verlangte …

»Und steht nicht das Gebot, Gott zu ehren, darum an erster Stelle, weil ihm zu folgen vornehmste Pflicht jedes Christenmenschen ist, sodass alle anderen Gebote, wie heilig auch immer sie sein mögen, dahinter zurückzutreten haben?«

Isabella nickte müde. »Ich will darüber nachdenken«, sagte sie. Das war das Ende des Gesprächs, Torquemada begriff und verbeugte sich.

An der Tür drehte er sich noch einmal um. »Zögert nicht zu lange, Majestät«, sagte er, und in seiner Stimme lag eine neue Schärfe. »Wenn Ihr zu lange zögert, könnte es zu spät sein. Heute ist Donnerstag. Schon morgen Abend könntet Ihr den Beweis haben, nach dem es Euch verlangt. Der Name des Herrn sei gelobt.«

»Der Name des Herrn sei gelobt«, sagte Isabella.

Er drängt so sehr, weil er so alt ist, dachte sie. Vielleicht fürchtet er, dass der Herr ihm nicht mehr viele Jahre auf dieser Erde gewährt, und er will vorher noch abschließen, was seine Aufgabe ist.

Zweiundsiebzig, sie kannte kaum jemanden sonst, der so alt war wie der Großinquisitor. Allein, dass der Herr ihm so viele Jahre geschenkt hatte, bewies, dass Er in Torquemada Sein Werkzeug sah, wie grausam auch immer erscheinen mochte, was Er verlangte.

Sie schloss die Augen.

Granada im April, Gegenwart

Es war ein gutes Gefühl, an den endlosen Schlangen der Besucher einfach so vorbeizuziehen, die, von Wärtern zurückgehalten, vor den Ticketschaltern der Alhambra oben auf dem Hügel anstanden.

Tukan zog einen unsichtbaren Hut und schwenkte ihn wie zum Gruß. »Schönen Tag auch, Leute!«, sagte er. »Mann, dass die hier stundenlang stehen, nur um die paar alten Steine anzuglotzen!«

Man konnte nicht entscheiden, ob die Touristen ihn verstanden. Boston erkannte verschiedene Sprachen, Englisch, Französisch, Deutsch, auch Sprachen, die er nie gehört hatte, die er jedenfalls nicht verstand. Dänisch vielleicht, Niederländisch oder Schwedisch. Japanisch natürlich.

Und all diese Menschen waren bereit, Stunden zu warten. Sie alle wollten die Alhambra sehen, den Maurenpalast über der Stadt. Merkwürdig, dass es einen arabischen Palast gab, hier mitten in Europa. Er hatte ja zugehört, als einer aus der Oberstufe in ihrem Kurs eine Präsentation darüber gemacht hatte, Powerpoint mit Beamer, zur Vorbereitung der Reise. Trotzdem konnte sich kein Mensch wirklich vorstellen, dass hier früher die Araber geherrscht hatten, siebenhundert Jahre lang. Die Mauren, Moslems, die eine Stadt voller Moscheen gebaut hatten. Von den Touristen an der Küste, nur eine Fahrtstunde entfernt, wusste das bestimmt nicht einmal die Hälfte.

»Zusammenbleiben!«, rief Frau Hilbert. Der schüchterne Spanischreferendar wedelte ohne viel Hoffnung mit den Armen, als ob er wenigstens so beweisen wollte, dass es sinnvoll gewesen war, ihn mitzunehmen. »Ohne mich kommt ihr nicht rein, Herrschaften!«

»Gehen wir eben wieder runter!«, sagte Sergej und zwinkerte Tukan zu. »Chillen. Kleine *cerveza* trinken. Kommst du mit?«

Dann hatte der Kontrolleur am Eingang sie schon durchgewinkt.

»Na geil«, sagte Kadir und drehte sich einmal um sich selbst. »Und dafür lauf ich mir die Sohlen platt.«

Aber Boston hörte nicht mehr zu. Zypressen auf beiden Seiten des schmalen Weges, so hoch, dass die Sonne niemals den Boden erreichte, auf dem die Mosaiken, kunstvoll aus schwarz-weißen Kieseln gefertigt, so wirkten, als wären sie gerade erst verlegt.

Boston fragte sich, ob sie wirklich alt waren. Original. Ob sie das damals überhaupt schon konnten, vor mehr als fünfhundert Jahren. Und wie hatten sie es geschafft, so viele genau gleich große Kiesel zu finden? Oder hatten sie die geschliffen, oder wie?

»Ey, hörst du nicht!«, sagte Tukan. »Ob du was zu saufen mithast, will Kadir wissen!«

Boston griff in seinen Rucksack, in dem das Handy neben der Geldbörse lag. Letzte Nacht hatte er es aufgeladen, ein Wunder, dass die Schlafzimmer im *hostal* eine Steckdose hatten.

»Nee, leider nicht«, sagte er.

»Mann, ich verdurste!«, sagte Kadir. »Scheiße!«

»Zusammenbleiben!«, rief Frau Hilbert. »Robert, zähl du mal durch! So, da wären wir also an unserem ersten Ziel angekommen. Der Generalife war der Sommersitz der maurischen Herrscher ...«

Wozu hatten die auch noch einen Sommersitz gebraucht, dachte Boston. Unter ihnen auf der Hügelflanke lagen zwischen Bäumen versteckt die Gebäude der Alhambra, Türme mit Schießscharten, Türme mit zierlichen Dächern, Palastmauern. Hatte denen das da drüben damals nicht genügt?

»... schönsten Gartenanlagen der Welt«, sagte Frau Hilbert. »Und beachtet mal das viele Wasser überall. Das haben sie mühsam aus der Sierra Nevada herleiten müssen in einem großen Aquädukt. Sylvia? Was ist ein Aquädukt?«

»Hä?«, sagte Sylvia und sah erschrocken von ihrem Handy auf.

Sie drehte ihr Kaugummi im Mund. »Ich hab Sie grade nicht verstanden.«

»Du tust besser daran, wenn du mich ab jetzt verstehst«, sagte Frau Hilbert. »Ich stell dir die gleiche Frage heute Abend noch mal, zur Not musst du dich dann anschließend mit meinem Reiseführer in deinem Zimmer hinsetzen und ein bisschen büffeln, damit unsere Reise dir auch wirklich was bringt. Was ist ein Aquädukt?«

Boston drückte beide Arme fest gegen seine Rippen. Jetzt bloß nicht alles kaputt machen bei den anderen aus seinem Zimmer. Einer aus der Oberstufe erklärte die maurischen Wasserleitungen in dem gelangweilten Ton, in dem man reden durfte, wenn man in die Oberstufe ging, und das gesamte System der unterirdischen Rohre und Becken auf dem Alhambrahügel erklärte er gleich mit dazu. Auch das durfte man, wenn man in die Oberstufe ging, ohne dadurch peinlich zu sein. Wissen. Und es zugeben.

»Und darum ist der Patio de la Acequía …«, sagte Frau Hilbert. Sie war schon so oft hier gewesen, vielleicht wusste sie alles auswendig. Rote Fliesen neben einem rechteckigen Wasserbecken, das, lang und schmal, in den Boden eingelassen war. Eine unendliche Zahl von Fontänen an den Längsseiten rechts und links, deren Wasserstrahlen, wie aus tausend einzelnen Tropfen bestehend, in ebenmäßigen Bögen hoch aufstiegen, bis sie sich über der Beckenmitte, kurz bevor sie im Niederfall die Wasseroberfläche erreichten, beinahe berührten. An der Mauer tiefviolette Büsche von Bougainvilleen, deren Namen Boston nur deshalb kannte, weil seine Mutter in jedem Sommer wieder versuchte, eine kränklich aussehende Pflanze auf ihrem Balkon zum Überleben zu zwingen.

»… noch einmal um!«, sagte Frau Hilbert. »Wir kommen nicht mehr hierher zurück, und in eurer Freizeit werdet ihr ja wohl auch kaum noch mal hier hochgehen. Dann ab jetzt zur Alhambra.«

Boston versuchte, sich das Bild einzuprägen. Er würde seiner Mutter von den Bougainvilleen erzählen, das würde sie vielleicht am meisten interessieren. Sie hatte gesagt, er solle sich alles gut merken, um ihr genauestens berichten zu können. *Da gehen diese Bougi-Dingsbums jedenfalls nicht ein,* würde er sagen. *Du kannst dir gar nicht vorstellen, wie riesig die da sind. Und wie die blühen.*

Er fiel in einen leichten Trab. An der Treppe verschwanden schon die anderen, nur drei Oberstufenschüler waren ebenso wie er zurückgeblieben; er hatte sie aber im Verdacht, dass sie in Wirklichkeit nur in Ruhe eine durchziehen wollten.

»Was ist?«, sagte einer unfreundlich.

Boston nickte eilig und lief an ihnen vorbei. Wenn er eine Kamera dabeigehabt hätte, hätte er natürlich alles aufnehmen können, um es zu Hause zu zeigen. Aber vielleicht hätte er das nicht einmal dann getan. Nicht wenn die anderen alle um ihn herumstanden und glotzten.

al-Andalus, April 1492

Als Torquemada gegangen war, trat Isabella hinaus in den Hof. Die Strahlen der Abendsonne beschienen nur noch die Fassade im Osten, die Arkaden mit den Doppelsäulen, die Arabesken über den Bögen darüber, färbten sie rötlich. Ein letztes Aufleuchten in Erwartung der Dunkelheit: Kala al-Hamra, die rote Burg. Sie sprach nur wenig Arabisch, es war längst nicht mehr nötig.

Hinter ihr lag der Saal der zwei Schwestern im Schatten. Die sternförmige Decke, unzählige Stalaktiten mit Gold und Lapislazuli geschmückt: Warum hatte der Herr ausgerechnet durch die Hände der Ungläubigen so viel Schönheit erschaffen? Immer schon hatte sie sich diese Frage gestellt, wenn sie die Eleganz der Moscheen bewundert hatte, ihre Leichtigkeit, Steine wie geklöppelte Spitze, auch die Paläste, die später selbst die christlichen Herrscher in ihren Ländern Kastilien und Aragón nach dem Muster der maurischen Herrschersitze von maurischen Handwerkern hatten errichten lassen.

Warum ließ der Herr durch die Hände der Ungläubigen so viel Wunderbares entstehen, wenn Er doch gleichzeitig forderte, dass sie selbst vernichtet würden?

Oder bekehrt, dachte Isabella. Das wahrscheinlich eher, nichts anderes fordert doch auch Torquemada. Bekehrt. Aber sie sind ja so unendlich verstockt, Mauren wie Juden, tun, wenn wir es verlangen, als hätten sie unseren wahren Glauben angenommen, gehen zur Messe, feiern das Abendmahl und fallen vor dem Kreuz auf die Knie; beten zur Heiligen Jungfrau, und hinter den verschlossenen Türen ihrer Häuser verhöhnen sie die heilige Kirche, verhöhnen den Herrn, indem sie weiterhin ihre heidnischen Riten vollziehen. Sie tun es überall in Spanien, jüdische *conversos* und muslimische *moriscos*, warum sollte es ausgerechnet hier in Granada anders sein. Und ich, die ich davon weiß, kann es nicht dulden, sonst werde ich schuldig wie sie, schuldiger sogar, denn anders als sie weiß ich seit meiner Kindheit, welches allein der wahre Glaube ist.

Torquemada hat recht. Der Herr hat mich auserwählt, unseren wahren katholischen Glauben auch zu den Gottlosen zu tragen. Opfer müssen gebracht werden.

Sie kniete nieder. Ihre steifen Röcke aus andalusischem Seidentaft mit der Silberstickerei aus Almería knisterten. »Heilige Jungfrau Maria, Mutter des Herrn«, betete Isabella.

Sie war die Herrscherin über Kastilien; gemeinsam mit ihrem Gatten Ferdinand, Herrscher über Aragón, hatte sie den Ungläubigen ihre letzte Bastion entrissen. Das schöne Granada, Blume der Sierra, war nach Jahrhunderten endlich wieder in der Hand der

Rechtgläubigen. Aber ihr Gatte schürzte nur spöttisch die Lippen, wenn sie mit ihm über ihre Zweifel sprechen wollte, über Vertreibung, Folterung und Tod der Verstockten, über ihre Sorge, den Willen des Herrn zu verkennen.

»Wir haben gesiegt, uns gehören Málaga und Almería und jetzt auch Granada, sind wir nicht reicher als je zuvor?«, sagte er. Von Anfang an war immer nur das sein Ziel gewesen, immer nur das, manchmal fürchtete sie um seine unsterbliche Seele. »Ist das nicht sogar dir, mein frommes Täubchen, Beweis genug für den Willen des Herrn?«

Nicht laut sagte er das, nicht öffentlich. Da fiel er auf die Knie wie sie.

Um sich von ihren Zweifeln zu befreien, um Klarheit zu gewinnen über das, was der Herr von ihr verlangte, hatte sie niemanden als ihre Priester.

»Heilige Jungfrau Maria, Mutter des Herrn«, flüsterte Isabella. »Erbarme dich meiner.« Schon morgen würden sie vom Alhambrahügel aus sehen, über welchen Dächern in der *judería* Rauch aufstieg und über welchen der Himmel klar blieb.

»Bitte für mich.«

Jahrelang hatte sie dafür gekämpft, Königin zu werden. Nie hatte sie geahnt, was dieses Amt von ihr verlangen würde.

»Erbarme dich meiner.«

3.

Granada im April, Gegenwart

Dass ihr Reiseführer verschwunden war, bemerkte Frau Hilbert im Audienzsaal, der auf Spanisch *sala de los embajadores* hieß, als sie der Gruppe den Wandfries erklären wollte.

»Oben war der doch noch in meiner Tasche!«, sagte sie und beugte sich über den Beutel, den sie die ganze Zeit über ihrer Schulter getragen hatte. Offen. In Spanien. Vielleicht hielt sie die Gerüchte über Taschendiebe für ein Vorurteil.

Man hörte ein Schlüsselbund klirren, dann hob sie nacheinander ihr Brillenetui, eine große Geldbörse und ein Döschen Atem-Mints heraus. Ihr Kopf verschwand fast in den Tiefen des Beutels. »Das kann doch gar nicht sein! Wo hab ich den denn liegen lassen?«

Boston sah, wie Tukan Sergej anstieß und beide Daumen in die Höhe reckte. Aber wenn Frau Hilbert schon ungefähr hundertmal hier gewesen war, wusste sie das meiste sowieso auswendig, da hatten die beiden sich bestimmt zu früh gefreut.

»Robert? Hast du nicht auch einen dabei?«

Der schüchterne Spanischreferendar schüttelte erschrocken den Kopf. Nicht einmal dafür war er also nütze.

Frau Hilbert seufzte. »Okay, dann also ohne. Wenn ihr hier trotzdem mal die Wände anguckt. Was könnt ihr da sehen?«

Sylvia seufzte und versuchte, mit Spucke auf der Kuppe des Zeigefingers einen Eisfleck von ihrem kurzen Rock zu rubbeln. Yesim tippte mit dem rechten Daumen in aberwitziger Geschwindigkeit eine Nachricht in ihr Handy, als ob es keine Auslandstarife gäbe. Ein Mädchen aus der Zehnten flüsterte mit einem Jungen aus der Zwölften und warf ihr blondes Haar dabei über die Schulter.

»Also?«, fragte Frau Hilbert. »Nichts? Seht ihr nichts?«

»Das ist wie in die Steine geschnitzt«, sagte ein Mädchen aus der Zehnten hilfsbereit. Niemand trampelte ironisch und schrie Bravo. Alle hatten an Frau Hilberts Ton gehört, dass ihre Laune unter den Nullpunkt gesunken war.

»Wunderbar!«, sagte Frau Hilbert. »Danke, Elvira. Geht es auch ein bisschen präziser? Keiner zugehört neulich, als Erkhan für euch seinen Vortrag gehalten hat?«

Erkhan reckte den Finger, aber inzwischen war Frau Hilbert damit nicht mehr zufrieden. »Tukan?«, fragte sie. »Kadir? Ümüt?«

»Wieso ausgerechnet wir, ey?«, sagte Tukan. »Wieso haben Sie schon wieder uns auf dem Kieker?«

»Bist du nicht am Wochenende zur Koranschule gegangen, hab ich das nicht gehört?«, sagte Frau Hilbert. »Kannst du uns also vielleicht bitte mal vorlesen, was da auf Arabisch an der Wand steht? Ist doch aus dem Koran? Kannst du also nicht?«

»Mann!«, sagte Tukan.

»Gott allein ist Sieger«, sagte Erkhan und zeigte auf den Fries. »Immer wieder, ganz rum. *Es gibt keinen Sieger außer Allah.*«

»Eben«, sagte Frau Hilbert. »Tukan, geh lieber Fußball spielen, wenn bei dir da sowieso nichts hängen bleibt.« Sie trat nach draußen in den Patio, ohne zu warten, ob jemand ihr folgte.

»Mann!«, sagte Tukan wieder. Er sah aus, als wäre es ihm peinlich.

»Hat die was gegen uns?«, fragte Kadir. »Die hat was gegen uns!«

»Ach Scheiße, die hat nur was dagegen, dass kein Mensch aufpasst!«, sagte Sergej. »Die ist sauer, weil ihr einer ihr Buch geklaut hat. Darum ist die sauer.«

»Klaut doch keiner einen Reiseführer aus der Tasche und lässt ihr Geld drin, Mann«, sagte Tukan. »Ist doch voll unlogisch. Hat sie irgendwo liegen lassen. Wird alt und vergesslich und alles.«

Die drei Mädchen aus der Neunten hatten sich vor eine Wand gestellt und fotografierten. Gruppenfotos waren vielleicht nicht peinlich.

Wenigstens mit dem Handy, dachte Boston. Mist, dass ich da vorhin bei den Blumen nicht dran gedacht habe. Werden zwar beschissene Bilder, aber besser als nichts.

»Stellt ihr euch mal da vor die Tür?«, sagte er. Sergej wackelte mit zwei Fingern hinter Kadirs Kopf, als hätte der Hasenlöffel, Tukan steckte beide Daumen in die Mundwinkel und zog den Mund breit bis zu den Ohren. Dabei schielte er.

Dann nahm er die Finger wieder heraus. »Los, mach!«, sagte er. »Lange kann ich das nicht so!«

Boston lachte.

»Krasses Foto«, sagte er. Irgendwie waren das jetzt seine Leute.

al-Andalus, April 1492

»Mein Täubchen!«, sagte Ferdinand. Er trat von hinten an die Königin heran und griff ihr mit zwei Fingern in den Nacken. Sein Daumen strich behutsam auf und ab, bis sich der feine Flaum unter der Berührung aufstellte. Wenn er ihr auch einen Kuss aufs Haar hauchte, spürte sie es nicht.

Er war gerade wieder bei einer anderen gewesen, sie wusste es immer, aber es störte sie nicht. Solange er vorgab, dass es nicht geschehen war, und sie, dass sie nichts davon wusste, war es nicht von Belang. Sollte er sich seine Gespielinnen suchen, wann immer es ihm gefiel. Solange er nur diskret dabei vorging und sie nicht zum Gespött machte.

An der Unverbrüchlichkeit ihrer Liebe änderte es ja nichts, das wusste sie, das wusste er. Das Band zwischen ihnen war so stark, unzerstörbar, weil sie einen gemeinsamen Traum teilten: Spanien. Ein geeintes, alle Regionen umschließendes katholisches Reich, ein Königreich zum Ruhme des Herrn.

»Wie ich höre, hast du diesen Scharlatan immer noch nicht zum Teufel geschickt?«

»Du meinst den Genueser?«, fragte Isabella. Sie nahm seine Hand von ihrem Nacken und rollte den Kopf einmal in jede Richtung. »Waren wir uns nicht einig, dass wir es mit ihm versuchen wollten?«

Ferdinand setzte sich auf einen Stuhl ihr gegenüber, die maurischen Bodenpolster hatten sie sofort nach der Eroberung ausgetauscht. Sie liebte sein Lächeln noch immer, auch wenn es spöttisch war wie jetzt.

»Du weißt, dass ich von Anfang an nicht glücklich darüber war«, sagte er. Auf einmal klang seine Stimme ernsthaft. So liebte sie ihn noch mehr. »Als wir diesem Colón im Januar Hoffnungen machten, war es da nicht vielleicht, liebe Isabella, noch der Siegesrausch, unser Glück über die Eroberung der letzten maurischen Bastion, die uns trunken machte und an seine aberwitzigen Pläne glauben ließ? Obwohl uns doch die Kommission bereits zweimal vorgerechnet hat, dass seine Pläne zum Scheitern verurteilt sind? Die Kommission, mein Täubchen, die du selbst, ist es nicht so, eingesetzt hast und an deren Urteil also du dich auch halten wolltest.«

Isabella nickte. Manchmal fragte sie sich inzwischen selbst, warum sie noch immer nicht davon lassen konnte, mit diesem Colón zu verhandeln. Er war ein Aufschneider, längst war bewiesen, dass die

Geschichten, die er über seine Reisen verbreitete, erdacht und erlogen waren. Und doch war da etwas an ihm, irgendetwas …

»Vergiss nicht, dass er uns alle Reichtümer Cathais und des sagenhaften Cipangu verspricht!«, sagte sie. Seit dreiundzwanzig Jahren nun wusste sie, wie ihr Mann dachte. »Bist nicht immer du derjenige, der klagt, dass unser Gold nicht ausreiche für unsere Pläne? Wenn er erst einmal den Weg nach Indien gefunden hat …«

»Den Weg nach Indien müssen wir nicht erst finden«, sagte Ferdinand ärgerlich. »Wir kennen ihn längst, und unsere Kaufleute bereisen ihn seit Jahrhunderten. Der Weg nach Indien führt über das Mittelmeer.«

»Du vergisst den Sultan der Osmanen«, sagte Isabella. »Du vergisst, dass die Zeiten sich geändert haben. Dass es immer schwieriger wird, durch das Reich der Türken zu reisen. Und dass ihr Reich immer größer wird.«

Ferdinand sprang auf. »Dann müssen wir eben dort …!«, rief er. Er ging auf und ab. »Hör zu, Isabella. Ich traue diesem Colón nicht. Die klügsten Mathematiker unseres Reiches haben bewiesen, dass er drei Jahre auf dem Meer unterwegs sein müsste, drei Jahre mindestens!, um Indien auf dem Weg zu erreichen, den er vorschlägt. Seine Berechnungen sind allesamt fehlerhaft! Das große Indien ist von Menschen nicht lebend zu erreichen, wenn man nach Westen reist! Zwischen hier und Indien liegt auf diesem Weg nur der weite Ozean, die Mannschaften würden unterwegs verhungern, an Skorbut sterben, verdursten zuerst! Das musst du doch begreifen!«

Isabella nickte. »Ich denke ja nur«, sagte sie, »dass der Einsatz nicht hoch ist. Nur zwei Millionen *maravedis*, nur 5000 Goldstücke, um seine Schiffe auszurüsten! Wenn wir sie verlieren, nun gut. Wir haben bei anderen Unternehmungen schon mehr verloren. Aber wenn er recht haben sollte, Ferdinand, denk an all das Gold, denk an die Seelen all der Ungläubigen in den Ländern jenseits des Ozeans, die wir retten könnten! Die wir retten *müssen*, Ferdinand, ist es nicht unsere heilige Pflicht, sie alle zum Glauben zu bekehren?«

»Das können wir auch, wenn wir den östlichen Weg nach Indien einschlagen, wenn dir denn ihre Seelen so wichtig sind«, sagte Ferdinand ungeduldig. »Bekehrung von Osten, Bekehrung von Westen, was macht den Unterschied? Was mich allein überzeugen könnte, sind die Schätze dieser Länder, einzig die Schätze, die wir, hätte er recht, ohne Kampf mit den Muselmanen im Osten erobern könnten. Aber muss das ausgerechnet jetzt sein, mein Täubchen? Werden wir nicht in Kürze ohnehin wieder Gold in Hülle und Fülle besitzen?«

Isabella sah ihn an. Vielleicht wollte sie nicht verstehen, was er meinte.

»Wenn die Frist abläuft«, sagte Ferdinand. »Wenn endlich all die verstockten Juden von Granada das Land verlassen und uns ihren Besitz zurücklassen müssen, meine allerliebste Gattin, dann werden wir diesen Raum bis oben hin mit Goldstücken auffüllen können. Und mein Gewissen sagt mir, dass wir danach mit den Mauren vielleicht nicht anders verfahren sollten. Die Schätze Cathais und Cipangus, mein Täubchen, werden wir dann nicht mehr brauchen.«

»Noch habe ich nicht zugestimmt, so grausam mit ihnen zu verfahren!«, flüsterte Isabella. »Ich will nicht ihr Gold! Ich will ihre Seelen.«

Ferdinand lächelte. »Die sind nun allerdings im Allgemeinen schwerer zu bekommen«, sagte er. »Ich fürchte, du wirst mit ihrem Gold vorliebnehmen müssen.«

Auch ohne Reiseführer waren sie noch fast zwei Stunden auf dem Hügel geblieben, dann hatte Frau Hilbert ihnen bis zum Abendbrot Freizeit gegeben.

»Und wenn ihr zwischendurch etwas essen wollt!«, hatte sie gerufen, aber es hatte schon niemand mehr zugehört.

»Burger?«, hatte Sergej gefragt. Inzwischen hatten sich ihnen zwei der Mädchen aus der Neunten angeschlossen, eigentlich komisch. »Big Mac? Ist gar nicht weit vom Hotel.«

»Bin ich deshalb in Spanien, um Burger zu fressen?«, hatte Kadir gesagt, aber natürlich war er mitgekommen. Boston ging irgendwo in der Mitte. Er fühlte sich einfach nur gut.

Die Schlange im Lokal war unendlich, und sobald ein Tisch frei wurde, setzten die beiden Mädchen sich, um zu reservieren. »Für mich nur Salat!«, schrie Sylvia quer durch den Raum. »Habt ihr gehört? Und dieses rosa Dressing!«

Boston lief dreimal, um alles an den Tisch zu tragen. Drei Stühle waren eindeutig zu wenig für sechs Leute, aber Sylvia und Yesim rutschten zusammen und Sergej und Tukan auch. Boston machte es nichts aus, im Stehen zu essen. Das war ja der Vorteil von Burgern.

»Schmeckt genau wie zu Hause«, sagte Sylvia und leckte sich die Fingerspitzen ab, nachdem sie das letzte Salatblatt zierlich zum Mund geführt hatte. Sie kramte in ihrer paillettenbestickten Tasche. »Da.«

Sie hatte nicht nach Taschentüchern gesucht, um sich die Hände abzuwischen, das wäre ja auch merkwürdig gewesen. Auf allen Tabletts, neben Plastikbesteck und kleinen Tütchen mit eingeschweißtem Ketchup, türmten sich die Servietten. Mitten dazwischen knallte sie den Reiseführer.

»Hast du sie noch alle?«, sagte Tukan und starrte sie an. »Woher hast du den?«

Sylvia lächelte und zog einen Klappspiegel aus der Tasche. Dann begann sie, sich die Augen frisch zu umrahmen.

»Du glaubst doch nicht im Ernst, dass ich mich heute Abend hinsetze und Reiseführer lese!«, sagte sie. »Während ihr alle auf der Piste seid! Bin ich blöd?«

»Das ist Diebstahl, Mann!«, sagte Kadir. Boston konnte nicht sagen, ob es bewundernd klang oder erschrocken. »Du hast ihr den geklaut!«

Sylvia legte den Kopf ein wenig schief und wischte mit einem Finger an ihrem Auge herum. »Dann steck ihn doch ein und gib ihn ihr zu Hause zurück!«, sagte sie. »Mäuschen! Wenn du so ein lieber Junge bist. Jetzt liegt er ja hier.«

»Bin ich blöd?«, schnauzte Kadir. Ein paar Touristen drehten sich um.

»Wenn ihr den einer zurückgibt, fragt sie doch voll, wo der den herhat!«, sagte Tukan. »Du hast sie doch nicht mehr alle, echt.«

»Yesim?«, sagte Sergej. »Gibst du ihn ihr wieder? Bei dir glaubt Hilbert nie im Leben, dass du den geklaut hast. Sag, du hast ihn auf dieser Burg da auf dem Boden gefunden. Er ist ihr aus der Tasche gefallen. Du hast nur zuerst gar nicht mitgekriegt, dass sie ihren vermisst. Jetzt erst.«

Yesim tippte sich an die Stirn. »Nee«, sagte sie.

Tukan seufzte. »Wer kommt noch mit zum Basar?«, fragte er.

Erst als die anderen schon alle auf dem Weg zum Ausgang waren, steckte Boston den Reiseführer in seinen Rucksack. Eigentlich hatte er nur noch ein Ketchuptütchen nehmen wollen, es war doch schade, es liegen zu lassen. Er wusste auch noch nicht, wie er ihn Frau Hilbert zurückgeben konnte. Vielleicht konnte er ihn einfach in ihr Zimmer schmuggeln, wenn sie nicht da war. Oder auf ihren Platz im Frühstücksraum. Oder überhaupt einfach im Frühstücksraum auf irgendeinen Tisch.

al-Andalus, April 1492

»Und ist es etwa keine Schande?«, lallte der Soldat. Eine Narbe zog sich quer über sein Gesicht, noch rot, es würde dauern, bis sie ausgeblichen war, weniger auffiel, Jahre vielleicht. Auch dann noch würde er gezeichnet sein.

Seine Stimme klang unsicher vom Branntwein. Sie hatten sich im Patio vor der *sala de los embajadores* gelagert in der Dunkelheit, als ob es noch wirklich etwas zu bewachen gäbe, längst war doch alles ruhig in Granada. Trotzdem standen Wachen vor jedem Tor, ohne die volle Rüstung zwar jetzt, aber doch mit Hellebarden, mit Schwertern und Lanzen. Die Alhambra war erobert, und der letzte Emir war abgezogen mit all seinen Truppen; irgendwo in der Wildnis der Alpujarra-Berge hatten Ihre Katholischen Majestäten ihm sogar noch ein Fürstentum zugesprochen, es war ein Hohn. Von Boabdil, dem letzten Herrscher der Mauren, würde nie wieder eine Gefahr ausgehen.

»Wenn es unseren Majestäten so gefällt?«, sagte ein anderer. Er hatte die Fußlappen abgewickelt und kühlte seine Füße im Becken des Springbrunnens in der Mitte des Patios. »Niemand wird doch behaupten wollen, dass die Königin nicht fest wäre im Glauben! Wenn sie es also duldet, wenn sie in ihrem eigenen Palast …«

Längst hatten die Majestäten sich im Harem zur Ruhe begeben.

»Schande!«, murmelte der Soldat mit der Narbe wieder. »*Wa-la ghaliba illa'llah!* Ein Koranvers tausendmal an den Wänden unseres christlichen Palastes! Haben wir dafür die Ungläubigen vertrieben?«

»Als ob du bis tausend zählen könntest!«, sagte ein dritter und griff nach dem Krug. »Auf unsere Königin! Auf unseren König! Auf ein geeintes Spanien, frei von Muslimen und Juden!«

Der zweite Soldat zögerte.

»Was ist, Pablo?«, fragte der dritte. »Du nicht?«

Der zweite nahm den Krug. »Auf ein geeintes Spanien!«, sagte er und trank einen Schluck. Dann hielt er seine Füße wieder ins Becken.

Jetzt stand der Soldat mit der Narbe schwerfällig auf. *»Wa-la ghaliba illa'llah!«,* lallte er und schwenkte seine Lanze. Er torkelte in den Botschaftersaal. »Und was erzähl ich dem Priester bei der nächsten Beichte? Ich habe heidnische Verse bewacht! Ich habe Koranverse bewacht! Ich habe ...«

»Nicht!«, schrie Pablo. Aber der Soldat hatte schon zugeschlagen, mitten hinein in das Band aus kufischer Schrift, schlug wieder und wieder wie von Sinnen. »Nicht!«, schrie Pablo.

Eine Fliese fiel.

Jetzt war auch der dritte Soldat aufgesprungen. Er packte den Rasenden von hinten.

»Bist du von allen Heiligen verlassen!«, zischte er. »Sieh doch, was du angerichtet hast! Was werden Ihre Majestäten sagen, wenn sie morgen die Zerstörung entdecken!«

Der mit der Narbe versuchte sich loszureißen. »Alle sollen sie fallen! Alle sollen sie fallen!«, brüllte er. Es war leicht, ihn zu stoppen, er hatte so viel Branntwein getrunken, dass er sich kaum auf den Beinen halten konnte. Als er sich bückte, um die Fliese triumphierend in seinen Gürtel zu stecken, wäre er fast gestürzt.

»Was ist hier los?«, fragte der Hauptmann. Durch das Eingangstor neben dem Patio de las Arrayanes war er lautlos herangekommen, seine Rüstung saß korrekt wie immer. Die rechte Hand lag auf dem Griff seines Schwertes.

»Es scheint, als hätte dieser Kamerad hier ein Schlückchen zu viel getrunken, Herr Hauptmann«, sagte der Dritte demütig. Er wollte salutieren, aber der mit der Narbe versuchte sich loszureißen, er brauchte seine Hände. »Wir wollten ihn gerade in unser Quartier zurückbringen, aber Ihr seht ja, er sträubt sich mit Händen und Füßen.«

Der Hauptmann ließ seinen Blick über den Patio schweifen. Alles ruhig.

»Es geht nicht an, dass er in seinem Rausch Ihre Majestäten aufweckt!«, sagte er dann. »Ihr wisst, ich bin immer nachsichtig mit euch verfahren, ihr alle habt Großes geleistet im Kampf gegen die Ungläubigen, ihr habt viel erdulden müssen. Wenn es nun aber dazu kommt, dass ihr während eurer Wache dem Branntwein erliegt ...«

Natürlich wusste er, dass überall getrunken wurde. Wie sollte ein Soldat wohl sonst auch die Tage und Wochen und Monate ertragen, fern von Frau und Kind, von seinem Dorf, fern von Eltern und Freunden; und Tag für Tag Wache stehen und in den freien Stunden nur das heimliche Würfelspiel, das vom Teufel war und deshalb verboten. Natürlich wusste der Hauptmann, dass er tun musste, als ob er nichts sähe, als ob er nichts hörte, als ob er nichts wüsste. Um dann, ab und zu, doch auch wieder ein Exempel zu statuieren. Er fragte sich, ob jetzt der Augenblick dafür gekommen war.

»Ich bringe ihn ins Quartier, Herr Hauptmann«, sagte der dritte Soldat und hielt den Betrunkenen fest umklammert. »Ich verbürge mich dafür, dass es nicht wieder vorkommen wird.«

So ist es mir lieber, dachte der Hauptmann. Das wissen meine Leute auch.

Pablo kam auf bloßen Füßen und salutierte. Dann packte er seinen Kameraden von der anderen Seite. Wenn der Hauptmann im Gürtel des Torkelnden die Fliese entdeckte, wer wusste denn, wie er ihn strafen würde.

4.

»Schon wieder vom Genueser?«, fragte Ferdinand und spuckte den Kern einer Dattel in den Hof. In der Mittagssonne glitzerten die Wassertropfen der Fontänen in allen Farben des Regenbogens.

Isabella nickte und reichte einem Diener die gefaltete Nachricht. »Er gibt keine Ruhe«, sagte sie. »Dieser Colón bittet um noch eine Audienz und noch eine Audienz. Als hätten wir nicht drängendere Probleme als sein unseliges Indien! Zudem sind seine Forderungen unmäßig.«

Der nächste Kern traf einen der Brunnenlöwen am Kopf. Ferdinand lachte. »Nun, mein Täubchen, lass ihn nur zappeln. *Du* bist die Königin.« Dieses Mal verfehlte der Kern sein Ziel und versank lautlos im Wasser der Brunnenschale. »Du bestimmst, nicht er. Von Anfang an hat mir sein Auftreten nicht gefallen.«

Er winkte dem Diener und ließ sich eine zweite Schale getrockneter Datteln bringen.

»Und noch nichts vom Prinzen?«, fragte er dann. »Als ich dich mit der Nachricht sah, glaubte ich einen Moment, es könnte eine Botschaft von ihm sein! Wie geht es Johanna?«

»Sie ist auch *deine* Tochter!«, sagte Isabella, aber Ferdinand winkte den Vorwurf beiseite. Ein Vater musste nicht vertraut sein mit seinen Töchtern. Es genügte, wenn er sich Gedanken machte über eine günstige Heirat.

»Ist sie noch immer verstockt?«, fragte Ferdinand. »Sie ist dreizehn

Jahre alt. Sie sollte begreifen, dass das Wohl des Reiches gesichert werden muss. Wenn sie es nicht von allein begreift, nun gut.«

Isabella stand auf und setzte sich neben ihn. Sie nahm eine Dattel aus der Schale und biss vorsichtig ab. Dann streichelte sie Ferdinands Arm.

»Nicht immer fügt das Schicksal zwei Menschen so glücklich zusammen, wie es das bei uns getan hat«, sagte sie und beugte sich ein wenig näher zu ihrem Mann. Sie spürte, wie er seine Muskeln anspannte. Vielleicht sollte sie doch einmal horchen, wer seine neue Gespielin war? Immer war da sonst auch noch Raum gewesen für sie.

»Johanna wird ihn lieben lernen, weil sie ihn lieben lernen muss«, sagte sie lächelnd und rückte wie zufällig wieder ein Stückchen von ihm ab. »Sie ist unsere Tochter. Wollen wir hoffen, dass Philipp schon bald erscheint.«

Dattelkerne schwammen im Brunnenbecken, sanken sanft auf den Grund. Sobald das Königspaar den Hof verlassen hatte, würde ein Diener sie herausfischen.

»Es war nicht leicht, dieses Reich zu einen«, sagte Ferdinand. »Wollen wir hoffen, dass es leichter sein wird, es über Generationen zu sichern.«

Granada im April, Gegenwart

In der Alcaicería drängten sich die Touristen.

Lampenschirme, Kissenhüllen, mit Glitzerfäden bestickt, indisch bedruckte Baumwolltücher, Schmuck. Die schmalen Gassen wurden durch Körbe und Schalen mit Waren, rechts und links vor den Fassaden der Läden auf den Boden gestellt, noch enger. Teppiche, hoch über den Köpfen auf den Stromleitungen quer über die Gassen gespannt, gusseiserne Spiegelrahmen an die Mauern gelehnt, ein Schild mit der Aufschrift »Basar oriental«. Dazwischen Deutschlandflaggen, Englandflaggen, an den Türpfosten Aufkleber, die zeigten, welche Kreditkarten angenommen wurden.

»So geil!«, sagte Sylvia. »Guck mal, Yessi, die Ohrringe!«

»Süß!«, schrie Yesim und drehte einen Plüschteddy in der Hand. »Den nehm ich für meine kleine Schwester mit!«

»Weiber!«, sagte Tukan und rollte mit den Augen.

»Wieso, gefällt dir das hier nicht?«, sagte Sergej. »Musst du dich doch voll zu Hause fühlen. Ist doch wie in der Türkei, oder?«

»Hast du sie noch alle?«, sagte Kadir. »Bist du bescheuert?«

»Lass die Mädels doch weiter shoppen«, sagte Tukan. »Wir setzen uns draußen auf diesen Platz mit dem komischen Namen und trinken eine *cerveza*.«

»Bib-Rambla«, sagte Boston. Dann hätte er sich am liebsten auf die Zunge gebissen.

»Genau, voll der bescheuerte Name«, sagte Tukan. »Aber spanische *cerveza* ist auch Landeskunde. Will Hilbert doch immer, dass wir Landeskunde machen. Mach ich ein Referat: *Ist spanische* cerveza *besser als deutsches Bier?*«

Sergej lachte. »Lass uns«, sagte er.

Boston fiel einen Schritt zurück. Er wollte, dass sie es bemerkten, dass sie sich umdrehten und sagten: »Ey, Kleiner, was ist? Kommst du nun mit, oder was?«; aber er wollte auch, dass es ihnen gar nicht auffiel. Er mochte kein Bier. Er hatte noch nie Bier getrunken.

»Ey, Kleiner, was ist?«, sagte Tukan.

Boston wurde rot. Seine Leute.

»Ich guck noch mal kurz, was ich meiner Mutter mitbringen kann!«, sagte er schnell. »Die hat bald Geburtstag.«

Was nicht stimmte. Aber konnte man seiner Mutter einfach so

etwas mitbringen? Einer kleinen Schwester schon, das ging, aber seiner Mutter? Er konnte nicht sicher sein.

Tukan hatte sich schon umgedreht, ohne etwas zu sagen, und wedelte zum Abschied noch einmal kurz mit der Hand. Aber sie hatten ihn gefragt. Vielleicht würde er heute Abend doch Bier mit ihnen trinken.

Arabisch aussehende Laternen fünf Meter über der Straße. Im ersten Stockwerk hatten die Häuser Fenster mit Hufeisenbögen, und Arabesken aus rotem Sandstein schmückten die weißen Fassaden. Nur wenige Touristen wandten den Blick nach oben, der Basar war ihnen auch so schon orientalisch genug. Aber Boston spürte bei diesem Anblick eine unglaubliche Freude.

Natürlich war das alles unecht, Mirjam hatte es im Kurs in ihrem Vorbereitungsvortrag über die Altstadt erzählt, der echte Basar war vor hundertfünfzig Jahren abgebrannt. Aber es war wunderbar, dass sie ihn so wieder aufgebaut hatten. Vielleicht würde seine Mutter ihm zu Hause zu erklären versuchen, dass all dies kitschig war, und er würde nicht widersprechen. Dass es ihm jetzt gefiel, so sehr, dass er vor lauter Freude betrunkener wurde, als er es von einer spanischen *cerveza* hätte werden können, würde sie ja nicht erfahren.

Am Ende der Gasse dann plötzlich ein doppeltes Tor: riesenhoch und arabeskenverziert der Hufeisenbogen über dem ersten, niedrig und schlicht dahinter der zweite Durchgang, darüber zwei Fenster. Die ehemalige Karawanserei, echt, ganz echt. Der *funduq*. Alt. Hier hatten im Mittelalter die Kaufleute geruht, wenn sie nach Granada gekommen waren, um Handel zu treiben. Hier hatten sie ihre Tiere getränkt. Hier hatten sie ihr erstes Morgengebet gesprochen.

Boston zögerte, dann ging er doch nicht hinein. Zuerst die Einkäufe.

Vor einer Auslage blieb er stehen. Mütter waren einfach: Egal was man ihnen mitbrachte, sie freuten sich immer. Und Mütter waren schwierig: Kein Mensch konnte wissen, was einer Frau, die schon fast vierzig war, wirklich gefiel.

Boston drehte den Ständer mit dem Schmuck. Vielleicht war sie schon zu alt für die langen Ohrgehänge. Oder ihr gefiel die Farbe der Steine nicht. Dann würde sie ihm einen Kuss geben, ihn fest in den Arm nehmen und die Ohrringe bewundernd angucken. »Vielen, vielen Dank, Boston!«, würde sie sagen. »Die sind ja wunderschön, du!« Aber danach würde er sie nie an ihren Ohren sehen.

Dafür war ihm sein Geld zu schade.

Klamotten waren genauso riskant, niemals würde seine Mutter in einem T-Shirt mit dem Aufdruck »They went to Granada and all I got was this lousy T-shirt« herumlaufen, mit einem noch witzigeren Spruch sowieso nicht. Und Lampen und Kissen und Teppiche waren zu teuer, und sowieso würde sie sie vielleicht trotzdem kitschig finden.

Gerade als er weitergehen wollte, entdeckte er den Karton mit den Fliesen: grau mit blauem Muster; Blattranken, ineinander verschlungen; Blüten und Palmwedel und geometrische Muster; unendlich kompliziert und trotzdem klar. Nicht überladen. Das würde ihr vielleicht gefallen. Das mochte sie doch: klar. Nicht überladen.

Er nahm eine Fliese in die Hand und sah auf den Preis. Wenn er vier Stück davon kaufte, konnte seine Mutter sie als Gläseruntersetzer benutzen. Die Unterseite war mit Filz beklebt. Er hätte dann heute Abend auch eine Entschuldigung, wenn er keine *cerveza* trank, das Geburtstagsgeschenk war leider so scheißteuer gewesen.

Boston legte die schönste Fliese zur Seite und suchte weiter. Sie waren sich alle ähnlich, aber kleine Unterschiede gab es doch. Er würde nur die schönsten nehmen.

Den Karton daneben sah er erst, als er schon glaubte, alles beisammenzuhaben, er war auch fast leer. Nur eine einzige Fliese lag noch darin, und kein Wunder, dass ausgerechnet sie zurückgeblieben war. Sie war abgestoßen an den Kanten, die Muster auf ihrer Oberfläche grau von Staub. Gar keine richtige Fliese eigentlich, dachte Boston. Eher wie die Arabesken oben auf der Alhambra. Oder hier um die Fensterbögen herum.

Er beugte sich tief über den Karton und pustete. Staub wirbelte auf, schwebte, fiel wieder zurück. Wer sollte so etwas schon kaufen.

Obwohl es irgendwie auch schade war. Wenn sie heil gewesen wäre, wäre diese Fliese vielleicht etwas ganz Besonderes gewesen. Die Verzierungen auf ihrer Oberfläche sahen aus wie arabische Schriftzeichen. Wenn sie echt alt war, würde seine Mutter sich mehr darüber freuen als über die neuen. Aber wenn sie gefälscht alt war, würde sie sie einfach nur grauenvoll kitschig finden. Konnte man feststellen, was sie war, das eine oder das andere?

Boston griff in den Karton.

al-Andalus, April 1492

»Mein Rehlein!«, sagte Amme bittend. Sie kniete vor dem Diwan und massierte der Prinzessin die Füße. »Mein leuchtendes Mondscheibchen! Steh auf!«

»Du sprichst schon genau wie die Mauren!«, sagte Johanna unfreundlich und zog ihre Knie ans Kinn. Amme deckte ihr erschrocken den langen seidenen Rock bis über die Füße.

»Du wirst ihn empfangen müssen!«, sagte sie. »Deine Eltern haben entschieden, dass du ihn heiraten wirst. Es ist eine wunderbare Verbindung, so klug!, du ihn und dein Bruder seine Schwester! Noch enger könnte die Verbindung zwischen euren Häusern Kastilien und

Aragón und den Habsburgern in Burgund und in Wien nicht sein! Wen müsste euer Reich dann noch fürchten!«

»Ich fürchte sowieso niemanden«, sagte Johanna. »Ich fürchte nur diesen Prinzen! Hat dir damals jemand befohlen, wen du heiraten sollst, Amme? Sei ehrlich zu mir!«

Amme strich ihr liebevoll über die Wangen, aber Johanna drehte sich unter ihrer Hand zur Wand. »Ich bin keine Prinzessin, mein Mondscheibchen!«, sagte sie. »Von mir hängt nicht ab, ob Frieden herrscht zwischen den Ländern! Von dir aber und deinem Bruder ...«

»Soll Johann doch die Habsburgerin heiraten!«, sagte Johanna zur Wand. »Schließlich wird er einmal der König sein! Mich sollen sie in Ruhe lassen. Ich bin dreizehn Jahre alt! Ich habe noch viel Zeit!«

»Er soll sehr schön sein, dieser Philipp«, sagte Amme schmeichelnd. »Rotblonde Haare! Blaue Augen! Nur ein Jahr älter als du!«

»Das ist wohl das wenigste, was ich erwarten kann!«, sagte Johanna. Sie drehte sich zurück und starrte Amme böse ins Gesicht. »Die blonden Haare werden ihm ausfallen, wenn er älter wird. Die blauen Augen werden trübe werden. Und was habe ich dann? Ich gehe lieber ins Kloster.«

»Ach, mein Täubchen, mein Rehlein!«, sagte Amme hilflos. »Es wird schon nicht so übel werden!«

»Das müsste meine Mutter doch freuen!«, sagte Johanna starrköpfig. »Wenn ich ins Kloster ginge! Sie liegt doch ohnehin den ganzen Tag auf den Knien, und niemand ist ihr fromm genug! Geh zu ihr, Amme, und sag ihr, dass ich ins Kloster will! Ich heirate den Habsburger nicht!«

»Ach, meine kleine Johanna, mein Herzenskind!«, sagte Amme. »Sei nicht so verstockt! Er ist ja noch gar nicht hier. Warte doch erst einmal ab. Wenn du ihn siehst, vielleicht liebst du ihn dann so sehr wie ein Stück süßes weißes Mandelbrot!«

Johanna starrte sie böse an. »Ich hoffe, dass Räuber ihn auf seinem Weg überfallen, das hoffe ich!«, sagte sie. »Ich hoffe, dass Banditen ihn erstechen und ausrauben und erschießen und köpfen! Ich hoffe, dass er so sehr tot ist, dass nicht einmal mein Vater mehr verlangen kann, dass ich seine Frau werde!«

»Ach, mein Mondscheibchen!«, flüsterte Amme. »Mein armes Mondscheibchen!«

Granada im April, Gegenwart

Manuel Corazón stand im Hintergrund des Ladens und beobachtete den Jungen.

Schon den ganzen Tag war das Wetter wunderbar gewesen, die Touristen hatten sich durch die Gassen geschoben, obwohl es noch dauerte bis zur wirklichen Reisezeit. Sitzkissen musste er nachbestellen, auch Schmuck aus Taiwan schien in diesem Frühjahr besonders beliebt zu sein. Eine Touristin hatte mit ihrem Eis am Stiel Flecken auf ein Paar seidene Schnabelschuhe getropft und sich hinterher geweigert, sie auch zu kaufen. Wenn die Gassen so eng waren, dass man kaum aneinander vorbeikam! Sie war nicht schuld.

Manuel hatte geflucht, ihr sogar nachgebrüllt. Man konnte nicht verhindern, dass die Touristen mit ihrem Eis und ihren Getränken in den Basar kamen, dass die Kinder mit ihren klebrigen Fingern auch empfindliche Waren anfassten. Natürlich waren die Verluste bei den Preisen längst einkalkuliert.

Der Junge stand schon eine ganze Weile da, einer von den Ruhigen, Schüchternen. Bestimmt war er in Wirklichkeit älter, als er aussah. Keiner von denen, die heimlich etwas einsteckten oder beschädigten und danach im Gedränge verschwanden.

Manuel trat einen Schritt vor. Der Junge griff nach den Untersetzer-Fliesen. Er wählte sorgfältig, das bedeutete, dass er nicht viel Geld hatte. Vielleicht würde Manuel ihm einen kleinen Rabatt geben. Es war ja lächerlich, wie viel er für seine Fliesen verlangte.

Noch einen Schritt. Beugte der Junge sich jetzt wirklich über den Karton?

Manuel öffnete den Mund, um zu rufen.

Dann hielt er ein. War es seine Schuld? Was wusste denn er. Sollte es ein Gottesurteil sein.

Er drehte sich um und verschwand in der Tiefe des Ladens. Er sah die Rückwand an und zählte bis hundert.

Als er vorsichtig wieder nach vorne ging, lagen die vier Untersetzer immer noch da.

Die Fliese aus dem Karton fehlte.

Der Junge auch.

5.

al-Andalus, April 1492

Das Erste, was Boston spürte, war die Wärme. Danach sah er, dass die Fliese nicht mehr in seinen Händen lag. Hatte er sie fallen lassen? Es hatte nicht geklirrt. Es war heller auf einmal.

Boston sah auf. Hatten sie die Laternen eingeschaltet? Warum?

Es war ja nicht so, dass er wirklich Zeit zum Nachdenken hatte, bevor er sah. Es waren ja nur Bruchteile von Sekunden, bevor er begriff und vor allem nicht begriff.

Die Gasse war verschwunden. Er stand, noch immer gebeugt wie über dem Karton vor dem Laden im Basar, auf einem weißsandigen Weg, der aufwärtsführte zwischen Zypressen und Pinien, breit genug, um der Sonne Zugang zu gewähren.

Das Zweite, was er spürte, war Übelkeit. Als müsse er sich übergeben, während in seinem Kopf Gedanken durcheinanderwirbelten, Gefühle, alles war wirr, drehte sich.

Nein! Nein, nein!, dachte Boston und klammerte sich an dem Wort fest, das er als erstes aus dem Taumel in seinem Hirn zu fassen bekam. Nein, nein, nein! Er fühlte, dass es half, es war wie ein Fetzen aus Wirklichkeit, an dem er sich festhalten konnte, während um ihn herum alles zusammenbrach. Nein, nein, nein, das war ein Gedanke, den er festhalten konnte, nein, nein, nein, das dachte er jetzt, weil er das denken wollte, während alles andere in seinem Kopf kreiste, unkontrolliert, sich verknäuelte, sich ihm entzog, nichts bedeutete außer Chaos, Chaos und Wirrnis.

Nein, nein, nein. Er taumelte an den Wegrand und unter die Bäume und übergab sich heftig. Nein, nein, nein.

Dann lag er auf dem Teppich aus Piniennadeln, während über ihm die lichten Zweige Sonnenstrahlen filterten. Er atmete schnell, heftig, sein Herz schlug, als versuche jeder Schlag den vor ihm noch zu überholen. Nein, nein, nein. Auch: Sonne, Sonne, Sonne. Pinien.

Pinien, dachte Boston. Ruhig werden. Ruhig werden. Pinien. Dies ist ein Wald.

Wieder spürte er, dass er sich übergeben musste, und gleichzeitig, dass sein Herzschlag langsamer wurde.

Pinien. Dies ist ein Wald.

Er übergab sich, er musste würgen, er lag auf dem Rücken, sein Atem wurde ruhiger. Dies ist ein Wald.

Er zwang sich, seinen Blick wandern zu lassen. Durchscheinende Wipfel. Der Duft von Piniennadeln, fast Sommerduft. Es wird besser, dachte Boston. Es wird besser. Ich sehe alles und kann es verstehen. Nur nicht wieder dieses Schwirren im Kopf. Es ist ja alles in Ordnung. Dies ist ein Wald, ich liege auf dem Boden, ich kann alles sehen und verstehen. Nicht wieder dieses Schwirren im Kopf.

Er atmete langsamer. Dies ist ein Wald. Aber eben noch war ich in einer Gasse.

Nein, nein, nein. Festhalten. Sonne, Sonne, Sonne.

Das Schwirren kam nicht wieder. Sein Herz galoppierte noch immer, sein Atem jagte, langsam atmen, langsam atmen, aber das Schwirren kam nicht wieder. Dies war ein Wald, und er verstand, dass es ein Wald war, und solange er verstand, wo er war, und solange sein Kopf sich wieder anfühlte, als könne man mit ihm denken, war alles in Ordnung. Alles in Ordnung.

Boston schloss die Augen. Er atmete tief durch. Der Boden schwankte nicht unter seinem Rücken. Der Duft wie nach Sommer blieb. Wenn er die Augen öffnete, würde er noch immer in diesem Pinienwäldchen liegen.

Irgendwo aus der Ferne hörte er Geräusche, als würde Metall auf Metall geschlagen. Eine Stimme, die etwas rief, weit entfernt. Den Schrei eines Esels.

Er ließ die Augen geschlossen und erlaubte seinen Gedanken zu tun, was sie wollten. Die Verwirrung kam nicht wieder. Er begriff, was an diesen Geräuschen so merkwürdig war: all das, was fehlte.

Kein Motorenlärm, dachte Boston und war gleichzeitig erstaunt und glücklich, dass er etwas begriffen hatte und es in seinen Gedanken formulieren konnte, dass sein Gehirn also wieder funktionierte, wahrnahm, verstand. Wie tief muss dieser Wald sein, dass man keinen Motorenlärm hört. Und trotzdem hängt in der Luft ein Schleier aus Geräuschen, Stimmen, ein Holpern und Klappern, unvertraut.

Gut. Er konnte wieder nachdenken, das war gut. Wenn er wieder er selbst war, konnte alles andere nicht mehr so schrecklich sein.

Boston öffnete die Augen. Die Sonne schien noch immer durch die Pinienwipfel.

Granada im April, Gegenwart

Es musste nichts bedeuten, immerhin hatte er bis hundert gezählt. Wie oft waren Kunden verschwunden, nachdem er eine Weile hinten in seinem Laden geblieben war, nicht jeder, der sich suchend und prüfend eine Weile vor seinen Auslagen aufhielt, kaufte dann auch.

Und das kleine Luder hat auch noch die Fliese mitgehen lassen, dachte Manuel probeweise. Wenn er es oft genug dachte, würde es sich vielleicht richtig anfühlen. Sah so harmlos aus, der Kleine, und nun guck mal. Ist er doch ein Dieb.

Er nahm den leeren Karton, zerriss ihn an den Kanten und faltete ihn dann flach zusammen. Den Staub an seinen Händen wischte er an den Hosenbeinen ab.

Manchmal kann man es nicht vorhersehen. Sah so harmlos aus, und nun war er doch ein Dieb. Wenn man einen Gedanken oft genug dachte, wurde er zur Wahrheit. Was der wohl mit der alten Fliese wollte.

Eine Frau mit unzufriedenem Gesicht zeigte ihm ein Tuch und fragte nach dem Preis, dann legte sie es ärgerlich zurück.

Wie oft würde er diesen Gedanken denken müssen, bis er an ihn glaubte?

Er hätte rufen können. Er hätte den Jungen warnen können.

Wieso fiel er eigentlich auf ein lächerliches altes Märchen herein. Der Junge war nichts als ein Dieb.

al-Andalus, April 1492

Boston wartete.

Er fragte sich nicht, worauf. Dass er sich plötzlich in der Gasse wiederfand? Dass er aufwachte, und alles war nur ein Traum gewesen?

Sein Magen knurrte, aber bei dem Gedanken daran, zu essen, spürte er erneut Übelkeit aufsteigen. Alles war nur ein Traum.

Hatte es in seinen Träumen schon einmal nach Pinien geduftet? Er konnte sich nicht erinnern. Konnte man riechen im Traum? Konnte man solche Gedanken denken im Traum?

Denken schon, dachte Boston. Auch sich fragen, ob man nur träumt oder wach ist. Er erinnerte sich an den furchtbaren Traum, in dem das Cabrio hinter ihm hergerast war, in dem ausgerechnet der Sportlehrer gesessen und ihn über den Schulhof gejagt hatte, immer im Kreis. Das Cabrio war näher gekommen, immer näher, und vor der Sporthalle hatte die halbe Schule gestanden und gejohlt, und er war um sein Leben gerannt und hatte dabei die ganze Zeit gedacht: *Es ist ja nur ein Traum, es ist ja nur ein Traum!*, aber er hatte sich nicht glauben können. Und die Angst war jedenfalls kein Traum gewesen, und das Cabrio war näher gekommen, und dann war er aufgewacht und hatte sich im Bad einen Zahnputzbecher voll Wasser geholt und lange nicht wieder einschlafen können.

Aber so fühlt es sich dieses Mal überhaupt nicht an, dachte Boston. Ich renne ja nicht. Niemand jagt mich. Es fühlt sich normal an wie das Leben, jetzt, wo mein Herz wieder schlägt, wie es immer schlägt, normal. Nur dass es nicht normal *ist*. Irgendetwas ist falsch, aber was. Ich muss ruhig bleiben. Ich darf nicht den Kopf verlieren, das ist das Wichtigste.

Ab und zu gingen Menschen auf dem Weg den Hang hinauf, er hörte sie schon, wenn sie noch weit unter ihm waren, dann rollte er sich zusammen, als ob sie ihn nicht sehen könnten, wenn er nur sie nicht sah. Er hörte ihre Stimmen, manchmal ein Lachen. Die Dämmerung kam.

Aber wenn es kein Traum war, was war es dann?

Teleportation, dachte Boston. Beamen. Nur mal so zum Beispiel. Im Fernsehen hatte er einen Bericht gesehen, Teleportation könnte es geben, eines Tages, hatte ein Physiker gesagt, ein Amerikaner wie sein Dad, davon sei er überzeugt. Nicht so wie in den Science-Fiction-Filmen, aber es könnte sie geben, vielleicht sogar in nicht allzu ferner Zukunft. Wenn wir die physikalischen Grundlagen einmal genauer betrachten …

Er hatte ausgeschaltet, damals. Konnte es also Teleportation sein, was ihm passiert war, war er der erste Mensch, der gebeamt worden war? War die Wissenschaft vielleicht schon weiter, als man der Öffentlichkeit gegenüber zugeben wollte?

Quatsch, dachte Boston, nun mal vernünftig bleiben. Irgendetwas Technisches hätte es dann doch geben müssen. Man wird doch nicht so einfach gebeamt, ganz ohne was. Wahrscheinlich ist es kein Traum, aber Teleportation ist es jedenfalls auch nicht, schade.

War es also Wahnsinn? War er auf einen Schlag wahnsinnig geworden? Aber warum? Er hatte sich Wahnsinn immer anders vorgestellt, er hatte sich Wahnsinn gar nicht vorgestellt, aber wenn er jetzt wahnsinnig war, dann war es anders, als er sich Wahnsinn vorgestellt hätte, wenn er jemals darüber nachgedacht hätte. So ein Blödsinn.

Nun ist es aber gut, dachte Boston. Ich bin nicht verrückt. Ich fühle mich wie immer. Nur die Welt ist verrückt geworden, auf einmal.

Aber wenn es kein Traum war, keine Teleportation und kein Wahnsinn, was war es dann?

Es gibt eine logische Erklärung, die gibt es doch immer. Ich muss nur ganz ruhig werden und nachdenken. Wenn ich erst mal weiß, was mit mir passiert ist, kann ich auch herausfinden, was ich tun muss, und alles wird wieder gut.

Über den Wipfeln zeigte sich der Mond. Er war groß und rund und sah aus wie eine Orange. Auch dieser Wald lag im Süden. Er war in Granada gewesen, in einer Gasse, und nun war er in einem spanischen Wald, wahrscheinlich doch, jedenfalls sahen die Pinien danach aus, und trotz der Dämmerung war es noch nicht kalt. Die Frage war nur, wie er von der Gasse in den Wald gekommen war, ohne zu merken, dass er den Weg dorthin zurücklegte. Aber es war doch beruhigend, dass dieser Weg nicht allzu lang gewesen sein konnte.

Boston lehnte sich mit dem Rücken gegen den Stamm einer Pinie. Diesmal war die Aufregung fast freudig. Er war der Lösung nähergekommen.

Zum Beispiel konnte er ohnmächtig geworden sein, und irgendwer hatte ihn von der Gasse in den Wald geschafft. Die Frage: Warum?, musste er nicht beantworten. Es war eine logische Erklärung, und sie passte gut. Das Schwirren in seinem Kopf! Hatte es sich nicht haargenau so angefühlt, als er nach der Blinddarmoperation vor zwei Jahren aus der Narkose aufgewacht war? Alles war klar. Er war ohnmächtig geworden in dem Gedränge auf dem Basar, und irgendwer hatte ihn hierher in den Wald geschafft.

Wie hatte er so panisch sein können. Es gab immer eine logische Erklärung, für alles. Hätte er gleich in Ruhe nachgedacht, er wäre schon viel früher darauf gekommen. Er musste unbedingt sofort Bescheid geben, bestimmt machte sich Frau Hilbert längst Sorgen um ihn. Vielleicht hatte sie die Polizei benachrichtigt oder, noch fürchterlicher, seine Mutter.

Und würde sie dann nicht sterben vor Angst? Er musste ihr schreiben, dass alles in Ordnung war mit ihm, jetzt sofort.

Boston zog das Handy aus dem Rucksack. Seine Finger zitterten nicht mehr. Alles war gut.

Das Display leuchtete auf, nachdem er die Tastensperre zurückgesetzt hatte. Er sah auf den ersten Blick, dass der Akku noch fast voll war. Wie gut, dass er ihn in der letzten Nacht aufgeladen hatte.

Er tippte seine Nachricht ein: »Alles okay, mach dir keine Sorgen!«, und drückte auf Senden.

Kein Netz gefunden, sagte das Display.

»Verdammte Scheiße!«, murmelte Boston. So weit von der Stadt entfernt konnte er doch nicht sein. Er musste sich beeilen zurückzukommen.

Als er zwischen den Bäumen hervor auf den Weg trat, spürte er einen kurzen Augenblick lang, wie schön alles war, ruhig und wie verzaubert.

Verzaubert, dachte Boston spöttisch. Na ja.

Er überlegte, ob er den Weg nach oben oder nach unten einschlagen sollte, und hoffte, dass seine Entführer ihn nicht allzu weit von der nächsten Stadt entfernt ausgesetzt hatten, nur jetzt nicht auch noch stundenlang gehen müssen. Wenn er schon kein Netz finden konnte.

Er nahm das Handy noch einmal heraus und schaltete es aus. Die kleine Ausschaltmelodie ertönte, dann wurde das Display dunkel. Er durfte nicht den Akku vergeuden.

6.

Isabella sah auf zum Himmel. Noch keine Sterne.

Ferdinand hatte sich verabschiedet, sie konnte sich denken, wohin. Boten waren gekommen mit Nachrichten, Bitten, Fragen; sie hatte mit dem Hauptmann der Burgwache gesprochen, einem klugen Mann; Torquemada hatte ihr eine Nachricht geschickt, um sie an ihr gestriges Gespräch und den heutigen Abend zu erinnern, der Nachmittag war vergangen. Über den Dächern zeigte sich der Mond. Er war groß und rund und sah aus wie eine Orange.

Wie schön dies alles ist, dachte sie und ließ sich auf einem Sessel nieder, den ein Diener heraus in den Hof getragen hatte. Und zum Dank, Herr mein Gott, will ich tun, was in meiner Macht steht, um dafür zu sorgen, dass alle Ungläubigen bekehrt werden und Dich preisen wie ich, das gelobe ich bei allem, was mir heilig ist.

»Isabella?«, sagte eine vertraute Stimme. Wen hatte die Wache um diese Zeit noch zu ihr vorgelassen?

»Mein Kind. Ich sehe, du schläfst noch nicht. Wie solltest du auch. Zu viele Sorgen lasten auf deiner Seele, habe ich recht?«

»Erzbischof!«, sagte Isabella. Die Wache, die bereitgestanden hatte, den Gast wieder nach draußen zu führen, hätte Ihre Majestät nur das winzigste Zeichen gegeben, zog sich lautlos einen Schritt in das Dunkel unter den Arkaden zurück. Die Stimme der Königin hatte erfreut geklungen.

»Ich habe den Großinquisitor gesprochen«, sagte der Gast. »Isabella, mein Kind – gestattet mir, Majestät, Euch auch weiterhin so zu nennen, selbst wenn ich jetzt nicht mehr Euer Beichtvater bin –, ich dachte, du bräuchtest vielleicht meinen Beistand.«

Isabella zögerte. Talavera, dachte sie. Wie oft habe ich in der Dämmerung des Beichtstuhls und unter dem Schutz des Beichtgeheimnisses so offen zu ihm gesprochen wie nicht einmal zu meinem Mann. Vielleicht hätte ich nicht ihn zum Erzbischof dieser Stadt ernennen sollen, auch wenn es gewiss niemanden gibt, der diese Aufgabe klüger erfüllen könnte als er. Er fehlt mir. Nicht viele Menschen sind für eine Königin wichtiger, als ein weiser Beichtvater es sein kann.

»Talavera!«, sagte sie und lächelte. »Setzt Euch zu mir. Ihr habt recht, der Großinquisitor hat mich gebeten, dem Judenedikt Taten folgen zu lassen, und sah mich zögern. Aber endlich habe ich begriffen, dass ich tun muss, was er verlangt. Es geht um das Wohl des Reiches und um die Seelen der Ungläubigen.«

»Nun, nun«, sagte Talavera. »Du hast mich nicht um meine Meinung gebeten, mein Kind, darum nenne ich sie dir ungefragt. Dein Zögern hat dir besser angestanden. Der Großinquisitor ist gewiss ein rechtschaffener Mann, der seine Pflicht nach bestem Wissen zu erfüllen sich bemüht, aber ist er ein Heiliger, der behaupten könnte, als Einziger den Willen des Herrn ohne Zweifel zu kennen?«

Isabella wartete. Jeder wusste, dass der Umgang zwischen Talavera und Torquemada nur selten freundschaftlich war.

»Ich habe nie ein Hehl daraus gemacht, dass ich in vielem nicht mit dem Großinquisitor übereinstimme«, sagte Talavera. »Das Edikt zur Vertreibung der Juden, das du am letzten Tag des März unterzeichnet hast, ist, was immer Torquemada sagen mag, nicht aus christlichem Geist geboren. Und du weißt es, Isabella. Du weißt es, mein Kind.«

»Es ist kein Edikt *zur Vertreibung* der Juden!«, sagte Isabella. Vielleicht hätte sie ihm nicht so große Freiheiten erlauben sollen? Auch ein Erzbischof musste die Grenzen beachten im Umgang mit seiner Königin. »Es ist ein Edikt zur Rettung ihrer Seelen! Nichts anderes verlangt es, als dass sie zu unserem wahren christlichen Glauben übertreten, und Ihr werdet doch mit mir und allen Rechtgläubigen der Überzeugung sein, Erzbischof, dass nur so ihre Seelen gerettet werden können! Nichts anderes wollen wir, Exzellenz, als sie zu wahren Gläubigen machen!«

»Ich verstehe«, sagte Talavera und strich sich über das Kinn. »Ich verstehe. Aber ich weiß nicht, ob im Himmel nicht mehr Freude ist über eine einzige freiwillig bekehrte Seele als über Tausende, die unter Zwang dem Judentum abgeschworen und das Glaubensbekenntnis gesprochen haben, was meinst du? Kann man Menschen zum Glauben zwingen, Isabella? Das frage ich dich. Kann man Menschen zum Glauben zwingen?«

Isabella sah ihn an. »Man sagt, Ihr disputiert in der Stadt öffentlich mit den Geistlichen der Mauren?«, sagte sie. »Man sagt, Ihr gestattet im Gottesdienst arabische Musikinstrumente? Man sagt, Ihr ließet die Heilige Schrift ins Arabische übersetzen, damit die Mauren sie lesen können?«

Talavera nickte. »Ich glaube an die Kraft der Worte«, sagte er. »Wenn sie lesen, werden sie begreifen. Und wenn nicht, nun gut. Ich glaube nicht, dass unser Herr im Himmel so kleinlich ist, jene Menschen nicht in Sein Paradies aufzunehmen, die zwar zu Ihm beten – denn das tun sie doch, die Mauren, Isabella? Und tun das nicht auch die Juden? Verehren wir nicht alle denselben Gott? –, aber nur nicht an die Erlösung durch Seinen Sohn glauben mögen. Sollte Er sie verdammen, nur weil sie Sein Geschenk nicht verstehen und anzunehmen bereit sind?«

Isabella drehte ihm den Rücken zu. »Der Herr hat mich bestimmt«, murmelte sie. Wenn sie mit Talavera sprach, erschien alles verändert. Es konnte doch nicht sein, dass zwei Diener Gottes so gänzlich Unterschiedliches über den Willen des Herrn zu sagen hatten! »Meine Pflicht ist es, dieses Land zu bekehren.«

»Recht so, mein Kind«, sagte Talavera. »Recht so.« Er seufzte. »Aber dann stelle ich dir meine Frage zum zweiten Mal: Kann man Menschen zum Glauben zwingen?«

Isabella schwieg. Spitzfindigkeiten, dachte sie. Das würde Torquemada jetzt sagen, Spitzfindigkeiten.

»Nun?«, sagte Talavera.

Isabella richtete sich auf und drehte sich zu ihm um. »Wir zwingen niemanden, Erzbischof!«, sagte sie. »Ihr kennt das Edikt! Kein Jude wird darin gezwungen, seiner Religion abzuschwören. Nur wer hier in unserem Granada leben will, von dem verlangen wir, dass er sich zu unserem Glauben bekennt. Die anderen aber dürfen bis zum Juli ungehindert unsere spanischen Länder verlassen.«

»Und ihre Häuser und ihren gesamten Besitz zurücklassen«, sagte Talavera. »Welcher dann der Krone gehört.« Fast kam es schon einer Beleidigung gleich, wie leise jetzt seine Stimme war.

»Nun, sie können ihre Häuser ja wohl schwerlich auf dem Rücken mit sich tragen!«, sagte Isabella. »Es ist ihnen gestattet, sie zu verkaufen.«

»Aber es ist ihnen nicht gestattet, Gold, Silber, Schmuck und andere Gegenstände von Wert mit sich außer Landes zu nehmen«, sagte Talavera immer noch leise. »Sodass sie das Gold, das sie für den Verkauf ihres Besitzes erhalten, für die Krone zurücklassen müssen. Ist es nicht so?«

Isabella sah auf ihre Knie. Er war ihr Beichtvater gewesen, trotzdem. Nichts gab ihm das Recht, so mit ihr zu reden.

»Was nützt es ihnen also, wenn sie ihre Häuser verkaufen?«, fragte Talavera. »Sie dürfen das Land verlassen mit nichts als dem, was sie auf dem Leibe tragen. Wie sollten sie da wohl an einem anderen Ort ein neues Leben beginnen können, erklärt Ihr mir das, Majestät? Und da behauptet Ihr, sie würden nicht gezwungen, ihrem Glauben abzuschwören, *conversos* zu werden? Welche andere Möglichkeit bleibt ihnen denn?«

Genauso hatte sie ja zu Torquemada gesprochen. Auch Ferdinand war dabei gewesen, als die Gruppe granadinischer Juden unter der Führung des ehrwürdigen Abravanel, ihres eigenen königlichen Steuereinnehmers, auf die Alhambra gekommen war, um ihnen dreißigtausend Golddukaten und strengste Einhaltung der Judengesetze anzubieten, wenn die Juden nur weiterhin in der Stadt leben und ihren Glauben ausüben dürften. Nachts wollten sie die *judería* nicht verlassen, selbst den gelben Judenfleck waren sie bereit zu tragen, wenn sie nur bleiben durften. War Granada nicht ihre Heimat? Hatten sie nicht unter den Mauren hier Jahrhunderte friedlich gelebt?

»Was wollt Ihr Euch mit dreißigtausend Dukaten zufriedengeben, wenn Ihr doch ihren gesamten Besitz bekommen könnt?«, hatte Torquemada gesagt, und sie hatte das Aufblitzen in den Augen ihres Mannes gesehen. »Kann der Herr wollen, dass die Juden in Euren Ländern im Reichtum leben, nachdem sie doch unseren Herrn ans Kreuz geschlagen haben?«

»Wenn sie Christen werden, können sie bleiben«, sagte Isabella und versuchte, ihrer Stimme die nötige Festigkeit zu geben. »Und ihren gesamten Besitz behalten.«

»Das nennt Ihr freiwillig«, sagte Talavera. »Ganz abgesehen davon, dass sie sich als *conversos* keinen Tag mehr werden sicher fühlen dürfen! Wer glaubt einem *converso*, wer glaubt einem *morisco*, dass er es mit seinem Bekenntnis zu unserer einzig wahren Kirche wirklich ehrlich meint? Beweist die Inquisition nicht täglich überall im Land, dass die Bekehrung zum christlichen Glauben für Mauren wie für Juden fast einem Todesurteil gleichkommt? Werden sie nicht überall in Euren Ländern von Nachbarn, Priestern, Angehörigen der heiligen Bruderschaft bespitzelt, um zu beweisen, dass sie heimlich immer noch ihrem alten Glauben anhängen? Und bedeutet diese Beschuldigung für sie dann nicht unweigerlich den Tod auf dem Scheiterhaufen, selbst wenn es Beweise nicht gibt? Wenn nur ein neidischer Nachbar, der ihren Besitz begehrt, sie verklagt hat, wenn …«

»Genug!«, sagte Isabella. Sie war aufgestanden und ging auf und ab. Das Wasser sprudelte aus den Mäulern der Löwen. »Ihr wollt nicht sagen, Exzellenz, dass in meinem Land Menschen verbrannt werden, die es nicht verdienen? Ihr wisst, was der Großinquisitor sagt: Wenn sie Gott verhöhnen, liegt in der Sühne durch den Feuertod ihre einzige Hoffnung auf Rettung ihrer Seelen! Wir retten sie vor der ewigen Verdammnis! Sie brennen hier bei uns nur kurze Zeit – wie lange aber würden sie in der Hölle brennen, gäben wir ihnen in den *autodafés* nicht die Möglichkeit, ihren Frevel noch in dieser Welt zu sühnen!«

»Ach, mein Kind«, sagte Talavera müde. »Majestät, Ihr herrscht über ein riesiges Reich, und ich kenne Euch lange genug, um zu wissen, Ihr tut stets nur, was Euer Gewissen Euch gebietet. Umso wichtiger ist es, sich nicht zu schnell zufriedenzugeben, Isabella! Geht in Euch. Fallt auf die Knie und bittet den Herrn um Erleuchtung. Und bedenkt dabei: Unser Gott ist kein grausamer Gott. Sein Sohn ist auch für die gestorben, die nicht an Ihn glauben.«

Isabella nickte und schwieg. Sie hätte ihn bitten können zu bleiben. Dabei zu sein, wenn der Großinquisitor, wie sie es ihm gestattet hatte, sich gleich anschicken würde, die Lüge und den Betrug der *conversos* zu beweisen. Aber sie wusste, dass Talavera ihr dann alles zerstören würde. Sie brauchte Klarheit. Ließe sie den Erzbischof mitreden, nie würde ihr Gewissen ihr die Entscheidung gestatten, die doch getroffen werden musste.

Talavera wartete, dann seufzte er.

»Ihr wollt, dass ich gehe«, sagte er. »Bewegt in Eurem Herzen, was ich Euch gesagt habe. Ich will dafür beten, dass der Herr Euch den Weg zeigt. Es muss ja nicht gleich ein Wunder sein. Ihm wird schon auch etwas anderes einfallen.«

Isabella neigte das Knie, wie sie es gewohnt war, und Talavera lächelte. »Wie ich gesehen habe, seid Ihr schon dabei, die Koranverse aus Eurem Palast zu entfernen?«, sagte er fast schon im Plauderton. »*Wa-la ghaliba illa'llah?* Ich sehe nicht, was an diesem Satz anstößig sein sollte, richtet das doch dem Großinquisitor aus mit einem freundlichen Gruß von mir. Er kann kaum etwas dagegen haben, wenn Eure Wände verkünden, dass *Gott allein der Sieger* sei. Selbst wenn es der Koran ist, der das behauptet.«

»Wir wissen nicht, wer die Fliese entfernt hat«, sagte Isabella und bemühte sich, ihre Stimme ebenso gleichmütig klingen zu lassen. »Sobald sie gefunden wird, soll sie wieder eingesetzt werden. Der Frevler wird seine Strafe erhalten.«

»Was für eine merkwürdige Melodie!«, flüsterte der Junge, als er vorsichtig zwischen den Stämmen zu Boston vorgedrungen war. »Du pfeifst lieblicher als ein Vogel!« In der Dunkelheit um sie herum war er nur schemenhaft zu erkennen; eine Wolke verdeckte den Mond. »Friede sei mit dir. Aber es war überflüssig, dich zu schicken. Hat Santángel euch das nicht ausgerichtet?«

»Wie?«, sagte Boston. An der Stimme erkannte er, dass der Junge kaum älter sein konnte als er, auch an der Größe, das war beruhigend. Und trotzdem spürte er, wie die Panik zurückkommen wollte. Wieso verstand er ihn so leicht? Wieso fühlte sich Spanisch auf einmal an, als hätte er nie etwas anderes gesprochen?

»Santángel hat mir den Weg ohnehin beschrieben«, flüsterte der Junge und zog Boston tiefer zwischen die Bäume. »Ich brauche keinen Führer. Es wäre also gar nicht nötig gewesen.« Er gab ihm ein Zeichen, sich auf den Boden zu setzen. »*Wa Allah!* Warum hast du dich so verkleidet? Dachtest du, so würde man dich für einen Schweinefresser halten?« Er kicherte.

Aber Boston hatte nicht vor, sich für seine Kleidung zu entschuldigen. Natürlich war seine Jeans keine besondere Marke, sein T-Shirt auch nicht; aber noch merkwürdiger als dieser Junge konnte man überhaupt nicht gekleidet sein, auch wenn die Dunkelheit die Farben verschluckte.

»Als Erstes müssen wir wissen, wie viel er zu zahlen bereit ist«, flüsterte der Junge wieder. »Die Waffen sind das Wichtigste, wenn unser Aufstand gelingen soll. Die Schweinefresser haben Kanonen! Aber so ist uns allen gedient, Allah sei Dank.«

Boston nickte, ohne nachzudenken. Der Junge trug einen Turban, der ihn größer wirken ließ, und ein weites weißes Gewand, das in der Dunkelheit leuchtete. Als wollte er zum Fasching gehen, aber das tat in ihrem Alter natürlich niemand mehr.

»Du brauchst nicht vorauszugehen!«, flüsterte der Junge. »Santángel ist in großer Sorge um euch, in sehr großer Sorge! Viele wenden sich jetzt an ihn, wie du weißt, aber was kann er tun, ohne sich selbst in Gefahr zu bringen? *Ya Allah!*«

Und keine Kameras irgendwo. Das konnte es also nicht sein.

»Wie viel sind deine Leute bereit zu geben?«, flüsterte der Junge wieder. »Der Kapitän sagt, wenn nur noch genügend andere Güter an Bord genommen werden, damit niemand etwas bemerkt, könnte er eine ganze Karavelle beladen, sogar zwei oder drei! Obwohl die Christen euch, wie ich gehört habe, nicht viel zu zahlen bereit sind, viel Gold kann es doch also eigentlich nicht sein. Santángel sagt, sie kaufen die Häuser zu einem Spottpreis, sie zahlen für die Geschäfte nicht die Hälfte, nicht den dritten Teil ihres Wertes! Wo bleibt ihre Barmherzigkeit? Er sagt, sie nennen es Kauf, aber es ist Raub in Wirklichkeit, sie beruhigen ihr Gewissen mit dem wenigen, das sie geben, und glauben doch, auch dieses wenige dann wiederzuerhalten, weil alles Gold zurückgelassen werden muss. Oh, es freut mich, dass sie sich täuschen! Tod und Verderben den Schweinefressern! Möge Allah sie strafen!«

Kein Film, egal wie es klang. Wovon sprach der Junge? Für wen hielt er ihn?

»Glaubst du, deine Leute wären bereit, dem Kapitän die Hälfte dessen zu geben, was er für sie über das Meer bringt?«, flüsterte der Junge. »Das müsste er schon verlangen, für die Gefahr, die er auf sich nimmt, wenn er hilft, das Judenedikt zu umgehen! Euer Dank allein nützt uns wenig, davon kann man keine Waffen kaufen. Und ob man auf den Gott der Juden viel geben kann, weiß ich nicht, auch wenn Santángel sagt, ihr werdet alle in euren Synagogen für uns beten!«

Wenn er jetzt ohnmächtig wurde, würde er vielleicht in der Alcaicería wieder zu sich kommen. Vielleicht funktionierte es in beide Richtungen. Boston spürte schon wieder die Übelkeit aufsteigen.

»Wir müssen uns beeilen!«, sagte der Junge. »Man darf mich bei Nacht nicht sehen in der *judería*! Ya Allah, wie sehr sich alles verändert hat!«

Das kann man sagen, dachte Boston. Nur dass wir damit hundertprozentig nicht das Gleiche meinen.

Er sah zum Himmel. Der Mond hatte seine Position gewechselt und war kleiner geworden. Er leuchtete nur noch fahl.

Es war gleichgültig, was er jetzt tat, solange nur überhaupt etwas geschah. Und was für ein Glück, dass ausgerechnet ein Junge ihn aufgestöbert hatte. Wie merkwürdig, dass er ihn erwartet hatte. Auch wenn er sich nicht vorstellen konnte, mit wem der Junge ihn verwechselte, das würde er schon noch herausfinden.

»Dann auf zum Realejo«, flüsterte der Junge.

Boston nickte erleichtert. Was auch immer der Junge dort wollte: Vom Realejo würde er allein zum *hostal* zurückfinden, Gott sei Dank. Das ehemalige Judenviertel hatten sie ihnen doch gestern auf ihrem Orientierungsspaziergang gezeigt, die prahlerischen Oberstufenschüler. Manchmal lohnte es doch aufzupassen.

»Besser, wir sind leise«, flüsterte der Junge wieder. »Wir müssen vorsichtig sein. Wie der Prophet sagt: Vertraue auf Allah, aber binde zuvor dein Kamel an.«

Jetzt auch noch Kamele, dachte Boston. Na wunderbar. Allmählich spürte er neben seinem Schrecken eine Neugierde, die immer stärker wurde.

7.

In den Straßen war es still, und die Dunkelheit war so tief, dass Boston seinen Blick fest auf das weiße Gewand des Jungen heften musste, um ihn nicht aus den Augen zu verlieren. Natürlich hatte er sich vorhin in der Alcaicería gesagt, wie sehr es ihm gefiel, dass alles wieder aufgebaut war, als wäre es alt, maurisch; dass es ihn nicht kümmerte, ob irgendwer später zu Hause behaupten würde, das wäre doch alles nur Kitsch.

Aber mussten sie tatsächlich so weit gehen mit ihrer Anbiederei bei den Touristen? Keine einzige Straßenlaterne erleuchtet, noch nicht einmal zu entdecken. Man hätte glauben können, es gäbe gar keine Straßenlaternen in diesem Altstadtviertel, das, fast erschreckend, so glaubwürdig hergerichtet worden war, dass es Boston schwindelte.

Darum also auch die merkwürdige Verkleidung des Jungen! Aber wie schwierig vielleicht für die Menschen, die hier lebten, wie sonderbar und ungewohnt: kein Fenster hell erleuchtet und nirgendwo, nirgendwo der flackernde Schein der Fernsehbildschirme. Gab es hier vielleicht nicht einmal Strom? Bekamen die Menschen Mietnachlass, wenn sie in so eine Gegend zogen? Waren die Häuser womöglich nicht einmal bewohnt?

»Hier herum?«, flüsterte der Junge und sah Boston fragend an. »Sind wir nicht schon beinahe am Ziel?«

Und keine Autos, nicht ein einziges Auto in diesen Straßen. Natürlich waren sie ohnehin viel zu eng, aber wenigstens hätte man dann doch ab und zu ein Mofa sehen müssen, einen Roller oder, in Gottes Namen, zumindest ein Fahrrad. So wenig aufmerksam war er gewesen gestern Nachmittag, dass ihm all dies nicht aufgefallen war.

Da müsste man ja fast Eintritt bezahlen, dachte Boston. Die Stille war so undurchdringlich, dass sie in seinen Ohren dröhnte. Hätte Frau Hilbert uns eigentlich auch mal warnen können.

»Hier ist es doch«, flüsterte der Junge. Er klopfte mit den Fingerknöcheln einen merkwürdigen Rhythmus gegen ein hölzernes Tor, das tief in eine Mauer eingelassen war, einmal, zweimal, wartete. Auch nicht gerade die beste Lage für Lagerräume, von Lagerräumen hatte der Junge doch geredet? Wie sollte hier bei Tag wohl ein Lastwagen fahren können. Und zu Fuß würde ja wohl niemand Waren durch diese engen Gassen hin- und herschleppen.

Das Tor wurde einen Spalt weit geöffnet. Eine junge Frau trug eine Öllampe in der Hand, und ihre schwarze Kleidung wirkte altertümlich wie die seines Begleiters.

»Der Herr erwartet euch schon«, sagte sie leise. Sie wandte sich um und ging ihnen voraus.

Isabella wartete.

Der alte Mann hinter ihr atmete schwer, sie hatte versucht, ihm sein Vorhaben auszureden.

»Muss es ausgerechnet die Torre de la Vela sein?«, hatte sie bittend gesagt. »Ausgerechnet der höchste Turm meiner Alhambra? Sicher wird doch, was Ihr mir zeigen wollt …«

Aber er hatte sie unterbrochen ohne ein Wort; allein mit seinem herrischen Blick.

Nun stand sie an die Brüstung gelehnt und fröstelte. Hier oben war der Abendwind kühl, sie könnte einen Diener nach unten schicken, ihr einen Schal zu holen. Zwei Stühle standen bereit, von den Wachen ihnen vorausgetragen.

»Ja!«, sagte der Großinquisitor und trat auf die Plattform. Sein Atem ging schwer, sie fürchtete um sein Herz.

Dann setzte er sich. Ein Bediensteter stützte seinen Ellenbogen, er schüttelte ihn unwillig ab.

»Nun seht Ihr, Majestät«, sagte er, sobald sein Atem sich beruhigt hatte.

Isabella ließ ihre Augen schweifen. Sie liebte den Blick von diesem Turm bei Tag: unter ihr die Dächer der Stadt, die jetzt ihre Stadt war, so klein, dass es sie fast schwindelte; dahinter die weite fruchtbare Ebene der Vega. Dies alles gehört jetzt mir. Uns. Im Namen des Herrn.

Jetzt aber nur Dunkelheit; unter den Baumwipfeln, die sich auf der Hügelflanke als schwarze Schatten im Mondlicht abzeichneten, nur schemenhaft die Häuser, die Gassen. Granada schlief.

»Die Stadt schläft«, murmelte sie.

»Noch nicht um diese Zeit, Majestät«, sagte Torquemada hart. Sein Atem war ruhiger geworden. »Seht genau hin. Darum sind wir auf diesen Turm gestiegen. Seht genau hin.«

Links unter ihr, dunkel und still, der Realejo, weiter rechts der Albaicín, aus dem leise Abendgeräusche heraufwehten, ein schwacher Lichtschein in den Gassen.

»Nun?«, fragte Torquemada. Die Spitze seines Stockes mit dem silbernen Knauf klopfte im schnellen Takt hart auf den steinernen Boden, *tock, tock, tock,* ungeduldig.

»Nicht alle schlafen«, sagte Isabella unsicher. Was hatte das mit dem zu tun, was er von ihr verlangte? »Es scheint, dass im Albaicín sogar noch mancherorts gefeiert wird.«

Der Großinquisitor nickte. »Es ist Freitag«, sagte er. »Der Feiertag der Muslime. Auch den Muselmanen werden wir schon bald erklären müssen, dass der Herr nach seiner Schöpfung am siebten Tag geruht hat, nicht am fünften.« Er schnaubte. »Aber dafür ist es noch zu früh, eine Weile noch sollen in Gottes Namen die Verträge gelten, in denen Ihr bei der Übergabe der Stadt den Mauren so leichtfertig zugesagt habt, Ihr würdet sie nicht hindern an der Ausübung ihrer Religion. Nicht wegen der Muselmänner habe ich den Weg die steile Treppe hoch genommen.«

»Eminenz?«, sagte Isabella fragend. Aus den Gassen des Albaicín hörte sie eine Laute, irgendwo wurde gesungen, geklatscht. Selbst das Lachen drang bis hier oben herauf, was gab es für die Mauren zu lachen in ihrer besiegten Stadt.

Die Stockspitze klopfte auf den Boden.

»Nicht wegen der Mauren«, sagte Isabella. Sie konnte ihn nicht länger warten lassen. Sie wusste es ja, worüber hatten sie denn gesprochen. »Es geht um das Edikt, Eminenz. Ihr sagt, dass die *conversos* lügen und betrügen. Dass sie sonntags die heilige Messe besuchen, wie das Edikt es befiehlt, und doch in ihren Häusern heimlich weiter ihren heidnischen jüdischen Riten anhängen, dass wir darum ihre Seelen retten müssen. Dass wir sie greifen müssen und verbrennen, zu ihrem eigenen Heil.«

Der Stock hatte aufgehört. »Und?«, fragte der Großinquisitor. Seine Stimme war brüchig vom Alter. Wie konnte sie trotzdem diese Schärfe besitzen.

Isabella sah auf die Dächer ihrer Stadt. Warum hatte sie Talavera fortgeschickt? Aber auch der Erzbischof hätte ja nicht leugnen können, was sie dort unten jetzt sah.

»Und herrscht also Leben in der *judería*?«, fragte der Großinquisitor. Er erhob sich von seinem Stuhl, ein Diener sprang vor. Torquemada trat zu ihr an die Brüstung und stützte sich auf die rauen Steine. »Seht Ihr Rauch aufsteigen über den Dächern des Realejo?«

»Es ist Abend«, murmelte Isabella.

»Und im Albaicín ist es das nicht?«, fragte der Großinquisitor. »Für die Mauren ist also noch Tag? Dass wir den Lichtschein erkennen können aus ihren Häusern, sogar den Rauch, wenn der Mond sich nicht hinter einer Wolke verbirgt?«

Isabella schüttelte den Kopf.

»Ich will es von *Euch* hören«, sagte Torquemada und drehte ihr sein Gesicht zu. Seine Stimme klang aufgebracht. Niemand konnte ja leugnen, was dort unten geschah.

»Die Juden im Realejo feiern den Vorabend des Sabbats«, flüsterte Isabella. »Ihres Ruhetages. Sie dürfen nicht arbeiten. Sie dürfen kein Feuer entzünden. Sie gehen in die Synagoge …«

»Sicherlich nicht hier bei uns in Granada!«, rief der Großinquisitor. Ein Diener sprang vor und trat sofort erschrocken wieder zurück.

»Und der Vater segnet die Kinder. Sie essen ihr erstes Sabbatmahl. Sie singen.«

Isabella richtete sich auf. »Sie singen, Eminenz!«, rief sie. »Aber es ist still im Realejo, hört Ihr nicht! Also feiern sie nicht! Also ist es kein Betrug, Großinquisitor! Wir müssten doch ihre Lobpreisungen hören!«

Der Großinquisitor schnaubte. »Ich wundere mich über Euch, Majestät!«, sagte er. »Nie habt Ihr gezögert, wenn es darum ging, Menschen in die Schlacht zu schicken! Warum auf einmal dieses Zaudern, wenn es um die Mörder Unseres Herrn geht? Ihr seht mit eigenen Augen, dass auch die getauften *conversos* immer noch *marranos* sind, Schweine!, fromme Juden, dass sie Euch betrügen, unter Euren Augen, und doch wollt Ihr sie verschonen?«

Isabella schwieg.

»Genügt Euch nicht, was dort unten vor sich geht?«, fragte der Großinquisitor. »Wollt Ihr morgen bei Tag noch einmal hier heraufsteigen, um noch einmal zu sehen, was Ihr doch heute Abend schon wisst? Werdet Ihr dann endlich bereit sein, auch zuzugeben, was vor Euren eigenen Augen geschieht?«

Hätte ich es doch nicht gesehen, dachte Isabella. Wenn das Auge nicht sieht, muss das Herz sich nicht grämen. Aber ich bin mit ihm hier hinaufgestiegen, und Talavera habe ich nach Hause geschickt.

»Ich will nicht, dass jetzt schon getötet wird«, sagte sie. »Hört Ihr, Großinquisitor? Das Edikt gibt ihnen Zeit bis zum Juli, erst danach müssen sie Christen sein.«

»Auch diejenigen unter ihnen, die behaupten, sie hätten ihrem Unglauben längst abgeschworen?«, fragte Torquemada. »Ich will nur, dass Ihr ihre Heimtücke begreift! Wir werden die heilige Bruderschaft in den Realejo schicken. Sie sollen nicht glauben, wir wüssten nicht, was sie vor uns zu verheimlichen suchen.«

Isabella neigte das Knie.

Der Gang war lang und schmal und dunkel; bevor sie in den großen Raum an seinem Ende traten, klopfte die junge Frau leise an die Tür.

»Herein!«, sagte eine Männerstimme. Der Blick, mit dem ihr Besitzer Boston und seinen Begleiter begrüßte, wirkte erleichtert und fragend zugleich.

»Schalom«, sagte der Mann. Er trug einen langen schwarzen Mantel, der ihn wie einen Priester wirken ließ. »Oder nein, ich lege nur schwer alte Gewohnheiten ab: Gott zum Gruß. Ich hatte gehofft, dass ihr es sein würdet.« Er lächelte. »Aber kann ich mir sicher sein?«

Der Junge im Turban schien zu verstehen, was er meinte. »Ihr seid Isaak, der Kaufmann?«, sagte er. »Mein Name ist Tariq, *salam alaikum*. Denn *dieser* Gruß ist uns in Granada noch erlaubt. Ihr werdet verstehen, Herr, dass der, dessen Bote ich bin, mir nichts Geschriebenes mitgeben konnte für Euch zum Beweis.«

Der dämmerige Raum war offensichtlich das Lager. Auf Regalen standen Körbe, plumpe Gefäße aus Steingut in allen Größen, lagen in Stoff eingeschlagene Bündel; Jutesäcke waren gegen die Wände gestapelt. Und trotzdem stand in der Mitte des Raumes ein langer Esstisch, unter den unordentlich und wie in Eile die Stühle geschoben waren. Geschirr gab es keines mehr, aber die Brotkrumen überall zeigten, dass hier noch vor gar nicht langer Zeit gegessen worden war. Ein zweiarmiger silberner Kerzenleuchter, dessen beide Kerzen, halb heruntergebrannt, erst vor so kurzer Zeit gelöscht worden waren, dass ihre Dochte noch qualmten, stand an einem Ende des Tisches. In seiner Mitte lag auf dem schweren weißen Leinentuch der Rest eines Brotes, das aussah, als wäre es geflochten. Ein Junge, der offenbar nach der Mahlzeit als Einziger außer dem Gastgeber im Raum zurückgeblieben war und der ungefähr so alt sein musste wie Boston selbst und sein Begleiter, dessen Name, wie er jetzt wusste, Tariq war, griff danach.

Der Mann im schwarzen Gewand lächelte noch immer. »Etwas Geschriebenes erwartet niemand mehr in diesen Zeiten in Granada«, sagte er. »Er wäre denn ein Tor. Trotzdem. Den Beweis, dass du der bist, der zu sein du behauptest.«

»Ich soll Euch die ersten Verse sprechen«, sagte der Junge und räusperte sich. »Ya Allah! Was würde meine Mutter sagen, wenn sie mich hören könnte!« Er sah verlegen aus. »Also, ich soll sagen: *Lob nun, ja Lob dir, oh Gott, / unser Gott und König des All du*. Und so weiter. Das soll ich sagen zum Beweis.«

Der Mann lächelte. »Ja, so war es abgesprochen«, sagte er. »Aber es war dir unangenehm, wie ich gemerkt habe, Maure? Nun, dass er ausgerechnet die zwei Verse ausgewählt hat, die wir Juden – *die* Juden – am Vorabend des Sabbats zu Beginn jeden Gebets sprechen – eigentlich erstaunlich. Denn auch, der dich geschickt hat, wird ja wissen, dass meine Familie und ich längst keine Juden mehr sind. Wir sind gute Untertanen Ihrer Katholischen Majestäten und fromme Christen. Aber natürlich erinnern wir uns noch der alten Bräuche.«

Einen Augenblick glaubte Boston auf dem Gesicht des Jungen leichten Spott zu erkennen. »Auch Santángel ist, wie Ihr und alle Welt wohl wisst, längst der frömmste aller Christen, wa Allah!«, sagte er und neigte seinen Kopf. Vielleicht war da wieder dieses Lächeln. »Und immerhin seit Jahren schon der Schatzmeister des königlichen Hauses von Aragón. Und außerdem der, der mich schickt, um Euch die Nachricht zu bringen, dass der Kapitän seine Hilfe anbietet für diejenigen Eurer Glaubensgenossen – Eurer *früheren* Glaubensgenossen! –, die nicht den Verstand besitzen, zum Glauben des verehrten Königspaares überzutreten, und die daher das Land verlassen müssen. Der Kapitän ist bereit, heimlich alles mitzunehmen, was an jüdischem Besitz in Euren Räumen zwischen Gewürzen und Seidenstoffen verborgen lagert, sobald von Malaka aus seine Karavelle nach Konstantinopel ausläuft. Sodass Eure Glaubensgenossen – Eure *früheren* Glaubensgenossen! –, die nicht den Verstand besitzen, zum Glauben des verehrten Königspaares überzutreten, und die daher das Land verlassen müssen, bei ihrer Ankunft jenseits des Mittelmeeres dort wenigstens einen Teil jenes Besitzes vorfinden, den mitzunehmen ihnen unser frommes und verehrtes Königspaar in seiner unendlichen Weisheit nicht gestatten mag.«

»Und wie viel verlangt er dafür?«, fragte der Mann im dunklen Mantel. »Eine Anzahlung liegt schon bereit. Wie ich hörte, soll das Gold niemandem zur Bereicherung dienen, sondern ist gedacht für einen – nennen wir es so? – guten Zweck.« Er seufzte. »Möge euch gelingen, wovon ihr träumt, Maure«, sagte er. »Wovon vielleicht, was ich auf ewig leugnen werde, sogar ich träume.«

In diesem Augenblick wurde draußen laut und heftig gegen die Eingangstür getreten. »Im Namen der heiligen Inquisition!«, brüllte eine rauchige Stimme. »Öffnet die Tür, oder wir brechen sie auf!«

Aber zum Öffnen ließen die ungebetenen Besucher niemandem die Zeit. Eine Zarge splitterte. Sechs Männer in ledernen Wämsern und mit Speeren in der Hand stürmten in den Raum.

8.

Dass sie getrunken hatten, merkte Boston nicht nur daran, wie sie sprachen. Kaum hatten sie sich alle sechs durch die Tür gedrängt, war der Raum schwer vom Geruch nach billigem Fusel, wie er ihn von der Supermarktkasse kannte, wenn er dort in der Warteschlange manchmal zwischen Männern und Frauen mit geröteten, immer lächelnden Gesichtern stand, deren Kauf meist aus einer einzigen Flasche bestand.

»Na also!«, sagte der Soldat, der sich als Erster in den Raum geschoben hatte. Eine große Narbe lief quer über sein Gesicht, noch ganz frisch. Vielleicht war er es auch gewesen, der die Tür eingetreten hatte. Vielleicht war er der Anführer, wenn es denn einen Anführer gab bei diesem Einsatz, den Boston nicht verstehen musste, um vor Angst zu zittern. Tariq hatte sich in die hinterste Ecke gedrängt.

Aber der Mann im schwarzen Mantel blieb ruhig. »Gott zum Gruß!«, sagte er und trat vor. »Sollte ein guter Christenmensch nicht grüßen, wenn er so unerwartet ein Haus betritt? Und was hat es zu bedeuten, dass ihr so einfach hereingestürmt kommt, ohne mein Willkommen abzuwarten? Was die Tür betrifft, so hoffe ich, dass einer von euch Schreiner ist. Ich werde sonst wohl bei eurem Hauptmann Meldung machen müssen.«

Boston sah, dass der mit der Narbe ein wenig schwankte. Er umklammerte die Tischkante.

»Nur nicht so vorlaut, Jude!«, sagte er. »Unser Hauptmann ist es ja, der uns schickt!« Er sah seine Männer bedeutungsvoll an und zeigte auf den Tisch. »Da seht ihr den Beweis!«, rief er und griff nach dem Leuchter. Längst hatten die Dochte aufgehört zu qualmen. Ein wenig Wachs tropfte auf die weiße Decke. Eine Kerze brach heraus und rollte über den Boden.

Der Hausherr richtete sich auf. »Wenn dein Hauptmann hört, dass ihr auf eurer Wache dem Branntwein zugesprochen habt!«, sagte er. »Was glaubst du, was er sagen wird, betrunkener Tölpel?« Er riss dem Soldaten den Kerzenleuchter aus der Hand. »Und nenn mich nicht noch einmal einen Juden, sonst zerschlage ich diesen Leuchter über deinem Schädel!«

»Oh, oh, oh!«, rief der Anführer und rollte mit den Augen. »Da müssen wir uns ja fürchten! Was sagt ihr, Männer? Habt ihr schon jemals einen so unfreundlichen Juden gesehen?«

Die anderen lachten.

»Kerl!«, rief der Mann im schwarzen Mantel. Boston sah, wie sich der Junge rückwärts gegen die Wand drückte. Sein Gewand war an der Vorderseite merkwürdig vorgewölbt, dass die Knöpfe in den Knopflöchern spannten. Das Brot war vom Tisch verschwunden.

»Nun mal ganz ruhig, Jude, der behauptet, kein Jude zu sein!«, sagte der Anführer. »Wieso steigt kein Rauch auf aus deinem Schornstein? Wieso brennt kein Feuer in deinem Haus?«

»Dich friert?«, fragte der Mann und hob eine Braue. »Soll ich ein Kohlebecken für dich bringen lassen?«

Der Soldat schlug heftig auf den Tisch. Die anderen fünf griffen nach ihren Waffen. »Zügele dein Mundwerk!«, sagte er. Seine Stimme klang fester jetzt, als hätte der Zorn ihn nüchtern gemacht. »Und in der Küche?«

»Gibt es eine Vorschrift im neuen Granada, dass nachts gekocht werden muss?«, sagte der Hausherr und verneigte sich leicht. »Dann verzeiht, dass mir nichts davon bekannt ist.«

Ein Soldat sprang vor mit dem Dolch in der Hand. »Soll ich ihn abführen?«, fragte er. »Wir sollten ihn vor den Inquisitor führen, diesen *marrano*!«

Der Anführer winkte ab.

»Wir merken uns dein Haus, Jude!«, sagte er. »Heute wollten wir dir nur zeigen, dass du uns nicht für dumm verkaufen kannst! Aber beim nächsten Mal wird es nicht nur deine *Tür* sein, die splittert.«

Die anderen lachten.

»Danke deiner gnädigen Königin, die euer Volk für dieses Mal noch verschont sehen wollte!«, rief der Anführer. »Wer kann schon begreifen, was ihr diese Milde eingegeben hat, *marrano*!« Dann winkte er seinen Männern, ihm nach draußen zu folgen.

Boston sah ihnen nach. Im Raum war es totenstill.

Als er sich wieder umdrehte, sah er, dass der Mann zitterte. Der Junge, der die ganze Zeit schweigend an der Wand gelehnt hatte, sackte langsam in sich zusammen. Während er zu Boden ging, rutschte unter seinem Wams das geflochtene Brot heraus und schlug auf die Fliesen.

Der Mann tat einen Schritt auf ihn zu. »Salomon!«, flüsterte er. »Mein Sohn!«

Boston sah erschrocken, dass ihm eine Träne über das Gesicht lief.

Und irgendetwas am Soldaten mit der Narbe hatte ihn erinnert. Woran? Was war es gewesen? Er hatte ihn doch nie zuvor gesehen.

Behutsam nahm der Junge das Brot; dann stand er auf und reichte es seinem Vater.

»Was folgst du mir immer noch die ganze Zeit?«, sagte Tariq ärgerlich. Er lehnte mit dem Rücken an einer weiß verputzten Mauer. Vor ihnen öffnete sich die Gasse auf einen Platz. Das Sprudeln des Brunnens war bis zu ihnen hin zu hören. »Geh nach Hause! Deine Aufgabe ist erfüllt! Und wie du gemerkt haben wirst, warst du in keiner Minute vonnöten. Habe ich nicht den Weg ganz allein gefunden?«

Unter seinem weißen Gewand schlugen die Münzen in ihrem Lederbeutel aneinander. Der Mann im schwarzen Mantel hatte den Beutel aus einem Wandversteck geholt, der Beutel musste schwer sein. Boston verstand, dass Tariq ihn nicht mehr bei sich haben wollte, auch wenn er sonst nichts verstand.

»Ich weiß nicht, wohin!«, murmelte er.

»Ich weiß nicht, wohin!«, sagte Tariq verächtlich. »Wo du hergekommen bist, Jude, dorthin geh zurück! So wie ich es auch tun werde.«

Boston starrte ihn an. Über der Angst vor den Soldaten im Haus des Juden hatte er für einen Augenblick diese andere Angst vergessen können: Auch vom Realejo hatte kein Weg ins *hostal* geführt, nichts hatte ausgesehen, wie es sollte. Auch die bekannten Straßen waren unbekannt. Es war, als gäbe es nirgendwo mehr ein Zipfelchen jener Wirklichkeit, die seine gewesen war.

»Kann ich dich vorher noch mal was fragen?«, flüsterte er.

»Kann ich dich vorher noch mal was fragen?«, wiederholte Tariq und verzog das Gesicht. Er gähnte, aber wenigstens sagte er nicht Nein.

»Ich bin nämlich irgendwie«, murmelte Boston. Wenn er erklärte, was ihm passiert war, würde sein Begleiter ihn für wahnsinnig halten. »Ich weiß gar nicht so richtig – wo sind wir hier eigentlich?«

Tariq hatte gerade zum zweiten Mal gegähnt, jetzt starrte er Boston an. »In Ischibiliya?«, sagte er und hob die Brauen, als grübele er über einer schwierigen Aufgabe. »Hm, das wohl nicht. In Kurtuba? Hm, hm, das wohl auch nicht. In Malaka vielleicht? Hm, hm, hm. Das ganz bestimmt nicht. Wollen wir es mal mit Gharnata versuchen? Oder hältst du dies für den siebten Garten des Paradieses?«

»Nein!«, sagte Boston. Fast wurde er ärgerlich, das war gut. »Dass wir in Granada sind, weiß ich doch selbst! Ich meine irgendwie mehr«, er zögerte. Er wollte die Frage nicht aussprechen. Er wollte sie nicht einmal denken. »*Wann* sind wir denn eigentlich hier?«

Tariq sah aus, als ob er gleich die Geduld verlöre. »Jetzt«, sagte er. »Nicht gestern. Nicht morgen. Jedenfalls bin ich mir da ziemlich sicher. *Jetzt* sind wir hier, in Gharnata, im Albaicín, und gleich lege ich mich im *funduq* schlafen. Wenn es dir recht ist?«, sagte er und machte eine spöttische Verbeugung.

Er hält mich sowieso für verrückt, dachte Boston. Das täte ich ja auch. »Aber wann ist jetzt?«, fragte er darum schnell. »Ich weiß den Wochentag, Freitag! Aber sonst?« Er kramte im Rucksack nach seinem Handy. Bestimmt würde es immer noch Uhrzeit und Datum von zu Hause anzeigen.

Und er brauchte Gewissheit, egal wie erschreckend sie auch sein mochte. »Welchen Monat haben wir? Welches – Jahr?« Als er die Taste drückte, leuchtete das Display einmal kurz auf. Die Einschaltmelodie klang fremd in der dunklen Gasse.

»Allahu Akbar!«, schrie Tariq und fiel auf die Knie. »Verschone mich!«

Granada im April, Gegenwart

Als sie auf dem Rückweg zum *hostal* gemerkt hatten, dass Boston fehlte, hatten sie einen Augenblick so etwas wie ein Schuldgefühl gespürt.

»Mann!«, hatte Tukan gesagt. »Wo ist denn der Kleine schon wieder!«

Natürlich hatten sie keine spanische *cerveza* getrunken, am Tag und in aller Öffentlichkeit sowieso nicht. Und außerdem, hatte Kadir gesagt, würde sein Vater ihn totschlagen, wenn er nach Hause geschickt würde wegen Alkohol.

»Wo der Saufen sowieso scheiße findet!«, hatte er gesagt. »Türken saufen nicht, okay? Das ist wegen unserer Religion.«

»Türken saufen nicht, haha«, hatte Sergej geantwortet, aber jeder konnte sehen, wie erleichtert er war, dass es jetzt einen Grund gab, bei Cola zu bleiben. Die nicht spanisch war und nicht deutsch, sondern amerikanisch. Sodass es eigentlich keine Landeskunde war, wenn sie zusammen auf der Plaza Bib-Rambla saßen mit weit in den Weg gestreckten Beinen unter einem großen Sonnenschirm und auf den Eingang zur Alcaicería sahen, wo sich die Touristen drängelten, hinein und heraus.

Boston hatten sie nicht vermisst. Aber gewundert hatten sie sich, als er auch am späten Nachmittag im *hostal* nicht aufgetaucht war, als sein hässlicher altmodischer Ökorucksack auf dem Bett fehlte und er selbst sowieso.

»Sollen wir Hilbert Bescheid sagen?«, hatte Kadir gefragt. »Vielleicht ist dem was passiert?«

Tukan tippte sich an die Stirn. »Der ist einfach abenteuerlustig, der Kleine!«, hatte er gesagt. »Hättest du ihm gar nicht zugetraut, oder was?«

»Bloß nicht verpetzen!«, hatte Sergej gesagt und sein Kaugummi lang gezogen. Jeder wusste, dass er rauchte. Aber Tukan hatte gesagt, wenn ihr Zimmer nach Rauch stank, würde es Ärger geben. »Sonst kriegt der noch Probleme.«

Dabei hatten sie es belassen.

Aber als auch beim Abendbrot sein Platz an ihrem Tisch leer blieb, kam Frau Hilbert natürlich, um zu fragen.

»Wo ist denn Boston?«, fragte sie. »Ist der nicht vorhin mit euch dreien losgegangen?«

Tukan nickte. »Der hat gesagt, er ist müde«, sagte er. »Der hat eben noch geschlafen, und wir wollten ihn nicht wecken.«

Frau Hilbert sah ein bisschen skeptisch aus. »Aber sonst ist alles mit ihm in Ordnung?«, fragte sie. »Müde heißt müde und nicht krank? Oder hat er Heimweh?«

Sergej tippte sich an die Stirn. Lehrer mochten das nicht. Aber jetzt war es nötig. »Boston doch nicht!«, sagte er und warf sich in die Brust.

Frau Hilbert lächelte. Sie hatte sich ein bisschen Sorgen gemacht, wie der Kleine sich einfügen würde. Und nun war alles so viel besser gelaufen, als sie erwartet hatte.

»Aber wenn er morgen zum Frühstück immer noch nicht hier ist«, sagte sie, »dann fang ich an nachzudenken.«

Darum hatten sie Bostons Bettdecke zu einem länglichen Berg gefaltet, bevor der schüchterne Spanischreferendar seine Runde durch die Jungenräume drehte, um Gute Nacht zu sagen und zu kontrollieren, ob auch wirklich alle in ihren Zimmern waren.

»Psst!«, hatte Tukan geflüstert. »Bisschen leiser, Mann! Der Kleine schläft!«

»Ach so!«, hatte der Referendar gesagt und fast lautlos die Tür hinter sich zugezogen, erleichtert, dass auch in diesem Zimmer alles in Ordnung war.

Jetzt saßen sie auf ihren Betten bei weit geöffnetem Fenster. Sergej hatte es nicht ausgehalten ohne Einschlafzigarette.

»Und wenn ihm was passiert ist?«, flüsterte Kadir. »Und wenn er nachher zurückkommt, wie kommt er rein?«

»Was glaubst du, was der für Ärger kriegt, wenn er jetzt erst kommt!«, sagte Tukan. »Da braucht er aber schon eine gute Ausrede, Mann! Nee, das geht nicht, wir können ihn nicht verpetzen.« Er beugte sich zu Sergej. »Lass mal einen Zug! Wenn er morgen früh nicht da ist, dann.«

Kadir lehnte sich so weit zurück, dass sein Kopf gegen die Wand stieß. »Was meinst du, was der dann erst für Ärger kriegt!«, flüsterte er.

Sergej drückte den Rest seiner Zigarette im Waschbecken aus. »Und wir erst«, sagte er.

al-Andalus, 1492

Boston hatte nie darüber nachgedacht, wie man jemandem ein Handy erklären konnte, der noch nicht einmal ein Telefon kannte. Wozu auch. Jeder kannte Telefone. Jeder kannte Handys. Wieso war der Junge so erschrocken.

Weil die Wahrheit war, was Boston fürchtete, seit er die dunklen Straßen des Realejo gesehen hatte; den Turban; die Soldaten. Seit er die merkwürdige Begegnung erlebt hatte im Haus des Juden. Fast brauchte er jetzt keine Antwort mehr auf seine Frage.

Tariq hatte seine Hände vor die Augen geschlagen, als er sich über ihn gebeugt hatte.

»Nur mein Handy!«, hatte Boston gesagt und es Tariq zur Beruhigung direkt vors Gesicht gehalten. Das Display leuchtete hell, und Tariq hatte so laut aufgeheult, dass hoch oben in der Mauer ein Fenster aufgerissen worden war.

»Nachtruhe!«, hatte eine wütende Männerstimme gebrüllt. »Kann man in Gharnata nicht einmal mehr friedlich schlafen, seitdem diese verfluchten Schweinefresser oben auf der Alhambra sitzen?«

Als er das Fenster wieder zugeschlagen hatte, hatte Boston Tariq stumm auf den Platz gewinkt.

Der Brunnen sprudelte, und auf dem Hügel über ihnen lag, vom fahlen Mondlicht beschienen, still der Palast.

»Es ist nur mein Handy!«, flüsterte Boston. Mit fliegenden Fingern suchte er in den Fotos nach dem Bild, das er am Mittag von Tukan, Kadir und Sergej gemacht hatte. Kadir hatte noch immer Hasenlöffel, und Tukan schnitt seine Grimasse. Im Hintergrund die *azulejo*-Fliesen der Alhambra. »Guck hier! Das ist da oben!« Er zeigte zur Alhambra hinauf. »Das war vorhin! Bevor ich hier gelandet bin! Und ich weiß verdammt überhaupt nicht, wann und wieso!«

Tariq starrte auf das Foto. »Wer hat sie hineingelassen?«, flüsterte er. »In die Burg?«

»Das hat unsere Lehrerin von zu Hause aus online bestellt«, sagte Boston und schaltete aus. »Es ist nur ein Handy! Sag ich doch die ganze Zeit!«

Dann versuchte er zu erklären.

Aber Tariq kannte kein Telefon. Tariq lachte, als Boston ihm klarzumachen versuchte, dass man von einem Ort zum anderen sprechen konnte, um die ganze Welt. Dann fiel sein Blick wieder auf das Handy, und er schwieg erschrocken.

»Ich weiß natürlich, dass es keine Zeitreisen gibt!«, sagte Boston bittend. »Ich will nicht, dass es sie gibt! Und du glaubst ja wohl bestimmt auch nicht daran! Aber die einzige Erklärung, die mir einfällt, weißt du?, die auch noch ein bisschen logisch ist – obwohl sie natürlich total unlogisch ist eigentlich! –, die ist … Also, sagst du mir einfach mal, welchen Monat ihr hier grade habt? Und welches Jahr?«

Tariq nickte. Boston begriff, dass die Situation für den anderen im Augenblick vielleicht unheimlicher war als für ihn. Er hatte wenigstens Zeit gehabt, sich an den Gedanken zu gewöhnen.

»Die Schweinefresser nennen es den April«, sagte Tariq. »Und 1492 nach ihrer Rechnung. 891 für uns. Willst du es nach ihrer oder nach unserer Rechnung hören?«

Aber jetzt war es Boston, der sich auf den Brunnenrand setzen musste.

»Bist du dir sicher?«, flüsterte er. »1492?«

»Nach ihrer Rechnung«, sagte Tariq. »Warum? Wie würdest du es denn nennen?«

Boston schüttelte den Kopf. »Ich bin in die Vergangenheit geraten!«, flüsterte er. »Oh, du meine Güte!«

Tariq sah ihn an. Es war klar, dass er ihm nicht traute. »Wieso Vergangenheit«, sagte er. »Jetzt ist jetzt ist jetzt. Habe ich das nicht eben schon gesagt?«

»Jetzt ist immer jetzt«, murmelte Boston. »Aber *wann* das Jetzt ist – das ist ja immer verschieden.«

Tariq kniff die Augen zusammen. Der Brunnen sprudelte. Auf der anderen Seite des Platzes schrie irgendwo in seinem Stall ein Esel im Schlaf.

»Ich erklär es dir«, sagte Boston. Damit ich es selbst glauben kann, dachte er. »Also, das Handy hier, das ich habe – und meine Kleidung ja vielleicht auch, und guck, das Ketchuptütchen! –, also, das kennst du doch alles nicht.«

Tariq nickte. Er sah auf das Handy in Bostons Hand, das jetzt dunkel und still blieb, und rückte ein wenig von ihm ab. Der Ketchup schien ihn nicht so sehr zu beeindrucken.

»Ich weiß nicht, wie ich hergekommen bin«, sagte Boston. »Ich weiß nicht mal, warum ich hier bin. Ich hoffe sogar immer noch, dass das alles nur ein Traum ist, wenn du verstehst, was ich meine.

Aber normalerweise jedenfalls lebe ich nicht jetzt. Da lebe ich fünfhundert Jahre später, sogar noch mehr. Und ich bin hier eigentlich auf Spanischreise.«

»Spanischreise?«, fragte Tariq.

Und während Boston erklärte, wurde ihm die Ungeheuerlichkeit dessen, was ihm zugestoßen war, mehr und mehr bewusst. Aber gleichzeitig spürte er, wie tröstlich es war, dass Tariq neben ihm saß und zuhörte. Dass da jemand war, für den dies alles hier der Alltag war, so normal wie für ihn die Welt aus Hochhäusern und Autos und Fernsehern. Selbst wenn Tariq lachte, als er erzählte, wie die Spanischgruppe mit dem Flugzeug angereist war.

»Ein Vogel, mit dem Menschen fliegen?«, sagte er. »Wa Allah! Ich will dir glauben, dass du mich zum Weibe freist, sagte die Maus zum Löwen.«

»Es stimmt!«, sagte Boston bittend. »Wirklich! Oh, du meine Güte, es ist alles wahr, was ich dir erzähle! Aber dies hier bei euch ...« Er schwieg.

Tariq schüttelte den Kopf. »Ich dachte, sie hätten dich heute Nachmittag aus der *judería* zu mir geschickt, um mir den Weg zu Isaak zu zeigen«, sagte er. »Was für Zeiten.«

»Jetzt bist du dran«, sagte Boston. Er hörte, wie sehr seine Stimme zitterte. »Wenn ich jetzt schon hier bin«, er zwang sich, die Angst nicht wieder zu nahe an sich heranzulassen, »und wenn ich schon keine Ahnung habe, wie ich hergekommen bin, und erst recht nicht, wie ich wieder zurückkommen kann: Dann muss ich doch wenigstens begreifen, was das da vorhin alles war.« Er sah Tariq bittend an. »Mit den Soldaten. Und mit dem Gold. Und mit dem Brot.«

Tariq gähnte schon längst nicht mehr. Er sah sich nach allen Seiten um, als wolle er sich vergewissern, dass niemand ihnen zuhörte, und begann zu erzählen.

9.

Johanna saß auf dem Fenstersims und sah über das Tal. Die Morgensonne lugte noch kaum über den Horizont, trotzdem konnte sie nicht mehr schlafen.

Man sollte verbieten, dass die Muezzins auf den Minaretten unten in der Stadt überall schon so früh zum Gebet rufen, dachte sie. So fürchterlich laut! Sie wecken ja alle auf, und welchen Nutzen sollte das haben für uns, die wir keine Muselmänner sind? Es ist ärgerlich. Ich will zurück nach Córdoba, Córdoba gehört uns schon so lange, aber dieses hier ist noch immer wie ein fremdes Land. Ich will nicht immerzu herumreisen, heute an diesem Hof und morgen an jenem: jetzt noch in Córdoba und morgen schon in Sevilla und übermorgen in Granada und danach womöglich hoch im Norden im kalten Barcelona, und nur, weil unser Reich so riesengroß ist. Ich will überhaupt kein Reich haben. Ich bin es wirklich leid, eine Prinzessin zu sein.

Sie schwang die Beine über das Sims und ließ ihre Hacken rhythmisch gegen die Mauer trommeln. Wenn Amme jetzt aufwacht und mich sieht, sinkt sie tot zu Boden. »Mein Mondscheibchen! Mein Rehlein! Du fällst aus dem Fenster!«

Sie beugte sich vor, bis ihr schwindelig wurde. Einen Augenblick lang glaubte sie, dass nur noch ein winziges bisschen fehlte, und sie würde stürzen. Das Gefühl war unheimlich und wunderbar zugleich. Sie lehnte sich wieder zurück, gerade so viel, dass ihr Herz ruhiger schlug.

Und was, wenn ich fiele?, dachte sie trotzig. Wen würden sie dann mit ihrem schönen Habsburger verheiraten? Maria vielleicht? Sie ist so dumm, dumm, dumm, und es liegt überhaupt nicht daran, dass sie noch ein Kind ist mit ihren zehn Jahren. Ich war auch mit zehn Jahren schon klüger als sie. Und sie ist auch so brav! So langweilig brav! Soll der Blonde doch Maria nehmen!

Sie beugte sich wieder nach vorne, gerade nur einen Hauch, und atmete schneller.

Oder Katharina? Die ist noch ein Baby und heult immer sofort, wenn nicht alles zu ihrer Zufriedenheit verläuft. Selbst unsere fromme königliche Mutter kann sie nicht ertragen, ich merke es ja daran, wie sie Katharina dann ansieht. Soll er doch Katharina nehmen, dann sind wir sie los!

Sie kicherte.

»Mein Mondscheibchen!«, schrie Amme. Es war wunderbar, man wusste immer, immer genau, was Amme sagen würde. »Mein Rehlein! Du fällst aus dem Fenster!«

Johanna lachte und trommelte mit den Hacken gegen den Stein.

»Dann halt mich doch fest!«, rief sie, ohne sich umzudrehen. »Sonst stürze ich mich ins Tal! Ich werde den Habsburger nicht heiraten, niemals!«

Ammes Arm packte sie hart und fest. Sie war eine so weiche, runde, liebevolle Frau.

»Du wirst ihn heiraten, mein Täubchen«, sagte Amme mit einer Stimme, so traurig, dass Johanna sich schämte, sie erschreckt zu haben. »Denn du bist eine Prinzessin, und er ist ein Prinz, und da wird nicht gefragt.«

Als Boston aufwachte, ließ er die Augen noch für einen Augenblick geschlossen.

Wenn ich sie jetzt öffne, dachte er, liege ich wieder in meinem knarrenden Bett im *hostal*. In dem Bett über mir liegt Sergej, und gegenüber liegen Tukan und Kadir. Und ich erzähle ihnen von meinem Traum. Oder vielleicht lieber nicht. Sie haben doch gerade erst angefangen, mich ein bisschen normal zu finden.

Aber er wusste, dass selbst die durchgelegenste Matratze im billigsten *hostal* nicht so hart sein konnte wie der Boden, den er jetzt unter seinem Rücken spürte. Ein Schnauben und Scharren zeigte, dass die Tiere aufgewacht waren: Esel, Kamele, Maultiere; ganz am äußeren Rand des *funduq* auch ein paar Pferde.

Bevor er ihm vom Fall von Granada erzählt hatte, von der Verzweiflung der besiegten Mauren und der Angst der verfolgten Juden, war Tariq in der letzten Nacht mit ihm hierher gegangen.

»Es ist gleich hinter dem Seidenmarkt, beim Bab al-Ramla«, hatte Tariq gesagt. »Und irgendwo musst du ja schlafen.«

Boston öffnete vorsichtig die Augen.

Die Sonne stand noch tief, aber ihre ersten Strahlen fielen in den fast quadratischen Innenhof und beschienen den Brunnen in seiner Mitte, um den sich Menschen in weißen Gewändern sammelten. Unter den Ziegelarkaden, die den Hof an allen vier Seiten umzogen, und auf den Galerien darüber hatten in der Nacht die Reisenden geruht, die nach Granada gekommen waren, um Handel zu treiben. Jetzt liefen sie durch den Hof, eilig, geschäftig.

Ich hab es doch gewusst, dachte Boston. Nicht erschrecken, bloß nicht wieder erschrecken, ich hab es doch gewusst. Dies ist die Karawanserei, durch deren doppelten Torbogen ich gestern in der Alcaicería gesehen habe, ohne hineinzugehen; und die Morgensonne kommt gerade ganz vorsichtig in den Hof. Und es ist 1492, und die einzige Möglichkeit, dies alles zu ertragen, ohne verrückt zu werden, ist, so zu tun, als wäre es eine ganz normale Reise.

Ich bin an die Nordsee gereist.

Ich bin nach Mallorca gereist.

Und du, Boston?

Ich bin nach 1492 gereist.

Der Platz neben ihm, auf dem in der Nacht noch Tariq geruht hatte, war verlassen. Boston wusste nicht, warum er so sicher war, dass der Junge zurückkommen würde.

Aber wie bin ich gereist? Wieso? In der einen Sekunde war ich in der Alcaicería, und alles war ganz normal; und dann war ich hier.

Er zog leise seinen Rucksack zu sich heran und holte Frau Hilberts Reiseführer heraus. Bestimmt würde darin auch etwas über die Geschichte Granadas stehen. Niemand sah zu ihm hin. Niemandem fiel er auf, ein Reisender unter Reisenden.

Im Januar 1492, hatte Tariq ihm in der letzten Nacht flüsternd erzählt – »vor nicht einmal hundert Tagen!« –, hatte der letzte maurische Emir Muhammad Abu Abd'allah, den die Spanier Boabdil nannten, den Schlüssel zu seiner Stadt Granada kampflos an das spanische Königspaar Ferdinand und Isabella übergeben, nachdem ein Kapitulationsvertrag ausgehandelt worden war, der den Mauren im Königreich Granada versprach, in allem weiterhin so leben zu dürfen wie bisher: sich wie bisher zu kleiden, zu ernähren, ihre Feste zu feiern und ihre Religion auszuüben, ohne daran gehindert zu werden; geradeso, als könnte Granada nach der Eroberung durch die Katholischen Könige die muslimische, maurische Stadt bleiben, die es seit Jahrhunderten gewesen war.

»Aber wir haben ihnen von Anfang an nicht getraut!«, hatte Tariq geflüstert. »Überall auf der Halbinsel haben die Schweinefresser schließlich unsere Reiche erobert …«

»Schweinefresser?«, hatte Boston gefragt. Nur wenige Schritte neben ihm hatte ein Mann im Schlaf laut aufgestöhnt.

»Christen!«, hatte Tariq geantwortet, und es hatte geklungen, als ob er ausspucken wollte.

Einen Augenblick hatte Boston überlegt, ob er sagen sollte, dass er gerade Konfirmandenunterricht hatte. Er beschloss, dass es nicht wichtig war. Es war zu Hause nicht wichtig gewesen, warum sollte es also jetzt eine Rolle spielen.

»Wir wissen seit Langem schon, wie sie mit den Besiegten umspringen, ya Allah! Und nichts stand natürlich in dem Vertrag über die Juden!«, hatte Tariq gesagt. »Schon lange versuchen sie, die Juden zu vertreiben, überall in Spanien; wer sich nicht taufen lässt, wird verbrannt; und wer sich taufen lässt: wird auch verbrannt. Weil sie nicht glauben, dass er es ernst gemeint hat mit seiner Taufe. Was muss das für eine Religion sein, die nicht glauben kann, dass jemand sich ernsthaft zu ihr bekehren könnte!«

All dieses Gerede über Religion, hatte Boston gedacht. Wen kümmert denn das.

»Nun sollen sie also auch hier bei uns brennen, die Juden«, hatte Tariq gesagt. »Hier in Gharnata. Oder die Stadt verlassen, sie haben nicht mehr viel Zeit. Und all ihr Gold und all ihr Besitz gehört dann den spanischen Königen.«

Boston hatte auf den Lederbeutel gezeigt, der auch hier im *funduq* sicher in Tariqs Schoß ruhte. »Und das da?«, hatte er gefragt.

Tariq hatte gelacht. »Hast du noch nicht verstanden? Die Juden werden Gharnata verlassen, zu Tausenden, aus ganz Spanien werden sie fliehen mit nichts als ihren Kleidern auf dem Leib. Denn mehr mitzunehmen ist ihnen bei Strafe des Todes nicht gestattet.«

Boston starrte ihn an. Das war Diebstahl.

»Warum sollten sie also von ihrem Gold nicht jetzt, solange es noch möglich ist, uns Mauren abgeben, die wir noch hierbleiben können?«, fragte Tariq. »Dafür, dass ein mutiger maurischer Kapitän, was ebenfalls bei Strafe des Todes verboten ist, heimlich einen Teil ihres Besitzes für sie außer Landes schafft? Er begibt sich in Lebensgefahr für sie, auf ihn wartet, wenn er entdeckt wird, der Scheiterhaufen – warum sollten sie da wohl nicht zahlen?«

Boston nickte. »Und ihr Mauren wollt dann Waffen für das Gold kaufen«, sagte er. »Ihr wollt einen Aufstand machen, oder? Und die Spanier vertreiben.«

»*Wir* sind die Spanier!«, rief Tariq. »Wir sind die muslimischen Spanier, so wie die Sephardim die jüdischen Spanier sind! Und die Schweinefresser die christlichen Spanier! Kann es nur eine Art von Spaniern geben? Hat dieses Land plötzlich nur noch Raum für eine Religion, wenn doch unter der Herrschaft der Mauren sieben Jahrhunderte lang Raum war für alle drei?«

»Nein«, murmelte Boston. Er wollte nicht, dass Tariq sich so aufregte. »Finde ich auch merkwürdig.«

Aber nicht annähernd so merkwürdig wie die Tatsache, dass ich auf einmal hier bin. Oh, du meine Güte. Ich bin durch die Zeit gereist.

»Sieben Jahrhunderte lang!«, rief Tariq. »Sieben Jahrhunderte lang haben wir hier friedlich gemeinsam gelebt! Haben wir Mauren die Juden vertrieben? Haben wir von den Christen in unseren Ländern verlangt, dass sie den Propheten verehren?«

»Keine Ahnung«, murmelte Boston.

Tariq hatte jetzt wieder so wach ausgesehen, dass Boston sich gefragt hatte, ob er vielleicht bis zum Morgen weiterreden würde.

»Steuern mussten sie zahlen!«, hatte er gerufen und erschrocken geschwiegen, als sich ein paar Schritte von ihnen entfernt ein Mann im Schlaf geregt hatte. »Aber haben wir sie verbrannt? Allah verfluche die Schweinefresser!«

Boston hatte genickt. Also hatte Tariq dem Juden Isaak die Botschaft überbracht, dass der Kapitän jüdischen Besitz nach Konstantinopel in Sicherheit bringen würde, das hatte Boston verstanden. Und dafür hatte Tariq eine erste Anzahlung bekommen für die Waffen, die Granada wieder von den christlichen Königen befreien sollten, das war ja nicht schwer zu begreifen.

Schwerer zu begreifen war, dass es all dies wirklich geben sollte. Vertreibung. Tod auf dem Scheiterhaufen. Und dass er mitten dazwischen war.

»Und du glaubst doch nicht, dass sie uns Mauren noch lange in Ruhe lassen werden!«, hatte Tariq geflüstert. »Wenn sie erst einmal die Juden vertrieben haben, wenn sie deren gesamten Besitz an sich gebracht haben: Glaubst du, sie werden dann zufrieden sein? Wir Muslime werden die Nächsten sein, auch unser Besitz bringt ja ihre Augen zum Glänzen! Bekehrt die Mauren! Vertreibt die Mauren! Her mit dem Maurengold!«

»Du hast doch gesagt, es gibt einen Vertrag«, hatte Boston gemurmelt, aber er hatte selbst gehört, wie dumm das klang. Was konnte Menschen, die andere nur wegen ihrer Religion auf dem Scheiterhaufen brennen ließen, ein Vertrag wohl wert sein.

»Nur ein Aufstand kann uns retten«, hatte Tariq geantwortet. Der Mond hatte sich im Brunnenwasser gespiegelt.

Und das ist also das Jahr, in das ich geraten bin, dachte Boston und blinzelte in die Morgensonne. Das ist also nun das Jahr: 1492.

Er blätterte im Reiseführer, leise, um niemanden aufmerksam zu machen.

Noch bevor er die Überschrift sah, fiel ihm wieder ein, warum ihm die Jahreszahl so bekannt vorgekommen war.

Von der Eroberung Granadas hatte er nichts gewusst.

In diesem Jahr hatte Kolumbus Amerika entdeckt.

10.

Bis Tariq wiederkam, las Boston im Reiseführer. Sehr ausführlich war nicht, was dort über die Geschichte Granadas stand, aber es half, besser zu verstehen, was Tariq ihm ohnehin erklärt hatte. 1492 hatten die christlichen Könige Granada eingenommen, im Januar. Schon am 31. März hatten sie ein Edikt unterzeichnet, das den Juden der Stadt befahl, sich taufen zu lassen oder das Land zu verlassen, ohne ihren Besitz. Zehntausende, sagte der Reiseführer, bestiegen Schiffe nach Nordafrika, nach Konstantinopel, die Straßen Spaniens waren verstopft von den Elendszügen der fliehenden Juden. Nur wenige Jahre später sollte es den Mauren genauso gehen, 1499, also hatte Tariq recht. Auch die Mauren würden aus ihrer Heimat vertrieben werden, hingerichtet, ihre Badehäuser abgerissen, ihre Bibliotheken verbrannt.

Aber noch ist es ja nicht passiert!, dachte Boston. Noch könnte doch ihr Aufstand gelingen! Er blätterte im Reiseführer. Von einem Sieg der Mauren, auch von einem Aufstand, fand sich nichts darin.

Wer weiß, ob sich nicht noch etwas ändern lässt! Bei dem Gedanken wurde ihm schwindelig. Konnte man nachträglich den Gang der Geschichte verändern? Rückgängig machen, was geschehen war?

Unfug. Wer sollte an so etwas glauben.

Aber wer sollte denn glauben, was ihm gerade geschehen war? Dass er aus seiner Gegenwart, die jetzt plötzlich zur fernsten Zukunft geworden war, fünfhundert Jahre zurückgereist war, ohne zu begreifen, warum? Wenn die Zeit also so durchlässig war?

Und wieso war er gereist?

Es war ja kaum zu ertragen, dass es geschehen war; aber nicht einmal zu wissen, warum, war das Furchtbarste.

»Nun bist du endlich wach!«, sagte Tariq hinter ihm. Er warf ein Stoffbündel auf den Boden. »Da! Ich glaube nicht, dass es gut ist, wenn du weiter in deinen fremden Gewändern durch Gharnata wanderst!«

Boston setzte sich auf. Er rollte den Stoff auseinander, ein Gewand, wie Tariq es trug, wie alle im Hof es trugen.

»Danke!«, flüsterte er.

Tariq zuckte die Achseln. »Ich habe dich nicht zum Morgengebet geweckt«, sagte er. »Du hast so fest geschlafen, wie nur ein Ungläubiger den Sonnenaufgang verschläft. Kein Anhänger des Propheten könnte das Morgengebet verschlafen! Ein Jude bist du also wirklich oder ein Schweinefresser …«

»Nein!«, sagte Boston schnell.

»Ich habe nachgedacht über alles, was du mir in der letzten Nacht berichtet hast. Und ich kann es nicht glauben, bei Allah und allen Propheten! Aber wenn du mich belogen hast: Was bedeutet dann das merkwürdige Gerät?« Er sah Boston an. »Lass niemanden den kleinen Kasten sehen, der Bilder zeigen und Musik machen kann, das schwarze, zweigeteilte Ei!«, flüsterte Tariq eindringlich. »Wozu auch immer es dir nütze ist, ich rate dir: Trenne dich von ihm!«

»Von meinem Handy? Warum denn das?«, fragte Boston.

»Wenn die Männer der Inquisition es entdecken!«, sagte Tariq. »Ya Allah! Sie werden sagen, es ist Teufelszeug! Sie werden sagen, du bist mit dem Teufel im Bunde! Erzähle niemandem, was du mir erzählt hast! Niemandem, hörst du?«

»Aber es ist die Wahrheit!«, sagte Boston. »Du hast mir doch auch geglaubt!«

Tariq lachte auf. »Ich habe nur beschlossen, nicht nachzudenken über etwas, das ich doch niemals verstehen werde«, sagte er. »Aber für Torquemada ist alles ein Beweis. Wenn sie den Kasten bei dir finden, wirst du brennen.«

Er richtete sich auf. »Ich werde dich jetzt verlassen. Du weißt, was ich zu tun habe.«

Und ich?, dachte Boston. In seinem Rucksack ertastete er das Handy. Wenn er es nicht mehr hatte, wie sollte er dann zu Hause anrufen, die Polizei anrufen, Frau Hilbert anrufen, damit irgendwer ihm zu Hilfe käme?

Es gibt sowieso keine Funkverbindung in die Vergangenheit.

Wer weiß.

Es ist lächerlich, es gibt ja nicht einmal elektrischen Strom.

Wer weiß. Ich denke später darüber nach.

»Was du vorhast, ist auch gefährlich!«, sagte Boston. »Wenn sie dich nun schnappen? Sie würden dich ins Gefängnis stecken! Oder sogar verbrennen!«

Tariq zuckte die Achseln. »Warum sollte ein Ertrinkender den Regen fürchten?«, fragte er. »Nichts kann schlimmer sein als die Unterdrückung.«

»In diesem Jahr wird außerdem noch Amerika entdeckt«, sagte Boston nachdenklich. Amerika, wo sein Vater lebte. Warum fiel ihm das plötzlich ein? Was sollte das irgendwem nützen?

Tariq lachte. »Wer wird entdeckt?«, fragte er. »Ist das ein schönes Mädchen? Ein unbekanntes Gewürz? Eine duftende Pflanze? Du merkwürdiger Fremder! Pass gut auf dich auf.«

»Nimm mich mit!«, sagte Boston und sprang auf. Er zog sich das Gewand über den Kopf. Genau wie ein Araber.

Tariq winkte ab. »Du weißt schon jetzt viel zu viel«, sagte er. »Und kämest du mit mir, du begäbest dich in große Gefahr.«

Boston sah ihn flehentlich an. Er wollte nicht, dass dieser Junge ging und ihn wieder allein ließ! Auch ihn hatte er gerade erst kennengelernt; aber er war doch der Einzige, der ihm vertraut war in dieser fremden Welt.

»Ich hab keine Angst!«, sagte Boston.

Tariq lachte. »Du könntest sterben!«, sagte er. »Nimm jetzt deinen Beutel und geh.«

»Davor hab ich keine Angst!«, rief Boston und merkte erschrocken, dass es die Wahrheit war. Konnte er überhaupt sterben in einer Zeit, in der er doch noch nicht einmal geboren war? Und wenn es geschähe, wenn ihn ein Pfeil treffen, ein Schwert durchbohren würde: War denn nicht möglich, dass er aus diesem Tod aufwachen und sich zu Hause in seinem wirklichen Leben wiederfinden würde? War nicht dies vielleicht überhaupt der Weg, den er gehen musste, wenn er zurückwollte, nach Hause: der Weg durch den Tod?

Tariq schüttelte ungeduldig den Kopf. »Ich kann dich nicht gebrauchen«, sagte er. »Leb wohl. Möge Allah dich beschützen.« Er drehte sich um und ging mit großen Schritten auf das Tor zu.

Boston sah ihm nach. Nicht!, dachte er. Nicht! Lass mich nicht allein!

»Tariq!«, schrie er. »Komm zurück!«, aber Tariq ging weiter, als hätte er ihn nicht gehört, und verschwand im Gewirr der engen Gassen.

Boston fühlte das Schluchzen in seinem Hals.

Aber ich will nicht weinen, auch wenn ich jetzt wieder alleine bin, dachte er. Es ist doch sowieso ganz gleichgültig, was mir jetzt noch geschieht, dies ist nicht mein Leben.

Warum sollte ein Ertrinkender den Regen fürchten.

Granada im April, Gegenwart

Es ließ sich nicht mehr verbergen.

»Der ist noch immer nicht da!«, sagte Kadir und setzte sich mit einem Ruck in seinem Bett auf. Selbst jetzt so früh am Morgen war es schon viel zu warm in ihrem Zimmer. »Meine Fresse! Was machen wir nun?«

Sergej rieb sich die Augen und ließ sich von seinem Bett gefährlich weit nach unten hängen. Das Bett unter ihm war leer.

»Jetzt müssen wir das Hilbert sagen«, sagte er. »Scheiße, Mann, Scheiße! Das gibt so voll den Ärger!«

Tukan gähnte. »Sagen wir eben einfach nichts«, sagte er. »Einfach abwarten.«

Kadir tippte sich an die Stirn. »Und wenn dem was passiert ist?«, sagte er. »Wenn der einen Unfall hatte? Oder es hat ihn einer überfallen?«

»Dann ist es jetzt auch schon egal«, sagte Tukan, aber er hatte schon die Beine aus dem Bett geschwungen. »Ich halt das nicht aus, echt, weißt du das? Nur Ärger mit dem Kleinen, aber echt!«

Sergej nickte. »Und was sagen wir wegen gestern?«, fragte er. »Dass wir sie angeschissen haben?«

»Brüllt sie eben bisschen rum«, sagte Kadir. »Lass sie doch, wenn sie sich dann besser fühlt. Aber sagen müssen wir das.«

Sie nahmen sich noch die Zeit, sich zu waschen und anzuziehen. Sie gelten sich ihre Haare.

Dann klopften sie an Frau Hilberts Tür, um ihr zu sagen, dass Boston seit gestern Mittag verschwunden war.

al-Andalus, April 1492

Als die Sonne höherstieg, leerte sich der *funduq*. Boston drängte sich tief in die Nische unter den Arkaden. Er wäre gern zum Brunnen gegangen, um Wasser zu holen, allmählich spürte er seinen Durst. Aber er hatte Angst davor, dass irgendwer ihn ansprach. Was sollte er denn antworten auf die Frage, wo er herkam? Was er in Granada wollte? Vielleicht machte sein langer weißer Burnus ihn zum Mauren, zum blonden, blauäugigen Mauren; trotzdem war es besser, er tat, als ob er noch immer schliefe.

Er drehte sich zur Wand. Die Geräusche um ihn herum wurden weniger.

Als ihn eine Hand an der Schulter packte, war er nicht verwundert. Der Herbergswirt würde ihn bitten, die Karawanserei für den Tag zu verlassen. Oder für eine weitere Nacht zu zahlen, er hatte darauf gewartet. Aber es war nicht der Herbergswirt, der hinter ihm stand.

»Nein!«, flüsterte Boston.

Ein Soldat beugte sich über sein Gesicht, hinter ihm standen noch zwei weitere. Und alle drei lächelten ihn an. Es waren nicht dieselben wie in der Nacht im Realejo, aber ihre Kleidung sah ebenso aus, ihre Säbel. In dieser Zeit, in der Menschen auf Scheiterhaufen brannten, nur weil sie zum richtigen Gott auf die falsche Weise beteten, hatten nun also die Schergen der Inquisition auch ihn aufgegriffen.

Die Soldaten lächelten immer noch.

»Königliche Hoheit!«, sagte der, der vorne stand und Boston auf die Schulter getippt hatte. »Verzeiht, wenn wir Euch geweckt haben! Die Sonne steht schon hoch am Himmel. Das letzte Stück des Weges möchten wir Euch begleiten. Ihre Majestäten erwarten Euch.«

Boston starrte ihn an. Klang das nach Tod und Brennen? Klang das nach Scheiterhaufen? Es klang um einiges verrückter als alles, was ihm an diesem merkwürdigen Ort bisher passiert war.

Er setzte sich auf. Warum denn nicht, dachte Boston. Keine Ahnung, wovon sie reden, aber wenigstens reden sie freundlich. Tariq ist verschwunden, der einzige Mensch, den ich hier kenne; und für eine weitere Nacht im *funduq* fehlt mir das Geld. Irgendwohin muss ich doch gehen, selbst wenn ich nicht weiß, wohin und warum.

Er lächelte zurück. »Guten Morgen!«, sagte Boston und stand auf.

11.

Die Alhambra sah aus, wie sie am Tag zuvor ausgesehen hatte, nur wirkte sie jetzt, wo sich keine Touristen durch die Höfe und über die Plätze schoben, merkwürdig leer. In der Wandverkleidung der *sala de los embajadores* gab es ein hässliches Loch.

»Die Königin erwartet Euch im Löwenhof«, sagte ein Soldat, der ihnen oben auf dem Berg kurz vor der Puerta de la Justicia im Laufschritt entgegengekommen war. Er hatte sich vor Boston verneigt.

Auch der Löwenhof sah aus, wie er gestern ausgesehen hatte. Nur die Sperrkordel fehlte, die Touristen daran hindern sollte, das Innere des Hofes zu betreten und bis zum Brunnen vorzudringen. Eine Frau im steifseidenen Kleid mit seidener Haube lagerte gleich neben dem Plätschern aus den Löwenmäulern auf einem Diwan, wie Boston ihn sich bisher nur in einem Wohnzimmer hatte vorstellen können, niemals im Freien. Als die Soldaten mit ihm den Hof betraten, setzte sie sich auf.

»Mein lieber Junge!«, sagte sie. Ihr Blick war prüfend, fast abschätzig, und passte nicht zu der Freundlichkeit ihrer Worte. »Wie haben wir dich erwartet!« Sie lächelte und erhob sich. Eine Dienerin eilte zu Hilfe und reichte ihr die Hand. »Und ich sehe, dass auch du diese Reise in einer Verkleidung auf dich genommen hast, genau wie vor Jahren mein geliebter Gemahl auf dem Wege zu mir!«

Sie lachte, und auf einmal wirkte sie lebendig. »Als Eseltreiber verkleidet!«, rief sie. »Als Eseltreiber verkleidet hat Ferdinand damals unser großes Spanien durchquert, damit niemand ihn erkennen und in einen Hinterhalt locken sollte! Als Eseltreiber verkleidet hat er sich mir das erste Mal genähert, und wahrlich, mein Junge, es hat meine Liebe zu ihm nicht geringer gemacht.«

Sie klatschte in die Hände. »Sagt Johanna, dass der Habsburger angekommen ist«, sagte die Königin, ohne sich ihrer Dienerin zuzuwenden. Trotzdem verschwand die Frau sofort, rückwärts und mit geneigtem Kopf.

»Ein Reisender hat uns heute Morgen die Nachricht gebracht, dass in der vergangenen Nacht im *funduq*, heimlich und als wolle er von niemandem erkannt werden, ein blonder Knabe mit seinem Begleiter genächtigt habe«, sagte die Königin. Sie hatte angefangen, langsam um ihn herumzugehen und ihn von oben bis unten zu betrachten, als wäre er ein Maultier, das sie vielleicht kaufen wollte; vielleicht aber auch nicht. »Und dass der Begleiter ihn nach dem Morgengebet der Muslime verlassen habe.« Mit zwei Fingern hob sie Bostons Kinn. »Du wirst uns sicher noch erklären, was zu dieser nächtlichen Rast und deinem heutigen Zaudern im *funduq* geführt hat. So haben wir also nach dir geschickt. Du bist kleiner, als ich erwartet hatte. Nun, das wird sich geben.«

Boston nickte.

Es ist gleichgültig, dass ich nichts verstehe.

Ich bin an die Nordsee gereist.

Ich bin nach Mallorca gereist.

Ich bin nach 1492 gereist, ruhig, ganz ruhig. Ich bin auf die Alhambra gereist. Ich bin als Prinz gereist, was soll daran merkwürdig sein. Er spürte, wie seine Beine unter ihm nachgeben wollten. Doch nicht merkwürdiger als eine Reise durch die Zeit.

»Als Maure verkleidet!«, sagte die Königin und griff nach seinem Burnus. War sie wirklich die Isabella aus dem Reiseführer? »Nun, das war in diesen gefährlichen Zeiten sicher ein guter Gedanke, ein guter Schutz! Wer weiß, was die Mauren getan hätten, hätten sie dich unterwegs erkannt als den, der du bist! Wir müssen uns vor ihnen hüten, Philipp, je früher du das verstehst, desto sicherer wirst du hier leben. Wir müssen uns vor fast allen Menschen hier hüten, das wirst du noch lernen. Vor den Mauren und vor den Juden, vor den *conversos* und vor den *moriscos*. All das kennst du nicht aus eurem ruhigen Reich im Norden, mein kleiner Prinz.« Sie seufzte. »Und willst du mir nicht die Hand küssen?«

Boston nickte erschrocken. Er sah im Fernsehen nicht solche Filme, wer tat das schon. Er wusste nicht, wie man Hände küsste oder mit Königinnen sprach, schon gar nicht mit Königinnen im Jahr 1492.

Er griff nach Isabellas rechter Hand und hob sie an seinen Mund. Ihre Haut fühlte sich kühl und trocken an.

Die Königin verzog das Gesicht. »Barbaren aus dem Norden!«, murmelte sie und schüttelte die Hand aus, als wolle sie ein Insekt verscheuchen. »Nun, da kommt ja auch meine Tochter. Johanna. Endlich ist dein Bräutigam da.«

Granada im April, Gegenwart

Wie gut Frau Hilbert Spanisch sprach, merkten die Jungen, als sie mit der Polizei telefonierte. Danach mit den Krankenhäusern, fast bis zum Mittag.

»Nichts«, sagte sie, als der schüchterne Referendar sie ängstlich ansah, ohne zu fragen. »Vielleicht sollte mich das freuen. Vielleicht heißt es, dass er sich einfach verlaufen hat und sich nicht traut, jemanden zu fragen. Oder dass er jemanden kennengelernt hat und mitgegangen ist. Obwohl das nicht zu ihm passen würde.« Sie seufzte. »Seiner Mutter sagen wir jedenfalls erst mal noch nicht Bescheid, die ängstigt sich sonst noch zu Tode. Und vielleicht klärt sich ja alles noch auf. Und falls er nach Hause zurückgereist ist, wird sie uns ja wohl benachrichtigen.«

Tukan sah Sergej an. Sergej schüttelte den Kopf. Wie einfältig von Frau Hilbert, auf so einen Anruf zu warten.

al-Andalus, 1492

Das Mädchen war einen Kopf größer als er. Wie die Königin trug sie ein steifes, glänzendes Gewand, auf dessen Rock und Mieder silberne Stickereien glänzten. Und sie machte das trotzigste Gesicht, das Boston jemals bei einem Mädchen gesehen hatte.

»Johanna!«, sagte die Königin und tat einen Schritt auf sie zu. »Sieh doch nur! Wie einst dein Vater zu mir, so kommt heute auch dein Bräutigam den weiten Weg aus seiner Heimat in Burgund in einer Verkleidung zu dir, um bei deinem Vater um deine Hand anzuhalten! Nun, nicht als Eseltreiber wie einst König Ferdinand, das ist wahr, aber als Maure, für einen christlichen Prinzen in diesen Ländern sicher die klügste aller Verkleidungen! Gib ihm die Hand, Johanna! Heiße ihn willkommen!«

Dein Bräutigam.

Das Mädchen trat keinen Schritt vor. Eine kleine dicke Frau hinter ihr im schlichten Kleid flüsterte ihr ins Ohr, dann hob sie entschuldigend die Schultern.

»Sie ist verwirrt, Majestät!«, sagte sie bittend, und Boston sah genau, wie sie dabei mit ihrer Hand versuchte, das Mädchen unauffällig in seine Richtung zu drängen. »Es kommt so überraschend! Sie hatte heute noch nicht mit der Ankunft Seiner Hoheit« – sie machte einen Knicks in Bostons Richtung und lächelte ihn an – »gerechnet, mein kleines Täubchen!«

»Wir alle haben seit Tagen mit seiner Ankunft gerechnet, Amme!«, sagte die Königin streng. »Johanna, ich erwarte von dir, dass du unseren Gast angemessen willkommen heißt!«

Das Mädchen warf ihm einen hasserfüllten Blick zu. »Hat Amme Euch nicht gesagt, dass ich ins Kloster gehe?«, sagte sie dann. »Wollt ausgerechnet Ihr mir im Wege stehen, wenn ich mein Leben ganz dem Herrn weihen will? Gebt dem Prinzen doch Maria! Oder die maulige Katharina!« Sie wandte sich Boston zu. »Du bist sehr klein!«, sagte sie und kniff die Augen zu Schlitzen zusammen. »Sehr, sehr klein für einen Knaben, der ein Jahr älter ist als ich! Du bist fast ein Zwerg! Ich will keinen Gemahl, der kleiner ist als ich. Meine beiden Schwestern sind ebenfalls klein. Nimm dir eine von ihnen.«

Boston sah auf den Boden. Ich bin nach 1492 gereist, ruhig, ganz ruhig. Das konnte doch nicht er sein, mit dem sie da sprachen. Ihn konnten sie doch nicht meinen, doch nicht ihn: Der Prinz. Der Habsburger. Der Bräutigam.

Die Amme packte das Mädchen am Arm und flüsterte ihr etwas ins Ohr, aber das Mädchen schüttelte sie ab. »Du hast diese Reise ganz umsonst gemacht!«, sagte sie und machte eine Handbewegung, als wolle sie eine Fliege verscheuchen. »Hier gibt es keine Braut für dich. Frag meine Amme! Bisher hat es noch jeder bereut, der versucht hat, mich zu etwas zu zwingen.«

Isabella machte einen schnellen Schritt auf sie zu und schlug sie auf die Wange. »Ich befehle dir …!«, rief sie.

In diesem Augenblick betrat ein Bote den Hof und verharrte in einer tiefen Verbeugung.

Die Königin tat einen tiefen Atemzug, dann nickte sie ihm zu. »Was will er?«, fragte sie. Es klang, als sollte er geköpft werden, wenn seine Nachricht nichts Erfreuliches brachte.

Der Bote hob langsam den Kopf. »Mich schickt der Genueser

Señor Cristóbal Colón«, sagte er. »Um Euch mitzuteilen, dass er sich sogleich hier bei Euch auf der Alhambra einfinden wird. Er lässt Euch sagen«, die Augen des Boten wanderten rastlos durch den Hof, hierhin und dorthin, und Boston begriff, dass er kaum wagte auszurichten, was doch seine Botschaft für die Königin war, »dass er endlich Klarheit erwartet. Sonst wird er sein Angebot dem König der Franken oder jenem in London im Norden unterbreiten, mit denen sein Bruder bereits gesprochen hat.« Er machte einen ängstlichen Satz zurück.

»Der genuesische Dummkopf!«, sagte die Königin. »Was erdreistet er sich! Kommt, ohne dass wir ihn geladen haben! Wir werden sehen, ob wir die Zeit finden, ihn zu empfangen! Wir haben bei Gott noch anderes zu tun!« Sie warf ihrer Tochter einen Blick zu.

Der Bote entfernte sich, offensichtlich erleichtert, gebeugt und rückwärts, so eilig, dass er stolperte. Aber die Königin bemerkte ihn schon nicht mehr. Die Königin sah von Boston zu Johanna.

»Und euch beiden«, sagte sie, und ihre Stimme klang grimmig, »gebe ich jetzt die Gelegenheit, einander in Ruhe kennenzulernen, das erscheint mir nötig.« Sie klatschte in die Hände, und die Diener und die Wachen, die überall unter den Arkaden im Schatten verborgen standen, zogen sich zurück. Sie winkte der Amme, ihr zu folgen. »Und wenn ich wiederkomme«, sagte sie, und Boston fragte sich erschrocken, ob sie wirklich glaubte, dass man diese Dinge befehlen konnte, selbst wenn man eine Königin war, »dann habt ihr beide einander gefunden! Das verlange ich. Das verlangt der König. Das verlangt das Schicksal unserer Häuser Kastilien und Aragón, Burgund und Habsburg!«

»Ich gehe ins Kloster!«, schrie das Mädchen. Aber die Königin hatte schon wie alle anderen den Hof verlassen.

12.

Johanna starrte den Jungen böse an.

Er war sehr blond, viel weniger rötlich, als sie ihr erzählt hatten. Und seine Augen waren auch eher grau als blau. Der Künstler, der die Miniatur gemalt hatte, die ihr den Prinzen hatte anpreisen sollen, hatte ihn viel schöner porträtiert, als er in Wirklichkeit war; nun, das war üblich. Auch wenn sie sich selbst auf dem Gemälde betrachtete, das zu ihrem zwölften Geburtstag entstanden war, staunte sie über so viel überirdische Schönheit, die sie, wenn sie ehrlich war, in keinem Spiegel je hatte entdecken können.

Warum war sie also überrascht? Auch der Prinz musste enttäuscht sein von ihr; aber er verlor doch kein Wort.

»Du bist hässlich«, sagte Johanna. Sie ging keinen einzigen Schritt auf ihn zu. Er war ein Jahr älter als sie, und er war der Knabe. Wenn er sie wirklich zur Frau wollte – und das wollte er doch, wenn er den weiten Weg von Burgund bis nach Granada auf sich genommen hatte ihretwegen? –, dann würde er es wohl noch über sich bringen, sich ihr zu nähern. Sie in den Arm zu nehmen, vielleicht zu küssen, wie die Situation es gebot. Johanna starrte ihn an. Das sollte er wagen! Oh, das sollte er wagen! Sie würde ihn kratzen und beißen und treten und schlagen. Er würde davonrennen und sich bei ihrer Mutter beschweren und bei ihrem Vater beschweren und vielleicht fragen, ob er nicht doch statt ihrer die brave Maria haben konnte. Sollte er doch. Dann musste sie nicht ins Kloster.

»Und du bist ein Zwerg!«, sagte Johanna. »Man hat mir erzählt, du wärest ein Held und du wärest schön. Nun, die Menschen in Burgund müssen so scheußlich aussehen wie Uhus in der Nacht, wenn du dort für schön gelten kannst!«

Der Junge sah auf den Boden. Noch immer rührte er sich nicht.

»Und nun sehe ich wohl, dass du auch eine Memme bist!«, rief sie. Sie würde ihn kratzen und beißen und treten und schlagen, aber wie sollte sie das tun, wenn er nicht zuerst zu ihr kam und ihr Grund dazu gab? »Und stumm bist du auch! Oder bist du auch taub?«

Der Junge schüttelte den Kopf. Wenigstens ein Lebenszeichen.

»Oh, der junge Herr hat mich verstanden!«, rief Johanna. »Der junge Herr spricht unsere Sprache! Aber warum rührst du dich dann nicht, Tölpel? Hast du Angst vor dem Mädchen, das deine Braut werden soll?«

Sie trat einen Schritt vor. Sie wollte nicht zu ihm gehen, so sollte es nicht sein. Sie packte ihn an der Schulter.

Aber noch bevor sie ihn anbrüllen konnte und seinen Kopf an den Haaren nach oben reißen, damit er sie endlich ansah, ihn kratzen und beißen und treten und schlagen, fiel eine Träne vor seinen Füßen auf den weißen Kies des Hofes.

Johanna wusste, dass man viele Tränen geweint haben musste, bevor eine so schwer wurde, dass sie zu Boden fiel.

Granada im April, Gegenwart

Wie am Vortag drängten sich in der Alcaicería die Touristen.

»Und jetzt?«, fragte Kadir.

»Jetzt fragen wir in jedem Laden«, sagte Tukan und zog sein Handy aus der Tasche. »Aber wehe, ich krieg heute Nacht nicht die Steckdose für meinen Akku!«

Er zappte durch seine Fotos. »Na bitte, ist nicht so toll, aber geht doch. Wie ich Kadir fotografiert hab, im Flugzeug.«

Sergej und Kadir beugten sich über das Handy. Das Bild auf dem Display zeigte Kadir, der weitwinkelig verzerrt in die Linse grinste. Dahinter, halb verborgen, saß Boston und sah verschämt ins Bild wie einer, der weiß, dass er nicht gemeint ist.

»Jetzt kannst du Spanisch üben!«, sagte Tukan und boxte Sergej in die Seite. »Los, los! Ich denk, du hast eine Zwei?«

»Hola, Señor!«, sagte Sergej und räusperte sich.

Sie gingen von Laden zu Laden. Nicht jeder Verkäufer hatte gleich Zeit für sie, nicht alle waren sie freundlich. Aber schließlich war doch jeder bereit, sich das Bild auf dem Display wenigstens anzusehen.

Sie hatten schon fast die gesamte Alcaicería durchstreift und verloren allmählich die Hoffnung, als vor einem Stand, der hauptsächlich Messing zu verkaufen schien, ein junger Mann heftig nickte. »Ja, den erkenne ich!«, sagte er.

Auch wenn die Suche sonst kein Ergebnis bringen sollte: Sie hatten verblüfft gemerkt, wie viel Spanisch sie verstanden. Und wie viel auch nicht. »Der war gestern hier, no? Bei meinem Nachbarn. Stundenlang hat der vor seiner Auslage gestanden und alles in die Hand genommen. Ich glaube, er hatte nicht viel Geld. Er hat die Sachen immer wieder weggelegt, sobald er auf den Preis gesehen hatte.« Der Verkäufer stieß einen kurzen Pfiff aus. »Manuel! Kundschaft für dich!«

Aber der Nachbar erinnerte sich nicht. »Dieser Junge?«, sagte er. »Den habe ich nie gesehen.«

»Gestern?«, fragte Kadir. Gestern auf Spanisch war einfach. Ganze Sätze waren das Schwierige.

Der Mann schüttelte heftig den Kopf. »Nie gesehen!«, sagte er. »Tut mir leid.«

Am Nachbarstand bezahlte eine junge Frau einen Aschenbecher und schlenderte weiter. Der Verkäufer kam zu ihnen herüber. »Natürlich war er bei dir, Manuel!«, sagte er und nahm Tukan das Handy aus der Hand. »Sieh ihn dir doch mal genau an! Deine Untersetzer hat er angeguckt, das weiß ich genau! Ob er dann auch gekauft hat«, er zuckte die Achseln, »kann ich nicht sagen. Da kam bei mir so ein fetter Kerl mit einem Hund, der mir alles vollgesabbert hat.« Er lachte.

»Untersetzer«, sagte der Verkäufer und kratzte sich am Kinn, wie Menschen es in Filmen tun, um zu zeigen, wie ernsthaft sie nachdenken. »Nein, kann ich mich nicht erinnern. Tut mir leid. *Lo siento mucho.*«

»Na ja, egal«, sagte Tukan. »Jedenfalls vielen Dank. Wenn Ihnen doch noch was einfällt, könnten Sie es ja sonst der Polizei erzählen.«

»Polizei?«, sagte der junge Mann vom Nachbarstand. Eine Familie stöberte in seinen Körben, und er hielt den Blick fest auf sie gerichtet, während er sprach. »Was hat der Junge getan?«

»Er ist verschwunden«, sagte Kadir. »Seit gestern Mittag. Seit er hier war, in der Alcaicería.«

al-Andalus, 1492

Er war den Soldaten auf die Alhambra gefolgt, weil sie freundlich gewesen waren und weil er nicht wusste, wohin. Nun erwartete ihn statt des Scheiterhaufens eine Prinzessin, die seine Frau werden sollte. Und die nichts weniger gern zu wollen schien als das. Fast konnte Boston nicht sagen, was schlimmer war.

»Du bist hässlich!«, sagte sie. »Du bist ein Zwerg!«

Boston spürte wieder das Schluchzen in seinem Hals, die Tränen hinter seinen Augen.

»Du bist eine Memme!«, sagte sie. »Und stumm bist du auch!«

Ich will nach Hause.

Jungen weinen nicht.

Ich will nach Hause, nach Hause, nach Hause.

»Warum rührst du dich dann nicht, Tölpel?«, sagte sie. Jungen weinen nicht. »Hast du Angst vor dem Mädchen«, Jungenweinennichtweinennichtweinennicht, »das deine Braut werden soll?«

Jungen weinen nicht.

»Du weinst ja!«, sagte das Mädchen. Alle Wut war aus ihrer Stimme verschwunden. Dafür hörte er ihre Verblüffung. Ihre Verachtung. »Du weinst ja, Zwerg!«

Boston schüttelte den Kopf. Die Tränen liefen über sein Gesicht. Dann konnte er auch das Schluchzen nicht mehr zurückhalten.

Das Mädchen packte ihn fest an den Schultern und führte ihn eilig unter den Arkaden hindurch in einen wunderschönen Raum. Durch seine Tränen sah Boston die Stalaktiten an der Decke, die *azulejos* an den Wänden. Er erinnerte sich, wie sie gestern gelangweilt durch diesen Raum geschoben waren. Daran, was Frau Hilbert ihnen erzählt hatte, erinnerte er sich nicht mehr.

Aber wenn der Raum auch derselbe war, so sah er heute doch trotzdem verändert aus. Ottomanen standen darin, ein Tischchen mit Messingplatte, darauf ein Wasserkrug.

Dann zuckte Boston zusammen. Natürlich sah er durch die Tränen alles verschwommen, nur nicht voreilig sein. Aber die Zeichen an den Wänden erinnerten ihn. So hatte auch die Fliese ausgesehen, die er für seine Mutter hatte kaufen wollen. Waren darauf nicht genau die gleichen Schriftzüge gewesen? Tausendfach fanden sie sich hier, ringsherum, tausendfach.

Vielleicht, dachte Boston und spürte, wie sein Herz begann, schneller zu schlagen. Oh, vielleicht. Vielleicht bin ich dem Rätsel ein wenig nähergekommen. Die Fliese in der Alcaicería und die Fliesen hier auf der Alhambra. Es gibt einen Zusammenhang. Es muss einen Zusammenhang geben.

Das Mädchen drückte ihn auf eine Ottomane. Einen Augenblick lang hatte er sie vergessen.

»So!«, sagte sie und baute sich vor ihm auf, fast als wolle sie ihn schlagen. »Und jetzt beruhigst du dich. Du glaubst doch nicht im Ernst, dass ich einen Mann heiraten will, der heult wie ein kleines Kind!« Sie rüttelte ihn. »Schnäuz dir die Nase! Und hör auf mit dem Gejammer! Ich will auf der Burg kein Gerede über meinen Bräutigam!«

Boston schluchzte noch immer. Es gibt einen Zusammenhang. Ich darf ihr nicht erzählen, wer ich bin, Tariq hat mich gewarnt. Ich darf ihr nicht erzählen, woher ich komme.

»Warum redest du nicht!«, sagte die Prinzessin. »Memme!«

Vielleicht war es erst einmal das Sicherste, hier auf der Burg zu bleiben, als Gast der Königin. Hier, wo alle Fliesen aussahen wie die eine in der Alcaicería. Zu tun, als wäre er der Prinz aus dem Norden, dem er offensichtlich so ähnlich war.

Und dann wird man weitersehen, dachte Boston und holte einmal tief Luft. Jetzt erst einmal Schritt für Schritt. Wenn es eine Lösung gibt, gibt es sie hier.

Und außerdem will ich nicht brennen. Tariq hat mich gewarnt.

»Ich bin müde«, flüsterte er. »Ich habe auf der ganzen Fahrt so wenig geschlafen!«

»Fahrt?«, rief Johanna. »Du bist mit der Kutsche gekommen wie ein Weib? Du bist nicht geritten?«

Boston starrte sie an. Wie schnell man sich verraten kann, dachte er. Ich muss aufpassen, dass ich mich nicht verrate.

»Natürlich bin ich geritten«, sagte er und zog die Nase hoch. »Ich bin natürlich geritten! Ich hab das nur so gesagt.«

Johanna sah ihn von der Seite an. »Ein Prinz, der immer gleich heult, wenn er ein paar Tage geritten ist, passt vielleicht ins ruhige Burgund!«, sagte sie. »Bei uns in Andalusien allerdings …«

In diesem Augenblick kam ihre Amme durch den Vorhang. Sie sah die beiden unsicher an. »Nun, mein Täubchen?«, fragte sie. »Geht es dir besser?«

Johanna schnaubte. »Sieh ihn dir doch an!«, sagte sie.

Die Amme zuckte zusammen. »Das wird schon, das wird schon!«, sagte sie, aber ihr Ton war unsicher. So hoffnungslos fand selbst sie ihn also. »Die Königin lässt Euch bitten. Der Genueser ist gekommen. Auch Ihr sollt hören, was er zu sagen hat, bevor sie ihren endgültigen Spruch fällt.«

Sie lächelte Boston zu. »Ihr werdet Euch einleben, junger Herr!«, flüsterte sie. »Und Ihr werdet glücklich sein, die Prinzessin gefunden zu haben.«

»Was redest du da!«, sagte Johanna.

Boston lächelte der Amme zu.

Alles ganz langsam, Schritt für Schritt.

13.

Isabella lehnte sich auf ihrer Ottomane zurück. Sie hätte sich gewünscht, dass ihr Gatte sich neben sie gesetzt und so sein Interesse an diesem Gespräch bekundet hätte; stattdessen stand er auf die Rückenlehne gestützt, und sie hörte, wie er mit den Fingern ungeduldig auf den Seidenstoff des Bezuges trommelte.

Wenigstens hatte er Santángel mitgebracht, seinen Finanzverwalter, dessen eigenes Vermögen auf Millionen *maravedis* geschätzt wurde, nun, sein Reichtum sollte ihr gleichgültig sein. Aber es war ihr sehr recht, dass ein Mann, der in Finanzdingen so erfahren war und der daher, das durfte man doch vermuten, auch in anderen Fragen einen klaren Kopf bewahrte, ihrem Disput mit dem Genueser beiwohnen würde. Der Genueser machte sie verdrießlich mit seinen Prahlereien, seit Jahren schon. Sie wollte, dass endlich Klarheit herrschte, aber sie wagte nicht, die Last der endgültigen Entscheidung alleine zu tragen.

Aus dem Augenwinkel sah sie, dass nun auch Johanna gekommen war und mit ihr der Habsburger. So klein war er und schmächtig, dass sie verstand, wenn ihre Tochter zögerte. Wie stattlich hatte Ferdinand damals vor ihr gestanden! Es hatte sie nicht gestört, dass man sagte, er hätte mit seinen siebzehn Jahren Geliebte hier und da und längst ein Kind irgendwo; er war ein Mann, auf den man stolz sein konnte.

»Lasst den Genueser herein!«, sagte sie.

Aber zwischen Johanna und ihrem Bräutigam hatte sich, das sah sie auf einen Blick, in den Minuten, die sie zu zweit allein gewesen waren, nichts geändert. Wie sollte es auch. Isabella seufzte.

Johanna war das starrköpfigste ihrer Kinder, darin erkannte sie sich wieder. Aber wie unbequem, wenn sie bei ihr jeden Befehl erst durchsetzen musste, anstatt, wie bei ihren anderen vier Kindern, mit fraglosem Gehorsam rechnen zu können.

»Majestät!«, sagte eine Stimme.

Sie sah auf den ersten Blick, dass der Genueser noch immer diesen verschlissenen Mantel trug. Er war beharrlich, er war bereit, auf die Erfüllung seiner Träume zu warten, für ihre Erfüllung zu hungern, das bewunderte sie an ihm. Aber gleichzeitig war da immer diese Dreistigkeit.

»Ihr habt Euch, Señor Colón, zu diesem Gespräch selbst eingeladen!«, sagte Isabella, während der Besucher demütig niederkniete und ihre Hand küsste.

Er stand auf. »Das Euch, wie ich sehe, so wichtig ist, dass Ihr Euren Gemahl und nicht nur ihn dazugebeten habt«, sagte er und verneigte sich leicht. Da war sie wieder, die Dreistigkeit, versteckt hinter seiner Demut.

Isabella ging nicht darauf ein. »Ihr wisst, dass unsere königliche Kommission Eure Pläne, Indien über den Seeweg nach Westen zu erreichen, schon vor zwei Jahren als undurchführbar abgelehnt hat«, sagte sie. »Trotzdem habe ich Euch vor Wochen noch einmal eine Möglichkeit geboten, erneut darzulegen, was Euch so sicher macht.«

Der Genueser machte keine Anstalten zu sprechen. Isabella deutete auf einen Sessel. Sie sah das kleine Lächeln um seine Mundwinkel genau. Am liebsten hätte sie ihn wieder fortgeschickt, endgültig diesmal. Aber sie musste vorsichtig sein. Unsinnig, die Pläne eines Mannes abzulehnen, nur weil man den Mann abstoßend fand.

»Nun«, sagte Colón und kreuzte die Arme vor seiner Brust. »Das Erste, was wir begreifen müssen, ist, dass die Erde – eine Kugel ist.« Er sah erwartungsvoll in die Runde. Johanna gähnte.

»Johanna!«, sagte die Königin.

»Dass die Erde eine Kugel ist, weiß in unseren christlichen Ländern längst jedes Kind, Señor«, sagte Santángel und verneigte sich dabei leicht gegen die Königin hin. »Papst Pius der Zweite selbst hat für alle Gläubigen verkündet: *Mundi formam omnes fere consentium rotundam esse. Fast alle sind sich darüber einig, dass die Form der Erde eine Kugel ist.*«

Dass die *conversos* doch immer wieder beweisen müssen, wie gut sie sich mit allem auskennen, was die heilige Mutter Kirche betrifft, dachte Isabella. Aber in diesem Falle, wie nützlich.

Der Ton des Genuesers wurde schärfer. »Es wäre wohl nur angemessen, wenn Ihr mich zu Ende sprechen ließet«, sagte er. In seinem Sessel beugte er sich weit nach vorne. »Eine Kugel, welche – und nun horcht auf! – zu sechs Teilen von Land und nur zu einem Teil von Wasser bedeckt ist. Was für jeden begreifbar bedeutet, Majestät, dass, nach Westen gesegelt, der Abstand zwischen Euren Küsten und dem geheimnisvollen Cipangu und Cathai, dem Reich des großen Khan, nicht sehr weit sein kann. Welches doch in der Tat auf der Hand liegt: Denn leben dort in Indien nicht jene Tiere, mit denen die Karthager einst die Römer besiegten, die dickhäutigen, großohrigen Elefanten mit ihren schlangenartigen Rüsseln? Und leben sie nicht auch bei uns, gleich jenseits der Meerenge in Afrika? Ist also nicht anzunehmen, dass eine enge Nachbarschaft bestehen muss zwischen diesen Ländern? Denn dass die Elefanten, wie stark und beharrlich sie auch sein mögen, über Monate geschwommen sein könnten von einem Land zum anderen, das ist doch, Majestät, mit Verlaub, nicht zu vermuten.«

Immer seine Elefanten, dachte Isabella. »Meine Kommission ist demgegenüber zu dem Schluss gekommen, dass Indien auf dem Seeweg nach Westen viele Monate, ja Jahre entfernt liegt«, sagte sie. »Zu viele Monate. Ihr würdet auf dem Weg dorthin an Skorbut erkranken, verhungern, verdursten. Dieser Überzeugung sind alle Gelehrten, die wir befragt haben, und dieser Überzeugung war auch schon die Kommission, die vor Jahren der König von Portugal einsetzte, um die Erfolgsaussichten Eures Vorhabens zu überprüfen. Ihr scheint der Einzige zu sein, Señor Colón, der an den westlichen Seeweg nach Indien glaubt!«

»Oh nein, der Einzige nicht!«, rief der Genueser und sprang auf. Er lief mit großen Schritten auf und ab, als hielte er es im Sessel nicht mehr aus. »Wie könnt ausgerechnet Ihr, Majestät, die Ihr die Herrschaft der Ungläubigen in Granada gebrochen habt und Euch gemeinsam mit unserer Heiligen Inquisition darum bemüht, dass unser allein selig machender Glaube in Euren Ländern nun endlich überall regiert, wie könnt ausgerechnet Ihr das Wort der Gelehrten höher achten als das der Heiligen Schrift? Was verkündigte uns schon der Prophet Esra?« Er breitete die Arme aus und legte verzückt den Kopf in den Nacken. Er zitterte.

Er ist wahnsinnig, dachte die Königin erschrocken. Er ist ja völlig wahnsinnig.

»Heißt es denn nicht im vierten Buch Esra: *Am fünften Tage aber hast du dem Siebentel, wo das Wasser war, gesagt, dass Tiere und Vögel und Fische hervorgehen sollten*? Dem *Siebentel*! Sechs Teile Land, nur ein Teil Wasser!« Er atmete schwer. Hinter seinem Rücken breitete Johanna die Arme aus wie er und rollte mit den Augen.

»Johanna!«, sagte die Königin.

»Sechs Teile Land, ein Teil Wasser!«, rief Colón wieder und stürzte auf sie zu. »Und sagt uns nicht der Prophet Jesaja …«

»Die Inseln harren auf mich und die Schiffe im Meer von längst her, dass sie deine Kinder von Ferne herzu bringen, samt ihrem Silber und Gold«, zitierte Santángel und verneigte sich leicht. »Jesaja 60, Vers 9. Das habt Ihr auch der Kommission vorgetragen, Señor, die nicht verstand, was das beweisen sollte. Die besten Mathematiker des Landes waren nicht der Meinung, dass diese Stelle auszulegen ist, wie Ihr sie auszulegen wünscht.«

Der Genueser schien ihn überhaupt nicht gehört zu haben. »Siehe, das Ende der Welt ist nahe!«, rief er. »Ist es daher nicht unsere Aufgabe, Majestät, zuvor noch möglichst viele Kinder Gottes zu Christenmenschen zu machen? Auch jene im fernen Cipangu! In Cathai! In Indien! Und mich, mich!, Majestät, hat der Herr auserwählt, ich weiß es, ich spüre es, diesen Weg …«

Er ist wirklich wahnsinnig, dachte Isabella. Was er da betreibt, ist Gotteslästerung, das hat ja schon mein kluger Talavera gesagt, als er den Vorsitz jener Kommission innehatte.

»Lassen wir das!«, sagte sie scharf.

Colón sackte in sich zusammen. Er ging zurück zu seinem Sessel.

»Verzeiht!«, murmelte er. »Aber wo es um die Verbreitung des Glaubens geht …«

Isabella wischte seine Worte mit einer Geste beiseite.

»Nehmen wir einmal an, Ihr hättet mich überzeugt, Señor Colón«, sagte sie. »Nehmen wir es nur einmal an. Wie sollte es dann Eurer Meinung nach weitergehen?«

Auf einmal saß der Genueser aufrecht. Noch immer zitterte er, aber als er sprach, klang seine Stimme fest. Aus seinem Gürtel zog er eine Rolle, die von einer seidenen Kordel zusammengehalten wurde.

»Dann müssten wir allerdings zunächst über meine Forderungen reden, wie ich Euch ja bereits dargelegt habe«, sagte er und löste das Band. »Euer Krieg gegen die Mauren hat viel Gold verschlungen, ich aber werde Länder für Euch entdecken, die Euch wieder reich machen werden! Und dafür, Majestät, verlange ich meinen gerechten Lohn.«

»Er verlangt?«, sagte Ferdinand und hob die Brauen. »Wir schöpfen neuen Reichtum gerade aus anderen Quellen!«

Aber Colón sah ihn nicht einmal an. »Niemand außer mir wird den Seeweg nach Indien für Euch finden, Majestät, denn ich allein bin vom Herrn auserwählt! Und so fordere ich denn«, er begann zu lesen, was auf seinem Pergament in kleiner Schrift geschrieben stand, »den Adelstitel ›Don‹ für mich und alle meine Nachkommen; den Rang eines Admirals Eurer Flotte, ausgestattet mit den gleichen Rechten wie der Großadmiral; den zehnten Teil aller Einkünfte in den neuen Ländern sowie das Recht, mich an allen Handelsunternehmungen alldort zu einem Achtel beteiligen zu können ...«

»Und will Er nicht vielleicht auch noch die Würde eines Königs von Kastilien und Aragón fordern?«, fragte Ferdinand im Plauderton. »Die Hand meiner Töchter, am besten gleich aller vier? Die Alhambra und all unsere Schlösser als Draufgabe? Señor?«

Aber Colón schien die Unterbrechung nicht einmal bemerkt zu haben. Er sprach weiter, als hätte er nichts gehört. »Das Richterrecht in allen neuen Ländern; den Titel eines Vizekönigs und Generalstatthalters aller von mir entdeckten Gebiete sowie das Recht, alle Beamten dort selbst auszuwählen und einzusetzen, und zuletzt, dass all diese Befugnisse und finanziellen Einkünfte erblich sein und auf meine Kinder übergehen sollen.«

»Amen«, sagte Ferdinand.

Johanna lachte.

»Nicht noch etwas, Señor?«, fragte der König. »Das wäre schon alles?«

Der Genueser rollte sein Pergament wieder zusammen und verschnürte es mit der seidenen Kordel. Dann hielt er es der Königin hin. »Ihr müsst nur Euer Siegel daruntersetzen, Majestät«, sagte er. »Und alle Reichtümer Cathais sind Euer.«

»Und Er muss nur Seine Beine in die Hand nehmen und machen, dass Er fortkommt«, sagte Ferdinand und winkte einem Diener. »Denn sonst könnte es sein, dass ich mich vergesse, Großmaul!«

»Majestät!«, rief Colón und warf sich vor Isabella auf die Knie. »Bei der Mutter Gottes und allen Heiligen …«

»Ihr haltet an diesen Forderungen fest?«, fragte die Königin. »Ihr seid nicht bereit, Euch mit weniger zufriedenzugeben?«

»Der Herr hat mich auserwählt!«, rief Colón. Seine Stimme klang schrill. »Ihr stellt Euch gegen den Willen des Herrn! Im Schlaf hat der Herr mir offenbart, was der Lohn sein soll für meine Mühen …«

»Hinaus«, sagte Ferdinand. »Hinaus, mein Freund. Und untersteh Er sich nicht, hier jemals wieder vorzusprechen.«

»Majestät!«, rief Colón.

Der Diener packte ihn am Arm und zerrte ihn zur Tür. Noch von draußen hörte man ihn rufen.

»Ich bin froh über Eure Entscheidung, Majestät«, sagte Santángel und verneigte sich. »Ihr hättet Euch vor aller Welt zum Gespött gemacht. Dieser Colón ist ein Besessener. Er ist wahnsinnig.«

»So schien es mir auch«, sagte Isabella und seufzte erleichtert. Die Entscheidung war gefallen. Die Reichtümer Cipangus und Cathais waren auf immer verloren. Aber sie würde nie wieder darüber nachdenken müssen, ob sie dem merkwürdigen Schwärmer seine Reise gestatten sollte. »Nun wollen wir sehen, was der Koch für uns vorbereitet hat. Deine Ankunft, Philipp von Burgund, soll gefeiert werden.«

Und Johanna, dachte sie, werde ich schon noch beibringen, wer hier die Königin ist.

14.

Amerika würde nicht entdeckt werden. Fast musste Boston lachen. Konnte es sein, dass die Geschichte von jetzt an anders verlaufen würde, und er war mitten darin? Konnte es dann nicht auch sein, dass Tariq und seinen Mauren der Aufstand gelingen würde? Wie unglaublich dies alles war. Und es hatte mit der Fliese zu tun, fast war er sich sicher. Es musste mit der Fliese zu tun haben.

»Setz dich zu meiner Tochter, Philipp von Burgund«, sagte die Königin. »Aber vorher küsse dem Großinquisitor den Ring! Es ist eine Ehre, Eminenz, dass Ihr an diesem Begrüßungsmahl teilnehmen wollt.«

»Wie ich hörte, habt Ihr meinen Rat befolgt?«, fragte der Mann, den die Königin Eminenz genannt hatte. Boston beugte sich über seine Hand und küsste den Ring. Der Mann beachtete ihn nicht. »Ihr habt – einen feurigen Blick auf den Realejo geworfen?«

Der Mann mit dem ernsten Gesicht, der mit Kolumbus gestritten hatte, zuckte zusammen.

Die Königin schüttelte den Kopf. »Später!«, sagte sie. »Nun, Philipp, dein Platz ist neben deiner Braut. Unterhalte sie während der Mahlzeit! Johanna liebt kluge Gespräche, ist es nicht so, mein Täubchen?«

»Ich habe keinen Hunger!«, sagte Johanna.

Aber die Königin war mit ihren Gedanken offensichtlich noch immer bei dem Gespräch mit dem Genueser. »Wer mich dauert, sind nur die armen Seelen jenseits des Meeres!«, sagte sie und sah ihren Mann Hilfe suchend an. »Die wir nun niemals bekehren werden! Ich spüre doch, es wäre meine Pflicht!«

Ferdinand beugte sich über sie und hauchte ihr einen spöttischen kleinen Kuss auf die Haube.

»Wenn der Herr das Meer zu breit gemacht hat, als dass wir es überqueren könnten, wird er uns wohl verzeihen, wenn es uns nicht gelingt«, sagte er.

Der Mann, der im Gespräch vorher den Propheten Jesaja zitiert hatte, lächelte müde. »Es ist doch offensichtlich, Majestät, dass die Pläne dieses Wahnsinnigen auf gänzlich falschen Berechnungen beruhen«, sagte er. »Würdet Ihr ihm eine Karavelle ausrichten, Ihr schicktet ihn und seine Männer in den sicheren Tod. Über den Umfang der Erdkugel besteht Einigkeit bei den Gelehrten von Lissabon bis London. Über die Entfernung zwischen unseren Küsten und denen Indiens daher auch. Er würde Monate unterwegs sein, wenn nicht Jahre. Das überlebt kein Mensch.«

»So ist es!«, sagte Ferdinand.

Ein Diener schenkte Wein ein, für alle. Der Wein war sauer, aber Boston trank ihn in großen Schlucken. Er half nur wenig gegen den Durst.

»Niemand bestreitet ja die Worte der Heiligen Schrift!«, sagte der Mann jetzt wieder. »Aber müssen wir sie deuten wie der Genueser? Nur ein Siebentel Wasser, welcher Unfug! Unsere Gelehrten wissen, dass es eher umgekehrt ist, ein Siebentel Land und sechs Teile Wasser. Bedenkt, Majestät, wie weit Indien dann entfernt sein muss! Wie gänzlich unerreichbar!«

Noch immer schmeckte der Wein sauer, noch immer spürte Boston seinen Durst; aber auch, wie er ruhiger wurde, sogar fröhlicher. Der Diener reichte ihm ein zweites Glas.

»Aber wenn vielleicht«, sagte Boston. Erschrocken merkte er, dass er sich ins Gespräch eingemischt hatte. Es machte ihm nichts aus. Auf einmal fühlte er sich ganz leicht. Ich bin der Prinz, ich bin der Prinz! Nur dass seine Zunge sich so merkwürdig verwandelt hatte, seine Lippen auch. Sie gehorchten ihm noch, aber nicht, wie sie sollten. »Wenn vielleicht zwischen Europa und Indien noch etwas anderes liegen würde? Noch ein anderes Land?«

Die Königin lachte. »Es freut mich, dass du aufgewacht bist, Prinz Philipp«, sagte sie. »Ein anderes Land! Nach Westen zwischen uns und Indien? Was für eine Idee!«

Boston spürte Johannas Blick auf sich. Er nahm noch einen Schluck.

»Nun, so einen Unfug behauptet nicht einmal der Genueser!«, sagte Ferdinand und prostete Boston zu. »Um auf so eine Idee zu kommen«, er lachte, »muss man wohl aus Burgund stammen!«

Der Großinquisitor aß langsam und gleichmäßig. Er hörte zu.

»Es kann kein weiteres Land zwischen Spanien und Indien geben, Prinz Philipp«, sagte die Königin. »Wir hier im Süden haben uns seit Jahren mit diesen Fragen befasst, und so frage ich dich: Wo nun die Erde schon viele Tausend Jahre existiert und Menschen auf ihr von Küste zu Küste reisen: Wie sollte es da wohl noch ein Land geben können, das bisher unentdeckt blieb? Hätte nicht, bei all unseren Reisen, längst ein Mensch darauf stoßen müssen, wenigstens der große Marco Polo?«

»Die Wikinger«, murmelte Boston. Jetzt waren seine Lippen wie zwei aufgeblasene Ballons, die sich gegenseitig im Wege waren. Er lachte. Sehr merkwürdig. Sehr, sehr merkwürdig. Lippen wie Ballons.

»Was murmelt der Knabe?«, fragte Isabella.

Ferdinand lachte auch. »Zu viel Wein!«, sagte er. »Die weite Reise, zu wenig Essen vielleicht – kann es sein, kleiner Prinz Philipp, dass du dem Wein zu kräftig zugesprochen hast?«

Boston kicherte. »Zu sauer!«, sagte er. »Viel zu sauer!«

Isabella schüttelte den Kopf. »Es scheint, dass sie in Burgund nur Milch zu den Mahlzeiten trinken«, sagte sie. »Nun, Prinz, so verschieben wir wohl unser Begrüßungsfest. Denn du gehörst, verzeih mir, ins Bett.« Die Königin klatschte in die Hände.

»Ins Bett!«, sagte Boston und lachte. »Ins Bett!« Das war ja das Komischste, was er je gehört hatte. Alles war komisch. Warum hatte er das vorher nur nicht begriffen.

»Er ist betrunken!«, sagte Johanna und rückte ein Stück von ihm ab. Zwei Diener kamen und packten Boston behutsam rechts und links am Arm.

»Gute Nacht, Prinz von Burgund«, sagte Ferdinand und lächelte. »Ich warte gespannt, womit du uns morgen überraschst.« Er hob das Glas. »Santángel, würdet Ihr …«

Etwas bewegte sich in Bostons Hirn. Etwas wollte ihm einfallen, aber es ließ sich nicht packen. Seine Gedanken waren wie Schlieren auf dem Wasser, die in immer neuen Farben schillerten und dann verliefen. Noch immer hielten die Diener ihn fest.

Santángel. Das war das Wort. Das Wort war nicht komisch. Santángel.

Dann fiel es ihm ein, aber in dieser sonderbaren, sehr, sehr sonderbaren Welt, die sich drehte und schwankte und schrumpfte und sich wieder aufblies, war es nicht wichtig, weil überhaupt nichts wichtig war. Santángel. War das nicht der Name gewesen, den Tariq gestern genannt hatte? *Auch Santángel ist, wie Ihr und alle Welt wohl wisst, längst der frömmste aller Christen.* Der an der Verschwörung beteiligt war. Der den Juden helfen wollte, einen Teil ihres Besitzes zu retten.

Ich bin betrunken.

Er drehte sich um. Der kleine Mann, der so gut über den Heiligen Vater Bescheid gewusst hatte, Santángel. Was bedeutete denn das. Alles verschwamm vor Bostons Augen.

Ich bin ja wirklich betrunken.

Dann sah er den Rucksack auf dem Boden unter seinem Stuhl. Mit einem Arm, der vielleicht auch jemand anderem gehören konnte und nur sehr locker an seiner Schulter festgemacht schien, griff er danach.

Die Diener packten wieder fester zu. Übelkeit stieg in Boston auf und ab, vom Kopf zum Magen zum Kopf. Die Welt drehte sich schneller. Seine Füße schienen den Boden nicht wirklich zu berühren, oder der Boden hatte sich in eine merkwürdig nachgiebige Masse verwandelt.

»Gute Nacht!«, murmelte er und verstand sich selbst nicht.

Dass die Diener ihn auf sein Bett legten, merkte er schon nicht mehr. Als sie ihm den Rucksack aus den Händen nehmen wollten, hielt er ihn so fest, dass sie lachten.

»Soll er doch mit seinem Spielzeug schlafen«, sagte ein Diener. »Die arme Prinzessin.«

Der andere antwortete nicht. Aber im Stillen stimmte er ihm zu.

Johanna versuchte zu erkennen, ob die anderen es auch gesehen hatten. Am Tisch wurde die Stimmung fröhlicher. Ihr Vater machte mit rollenden Augen den Genueser nach und stieß mit ausgebreiteten Armen eine Karaffe vom Tisch. Ihre Mutter lachte. Selbst Santángel, der doch sonst immer so ernst war, stimmte in ihre Heiterkeit ein.

Als der Habsburger gegangen war, war ihm etwas aus dem hässlichen Beutel gefallen, den er die ganze Zeit umklammert hielt, als berge er das größte Geheimnis. Neben seinem Stuhl lag es jetzt auf dem Boden.

Johanna setzte schnell ihren Fuß darauf, dann erst sah sie sich um. Niemand beobachtete sie. Sie beugte sich nach unten.

Es war ein kleines, längliches, weißes Kissen, kaum größer als ihr Daumen. Das Material, aus dem es bestand, war glänzender als Seide, geradeso, als wäre es einem Menschen gelungen, venezianisches Glas in Stoff zu verwandeln. Wenn sie mit dem Finger darüberstrich, fühlte die Oberfläche sich merkwürdig stumpf an, während sie unter ihrem Druck nachgab. Die Schrift auf der Oberfläche war winzig. *»Ketchup de tomate«,* Wörter, die sie niemals gehört hatte. Das klang nicht nach Wörtern aus der Sprache der Mauren, es klang auch nicht nach Burgund. Was daruntergeschrieben stand, war in einem merkwürdigen Kastilisch verfasst, wie es ihr noch nie begegnet war, und machte keinen Sinn.

Mit einer schnellen Bewegung steckte Johanna das Kissen in den Ausschnitt ihres Kleides. Zwischen ihren Brüsten fühlte es sich einen Augenblick lang kühl an, dann spürte sie es kaum mehr.

Sie sah zum Tor, durch das der Habsburger verschwunden war. Philipp von Burgund, den sie den Schönen nannten, sie wusste nicht, warum, hatte ein Geheimnis, auf einmal war sie sich sicher.

Wenn er denn überhaupt Philipp war.

Johanna lächelte in die Runde und hörte mit einem Ohr zu. Wenn sie gefragt wurde, wollte sie antworten können.

Wenn er denn überhaupt Philipp war.

Ihr Herz schlug schneller. Vielleicht war dieser Knabe überhaupt nicht der tumbe Tor, als der er sich ausgab. Philipp von Burgund, wer immer er war, hatte ein Geheimnis, das darauf wartete, von ihr gelüftet zu werden.

Salomon atmete schwer. Er war nicht daran gewöhnt, zu rennen, aber woran er gewöhnt war, war jetzt ganz gleichgültig.

Der Albaicín, Gott sei Dank lag der Realejo hinter ihm. Noch war er nicht in Sicherheit. Aber hier patrouillierten die Soldaten wenigstens nicht Tag und Nacht.

Nach Sonnenuntergang waren die Stadttore geschlossen, es war unsinnig, überhaupt zu versuchen, die Stadt bei Nacht zu verlassen. Aber auf der Straße konnte er auch nicht bleiben. Am sichersten war es vermutlich in der Karawanserei, solange die königlichen Wachen, die dort patrouillierten, nur nicht dieselben waren, die das Haus angezündet hatten.

Er klopfte ans Tor des *funduq*. Die Enge und das Gedränge würden ihn verbergen.

Als die Dämmerung der Dunkelheit wich und die Gespräche im Hof um ihn herum allmählich verstummten, wurde er ruhiger. Er hatte immer gewusst, dass sein Vater sich täuschte. Man konnte nicht am Sonntag zur Messe gehen und am Samstag weiter heimlich den Sabbat feiern. Niemals war man sicher in diesem neuen Granada. Wie hatte sein Vater nur glauben können, dass sie nach dem Besuch der Soldaten am Vorabend erst einmal ihre Ruhe haben würden.

Salomon stöhnte auf. Er war geflohen, sobald er gehört hatte, wie sie mit ihren Schwertern gegen das nur notdürftig geflickte Tor geschlagen hatten. Das Feuer hatte er dann schon von der Nebengasse aus gesehen, wie gebannt hatte er die Augen nicht davon lassen können. So hoch loderten die Flammen, dass auch die Nachbarhäuser zu brennen begonnen hatten. Was aus seinem Vater geworden war, wusste er nicht. Er war nur gerannt.

Er presste das Gesicht in seine Hände und weinte.

Ein Wasserverkäufer beugte sich über ihn. »Wasser?«, fragte er leise. »Wasser zur Nacht?«

Salomon schüttelte heftig den Kopf, aber der Mann hielt ihm doch einladend den schweren Tonkrug hin, aus dessen schmal zulaufender Tülle von hoch oben das Wasser in den Mund der Trinkenden floss, ohne dass der Krug ihre Lippen berührte.

»Ich kann nicht zahlen!«, flüsterte Salomon. Er versuchte, seine Tränen zu verbergen. Jeder konnte ein Spitzel sein. Nirgendwo war man sicher. Beweise waren nicht nötig, jede Anschuldigung genügte.

»Trink nur, wenn du durstig bist«, sagte der Wasserverkäufer. »Ich habe heute schon genug verdient.«

Auf einmal hatte Salomon das Gefühl, dass er sterben müsste, wenn er jetzt nicht einen Schluck Wasser bekäme. Er griff nach dem Krug und trank gierig. Als er dem Wasserverkäufer den Krug zurückgab, spürte er, wie er wieder zu weinen begann.

Der Mann sah ihn müde an. »Du also auch«, murmelte er. »Es gibt zu viele Tränen in Granada. Die Stadt wird in ihren eigenen Tränen ertrinken, wenn sie nicht vorher in Flammen aufgeht.«

Granada im April, Gegenwart

Als die Dunkelheit sich über die Alcaicería legte, trug Manuel Corazón die Körbe aus seiner Auslage nach drinnen. Er ließ den Rollbalken nach unten.

»Noch auf einen kleinen Schluck, Manuel?«, rief sein Nachbar. Es gab Bars, die die Touristen niemals betraten.

Manuel schüttelte den Kopf und verschwand in die andere Richtung. Er hatte kein gutes Geschäft gemacht an diesem Nachmittag, eine große Wasserpfeife, die er seit Jahren nicht hatte verkaufen können, weil ihr Preis die Touristen erschreckte, vielleicht auch der Gedanke daran, sie auf ihrem Heimweg im Flugzeug transportieren zu müssen, hatte plötzlich nicht mehr an ihrem Platz gestanden. Von da an hatte er sich gezwungen, die Besucher wenigstens nicht aus den Augen zu lassen, wenn sie sich um seinen Stand drängten. Aber es war ihm schwergefallen, seine Gedanken zusammenzuhalten.

Der Junge war verschwunden.

Auf der Plaza Bib-Rambla saßen die Touristen unter bunten Lichterketten und tranken ihre Sangria aus großen Krügen, in die der Wirt den Wein geschüttet hatte, der zu sauer war, um ihn zu trinken, um ihn dann mit den Früchten aufzufüllen, die zu reif waren, um sie zu essen. Die Menschen waren braun gebrannt; die Frauen hatten ihre Gesichter leuchtend geschminkt, die Männer trugen Hüte. Sie lachten und redeten und prosteten sich zu, die schönste Zeit des Jahres.

An einem Tisch war noch ein Platz frei.

»Se puede?«, sagte Manuel. Er setzte sich, ohne die Antwort abzuwarten.

Das Paar lächelte ihm zu, das kannte er schon. Wann immer er allein sein wollte, drängte er sich zwischen die Touristen. Alle waren sie freundlich, niemand sprach ihn an. Er war wie ein zusätzlicher Gewinn, von dem sie zu Hause berichten konnten.

»Und dann hat sich ein echter Spanier an unseren Tisch gesetzt, stellt euch vor! So ein schweigsamer. Aber zugeprostet hat er uns.«

Manuel bestellte sich eine Karaffe Wein. »Du weißt, welchen, Roberto!«, sagte er. Der Kellner lachte. Auch wenn es kein Trinkgeld gab, würde er für diesen Gast aus seinem hintersten Regal den Wein holen, der dort nur für Freunde stand.

Eine Karaffe war nicht viel. Das Paar brach auf, in einem anderen Lokal löschten sie schon das Licht.

»Noch einen Wein!«, sagte Manuel.

Aber um ihn herum saßen noch immer die letzten Gäste unter den bunten Lämpchen.

Er ist verschwunden. Seit gestern Mittag. Seit er hier war in der Alcaicería.

Der Junge war ein Dieb gewesen, genauso wie der Tourist, der ihm heute die Wasserpfeife gestohlen hatte.

Deine Untersetzer hat er angeguckt, das weiß ich genau!

Manuel winkte dem Kellner. Das Restaurant leerte sich. Die Lichterketten verloschen.

»Noch einen Wein!«, sagte er.

Der Kellner stellte die Karaffe vor ihn auf den Tisch. »Soll ich mich zu dir setzen, Manuel?«, fragte er.

Manuel schüttelte den Kopf.

Stundenlang hat er vor der Auslage gestanden und alles in die Hand genommen.

Jungen in dem Alter stahlen wie die Raben. Jungen in dem Alter durfte man nicht trauen.

Er ist verschwunden.

Und die alten Geschichten waren die alten Geschichten, an die kein Mensch mehr glaubte. Aberglaube.

Er ist verschwunden.

Auch die dritte Karaffe half ihm nicht.

15.

al-Andalus, 1492

Als Boston erwachte, fühlte sein Kopf sich so schwer an, dass er ihn kaum heben konnte. Vor seinen Augen schwankte der Raum, und er hatte das Gefühl, dass er sich übergeben musste.

»Junger Herr!«, flüsterte ein Diener neben ihm. Er war also nicht von allein aufgewacht. Warum hatten sie ihn nicht schlafen lassen. »Es ist spät! Es ist mir nicht gelungen, Euch rechtzeitig zur heiligen Messe zu wecken. Ich bringe Euch einen Tee gegen Eure Kopfschmerzen!«

Sehr, sehr behutsam drehte Boston den Kopf. Eine dampfende Tasse näherte sich seinem Mund, dann wurde sein Kopf angehoben. Der Tee verbrannte ihm die Lippen.

»Ich werde Euch in den *hamam* begleiten«, sagte der Diener und drängte ihn, noch einen Schluck zu trinken. »Ins Badehaus. Nur noch einen Schluck, junger Herr. Es hilft, wenn man dem Wein zugesprochen hat.« Boston hatte nicht die Kraft, sich zu widersetzen. Die Hand mit der Tasse wegzuschlagen.

»Und danach ein heißes maurisches Bad«, flüsterte der Diener. »Hier oben auf der Alhambra haben wir noch all ihre *hamams*. Unten in der Stadt werden sie bald beginnen, sie niederzureißen, der Großinquisitor sagt, es ist Sünde, wie die Mauren sich dort mit ihren nackten Körpern im Wasser suhlen. Es ist Wollust. Die Freude des Herrn über eine reine Seele ist tausendmal größer, als es Seine Freude über einen reinen Körper sein könnte. Noch einen Schluck!«

Boston hatte das Gefühl, dass der Raum allmählich ruhiger wurde. Er schwankte noch immer, aber vielleicht doch nicht mehr so sehr. Und an den Wänden …

»Aber hier oben werden wir sie behalten!«, flüsterte der Diener. »Ihre Badehäuser! Die Königin liebt es zu baden. Und dass ihre Seele die reinste ist in allen spanischen Ländern, das wird nicht einmal der Großinquisitor bezweifeln. Was sollte der Herr dagegen haben, wenn ihre reine Seele dann auch in einem reinen Körper erstrahlt?« Wieder setzte er Boston die Tasse an die Lippen. »Nun genug, junger Herr. Ich werde Euch in den *hamam* begleiten.«

Bevor er sich von den Händen des Dieners aufhelfen ließ, griff Boston suchend nach seinem Rucksack. Er war noch da. Und als er ihn vorsichtig öffnete, sah er darin alles unversehrt.

Pablo hatte sich im Schatten der Mauer auf den sandigen Boden gesetzt. Auch jetzt im April konnte die Mittagssonne schon stechen.

Er nahm einen Schluck aus seiner Lederflasche. Daran hatten die Mauren gedacht: dass es überall genügend Wasser gab. Das liebte er an dieser Stadt.

Pablo seufzte. Es gibt so vieles, was ich an ihren Städten liebe, dachte er. Aber *psst!*, nicht zu laut gedacht. Gleich wartet der Scheiterhaufen.

Als er Schritte hörte, sprang er auf. Die Königin hatte nicht überall auf ihrem Hügel Wachen postiert, damit sie dann im Schatten der Mittagssonne vor sich hin dämmerten und Wasser tranken.

Es war ein Diener mit dem Knaben, der am Tag zuvor auf die Burg gebracht worden war, Philipp von Burgund, sagten sie. Sie sagten, er solle die zweitälteste Prinzessin heiraten, nun, da war Pablo froh, dass ihm so eine Furie erspart blieb. Er hatte ein Mädchen zu Hause in seinem Dorf, er hoffte doch, dass sie auf ihn warten würde.

Der Diener nickte ihm im Vorbeigehen zu. Der Knabe sah müde aus, grau. Zu oft hatte Pablo in den Nächten erlebt, wie seine Kameraden dem Branntwein zusprachen, und am nächsten Morgen ihre eingefallenen Gesichter gesehen, um nicht zu wissen, was diesem Jungen fehlte. Aber ganz gewiss kamen der Kummer und die Angst auf seinem Gesicht nicht nur von seinem dröhnenden Schädel.

So reich, dachte Pablo. Und wird durch die Hochzeit noch reicher. Aber wer möchte mit ihm tauschen.

Der Prinz strauchelte, und der Diener griff nach seinem Arm. Der Weg zum Generalife lag fast überall im Schatten. Auch das hatten die Mauren klug geplant.

Überhaupt war vieles von dem, was sie getan haben, nicht falsch, dachte Pablo. Auch wenn ich das natürlich zu niemandem sage, zu meinem Mädchen vielleicht, wenn sie erst einmal meine Frau sein wird. Das viele Wasser. Der Schatten. Die Terrassen, auf denen Obst und Gemüse wachsen. Ihre wunderbaren Gebäude. Ihre Badehäuser, ihre Bibliotheken, das Wissen, von dem sie der ganzen Welt abgegeben haben.

Und die Juden, dachte Pablo und bekam einen Schrecken, wohin seine Gedanken wanderten, ohne dass er es ihnen verbieten konnte. Was haben die Juden uns denn getan. Hat bei uns im Dorf der Arzt jemals gefragt, ob wir gleich ihm dem mosaischen Glauben anhängen? Überall im Land sind die Ärzte doch Juden, auch Gelehrte, Berater sogar der Könige und Fürsten. Warum sollten sie auf einmal unser Land verlassen?

Oder brennen. Das kann der Herr doch nicht wollen.

Er rief seine Gedanken zur Ordnung. Davon verstehst du nichts, Pablo. Du wirst doch wohl begreifen, dass die hohen Herrschaften klüger sind als ein Bauer vom Lande und besser wissen als du, was gut für Spanien ist.

Der junge Prinz musste jetzt auf dem Generalife angekommen sein. Die Luft flirrte in der Hitze. Pablo setzte sich wieder in den Schatten.

Trotzdem.

Die Lederflasche war leer.

Boston war sich nicht sicher, ob die Königin nicht ärgerlicher aussah als am Tag zuvor. Sie saß in einem geflochtenen Stuhl und stickte weit vornübergebeugt mit goldenen Fäden. Ihr gegenüber saß ihre Tochter, die Amme neben sich, und sah unzufrieden aus. In einem Käfig aus Weidenzweigen trällerte ein Kanarienvogel in der Mittagssonne.

Nach dem Baden hatte der Diener ihn hoch auf den Generalife geführt. Noch immer dröhnte sein Kopf, noch immer war ihm so übel, dass er fürchtete, niemals mehr etwas essen zu können; aber wenigstens schwankte der Boden nicht mehr unter seinen Füßen, und die Welt um ihn herum hatte aufgehört zu schrumpfen, nur um sich gleich danach wieder aufzublasen.

Ich war betrunken gestern Abend, dachte Boston. Oh, du meine Güte, wie betrunken ich war. Ich hätte um Wasser bitten sollen, ich war so durstig. Aber bevor der Wein mich fröhlich gemacht hat, habe ich ja nicht einmal das gewagt.

»Nun, Prinz von Burgund!«, sagte die Königin. Sie reichte ihrer Tochter das Stickzeug. »Da. Jetzt ist es wieder, wie es sein soll. Mach deine Stiche kleiner.«

Johanna antwortete nicht. Sie ließ das Stickzeug unbesehen auf ihren Schoß sinken.

»Setz dich zu uns«, sagte die Königin. »Wir haben dich in der Kapelle vermisst! Es war wohl die lange Reise, die dich gestern Abend so müde gemacht hat, dass du den Wein nicht vertrugst? Ich will nicht hoffen, dass es schon jetzt deine Gewohnheit ist, dem Wein zu sehr zuzusprechen, Prinz Philipp!«

Boston schüttelte den Kopf. »Ich hatte auch zu wenig gegessen auf der Reise«, murmelte er.

Die Königin sah ihn prüfend an. »Danach wollte ich dich ohnehin fragen«, sagte sie. »Nach deiner Reise.«

Johanna machte keine Anstalten zu sticken. Die Amme sah ihn erwartungsvoll an.

»Warum hast du die Nacht vor der vergangenen im *funduq* geschlafen? Warum nicht gleich hier bei uns auf der Alhambra? Warum bist du ganz ohne Begleitung gereist, den weiten Weg aus dem Norden, bis auf, wenn der Bericht, den wir aus dem *funduq* erhalten haben, denn der Wahrheit entspricht, einen einzigen als Mauren verkleideten Knaben? Und wo ist dieser Knabe jetzt? Warum hast du ihn nach Hause geschickt?«

Boston holte tief Luft. Hinter dem Rücken der Königin lag weit und offen das Tal, die Vega von Granada, und auf dem Hügelrücken darüber, nicht weit unter dem Generalife, glänzten die Dächer der Alhambra im Mittagslicht. Die Fontänen im Brunnen sprudelten. Der Vogel trällerte noch immer.

»Ich«, flüsterte Boston.

Ich habe sie nach Hause geschickt, weil sie mich genervt haben.

Mein Vater hat mich schon in Burgund ohne Begleitung auf den Weg geschickt, weil das weniger auffällig war.

Ihre Frauen haben sie auf dem Handy angerufen und gesagt, sie sollen nach Hause kommen, das Abendbrot ist fertig.

Nein.

»Wir sind überfallen worden, unterwegs!«, flüsterte Boston. »Danach sind meine Begleiter verschwunden, nur dieser eine Junge ist bei mir geblieben. Er hat gesagt, am besten, wir verkleiden uns jetzt beide als Mauren, dann werden wir nicht so leicht überfallen.«

»Er hat das gesagt?«, fragte die Prinzessin. »Wäre es nicht an dir gewesen, diesen Vorschlag zu machen? Bist du nicht der Prinz?«

Boston zuckte hilflos die Achseln. »Vielleicht war ich es ja auch«, sagte er. »Keine Ahnung mehr, wirklich, wer das vorgeschlagen hat.« Er knetete seinen Rucksack. Unter dem Stoff spürte er das Handy, den Reiseführer, die Geldbörse.

»Deine Ausdrucksweise verwirrt mich«, sagte die Königin. »Nun, jetzt bist du hier. Auch Ferdinand ist seinerzeit auf dem Wege zu mir von marodierenden Banden überfallen worden. Es geschieht. Ich glaube dir, kleiner Prinz.«

Sie lächelte. Aber die Prinzessin, dachte Boston. Sie guckt so misstrauisch, so misstrauisch. Was kann ich tun, um auch sie zu überzeugen.

In diesem Moment kam mit einer tiefen Verbeugung ein Diener in den Hof.

»Majestät!«, sagte er und warf einen verwirrten Blick auf Boston, bevor er vor der Königin das Knie beugte. »Verzeiht, dass ich Euch störe. Aber etwas – Sonderbares ist geschehen.«

»Es ist nicht an Ihm, zu entscheiden, was sonderbar ist!«, sagte die Königin. Ihre Stimme klang schneidend. »Seine Aufgabe ist es allein, Seine Nachricht zu überbringen.«

Der Diener nickte erschrocken. Er sah auf den Boden.

»Verzeiht, Majestät!«, sagte er. »Aber soeben ist auf der Alhambra ein Reiter mit einer Botschaft aus Burgund für Euch eingetroffen. Er lässt Euch sagen, dass Prinz Philipp erkrankt ist. Der Prinz kann unmöglich reisen. Sein Vater erbittet Euer Verständnis dafür, dass die Verlobung aufgeschoben werden muss.«

16.

Tariq hatte den Weg nach Süden am Rio Xenil entlang gewählt, den auch der Emir geritten war. Auf der Route über den Pass hätte er sich sicherer bewegen können, auch war der Schnee um diese Zeit getaut; aber sie wäre nur mit einem Maultier zu bewältigen gewesen. Und die Zeit war knapp.

Der Rappe, den ihm kurz hinter dem Stadttor ein Unbekannter übergeben hatte, war schneller als jedes Pferd, das er bisher geritten war. Er hatte kaum Pausen gemacht, und bis zum Abend hatte er fast schon Lanjarón erreicht. Von jetzt an konnte er sich sicher fühlen. Die al-Pudxarras waren Maurenland, das letzte Rückzugsgebiet, das die Schweinefresser-Könige dem Emir in einer beschämenden Geste der Gnade als Fürstentum überlassen hatten. Ein Fürstentum der kargen Berge, der schroffen Felsen, der Pfade, zu schmal und zu steil, um von ihnen mit einer Armee auszurücken.

Und doch werden wir von hier aus unsere Heimat zurückerobern, hatte Tariq gedacht, als er sich auf der Höhe ein letztes Mal umgedreht hatte, um auf die Stadt zurückzusehen, bevor der Weg sich in den Vorbergen verlor. Ich kann Abu abd'Allah berichten, dass wir Gold genug haben werden. Ich werde ihm den Beutel voller *maravedis* übergeben, die erst die Anzahlung sind. Ich werde ihm berichten von den Männern überall, die nur darauf warten, für ihn und mit ihm gegen die Katholischen Könige und die Inquisition zu ziehen. Im Namen Allahs und aller Propheten: Das Königreich Gharnata wird wieder uns gehören, von Tarifa im Westen bis Almería im Osten, von Malaka an der Küste bis weit ins Gebirge hinter Gharnata am Fuße der Sierra.

Im Norden hinter ihm erstreckte sich die Vega, Zitrushaine, Oliven; wo, wie mit dem Pinsel in die Ebene getupft, in großen Gärten die Gutshäuser lagen, ragten Palmwedel hoch über die Dächer. Dahinter, schon klein fast am Horizont, die Stadt.

Tariq kniff die Augen zusammen. Der Dunst verschleierte die Sicht, er konnte sich täuschen. Und doch glaubte er, dass es Rauch war, was über den Dächern in den Himmel stieg, Rauch wie von einem großen Feuer.

Er gab seinem Pferd die Sporen. Bevor ganz Gharnata brannte, musste er den Emir überzeugen. Abu abd'Allah durfte nicht zulassen, was in seiner Stadt geschah und was, da war Tariq sicher, weil nur ein Kind etwas anderes hätte glauben können, doch erst der Anfang war.

Er schnalzte mit der Zunge. In Lanjarón würde er die Nacht verbringen. Schon morgen würde der Emir wissen, dass nicht nur genügend Männer für ein Heer, sondern auch genügend Goldstücke für Waffen auf ihn warteten, um die Könige aus Gharnata zu vertreiben.

Bis der Reiter aus Burgund selbst auf dem Generalife angekommen war, hatte die Königin geschwiegen. Sie hatte Boston Blicke zugeworfen, die schwer zu deuten waren. Die Prinzessin hatte zum ersten Mal gelächelt.

Einmal hatte Boston versucht, mit der Königin zu sprechen, aber sie hatte die Hand gehoben und ihm ein Zeichen gegeben zu schweigen.

»Majestät ...!«, hatte Boston gefleht, bevor er verstummt war.

Und was sollte er ihr auch sagen?

Tut mir leid, das war alles eine Verwechslung, in Wirklichkeit bin ich nur mal kurz aus dem 21. Jahrhundert angereist.

Die Königin würde ihm nicht glauben. Die Prinzessin würde ihm erst recht nicht glauben.

Sie würden ihm den Rucksack abnehmen, wenn er keine glaubwürdige Erklärung abgeben konnte, wer er war. Sie würden darin nach Hinweisen suchen.

Lass niemanden den kleinen Kasten sehen, der Bilder zeigen und Musik machen kann!, hatte Tariq gesagt. *Ya Allah! Sie werden sagen, er ist Teufelszeug! Sie werden sagen, du bist mit dem Teufel im Bunde!*

Und was sollten sie denn auch anderes glauben? Die Prinzessin beobachtete ihn. Natürlich, sie freut sich, dachte Boston. Dass sie mich nun nicht heiraten muss. Keine Sekunde wird sie zögern, wenn es darum geht, mich auf den Scheiterhaufen zu schicken.

Für Torqemada ist alles ein Beweis. Wenn sie den Kasten bei dir finden, wirst du brennen.

»Da ist ja der Bote!«, sagte die Königin.

Der Mann, der jetzt den Hof betrat, sah aus, als könnte er sich nicht mehr lange auf den Beinen halten, er musste Tag und Nacht geritten sein. Sein Haar war von Schweiß und Staub verkrustet, sein Gesicht erschöpft, die Augen flackerten.

Er fiel vor der Königin auf die Knie.

»Verzeiht, Majestät, dass ich in diesem Zustand …«, murmelte er. »Aber Euer Diener …«

Die Königin lächelte mild. »Mein Diener hat mir schon berichtet, woher du kommst«, sagte sie. Der Kanarienvogel zwitscherte. »Steh auf. Setz dich zu mir. Du musst erschöpft sein.«

Der Bote nickte ungläubig.

»Nun möchte ich von dir selbst hören, was dich so eilig zu uns führt«, sagte sie. »Warum hat dein Herr, der Kaiser Maximilian, dich zu uns gesandt?«

Inzwischen atmete der Bote ruhiger.

»Der Kaiser hat so lange gewartet«, sagte er, »weil er bis zuletzt noch die Hoffnung hatte, sein Sohn würde genesen und könnte dann die Verlobungsreise antreten, wie zwischen Euren Häusern vereinbart. Aber die Ärzte ...« Er hielt inne.

»Nun?«, sagte die Königin.

»Das Fieber stieg wieder an«, sagte der Bote. »Unser schöner Prinz lag erschöpft in den Kissen, seine Zähne schlugen aufeinander, er fror, obwohl die Krankheit in ihm glühte! Die Ärzte waren ratlos. In seinem Fieberwahn sprach er die unsinnigsten Dinge, schon hatten Ihre Majestäten einen Priester rufen lassen, der dem Knaben die Letzten Sakramente spenden sollte ...«

»Wie höchst und unerhört merkwürdig!«, sagte die Prinzessin freundlich und beugte sich vor. Noch immer lächelte sie, wie Boston sie vorher nie hatte lächeln sehen.

Sie könnte schön sein, dachte er überrascht. Vielleicht könnte man sie sogar mögen.

»Nicht merkwürdig, Königliche Hoheit!«, sagte der Bote und verbeugte sich in ihre Richtung. »Nein, merkwürdig war die Erkrankung wohl kaum! Der Prinz war früh am Morgen ausgeritten bei Regen und Sturm, erst bei Nacht ist er zurückgekommen, schlotternd und frierend! Der Leibarzt sagte ihm gleich voraus, dass er für seinen Unverstand mit Krankheit und Fieber würde zahlen müssen.«

»Ein Prinz, der auch das Unwetter nicht scheut«, sagte die Königin. »Wie schön. Wie erfreulich. Ein Weichling«, sie warf einen kurzen Blick zu Boston, »hätte mir in der Tat für meine Tochter gar nicht gefallen.«

Johanna kniff die Augen zusammen. »Mit *merkwürdig*, Bote, meinte ich nicht, dass mein Bräutigam erkrankt ist«, sagte sie. »Merkwürdig erscheint mir vielmehr, dass der Prinz«, und jetzt sah sie Boston zum ersten Mal direkt in die Augen, »doch schon seit einem Tag hier unter uns weilt.«

Der Bote sah verwirrt aus.

»Das kann ja nicht sein!«, rief er. »Das ist ja unmöglich! Seine Königliche Hoheit hatte sich, als ich Burgund verließ, so weit wieder erholt, dass die Ärzte uns Hoffnung auf eine baldige vollständige Genesung machten, wenn nur der Prinz das Lager nicht vorzeitig wieder verließe! Weshalb sein Vater mich mit dem Auftrag zu Euch schickte, seinem tiefsten Bedauern Ausdruck zu verleihen. Sobald der Prinz wieder vollständig genesen ist, wird er sich auf den Weg nach Granada machen und um die Hand der Prinzessin anhalten. Noch im heißesten, glühendsten Fieber«, er sah Johanna bittend an, »galten Euch, Prinzessin, seine Seufzer!«

Johanna stieß ein spöttisches Lachen aus. »Wie es sich gehört«, sagte sie und neigte leicht den Kopf.

Den will sie auch nicht, dachte Boston verblüfft. Mich will sie nicht, aber den echten Prinzen will sie jedenfalls auch nicht. Kein Wunder eigentlich, wer würde das schon wollen. Doch nicht mit ungefähr dreizehn und wenn man ihn nicht kennt.

»Nun, Knabe!«, sagte die Königin und wandte sich ihm zu. Sie hatte gehört, was sie hören musste. »Was sagst du dazu?«

Boston wusste, dass es keine Erklärung gab, die die Königin hätte zufriedenstellen können. Und doch konnte er noch nicht aufgeben.

»Ein Betrüger, Majestät! Ein Betrüger!«, sagte er und zeigte auf den Boten. Er versuchte, empört zu klingen. Was für ein Hohn. »Wer sagt denn, dass dieser Bote wirklich vom König von Burgund gesandt wurde? Gibt es dafür Beweise? Er soll beweisen, wer er ist!«

Er war erstaunt über seine Frechheit. Wie klug! Fast glaubte er sich selbst.

»Was für eine kluge Überlegung!«, sagte da auch die Prinzessin und krauste die Lippen. »Aber stellen wir die Frage doch einmal andersherum! Hast denn du, Knabe, Beweise dafür, dass du der Habsburger bist?« Sie zeigte auf seinen Rucksack. »Vielleicht ist das ja der Grund, warum du diesen hässlichen Beutel noch nicht einmal abgelegt hast, seit du die Alhambra betratest? Enthält er womöglich königliche Gastgeschenke, die du mir feierlich übergeben willst? Das Siegel von Burgund? Lass uns sehen, was du in deinem Beutel mit dir führst! So wird leicht zu entscheiden sein, wer von euch die Wahrheit spricht: der kaiserliche Bote – oder du.«

Die Königin nickte, die Amme guckte erwartungsvoll.

Boston stieß seinen Sessel um und rannte.

17.

Dass er eingenickt war, merkte Pablo erst, als er aufschreckte, weil er über sich die Geräusche hörte, Rennen und Rufen. Unverzeihlich, auf der Wache einzuschlafen.

Er sah nach oben zum Generalife, wohin erst vor Kurzem ein Diener mit dem Knaben verschwunden war, von dem es hieß, er wäre der Prinz von Burgund; danach ein anderer Diener mit dem kaiserlichen Boten.

Die Schritte kamen näher, laut auf dem Kies, auch Stimmen, die etwas brüllten. Um eine Biegung des Weges, vielleicht fünfzig Schritte entfernt, erschien plötzlich der junge Prinz mit weit aufgerissenen Augen. Er rannte, dass die Steine unter seinen Füßen ins Gleiten kamen, rannte, als wäre der Leibhaftige ihm auf den Fersen, rannte mit diesem sonderbaren kleinen Beutel über der Schulter, Verzweiflung und Schrecken im Gesicht.

Pablo kannte seine Aufgabe. Wie gut, dass er noch rechtzeitig aufgewacht war! Er sprang auf und trat mitten auf den Weg, den Säbel schon gezückt.

Hinter dem Knaben hörte er die Stimmen jetzt lauter, er achtete nicht auf die Worte.

Haltet ihn auf!

Packt ihn!

Greift euch den Knaben!

Er würde eine Belohnung erhalten. Vielleicht würde er früher nach Hause zurückkehren dürfen. Wie würde sein Mädchen staunen, wenn er plötzlich vor ihr stand.

»Haltet ihn!« Jetzt verstand er auch die Rufe. Wie er gedacht hatte.

Dann war der Knabe schon vor ihm. Er riss den Kopf hoch. Erst jetzt schien er zu bemerken, dass es ein Hindernis gab auf seinem Weg. Vielleicht hatte er seine ganze Aufmerksamkeit bisher nur auf die Geräusche in seinem Rücken gerichtet, hatte versucht, ihnen zu entkommen, auf einmal kam nun die Gefahr auch von vorn.

Pablo war Soldat. Er hatte Männer in der Schlacht erschlagen, er kannte den Blick, mit dem der Knabe ihn jetzt ansah. Diese unendliche Angst, gespeist aus dem Wissen, dass es zu Ende war. Dass es keinen Ausweg mehr gab. Und in ihrem Blick ohne jede Hoffnung doch auch immer das Flehen um Gnade.

Pablo hatte Männer erschlagen, die ihn so angesehen hatten in ihrem letzten Augenblick; Männer, die ihr Schwert schon erhoben hatten. Dieser Knabe besaß kein Schwert.

»Bitte!«, flüsterte er, und Pablo sah, dass er fast keine Kraft mehr hatte. Er würde ohnehin zusammenbrechen, bevor er noch den Fuß des Alhambrahügels erreicht hatte. Eine andere Wache würde ihn packen.

Sollte doch eine andere Wache ihn packen.

Pablo tat einen winzigen Schritt zur Seite. »Hah!«, brüllte er. Er sah das ungläubige Staunen in den Augen des Jungen. »Das wirst du mir büßen!«

Der Junge rannte. Als Pablo sich auf den Boden warf, war er schon verschwunden.

»Oh, oh, oh!«, stöhnte Pablo und hielt sich das Knie. Ein Diener rannte an ihm vorbei, ohne ihm einen Blick zu schenken, ein zweiter, sie schrien und forderten die nächsten Wachen am Weg auf, den Jungen zu greifen.

Pablo wälzte sich auf dem Boden wie vor Schmerz. »Oh, oh, oh!«, stöhnte er. Die nächsten Schritte vom Generalife her schienen noch weit entfernt, langsamer, leichter. Er durfte nicht unvorsichtig sein. »Mein Bein! Oh, mein Bein!«

Einen winzigen Augenblick zögerte die Prinzessin, als sie an ihm vorbei den Berg nach unten lief, ihre seidenen Röcke gerafft. Wäre es nicht so unsinnig gewesen, er hätte geglaubt, dass sie lächelte.

Pablo lehnte seinen Rücken gegen einen Baum und hielt sich das Knie. Auch wenn er von oben keine Geräusche mehr hörte, konnte er doch nicht sicher sein, dass niemand ihn beobachtete.

Warum hatte er das getan?

Der Junge hatte kein Schwert.

Du wirst dafür bezahlen, Pablo. Ist dir ein fremder Knabe wichtiger als du selbst?

Ich habe nicht nachgedacht. Eine Sekunde lang habe ich einfach nicht nachgedacht. Vielleicht habe ich seit Jahren auf diese Sekunde gewartet.

Er schloss die Augen. Was ist das für eine Welt, was ist das für eine Zeit. Heilige Jungfrau Maria, Mutter Gottes, erbarme dich meiner.

Boston atmete schwer. Durch die Pinienwipfel über ihm zeichnete die Sonne feine Muster aus Wärme und Licht auf sein Gesicht. Das Gezwitscher eines Vogels in den Zweigen klang nach dem Gesang des Kanarienvogels der Königin in seinem Käfig auf dem Generalife matt und schwach. Alles war wie bei seiner Ankunft vor einer unendlich langen Zeit. Nur dass seine Angst jetzt eine andere war.

Aber er konnte nicht mehr rennen. Nur einen kleinen Augenblick ausruhen hier im Wald, während vom Weg her noch immer die Schritte und Rufe seiner Verfolger zu ihm drangen. Ausruhen, nur einen winzigen Moment.

Und danach?

Ich muss nachdenken, ich darf keinen Fehler machen. *Für Torquemada ist alles ein Beweis.* Ich könnte den Rucksack hier zurücklassen.

Aber was, wenn sie ihn später bei ihrer Suche entdeckten? Jeder auf der Alhambra wusste, wem der Rucksack gehörte. *Wenn sie den Kasten finden, wirst du brennen.*

Oder er könnte den Rucksack mitnehmen und nur das Handy zurücklassen. Aber auch dann würden sie ihn verdächtigen, der Besitzer zu sein. *Sie werden sagen, er ist Teufelszeug. Sie werden dich verdächtigen, mit dem Teufel im Bunde zu sein.* Und außerdem konnte er doch unmöglich sein Handy aufgeben. Wer konnte denn sagen, ob es nicht doch eine Möglichkeit gab, irgendeine.

Spätestens am Tor unten werden sie mich greifen. In die Stadt führt kein anderer Weg. Wie soll ich jemals durch das Tor kommen.

Wirst du brennen.

Vom Pfad hörte er das Ächzen eines Karrens, das Knirschen der Räder auf dem Kies, den trägen Tritt eines Esels. Neben dem Tier ging müde ein Mann in maurischer Tracht. Boston packte seinen Rucksack fester.

Die Gärtner oben auf der Alhambra waren noch immer dieselben wie zur Zeit des Emirs, niemand konnte die Gärten pflegen wie sie, niemand kannte sich wie die Mauren aus mit den Wasserspielen. Er hatte keine Wahl. Nur wenige Schritte bis zum Pfad.

»Bitte!«, flüsterte Boston. »Bitte!«

Der Mann tat, als höre er ihn nicht. Als sähe er ihn nicht. Aber der Esel wurde langsamer, fast blieb der Karren stehen. Erst als Boston unter den abgeschnittenen Zweigen, den Dornenranken, den verblühten Sträuchern auf dem Karren verschwunden war, ging das Tier wieder schneller.

Bis sich ihnen unten am Tor die Wache in den Weg stellte.

»Was soll das, Muselmann?«, fragte der junge Soldat. Sein Kamerad saß noch immer auf dem Boden, den Würfelbecher in der Hand. »He, Juan! Warte, bis ich wieder bei dir bin, Schurke! Es zählt nur, wenn ich es sehe!« Er packte den Mauren an der Schulter. »Was fährst du da aus der Burg?«

»Siehst du das nicht?«, sagte der Maure und griff nach dem obersten Zweig. »Zweige und Blätter und Dornenranken und totes Holz aus den Gärten der Alhambra! Glaubst du, Ihre allweisen Majestäten wollen, dass wir diesen Abfall auf ihrem Hügel unter ihren Augen verbrennen? Glaubst du, sie wollen den Qualm feuchten Holzes einatmen? Ya Allah, was seid ihr Christen nur für Menschen! Habt ihr denn sonst keine Gärten in euren Palästen? Ich fahre totes Holz hinaus aus der Burg, hinaus aus der Stadt, Soldat, wo es jenseits der Mauern auf dem Brandplatz brennen soll!«

Der Wachsoldat hatte während seiner Worte fast die ganze Zeit ungeduldig zu seinem Kameraden hingesehen. »Ich sehe doch, wie du die Würfel verschiebst!«, rief er. »Juan, du Betrüger! Glaub ja nicht, ich sähe nicht, was du tust!« Dann wandte er sich wieder dem Mauren zu. »Und du untersteh dich und rede in diesem Ton mit mir!«, sagte er. Mit dem Schwert hob er lustlos ein paar Dornenranken, stocherte in dem Geäst auf dem Karren herum. Boston hielt den Atem an. Neben seinem Arm fuhr das Schwert durch die Zweige. »Nun, das scheint alles zu sein, wie es soll. Kameraden, gebt den Weg für ihn frei!« Er ließ sich neben dem zweiten Wachsoldaten auf den sandigen Boden fallen und griff nach dem Becher. »So! Und so! Nun kannst du würfeln, du Schurke!«

»Hast du auch alles überprüft, Kamerad?«, rief der Soldat, der am Tor die schwere Kurbel drehte, die das Fallgitter nach oben bewegte. »Du weißt, ein blonder Knabe ist entkommen!«

»Sieht dieser Maure aus, als wäre er ein blonder Knabe?«, rief die erste Wache und rechnete mit den Fingern die Würfelaugen zusammen. »Nun wirst du staunen, Juan, du Schuft!«

Der Karren holperte durch das Tor, das Fallgitter schloss sich hinter ihnen, erst jetzt schlug Bostons Herz zum Zerspringen. Nur ein paar Straßen in die Stadt hinein brachte der Maure den Esel zum Stehen.

»Ja, mein braves Tier«, sagte er so laut, dass Boston fürchtete, der Esel würde vor Schreck einen Satz machen und den Karren mit sich ziehen. »So sind wir also zum Tor der Alhambra hinaus. Wie dumm der Schweinefresser war, mir zu glauben, dass es außerhalb der Stadt einen Brandplatz gibt! Ich muss nur sehen, dass ich einen Ort finde, an dem ich meine Last abladen kann. Denn sie zurückzubringen auf die Burg, wo sie beim Gärtnerhaus in der Medina hätte verbrannt werden sollen, ist nun wohl unmöglich.«

Boston hielt den Atem an. Er wusste, dass der Maure zu ihm sprach. Und dass er nicht mit ihm sprechen wollte.

»Aber einen Augenblick werde ich meinen Karren jetzt verlassen«, sagte er diesmal so laut, dass der Esel vor Schreck zu schreien begann, sein lächerliches *I-aaah!, I-aaah!*, bis die Menschen sich nach ihnen umdrehten. »Jaja, einen Augenblick werde ich meinen Karren jetzt verlassen.«

Boston begriff. Leise, so leise, dass er kaum selbst das Knacken der Zweige hörte, ließ er sich vom Karren gleiten. Seine Arme waren zerkratzt, auf seinem Gesicht zarte Linien von getrocknetem Blut, er spürte keinen Schmerz. Gebückt schlich er um die nächste Ecke, aber bevor er in der Gasse verschwand, wandte er sich noch einmal zurück.

»Danke!«, flüsterte Boston.

»Wie schön, mein gutes Tier, dass du wieder zu Kräften gekommen bist«, sagte der Maure und kraulte dem Esel die Stirn. »Dann wollen wir auch wieder weiter.«

»Nun?«, sagte der Hauptmann.

Pablo stand vor ihm, den Kopf gesenkt. »Es hätte mir nicht geschehen dürfen«, murmelte er. Die Wände der Wachstube waren weiß gekalkt, und es war angenehm kühl.

»Wie?«, fragte der Hauptmann. »Sieh mich an, wenn du sprichst. Wie konnte das geschehen? Ein unbewaffneter Knabe und du mit deinem Säbel?«

»Er hatte einen großen Stein in der Hand, Herr Hauptmann«, sagte Pablo. »Er hat ihn gegen mein Knie geschleudert. Im ersten Augenblick habe ich geglaubt, der Knochen wäre gesplittert. Ich bin zu Boden gestürzt, da ist er an mir vorbei. Der Schmerz war rasend, Herr Hauptmann.«

Der Hauptmann nickte bedächtig. »Das Knie da ist es?«, fragte er und zeigte auf Pablos linkes Bein, das der Soldat leicht angewinkelt hielt, während er sich auf einen kräftigen Stock stützte.

Pablo nickte. »Jawohl, Herr Hauptmann«, sagte er. »Aber jetzt scheint es, als ob es doch nicht so schlimm wäre. Mein Kamerad hat eine Salbe aufgetragen.«

Der Hauptmann stützte nachdenklich das Kinn in die Hand. »Wie kommt es nur, dass ich eben, als du hereinkamst, das Gefühl hatte, es wäre das rechte Bein, das dich schmerzte«, sagte er. »Nun, ich muss mich getäuscht haben.«

»Es ist das linke, Herr Hauptmann!«, rief Pablo. »Das linke Bein, ganz gewiss!«

»Mir scheint, bei solchen Dingen kann man sich schwerlich irren«, sagte der Hauptmann, und sein Blick bohrte sich Pablo in die Augen. »Also wird es wohl stimmen. Bei anderen Dingen allerdings …«, er machte eine wegwerfende Geste. »Es ist gleichgültig. Du bist immer ein guter Soldat gewesen. Ich werde dich nicht strafen für deine Nachlässigkeit.«

Pablo senkte den Kopf.

»Aber mich dünkt, zurzeit bist du mit deinem verletzten Knie als Soldat nur wenig nütze! Du kannst die Kerkerwache ablösen. Dort unten musst du nicht laufen. Dort sind die Türen verschlossen. Dort musst du nur stehen und sehen, dass niemand mit seinen bloßen Fingernägeln die Mauern durchbohrt.« Er lachte. »Der passende Ort für einen Invaliden wie dich.«

»Vielen Dank, Herr Hauptmann«, flüsterte Pablo und versuchte, auf nur einem Bein zu salutieren. Als er den Raum verließ, achtete er darauf, mit dem richtigen Bein zu hinken.

18.

Zum *funduq* konnte er nicht gehen, dort würden sie ihn vielleicht erkennen. Und wohin sonst? Es gab niemanden, den er kannte in der Stadt. Aber er war frei.

Boston lehnte sich gegen eine Mauer. Es war wie ein Wunder, er war frei. Weil drei Menschen ihm geholfen hatten zu fliehen.

Bei dem Mauren eben ist es nicht so verwunderlich, dachte Boston. Die Mauren hassen die Könige. Wer der Feind der Könige ist, ist gleich schon ihr Freund. Dass der Maure mich auf seinem Karren versteckt hat, ist also zu verstehen. Er hat es nicht für mich getan, es war seine Rache an den Christen.

Aber der Soldat auf dem Berg? Warum war der Soldat auf dem Alhambrahügel zur Seite gesprungen? Warum hatte er den Weg freigegeben und die Gefahr auf sich genommen, beobachtet und bestraft zu werden?

Und die Prinzessin, das Verhalten der Prinzessin war das Sonderbarste von allem. Wieso hatte die Prinzessin ihm geholfen? Denn das hatte sie doch. Ohne die Prinzessin wäre er niemals entkommen.

Oder war es nur Zufall gewesen? Dummheit? Die Prinzessin sah nicht aus wie eine, die dumm und ungeschickt war. Warum also war sie dem Diener ausgerechnet in dem Augenblick vor die Füße gesprungen, als er angesetzt hatte, Boston zu packen? Warum war sie hin und her gerannt, verwirrt hin und her, als dann der zweite Diener kam, sodass auch er nur mühsam einen Weg an ihr vorbei fand?

Ohne die Prinzessin hätte er niemals den Generalife verlassen können, egal wie laut sie danach »Haltet ihn!« geschrien hatte. Warum hatte sie ihn entkommen lassen, wenn doch längst klar war, dass er nicht der Prinz Philipp war, den sie heiraten musste? Dass also keine Gefahr von ihm ausging? Er war sicher gewesen, sie wollte ihn brennen sehen.

Eine verschleierte Frau ging an Boston vorbei, einen Korb in der einen, ein Kind an der anderen Hand. Das Kind weinte und sträubte sich, und die Mutter redete heftig auf es ein. Manches ist gar nicht so anders als zu Hause, dachte Boston.

Und solange ich nicht weiß, wie ich zurückkommen kann, muss ich sehen, wie ich mich hier vor der Königin verstecke. Aber wo. Ich kenne doch niemanden, außer Tariq, und der ist verschwunden.

Ein alter Jude mit Schläfenlocken lief gebeugt über die Gasse. Natürlich! Einen Menschen kannte er. Einen Menschen kannte er in Granada, einen, der sich wie er vor den Königen hüten musste. Vielleicht würde der Jude ihn verstecken.

Die Gassen ähnelten einander, eine sah aus wie die andere. »Zum Realejo?«, fragte Boston, und der Alte lächelte. Vielleicht glaubt er, ich bin selbst ein Jude, dachte Boston. Einem Schweinefresserjungen würde er nicht so freundlich den Weg weisen.

Im Realejo fragte er nach Isaak. Er verstand nicht den Schrecken, der sich für einen winzigen Augenblick auf alle Gesichter stahl, sobald er den Namen nannte; bis er in der Gasse angekommen war. Es roch noch immer nach Feuer.

»Nein!«, flüsterte Boston.

Wo das Haus gestanden hatte, durch dessen Tor die junge Dienerin Tariq und ihn hineingeführt hatte, gab es jetzt nur noch eine rußgeschwärzte Ruine. Verkohlte Balken ragten in den Himmel, unter eingestürzten Decken nur von der Hitze geborstene Steine und puderige Asche.

Der Jude hätte nicht so mit den Soldaten reden sollen, warum war er nicht demütiger gewesen. Er hätte doch wissen müssen, dass solche Menschen sich rächten. Immer.

Eine junge Frau trat aus einem Haus weiter unten in der Gasse und wollte an ihm vorbei, aber Boston griff nach ihrem Arm.

»Ist das hier Isaaks Haus?«, fragte er. Obwohl er es doch wusste.

»Das war Isaaks Haus«, sagte die Frau. Sie brauchte Boston nicht abzuschütteln, er hatte ihren Arm längst wieder freigegeben. »Und jetzt wissen wir, dass wirklich auf uns wartet, was sie uns angedroht haben. Es gab ein Gerücht …«

Ein kleines Mädchen kam aus ihrer Tür und sah Boston neugierig an. Die Frau scheuchte sie mit einer Geste zurück.

»Ein Gerücht?«, flüsterte Boston.

Die Frau sah ihn prüfend an. »Nun, es war nur ein Gerücht«, sagte sie. »Es heißt, Isaak hätte das Verbot der Könige, Gold und Silber mit außer Landes zu nehmen, übertreten wollen. Und dass sie ihn darum …«

Sie schlug die Hände vor ihr Gesicht.

»Vielleicht ist es die Wahrheit!«, flüsterte sie. »Die Soldaten sind lange im Hof gewesen und haben ihn durchsucht, bevor sie das Haus angezündet haben. Sie haben Säcke nach draußen geschleppt, wer weiß, was darin war!«

Dann sah sie Boston wieder an. Ihre Stimme klang fest. »Darum werden wir anderen hier die Gebote der Könige nicht übertreten! Wir packen schon«, sagte sie. »Packen! Was will man packen, wenn man doch nichts mitnehmen darf? Wir verlassen den Realejo, und wir verlassen unsere Heimat, wir alle aus der Gasse hier. Wir warten nicht, bis mit uns geschieht, was Isaak und seinem Sohn geschehen ist.«

»Was ist ihnen denn geschehen?«, fragte Boston. »Wo sind sie jetzt?«

»Die Soldaten haben sie mit sich genommen«, sagte die Frau. »Niemand weiß, ob sie noch leben. Wir packen!« Sie verschwand im Gewirr der Gassen.

Boston ließ sich auf einen Mauerrest sinken. Alles um ihn herum roch nach Rauch.

Isaaks Warenlager war von den Soldaten geräumt und angezündet worden, jetzt würden die Juden Granadas in ihrer neuen Heimat doch ohne jeden Besitz neu anfangen müssen. Und was bedeutete das für Tariqs Aufstand? Woher würden die Mauren jetzt das Gold für ihre Waffen bekommen?

Für Boston war all das ganz ohne Belang. Nun kannte er niemanden mehr in Granada.

Johanna drehte Amme den Rücken zu.

»Lass mich in Ruhe!«, sagte sie aus dem Fenster. »Ich kann tun, was ich mag! Und außerdem habe ich nichts getan.«

»Es hat ausgesehen«, sagte Amme. »Mein Rehlein! Deine Mutter glaubt, du hättest den Betrüger mit Absicht entkommen lassen! Sie ist sehr erregt. Er könnte ein Spitzel der Mauren gewesen sein. Nun werden wir niemals erfahren, wer er war. Warum er sich bei uns eingeschlichen hat. Vielleicht ist er längst bei denen angekommen, die ihn ausgeschickt haben, wer immer sie sein mögen, und verrät ihnen, was er für sie herausfinden sollte. Das vermutet die Königin.«

»Die Königin vermutet stets das Allerschlimmste!«, sagte Johanna noch immer zum Fenster hinaus. Der Nachmittag näherte sich seinem Ende, der Himmel verfärbte sich. »Was sollte der Knabe denn zu berichten haben? Was hat er denn gesehen? Die ganze Nacht war er ja betrunken!«

»Das könnte Täuschung gewesen sein!«, sagte Amme. »So sieh doch her zu mir, mein Mondscheibchen! Damit er nur umso leichter in der Nacht aus seinem Zimmer schleichen konnte! Damit die Wachen nicht aufmerksam waren! Das vermutet deine Mutter.«

»Ach, Unsinn!«, sagte Johanna, und jetzt drehte sie sich doch zu Amme um. »Er war ängstlich und dumm und ein Tölpel! Niemals hätten die Mauren so einen ungeschickten Tropf als Spitzel ausgeschickt!«

»Er sieht deinem Bräutigam gleich«, sagte Amme. »Darum haben sie ihn zum Spitzel erwählt. Es war allgemein bekannt, dass wir den Prinzen erwarteten. Sie hätten nicht so leicht einen anderen Knaben finden können, der sich wie er ins Innerste der Alhambra, selbst in den engsten Kreis der königlichen Familie hätte einschleichen können! Das vermutet ...«

»... meine Mutter!«, sagte Johanna. Zwischen ihren Brüsten spürte sie das kleine weiße Kissen. Seine Kanten waren scharf.

Amme nickte. »Nun fürchtet die Königin, dass die Mauren einen Aufstand planen! Wer weiß? Dass sie bald nicht mehr sicher ist hier auf der Burg ...«

»Soll sie doch vermuten, was sie mag!«, sagte Johanna. »Was geht mich das an? Mein Bräutigam ist im fernen Burgund, und mit dem anderen, wer immer er war, habe ich nichts zu schaffen.«

»Es hat aber ausgesehen, als hättest du ...!«, sagte Amme wieder.

»Nicht immer sind die Dinge, wie sie scheinen!«, sagte Johanna. »Ich dachte, du wärest so weise, Amme? Und nun ist es genug! Warum hätte ich das wohl auch tun sollen?«

Amme zuckte unglücklich die Achseln und zog sich zurück. Johanna beugte sich wieder aus dem Fenster.

Irgendwo dort unten lief er jetzt herum. Er war klein und ängstlich gewesen, und sie dankte der Jungfrau, vor der ihre Mutter sich ständig auf die Knie warf, dass er nicht ihr Bräutigam war. Aber er hatte ein Geheimnis gehabt. Und ganz sicher hatte es nichts mit einem Maurenaufstand zu tun.

Johanna zog das weiße Kissen vorsichtig aus ihrem Ausschnitt und betrachtete es. Woher mochte es kommen? Woraus mochte es bestehen? Wozu mochte es gut sein? Der Knabe hatte ein Geheimnis, und ohne dass irgendwer davon wusste, war sie jetzt mit ihm im Bunde, war Teil von etwas Geheimnisvollem, Unbekanntem.

Sie war es so leid, eine Prinzessin zu sein. Sie musste nur warten. Eines Tages würde sie erfahren, worin das Geheimnis bestand. Bis dahin würde sie niemandem davon erzählen.

Es hatte keinen Sinn, im Realejo zu bleiben, die *judería* war in dieser Stadt jetzt der gefährlichste Ort. Wenn Boston ohnehin keinen Zufluchtsort wusste, war es gleichgültig, wohin er sich wandte, um sich zu verbergen; aber fort vom Realejo.

Er war durch die Gassen gelaufen, ziellos, war am Seidenmarkt angekommen an der Bab al-Ramla, hatte, um überhaupt ein Ziel zu haben, nach den Gassen gesucht, in denen in der Zukunft die Alcaicería liegen würde; er war durch die Gasse der Schuhmacher geschlendert und durch die Gasse der Tuchweber. Überall drängten sich die Menschen, handelten, feilschten, obwohl es doch Sonntag war, das spielte für die Mauren keine Rolle. Ihr Feiertag war ein anderer. Welches war ihr Feiertag? Er hatte Tukan niemals gefragt oder Kadir oder die anderen alle. Vielleicht wäre es jetzt nützlich gewesen, mehr zu wissen.

Aber nicht die Mauren sind ja gefährlich für mich, dachte Boston. Mich suchen die Könige von Granada. An allen Stadttoren werden ihre Wachen schon auf mich lauern: ein blonder Junge mit grauen Augen, gekleidet in feinste königliche Gewänder. Ich müsste etwas anderes anzuziehen haben, wenn ich die Stadt verlassen will. Aber wie sollte ich das wohl bezahlen.

Und außerdem: Will ich Granada denn wirklich verlassen? Alles hat hier mit dieser Fliese in der Alcaicería angefangen, auch wenn ich nicht sagen kann, wie es zusammenhängt. Aber ich muss es herausfinden. Nur so finde ich vielleicht den Weg zurück.

Sein Magen knurrte. Nicht nur für neue Kleider fehlte ihm das Geld.

Du hast keine Wahl, Boston, die Königin hat längst für dich entschieden. Wenn ihre Häscher dich fangen, was glaubst du wohl, was dann mit dir geschieht?

Boston blieb stehen. Am Rande eines Platzes, von dem man einen weiten Blick bis hinauf zur Alhambra hatte, setzte er sich auf eine Stufe. Treppen führten in die untere Stadt. Er suchte in seinem Rucksack nach dem Reiseführer.

Ich muss die Stadt verlassen. Aber als Erstes muss ich wissen, was als Nächstes passiert.

Der Stadtplan war zu nichts nütze, das sah er auf den ersten Blick. Die Stadt hatte sich verändert, wie sollte sie auch nicht in fünfhundert Jahren. Aber es gab ja auch noch die Seiten über ihre Geschichte. Er musste wissen, was passieren würde.

Dem Jahr 1492 war ein ganzes Kapitel gewidmet. Die Juden wurden vertrieben, Elendszüge von Menschen, die nicht konvertieren wollten, verließen zu Tausenden das Land mit nichts als dem, was sie am Leibe trugen. Es würde also wirklich geschehen.

Auf dem Meer überfielen Piraten danach die Flüchtlingsschiffe, um Beute zu machen, die Flüchtlingsschiffe der reichen Juden. In ihrer Wut, keine Schätze bei den Flüchtenden zu finden, schlitzten sie ihnen die Leiber auf, um in ihren Gedärmen nach Gold und Silber zu wühlen. Sie konnten nicht glauben, dass die Flüchtlinge nicht nach irgendeiner Möglichkeit gesucht hatten, doch einen Teil ihres Besitzes mit sich zu führen.

Boston schlug den Reiseführer zu. Ihm war übel. Es gab Dinge, die nicht geschehen durften, die das Leben einfach nicht erlauben durfte.

Über der Alhambra färbte der Abendhimmel sich rot.

Aber vielleicht würde ja alles noch anders kommen. Schließlich behauptete der Reiseführer auch, dass in diesem Jahr Amerika entdeckt werden würde; und er hatte doch selbst erlebt, wie die Königin Kolumbus abgewiesen hatte.

Konnte es anders kommen, als es in den Büchern stand? Was geschehen war, war doch geschehen.

Dieses hier ist das Jahr 1492, dachte er, und noch gar nichts, Boston, ist geschehen.

19.

Der Emir ließ ihn warten.

Tariq saß auf dem Platz zwischen den kleinen weißen Häusern, die an den Hang geklebt waren wie Schwalbennester, übereinander, scheinbar durcheinander, die Dächer bedeckt mit einer schweren Schicht schwarzen Erdreichs, das im Inneren der Häuser auch im heißesten Sommer für Kühle sorgte. Dazwischen das Gewirr der verwinkelten Gassen, kein besserer Ort in ganz al-Andalus, um sich zu verbergen.

Aber doch kein Ort für einen Herrscher!, dachte Tariq. Kein Ort für Abu abd'Allah, den Emir von Granada! Von den Palästen der Alhambra in die Hütten dieses elenden Bergdorfes. Und dieses Gebirge ein Fürstentum zu nennen! Größer konnte die Demütigung nicht sein. Warum hatten sie ihm nicht wenigstens einen seiner Paläste in den Städten seines ehemaligen Reiches gelassen, die Schweinefresser-Könige? Weil sie ihn fürchteten.

»Aber der Blick«, sagte da eine ruhige Stimme hinter ihm, und eine Hand legte sich nur kurz auf Tariqs Schulter, »ist unvergleichlich. Stimmst du mir nicht zu?«

Tariq wandte sich erschrocken um. Er war dem Emir niemals begegnet, solange er in Granada gelebt hatte. Von fern hatte er ihn gesehen, mehr nicht. Dass der Emir jung war, hatte er gewusst, auch darauf setzten sie alle ja ihre Hoffnungen. Jung und stark und klug im Kampf. Dass er so jung war, hatte er nicht gedacht.

»Ich habe den Blick von der Alhambra geliebt«, sagte der Emir und lächelte. »Jetzt aber frage ich mich an manchem Tag: Übertrifft dieser Blick hier ihn nicht bei Weitem? Was würdest du vorziehen, Knabe? Den weiten Blick über die Ebene der Vega oder wie hier in die Täler der al-Pudxarras, auf die Gipfel der Sierra, schneebedeckt im Winter, karg und braun im Sommer, glühend rot in der Abendsonne?«

Tariq spürte, wie er ärgerlich wurde. Er war nicht gekommen, um über die Schönheit der Landschaft zu plaudern. Dies war nicht die Zeit für Schwärmerei. »Ich habe eine gute Nachricht für Euch, Mulay«, sagte er und verneigte sich. »Ich bringe Euch Gold für ein Heer.« Er griff nach dem Lederbeutel. »Und das ist erst der Anfang! Ihr wisst, dass die Könige begonnen haben, die Juden zu vertreiben! Wir werden den Kindern Israels helfen, ihren Besitz übers Meer zu schaffen, dafür werden sie uns reich belohnen. Die Mittel sind da, Waffen schmieden zu lassen, Emir! In ganz Gharnata stehen die Männer bereit und warten auf Euren Befehl!«

Der Emir machte keine Anstalten, den Beutel entgegenzunehmen. »Du redest mich an mit einem Titel, der mir längst nicht mehr zusteht«, sagte er. »Ich habe von dem fürchterlichen Schicksal der Juden gehört. Ich gebe zu, ich bin erstaunt. Ich hatte nicht erwartet, dass es so bald schon geschehen würde.«

»Mulay!«, sagte Tariq. »Das Gold!«

Abu abd'Allah setzte sich auf das Mäuerchen, das den Platz zur Talseite hin begrenzte. Unter ihnen auf der Bergflanke erstreckte sich der Hang mit seinen Terrassen: Olivenhaine, Orangen. Auf einem Feld sammelten zwei Jungen große Steinbrocken und stapelten sie an seinem Rand.

»Ganz Gharnata wartet nur auf Euer Wort!«, rief Tariq. »Ganz Gharnata hofft auf Euch, Mulay! Wenn Ihr Euch an unsere Spitze stellt, wer sollte uns aufhalten?«

»Es ist erst drei Monate her, dass ich die Stadt den Königen übergeben habe«, sagte der Emir. Sehr langsam wandte er sich Tariq zu, so als fiele es ihm schwer, den Blick von den friedlichen Gärten im Tal zu wenden. »Was hat sich in diesen Wochen geändert? Glaubst du, die Könige wären schwächer geworden seitdem? Oder glaubst du, sie waren im Winter schon schwach? Ich hätte ihnen also die Stadt aus Feigheit kampflos übergeben, als sie doch noch zu halten gewesen wäre?«

Tariq schwieg. Das war es ja, was alle in Gharnata mutmaßten, worüber getuschelt wurde unter den Mauren im Albaicín: Dass Abu abd'Allah zu feige gewesen war, um sein Königreich zu kämpfen. Dass er nur noch seine Ruhe wollte. Dass ihm sein Land gleichgültig war.

»Niemanden schmerzt der Verlust Gharnatas mehr als mich, Knabe«, sagte der Emir. »Wie lange habe ich alles versucht! Aber sie haben Waffen, die wir niemals ...« Er schwieg.

Tariq spürte, wie sein Zorn wuchs. Hatten sie nicht unter den Augen der Könige den Aufstand geplant und vorbereitet, seine Freunde und er, hatten sie nicht dafür gesorgt, dass Gold zusammenkam, dass Waffen beschafft werden konnten; und das alles im sicheren Wissen um die Gefahr? Sie waren sich gewiss gewesen, der Emir würde ihnen dankbar sein, würde jubeln. Würde keinen Tag zögern.

»Als sie ihre Stadt bauten zu Füßen des Alhambrabergs«, sagte der Emir. »Das Feldlager Santa Fé in Form ihres Kreuzes: Da habe ich gewusst, dass die Tage des alten Gharnata zu Ende gingen. Habt ihr denn nicht ihre Waffen gesehen? Seit Jahrhunderten haben wir gekämpft in den Ländern unter dem Kreuz und unter dem Halbmond, ritterlich, Mann gegen Mann. Wir kämpfen mit dem Schwert und mit der Lanze, von Bogenschützen gedeckt. Die Könige aber, Knabe«, seine Stimme wurde lauter, »haben Geschütze, die Mauern durchschlagen! Habt ihr denn nicht ihre – Kanonen gesehen?«

Tariq sah ihn an. Natürlich, die Kanonen.

»Was wollt ihr wohl gegen sie ausrichten mit euren Schwertern und Säbeln?«, rief der Emir. »Was hätten wir im Winter ausrichten können gegen einen so fürchterlichen Feind? Was nützte uns da noch die stärkste Festung! Nächtelang habe ich wach gelegen und gegrübelt, habe die Pläne Gharnatas betrachtet: Wo überall würden ihre Kugeln einschlagen, was alles zerstören? Was würden wir schützen können?« Er sprang auf. »Und willst du die Antwort hören, Knabe? Gar nichts, gar nichts hätten wir schützen können! Als Erstes hätten sie unsere Stadtmauern gesprengt, als Nächstes die Häuser dem Erdboden gleichgemacht mit ihren Kanonen! Und was, glaubst du, richtet so ein Geschoss an, wenn es auf Menschen trifft?«

Er lief auf und ab, auf und ab, sein Atem ging schwer. »Als ob ich meine Heimat nicht liebte wie ihr und sie wie ihr hätte verteidigen wollen, wäre es nur um mein Leben gegangen!«, rief er. »Aber um welchen Preis, Knabe, um welchen Preis? Tausende wären gefallen, von ihren Kugeln zerschmettert, und am Ende wäre die Stadt ihnen danach doch in die Hände gefallen, wir Mauren für immer vernichtet!« Er stöhnte. »War es da nicht klüger, Bedingungen auszuhandeln, die meinem Volk auch in Zukunft in Gharnata das Leben gestatten würden, das der Koran von uns verlangt, wa Allah?«

»Jetzt könnten wir uns selbst auch Kanonen beschaffen!«, rief Tariq. Immer noch hielt er dem Emir den Lederbeutel hin. »Wir bekommen das Gold von den Juden! Dann wären wir den Königen ebenbürtig!«

»Und sollte ich sie also auf meine eigene Stadt richten, diese Kanonen?«, fragte Abu abd'Allah. »Soll jetzt also ich mein Gharnata vernichten? Seine Häuser in Brand schießen, seine Bewohner zerschmettern? Ist es das, was du willst, Knabe?«

Tariq schüttelte den Kopf. »Aber wir sind so viele, die zu kämpfen bereit sind, Mulay!«, rief er. »Und wir haben bald auch so viel Gold! Gewiss muss es doch eine Möglichkeit geben!«

Der Emir lächelte. »Knaben sprechen wie Knaben«, sagte er. »Aber ein Mann muss handeln wie ein Mann. Nicht immer gibt es im Leben eine Möglichkeit, Knabe. Für mein Gharnata gibt es keine Möglichkeit mehr. Die Perle der Sierra hat ihren Glanz für immer verloren.«

»Mulay!«, rief Tariq. Er hätte gerne geglaubt, dass der Emir aus Feigheit sprach. Aber er verstand, dass die Wahrheit weit hoffnungsloser war.

Den ganzen Tag hatte Salomon im Herzen der Stadt verbracht. Er hatte sich in den Gassen herumgetrieben. Er hatte auf den Plätzen gelungert. Er hatte Gespräche belauscht und an Fenstern gehorcht. Er hatte versucht herauszufinden, was werden, wohin er sich wenden sollte.

Alles war in Aufruhr, das hatte er schnell verstanden, nur die Gründe waren nicht überall dieselben. Unter den Mauren herrschten Zorn, Wut, hoch erhobenen Hauptes schritten sie durch die Stadt, zeigten mit jeder Geste, dass sie sie immer noch als die ihre betrachteten. Den Soldaten warfen sie Blicke voller Verachtung zu, sprachen Arabisch nicht nur untereinander, wo doch jeder wusste, dass ihr Kastilisch so gut war wie das eines jeden Christen, fielen auf die Knie, wenn der Muezzin rief. Unsere Stadt, unsere Stadt!, riefen die Mauren stumm mit jeder Geste und mit jedem Blick. Niemals werdet ihr aus unserem Gharnata eine Stadt des Kreuzes machen!

Die Juden dagegen huschten gebeugt, verstohlen; schlichen an die Mauern gedrängt im Schatten der Häuser, als wollten sie sich unsichtbar machen. Das Feuer im Realejo hatte ihnen gezeigt, was auf sie wartete und dass es von jetzt an nur zwei Wege gab.

Salomon hatte versucht, mit Menschen zu sprechen, von denen er wusste, dass sie wie sein Vater in jeder Woche zwei Feiertage heiligten; aber sie alle hatten es eilig, kannten ihn nicht mehr, drohten ihm, die Soldaten zu rufen.

»Wir sind Christen!«, riefen die *conversos*. »Wie danken wir dem Herrn, dass er uns endlich auf den rechten Weg geführt hat! Wie danken wir der Heiligen Jungfrau, dass wir endlich unserem mosaischen Aberglauben abgeschworen haben! Was haben wir mit dir zu schaffen, Judenjunge? *Marrano!* Willst du uns mit dir ins Verderben reißen? Glaubst du, wir wollen auf dem Scheiterhaufen brennen?«

Nur einer sprach mit ihm, hastig, hinter dem Vorhang im Laden eines maurischen Gemüsehändlers. »Warum hat dein Vater das getan?«, flüsterte er und packte Salomon an den Schultern. »Hat er nicht gewusst, dass er die letzten Wochen hier in Granada damit für uns alle unerträglich machen würde? Dass sie jetzt jedes Haus durchstöbern werden, dass sie jetzt jeden verdächtigen werden, wie er gegen die Gebote der Könige zu verstoßen? Wie konnte er glauben, dass sein Lager nicht entdeckt werden würde! Jetzt beherrscht die Angst den Realejo, überall Soldaten! Sieh zu, dass du Granada verlässt, Salomon! Für dich wird es niemals genug sein, dich zum Christentum zu bekehren! Niemals werden sie dir glauben, dass du es ernst damit meinst. Verlass die Stadt! Verlass das Land! Unser Schicksal wird fürchterlich sein.«

Aber auch diejenigen, die ihrem Glauben nicht abschwören wollten, sprachen nicht mit ihm. An den Stadttoren sammelten sich die Flüchtlinge, wurden von fluchenden, lachenden Wachen grob durchsucht, Kinder weinten. Jenseits der Tore schlängelte sich endlos ihr Zug über die Straßen der Vega, durch das gesamte Königreich: nach Málaga, nach Almería, zu allen Häfen der Küste. »Lass uns in Ruhe, Knabe!«, sagten sie. »Glaubst du, wir wollen, dass die

Soldaten uns mit dir sehen? Dass sie denken, wir wollten das Edikt übertreten wie dein Vater? Glaubst du, wir wollen auf dem Scheiterhaufen brennen?«

Am Morgen hatte Salomon noch gehofft, dass eine Familie ihn aufnehmen würde als weiteren Sohn; eine Familie, die wie sein Vater am Sonntag das Vaterunser und am Sabbat den Kiddusch sprach.

Am Mittag dann hatte er gehofft, dass er mitgehen könnte mit Menschen, die dem Glauben zuliebe die Heimat verließen.

Am Abend schließlich wusste er, dass er allein bleiben würde.

Er hatte den ganzen Tag nichts gegessen, und er hatte Hunger. Als in der Dämmerung die Bauern mit ihren Eseln die Stadt durch die Tore heimwärts verließen, wartete er an der Stadtmauer und streckte wie unzählige andere Bettler schweigend die Hand nach ihnen aus. Er bekam getrocknete Feigen, so schrumpelig, dass niemand sie hatte kaufen wollen, Oliven, so hart wie ihr eigener Kern, eine Bäuerin gab ihm ein Stück Brot. Als die Dunkelheit kam, hatte er beschlossen, dass er in der Stadt nicht bleiben konnte.

Jetzt waren die Tore geschlossen. Aber morgen, dachte Salomon, morgen.

In diesem Augenblick sah er den Jungen auf sich zukommen.

Als Erstes hatte Boston sich die Decke besorgt. Zwei maurische Reiter waren abgesessen und hatten zusammengestanden am Rande des Seidenmarktes, um sich zu unterhalten in dieser sonderbaren Sprache, deren Laute tief aus dem Rachen kamen; ein Soldat hatte sie beobachtet, war um sie herumgeschlichen; Boston begriff, dass die Soldaten der Könige in ständiger Furcht leben mussten hier in Granada.

Ihre Pferde hatten die Männer am kurzen Zügel gehalten, sie hatten getänzelt, unruhig, aufgeregt. Ihn hatte niemand beachtet.

Er hatte gewusst, dass der Soldat niemanden verfolgen würde, der einen Mauren bestahl. Mit einem schnellen Ruck hatte er einem der Pferde die Decke vom Rücken gerissen; dann war er gerannt.

Noch niemals hatte Boston gestohlen, aber diese Decke brauchte er, wenn er schon keine neue Kleidung kaufen konnte. Er warf sie über seine Schultern und hielt sie vor der Brust zusammen. Auf dem Rücken hing sie ihm bis weit über die Knie, und vorne verdeckte sie seine seidene Weste. Der kräftige Geruch nach Pferdeschweiß stieg ihm in die Nase, er musste niesen. Wenigstens auf den ersten Blick sah er jetzt vielleicht nicht mehr aus wie der, nach dem sie suchten.

Dann hatte er den Jungen entdeckt. Also kannte er doch einen Menschen in Granada! Also hatte der Junge das Feuer überlebt, hatten sie ihn nicht gefangen genommen; den Jungen, der das geflochtene Brot versteckt hatte, der in Ohnmacht gefallen war, ein Feigling wie er selbst!

Von da an war Boston dem Jungen gefolgt. Er hatte gehofft, dass er ihn zu seinem Vater führen würde, dass auch der Vater hatte entkommen können, wenn doch dem Sohn die Flucht gelungen war; aber er hatte schnell begriffen, dass der Junge allein war wie er. Und dass der Junge ihm nicht helfen konnte, weil es niemanden gab, der dem Jungen half.

Trotzdem fühlte Boston sich leichter. Auch der Junge musste vor den Königen fliehen; aber er kannte sich aus in Granada, kannte sich aus in der Zeit. Boston würde sich dem Jungen anschließen.

Erst als es fast schon dunkel war, sprach er ihn an. »He!«, flüsterte Boston.

Der Junge hatte sich zum Schlafen an der Stadtmauer niedergekauert; jetzt zuckte er zusammen und starrte Boston entgegen, den Rücken fest gegen die Steine gepresst. Dann sah er sich wieder um wie gehetzt.

»Keine Sorge!«, flüsterte Boston und ließ sich neben ihm an der Mauer zu Boden gleiten. Die Erde war selbst jetzt am Abend noch warm von der Sonne des Tages. »Erkennst du mich nicht wieder? Ich weiß, wer du bist, Salomon! Ich bin so froh, dass ich dich gefunden habe!« Er lächelte den Jungen an. Der Junge zitterte. »Und ich weiß, was bei euch zu Hause geschehen ist.«

»Still!«, flüsterte der Junge. Einen Augenblick sah es aus, als ob er aufspringen und rennen wollte. »So sei doch still!«

Boston sah ihn an. »Ich muss weg aus Granada!«, flüsterte er. »Möglichst schnell! Willst du das nicht auch? Oder warum schläfst du sonst hier, nur wenige Schritte vom Stadttor entfernt, wenn du nicht wie ich beim ersten Morgengrauen die Stadt verlassen willst?«

Jetzt hatte der Junge den Kopf zwischen seine Schultern gezogen. Er antwortete nicht.

»Ich heiße Boston!«, flüsterte Boston. Plötzlich hatte er begriffen, was dem Jungen eine so große Angst vor ihm machte. Er zog die Pferdedecke noch fester über seine seidene Weste. »Und ich schwöre dir, dass ich nicht zu ihnen gehöre, egal wie meine Kleider auch aussehen mögen!«

Er sah ein Aufblitzen in den Augen des Jungen.

»Ich bin vor ihnen auf der Flucht!«, flüsterte Boston. »Genau wie du auch! Lass uns zusammen fliehen! Zu zweit ist man nicht so allein. Zu zweit ist man stärker.«

Noch immer antwortete der Junge ihm nicht.

»Ich kenne mich hier nicht aus!«, flüsterte Boston. »Verstehst du, Salomon? Ich bin fremd in Granada! Und ich bitte dich sehr, mir zu helfen!«

Der Junge ließ vorsichtig seine Schultern sinken. Er sah aus, als dächte er nach.

»Ändern kann ich ohnehin nichts«, sagte er dann mit einer flachen

Stimme. Seine Augen glitten prüfend über Bostons blonde Haare, sein Gewand aus silberdurchwirkter Almería-Seide; über die seidenen Beinkleider, die Schnallenschuhe. »Nun bist du hier. Und wenn du mich verraten willst, kannst du mich verraten.«

»Ich beweise dir, dass ich dich nicht verraten will!«, flüsterte Boston. »Hör mir zu! Warum, wenn ich dich verraten wollte, sollte ich damit wohl warten bis morgen früh? Warum sollte ich warten, bis du durch das Stadttor verschwunden bist? Wäre es nicht am klügsten, dich jetzt zu verraten, wo die Tore verschlossen sind und die Stadt noch nicht schläft? Wo du ihnen also nicht entkommen könntest? Wäre es nicht noch klüger gewesen, dich zu verraten, ohne vorher überhaupt ein Wort mit dir zu wechseln? Wenn es mir darum ginge, dich den königlichen Soldaten zu übergeben: Warum hätte ich warten sollen?«

Der Junge hob resigniert die Schultern. »Vielleicht glaubst du ja, dass ich dich auf der Flucht irgendwo hinführen könnte?«, sagte er. »Dass ich ein Versteck kenne, in dem Schätze verborgen sind? Der Besitz der jüdischen Flüchtlinge?«

Boston legte sich auf dem Boden zurecht und zog die Pferdedecke über sich, bis nicht einmal seine Haare mehr zu sehen waren. »Ich will jetzt schlafen«, sagte er. »Dann hast du genügend Zeit, mir zu entkommen, wenn du immer noch glaubst, dass ich ein Verräter bin.«

Er merkte, wie müde er auf einmal war. Der Schlaf der letzten Nacht zählte nicht. Der Schlaf mit brummendem Schädel in einem kreiselnden Bett.

Nie hätte er geglaubt, dass er so schlafen könnte: mit Soldaten auf den Fersen in einer Zeit, die nicht die seine war; in einem Land, das er nicht kannte; und ohne eine Ahnung, was der nächste Tag ihm bringen würde. Seine Augen fielen ihm zu.

20.

Sie hatten Granada verlassen, als der Muezzin rief. Der Gesang schwebte von unzähligen Minaretten über die ganze Stadt, weckte jeden, der nicht in einem totenähnlichen Schlaf lag, egal ob Christ, Jude oder Muslim. Die Mauren breiteten ihre Gebetsteppiche aus und knieten nieder zum Gebet, nach Osten gewandt, wo die Sonne gerade ihre ersten Strahlen über den Horizont schickte; nach Mekka zu, wie der Prophet es bestimmt hatte.

Die Christen zogen sich noch einmal ihre Decken ans Kinn und drehten sich auf die andere Seite, dankbar, dass ihre Religion diese frühe Hingabe nicht von ihnen verlangte; die Juden aber lagen wach, aufgeschreckt aus unruhigem Schlaf, starrten an die Decke über sich, voller Angst, was der kommende Tag ihnen bringen mochte.

Salomon war in der Nacht nicht verschwunden, das sah Boston, als er erwachte, sofort. Salomon lag neben ihm, ohne Decke fröstelnd in der Morgenkühle nach einer Nacht ohne Schlaf.

»Öffnen sie jetzt nicht die Tore?«, flüsterte Boston. Auch der letzte Muezzin schwieg. »Du gehst also mit mir?« Den Rucksack hatte er hinter einen Stein gelegt; wie unsinnig es war, ihn zu verbergen. Entdecken würden sie ihn, das war nicht zu verhindern, aber dass sie ihn erst spät entdecken würden, konnte er versuchen. Niemals würde er ja aus der Stadt fliehen können mit dem Rucksack auf dem Rücken. *Teufelszeug.*

Salomon nickte. Er sah aus, als hätte er sich in sein Schicksal gefügt, was immer es ihm bringen mochte. Er hatte seine Familie verloren; sein Haus war abgebrannt; vor ihm lag die Fremde oder der Scheiterhaufen. Warum sollte er nicht mit diesem fremden Jungen gehen.

Die Torwachen gähnten verschlafen. »Zwei *marranos* auf dem Weg zum Schweinestall?«, sagte einer und wollte mit seinem Säbel die Pferdedecke anheben, die Boston noch immer fest um sich gewickelt hielt. »Riechst du den Judengestank, Bruder? Dann zeigt uns doch eure Schätze!«

Natürlich hatte Boston gewusst, dass sie am Tor durchsucht werden würden, was nützte das ganze Edikt, wenn es nicht streng überprüft wurde. Nur darum hatte er ja seinen Rucksack zurückgelassen, sein Geld, sein Handy, den Reiseführer. Er hielt den Atem an.

Salomons Kleider zu durchwühlen dauerte nicht lange, und eine Tasche trug er nicht bei sich.

»Brav, kleiner Jude!«, sagte die erste Wache und gab Salomon einen Stoß, dass er aus dem Tor taumelte. »So darfst du hinaus in die Welt! Nun verdiene dir dort selbst dein Brot! Oder sind dir diese feinen weißen Hände dafür zu schade, die sich doch nicht zu schade waren, unseren Heiland ans Kreuz zu nageln?«

Keine Prügelei jetzt!, dachte Boston erschrocken. Aber Salomon machte ohnehin keine Anstalten, sich zu wehren. Er stand mit gesenktem Kopf.

»Und jetzt du, kleines Judenschwein!«, sagte die Wache wieder. Vielleicht hatten ihre Scherze sie endgültig wach gemacht? »Willst du nicht grunzen für mich, *marrano*? Grunze für mich wie deine Schweinegeschwister, Christusmörder!«

Sie würden ihm die Decke abnehmen, um nach verborgenen Münzen zu suchen, nach Goldstücken, nach Schmuck. Das war ihre Aufgabe. Sie würden seine seidenen Gewänder entdecken. Ein

Knabe mit blonden Haaren in königlichen Gewändern. Sie würden begreifen, wer er war.

»Nchrr!«, machte Boston. Er sog die Luft durch Mund und Nase gleichzeitig ein, ruckartig, presste den Zungenrücken gegen den Gaumen, dass es schnarrte und grunzte. »Nchrr! Nchrr!«

Die Wache schlug sich auf die Schenkel. »Brav!«, rief der Soldat. »So ist es brav, *marrano*! Bist du nicht froh, dass du endlich wieder in deiner Schweinesprache sprechen darfst?«

Eine zweite Wache hatte sich dazugestellt und lachte mit. »Mehr!«, rief der Soldat. »Mehr davon, du Ferkel!« Er zerrte Boston die Decke von den Schultern.

Boston zitterte. »Nchrr!«, machte er. »Nchrr!« Die Flucht war zu Ende.

»Sieh dir das an!«, sagte die Wache überrascht. »Ein Judenbalg in feinster Seide! Und das schönste Festtagsgewand meiner Brüder und Schwestern ist nur aus armseligem Leinen! Kann unser Herrgott das gewollt haben?« Er wollte Boston schon die Weste wegreißen, aber die andere Wache hielt ihn fest.

»Wir haben Anweisung, sie ziehen zu lassen mit allem, was sie auf dem Leibe tragen«, sagte er. »Hast du nicht gehört? So versuchen sie jetzt, das Edikt zu umgehen, aber die Königin ist gnädig! Sie kleiden sich in teuerstes Seidentuch, sie tragen fünf Gewänder übereinander und hoffen, sie am Ziel ihrer Reise verkaufen zu können! Silberstickerei! Das bringt dir ein Abendessen, *marrano*, wenn du in Sizilien angekommen sein wirst oder in Konstantinopel, mehr nicht! Bevor sie dich dann auch von dort wieder verjagen!«

Mit der flachen Seite seines Säbels schlug er Boston auf den Rücken. »Noch einmal gegrunzt für uns, so ist es brav! Und nun hinaus in die Welt! Riecht Granada ohne die zwei nicht schon viel frischer, Kamerad?«

Nur ein paar Schritte vom Tor entfernt wartete Salomon auf ihn. Jetzt legte er Boston den Arm um die Schultern.

»Du darfst nicht weinen, Boston!«, flüsterte er. »Gönne es ihnen nicht! Das ist es ja, wonach sie gieren, demütigen wollen sie uns! Nicht weinen, Boston! Wir sind ihnen entkommen!«

Mit zitternden Fingern knotete Boston sich wieder die Decke um.

Sie haben mich ja gar nicht gemeint, ich bin kein *marrano.* Sie wussten ja nur nicht, dass ich Christ bin wie sie.

Erst jetzt konnte er sein Schluchzen nicht mehr unterdrücken. Aber die Wachen durchsuchten längst den nächsten Flüchtling und beachteten ihn nicht.

Granada im April, Gegenwart

Manuel hatte sich umgehört. Er hatte versucht, es unauffällig zu tun, es war hoffnungslos. Er konnte sich ja nicht einmal mehr genau daran erinnern, wie der Junge ausgesehen hatte. Bis auf seine blonden Haare.

»Warum gehst du nicht zur Polizei, wenn er dich bestohlen hat?«, fragten die Kollegen aus den Läden um ihn herum. »War es so wertvoll, was er genommen hat? Ist es das erste Mal, dass du bestohlen wirst? Warum machst du so einen Aufstand, Manuel?«

Dann kam die Polizei von sich aus in die Alcaicería und fragte nach dem Jungen. Die Händler zuckten die Achseln. Manche sahen Manuel an und hoben die Brauen.

Schon lange glaubte er nicht mehr, dass er den Jungen finden konnte. Aber wenn er wirklich verschwunden war, wie es in den alten Geschichten berichtet wurde: Hatte ihn dann nicht wenigstens irgendwer dabei beobachtet? Ein Mensch konnte doch nicht von einer Sekunde zur anderen verschwinden, ohne dass jemand etwas bemerkte!

Aber du hast ja selbst auch nichts bemerkt, Manuel.

Ich habe ihm den Rücken zugedreht, ich war feige. Ich dachte, ich könnte es nicht ertragen, es zu beobachten. Nun kann ich es nicht ertragen, nichts zu wissen.

»Manuel!«, rief sein Nachbar vom Stand nebenan. »Hast du nicht gesehen! Da rennst du durch die ganze Alcaicería und fragst, ob jemand einen Dieb beobachtet hat, und dabei stehlen sie stündlich vor deinen Augen! Wo bist du mit deinen Gedanken, Manuel?«

Manuel verschwand in den Tiefen seines Ladens. Er zog eine Flasche aus dem Regal und nahm einen Schluck. Wenn es so weiterging, würde er von jetzt an jeden Tag im gnädigen Rausch verbringen. Aber wenigstens wäre das eine Erklärung dafür, warum er sich so merkwürdig verhielt, wenigstens würde sein Nachbar aufhören, sich zu fragen, warum Manuel so gleichgültig geworden war gegen Diebe.

Bis auf den einen.

»Manuel!«, rief sein Nachbar. »Kundschaft ist da!«

Manuel nahm einen letzten Schluck. Wärme rann seine Kehle hinunter, sein Kopf wurde leicht. Noch schwankte er nicht.

Sollten die Menschen aus dem Norden doch nehmen, was ihnen gefiel. Manuel musste wissen, wo der Junge geblieben war.

al-Andalus, 1492

Sie kamen nur langsam voran, Salomon schien unendlich müde. Aber er hatte doch wenigstens die Richtung nennen können, in die sie gehen mussten.

»Nach Süden!«, sagte er und stolperte schon wieder. »Leicht zu finden nach dem Sonnenstand.«

Boston hatte versucht, sich an die Karte zu erinnern. »Ans Meer?«, fragte er.

Salomon schüttelte den Kopf. Familien zogen an ihnen vorbei, Väter mit Kindern auf den Schultern, Mütter mit Kindern auf dem Arm, alte Großmütter, mühsam auf Stöcke gestützt, denen die Soldaten ihren silbernen Knauf abgeschlagen hatten; alle auf dem Weg an die Küste, nach Málaga, aus dem Land.

»Wir gehen nur ein Stück mit ihnen!«, murmelte Salomon. Die Augen fielen ihm fast im Gehen zu. »Dann steigen wir hinauf in die Berge.«

»In die Berge?«, fragte Boston verblüfft. »Was sollen wir in den Bergen?«

Eine Familie zog einen Handwagen hinter sich her, auf dem ein alter Mann mit zwei kleinen Kindern hockte.

»Ich muss mich ausruhen«, murmelte Salomon. Boston sah, dass er fast schon im Gehen schlief. »Dort, unter den Ölbäumen, wo die Sonne nicht brennt. Wenn ich wieder aufgewacht bin, können wir …«

Er sackte zusammen.

Die Bäume spendeten einen zitternden Schatten, der Muster warf wie eine Spitzen-Mantilla. Boston legte Salomon die Decke über den Rücken und lehnte sich neben ihm an einen Stamm. Salomons Atem ging gleichmäßig, vielleicht hatte er seine Angst jetzt vergessen.

Aber ich habe meine Angst nicht vergessen, dachte Boston. Überall im Land suchen sie jetzt schon nach mir, nach dem Jungen, der die Königin getäuscht hat, der ihren Wachen entkommen ist; nach dem blonden Jungen in den seidenen Gewändern. Egal wo ich hinkomme …

Dann setzte er sich plötzlich aufrecht. Wie dumm von ihm! Natürlich würden sie bald nach ihm suchen, überall im Land: Aber jetzt doch noch nicht! Wie hätte die Königin die Nachricht denn weitergeben sollen? Es gab ja keine Telefone, keine Handys, kein

Internet; es gab nicht einmal Funk- oder Morsestationen. Dies war das fünfzehnte Jahrhundert, wer eine Nachricht weiterleiten wollte, musste einen Boten schicken.

»Und die könnten natürlich beritten sein«, murmelte Boston. »Nur dann sind sie schneller als ich.«

In der Stadt hatte bis zum Abend jeder gewusst, dass die Königin einen Knaben suchen ließ, das war gewiss. In der Stadt hätten sie ihn aufgespürt. Aber bis wie weit ins Land hinein war die Nachricht schon gedrungen?

Als Flüchtling bin ich sicher, dachte Boston. Vielleicht bin ich noch eine ganze Weile sicher als jüdischer Flüchtling, der kostbare Kleider trägt, um sie an seinem Ziel zu verkaufen.

Boston sah hinauf in die Krone des Ölbaums. Und alles hatte mit der Fliese angefangen, mit der Fliese in der Alcaicería, er war sich jetzt sicher. Es konnte kein Zufall sein, dass er sich plötzlich in dieser Zeit gefunden hatte, kaum hatte er die sonderbare Fliese berührt; und dass er jetzt hier überall auf den gleichen Schriftzug stieß, auf Hunderte Fliesen wie diese. Es gab einen Zusammenhang zwischen der Fliese auf dem Basar und den Fliesen auf der Alhambra. Und wenn er den erst verstand …

Salomon rührte sich im Schlaf und stöhnte, dann schreckte er auf. »Ich habe geträumt!«, flüsterte er. Danach schloss er wieder die Augen.

Wenn er die Fliese wiederfinden könnte, diese eine Fliese aus der Alcaicería. Wenn er sie dann wieder berührte, wie er sie in seinem anderen Leben im Basar berührt hatte. Vielleicht wäre das sein Weg zurück.

Es ist die einzige Spur, die ich habe, dachte Boston, die einzige Lösung, die mir einfällt. Und darum muss ich die Fliese finden.

Salomon seufzte im Schlaf. Dann lächelte er plötzlich.

»Träum weiter!«, flüsterte Boston und spürte erstaunt, wie er bei Salomons Anblick selbst lächeln musste. »Wenn wenigstens deine Träume dich trösten!«

Aber wo sollte er nach der Fliese suchen? Als er sich plötzlich im Pinienhain wiedergefunden hatte, war sie ja aus seinen Händen verschwunden. Wo war sie also jetzt? War sie in der Alcaicería geblieben? Dann war seine Suche aussichtslos. Die Alcaicería, das war die Zukunft; und um dort hinzugelangen, brauchte er die Fliese ja gerade.

So kann es doch nicht sein!, dachte Boston. Wenn der Weg durch die Zeit mich in die Vergangenheit geführt hat, muss es auch eine Möglichkeit geben, wie er mich wieder in die Zukunft führt. Vielleicht hätte ich doch in Granada bleiben müssen, Granada ist ja voll von diesen Fliesen, voll von dieser Schrift. Aber in Granada konnte ich nicht bleiben. Was ist denn wohl wichtiger jetzt: den Königen zu entkommen oder nach der Fliese zu suchen? Wenn sie mich bei meiner Suche greifen, muss ich auf dem Scheiterhaufen brennen.

Es war richtig gewesen, Granada zu verlassen. Es gab keine andere Möglichkeit für ihn, nicht jetzt.

Salomon rührte sich wieder im Schlaf. Das Lächeln war von seinem Gesicht verschwunden. Boston tippte ihm sanft auf die Schulter.

»Glaubst du, wir können jetzt weiter?«, flüsterte er. Auf der Straße zogen die Familien an ihnen vorbei; schon jetzt blieben die Alten zurück, mussten getragen werden, saßen in Wägelchen. Mit diesen Menschen musste er fliehen, wenn er nicht erkannt werden wollte.

»Ich glaube, jetzt geht es wieder«, sagte Salomon und rieb sich die Augen. »Ich hatte nur so lange nicht mehr geschlafen.« Er reckte sich. Es war erstaunlich, wie wenig Schlaf genügt hatte, um ihn in einen anderen Jungen zu verwandeln. »Wir steigen hinauf in die Berge zu den Aufständischen. Wir steigen hinauf in die Alpujarras.«

»In die Alpujarras?«, flüsterte Boston, obwohl doch niemand da war, der sie hätte belauschen können. Die Schatten auf der rötlichen Erde waren gewandert, waren kleiner geworden, versammelten sich dicht um die Stämme. »Woher weißt du, wo die Aufständischen sich verbergen?«

Salomon zuckte die Achseln. »Ich weiß es nicht«, sagte er. »Ich habe nur nachgedacht. Und in den Alpujarras lebt jetzt der Emir. Sollte er nicht ihr Anführer sein?«

Boston nickte langsam. Er war sich nicht sicher, was er lieber wollte: dieses Land wie Tausende verlassen oder sich den Kämpfenden gegen die Könige anschließen, von denen die Geschichtsschreibung nichts wusste.

»Und ohnehin: Wer weiß, ob wir einen Platz auf einem Schiff finden würden«, sagte Salomon. Inzwischen waren sie wieder auf der Straße angekommen. Der Sand staubte unter unzähligen Füßen. »Sieh sie doch an! Wie viele Schiffe müsste es in den Häfen geben, um all diese hier aufzunehmen! Und womit wollen wir zahlen für unsere Fahrt?«

Boston sah sich um.

Und das waren ja nur die Menschen, die an diesem Morgen die Stadt verlassen hatten. In den Häfen warteten längst andere, die an den Tagen zuvor geflohen waren. Eine seidene Weste würde nicht genügen für zwei Passagen über das Meer.

Selbst wenn ich ein Schiff besteigen würde, dachte Boston. Wenn ich mit ihnen nach Konstantinopel fahren würde, nach Neapel oder Sizilien: Wie wollte ich dann wohl jemals die Fliese wiederfinden? Ich musste Granada verlassen, ich hatte keine Wahl; aber es ist gut, wenn die Reise nicht allzu weit geht.

»Wir steigen auf in die Alpujarras!«, sagte er.

Er musste lachen. Wie sonderbar dies alles war! Tukan und Kadir würden ihn beneiden um dieses Abenteuer, Sergej würde niemals glauben, dass er es war, der dies alles erlebte, Boston, das Muttersöhnchen.

»Wir steigen auf in die Alpujarras!« Er brauchte sich nicht zu sorgen. Er war ja noch nicht einmal geboren, wie sollte er da Angst vor dem Tod haben.

Am Weg standen Kinder, barfuß, armselig gekleidet und mit schmutzigen Gesichtern, und winkten ihnen zu. Kinder verstehen nichts, dachte Boston, das ist ja überall so und zu jeder Zeit.

Er hatte keine Angst vor dem Tod, vielleicht. Aber wohl vor dem Sterben. Vor dem Scheiterhaufen. Wohl vor der Folter.

21.

Die Königin wanderte im Mexuar auf und ab.

»Ich habe die ganze Nacht kein Auge zugetan!«, sagte sie.

Ferdinand lehnte an einer Säule. »Trink einen Mokka!«, sagte er. »Im Palast der Muselmänner lebe wie ein Muselmann! Ein Mokka wird deine Geister beleben!«

Die Königin winkte ärgerlich ab.

»Hast du einmal darüber nachgedacht, Ferdinand, wer dieser Knabe gewesen sein könnte?«, fragte sie. »Unbeholfen, von Anfang an! Und als wir ihn aufgegriffen haben«, sie blieb vor ihm stehen, »in maurischen Gewändern!«

»Die trägt, wie du weißt, mehr als jeder Zweite in dieser Stadt«, sagte Ferdinand. »Trink einen Mokka, mein Täubchen. Beruhige dich.«

»Und blond!«, rief die Königin und nahm ihre Wanderung wieder auf. »Blond wie der Habsburger! So alt wie der Habsburger! Willst du denn glauben, Ferdinand, dass all das nur ein Zufall sein kann?«

Ferdinand zuckte die Achseln. »Zufall, kein Zufall!«, sagte er. »Was weiß ich? Errege dich nicht so, Isabella. Das ist schlecht für deine milchweiße Haut.«

Isabella schlug mit dem Fächer nach ihm. »Wer braucht einen Spion in der Alhambra?«, fragte sie. »Wer könnte ein Interesse daran haben, dass er alles erfährt, was hier gesprochen wird? Alles! Und als er kam, trug er maurische Gewänder!«

»Nun, wenn er wirklich ein Spitzel der Mauren war«, sagte der König und setzte sich auf einen hölzernen Sessel, dessen geschnitzte Rückenlehne sehr gerade war, »dann haben sie durch ihn nicht viel erfahren! Warum erregst du dich also so sehr?«

»Wozu sollten sie jetzt einen Spitzel brauchen, Ferdinand?«, fragte die Königin. Sie hatte ihre Wanderung wieder aufgenommen, zwanzig Schritte hin und zwanzig zurück. »Ich habe die ganze Nacht gegrübelt! Sie planen einen Angriff! Einen Aufstand! Ferdinand, die Mauren wollen ihre Stadt zurückerobern!«

Ferdinand seufzte. »Natürlich wollen sie das«, sagte er. »Wer wollte das nicht, wenn ihm eine Stadt wie Granada einmal gehört hätte? Aber können sie es auch? Wie sollten sie wohl vorgehen dabei? Wo sich versammeln? Woher das Gold nehmen für ihr Heer?«

»Der Jude!«, flüsterte Isabella. »Hast du schon vergessen, was die Soldaten von jenem Warenlager im Realejo berichtet haben? Ich sage dir, Ferdinand: Irgendwer sollte all ihre Schätze für sie außer Landes bringen; und wie viel Gold sollte er wohl dafür bekommen?« Sie starrte ihn an. »Die Mauren haben das Gold für ihren Kampf längst beisammen, sei sicher! Und ihren Anführer«, sie lachte, »den haben sie auch!«

»Den Feigling?«, fragte der König. Er hatte ihr zugehört, er war nicht überzeugt. Isabella war klug, manchmal glaubte er, sie hätte das Zweite Gesicht; schon oft hatte sich bewahrheitet, was sie vorausgesehen hatte. »Boabdil? Der ist froh, dass er jetzt seine Ruhe hat!«

»Du nennst ihn feige«, sagte Isabella. »Ich nenne ihn klug. Ist nicht der Feldherr klug zu nennen, der weiß, wann seine Schlacht verloren ist? Aber wer sagt uns denn, dass er jetzt nicht mit frischer Kraft eine neue Schlacht beginnt?«

Ein Diener kam und verbeugte sich. »Der Hauptmann, Majestät!«, sagte er.

Isabella nickte. »Lasst ihn herein!«

Dann wandte sie sich wieder an ihren Mann. »Wir werden Truppen in die Alpujarras schicken!«, sagte sie. »Es war leichtfertig von uns, dem Emir dort ein Fürstentum zuzugestehen, das er ganz allein kontrolliert, egal wie winzig es sein mag. Dort oben kann er Männer um sich sammeln, ohne dass wir es bemerken. Dort kann er Waffen lagern, so viel er mag. Bis er bereit ist, loszuschlagen.«

»Unfug«, sagte Ferdinand, aber seine Stimme klang nicht mehr überzeugt.

»Wir müssen ihn aufhalten, bevor er bereit ist!«, sagte Isabella. »Die Pläne im Keim ersticken! Wenn wir zu lange warten, kann es zu spät sein!«

Ferdinand sah sie ungläubig an. »Wir haben einen Vertrag unterzeichnet!«, sagte er. »*Pacta sunt servanda!* Bist nicht immer du diejenige, die darauf besteht, sich an jeden Buchstaben zu halten?«

Isabella sackte in sich zusammen. »Ich weiß«, murmelte sie. »Ich weiß! Wir hätten ihm das Fürstentum niemals zugestehen dürfen. Nach Marokko hätte er gehen sollen, nach Fes, jenseits des Meeres in den Maghreb! Nun haben wir die Gefahr im eigenen Lande.«

Sie sah auf. Der Hauptmann stand vor ihr, den Kopf geneigt. »Ihr habt nach mir geschickt, Majestät?«, sagte er.

»Ich habe einen Auftrag für Euch in den Alpujarras«, sagte Isabella.

Vor Lanjarón hatten sie den Flüchtlingszug verlassen. Der Weg wand sich jetzt an den Hängen entlang; zwischen Pinien wuchs frühlingsgrün das Gras. Sie hatten wenig gesprochen, und als sie am zweiten Tag schließlich Orgiva erreichten, hatte Salomon einen Bauern gefragt. Von jetzt an führte der Weg in steilen Serpentinen nur noch bergan.

Als Salomon begann, ihm von der Seite kurze Blicke zuzuwerfen, und sich erschrocken abwandte, sobald ihre Augen sich zufällig begegneten, hatte Boston gewusst, dass er bald fragen würde.

»Und woher kommst du? Warum bist du auf der Flucht? Wer bist du wirklich in diesen kostbaren Gewändern?«

Während sie über die Ebene gewandert waren und dann hinauf in die Berge, hatte Boston überlegt, wie viel er Salomon erzählen sollte. Er konnte gut nachdenken, während er ging, das Rauschen des Baches immer an seiner Seite. Salomon würde ihn niemals Torquemadas Männern verraten, er hasste die Inquisition viel zu sehr. Auch dass Boston mit dem Teufel im Bunde war, würde er nicht denken. Aber die Wahrheit, das wurde Boston immer klarer, würde er ihm auch nicht glauben, niemand konnte das.

Ich muss nur überlegen, wie es mir gegangen wäre, wenn jemand mir zu Hause so eine Geschichte erzählt hätte, dachte Boston. Ich hätte doch geglaubt, dass der verrückt geworden ist. Oder vielleicht, dass er lügt.

Salomon würde glauben, dass er log, und ein Rest Misstrauen würde von da an bleiben zwischen ihnen. Denn welchen Grund sollte Boston wohl haben, ihm über seine Herkunft nicht die Wahrheit zu erzählen? Salomon würde ihm danach nicht mehr trauen können.

Oder er würde glauben, dass Boston verwirrt war, wahnsinnig, dass er sich die Dinge einbildete, von denen er erzählte. Und der Rucksack lag an der Stadtmauer, darin seine einzigen Beweise. Wer auch immer den Rucksack fand, würde sich wundern, würde erschrocken sein; aber er würde ja nicht wissen, dass die geheimnisvollen Dinge darin dem blonden Jungen gehörten, nach dem die Königin im ganzen Reich suchen ließ.

Hätte er ihn noch besessen, vielleicht hätte er seinen Inhalt Salomon gezeigt, wie er ihn Tariq gezeigt hatte am ersten Tag, als er noch viel zu wenig wusste über dieses Land und diese Zeit. Vielleicht hätte er Salomon die Wahrheit erzählt, hätte er Beweise gehabt. Aber nicht so. Er brauchte einen Freund.

»Ich bin aus dem Norden gekommen, aus dem Frankenreich«, sagte Boston. Was sollte er sagen, wenn Salomon fragte, warum? Was er gewollt hatte in Granada? »Auf dem Weg bin ich Tariq begegnet, dem Maurenjungen, mit dem ich bei euch war. Aber im *funduq* haben mich Männer gesehen, die mich verwechselt haben. Sie glaubten, ich wäre der Prinz von Burgund, weil ich blonde Haare habe wie er und weil er schon längst auf der Alhambra hätte eingetroffen sein sollen. So haben sie mich auf die Burg gebracht …«

»Warum hast du ihnen nicht erklärt, dass sie sich irrten?«, fragte Salomon. Selbst bei dieser Geschichte war er noch misstrauisch.

»Ich hatte Angst!«, sagte Boston. »Hättest du keine Angst gehabt? Wenn mich nun einer der Soldaten wiedererkannt hätte, die mich am Abend vorher bei euch im Realejo gesehen haben! Ich bin doch dann auch geflohen, sobald es möglich war!«

Salomon nickte nachdenklich. »Es kann die Wahrheit sein oder eine Lüge«, sagte er müde. »In diesen Zeiten kann niemand einem anderen trauen. Nichts ist mehr sicher. Aber warum solltest du mich belügen?«

»Du kannst mir glauben, Salomon!«, sagte Boston. »Sie sind hinter mir her!«

Salomon zeigte auf die weißen Häuser, die am Hang über ihnen klebten, als hätte die Hand eines Riesen Würfel gegen die Felsen geschleudert. »Das muss es sein«, sagte er.

Aus dem Gestrüpp rechts und links des Weges sprangen zwei Männer in maurischen Gewändern. Sie hoben ihre Säbel und sperrten den Pfad. Dann packten sie die Jungen, ohne zu fragen, warum sie gekommen waren.

»Oh, gut«, sagte Salomon und lächelte Boston zu. »Jetzt werden sie uns zu ihm bringen.«

Der Bauer suchte den Schatten. Schon vor dem Morgengebet hatte er sich beim Zwitschern des ersten Vogels in seinem Dorf auf den Weg gemacht; er hatte sein Tuch auf der Erde ausgebreitet, als die frühen Sonnenstrahlen zaghaft über den Horizont gekrochen kamen, hatte gebetet; dann war er weitergezogen in die Stadt. Die Stadt war weit, aber seine Kiepe war nicht schwer. Viel hatte er nicht zu verkaufen, und wer wusste, wie lange er überhaupt noch nach Gharnata ziehen konnte, wann die Stadt zu gefährlich werden würde für einen Mauren wie ihn.

Je näher er der Stadtmauer kam, desto bevölkerter wurden die Straßen. Sie hatten davon gehört in ihrem Dorf, er wusste, dass die Juden fliehen mussten; er hatte nicht geahnt, wie viele es waren. Die Alhambra leuchtete rot über der Ebene; wann immer er in die Stadt gezogen war, hatte er früher einen Augenblick innegehalten, um darüber zu staunen, was Menschenhände erschaffen konnten. Jetzt wehte über dem Velaturm die Flagge mit dem Kreuz, und er wandte den Blick ab.

Eine Familie kam ihm entgegen, der Mann schüttelte einen kleinen Jungen, der nicht mehr weiterwollte und sich in den Staub hatte fallen lassen; der Junge brüllte und strampelte. Die Mutter trug ein

Mädchen auf dem Arm, das die Augen fest geschlossen hielt; sein Kopf ruhte an ihrer Schulter.

Sie hätten natürlich auch Schweinefresser werden können, dachte der Bauer. Dann dürften sie jetzt in Gharnata bleiben. Aber *wa Allah*! Wer will schon ein Schweinefresser werden!

Er reichte dem kleinen Jungen eine Handvoll von seinen getrockneten Feigen. Der Junge hörte auf zu brüllen und sah ihn verblüfft an. Der Vater lächelte. Der Bauer nickte freundlich.

Wieder hatte er eins der Gebote erfüllt: gütig zu sein gegen die Armen und Almosen zu geben. Er war ein treuer Anhänger des Propheten, auch wenn er den *hadsch* niemals machen, niemals nach Mekka pilgern würde, er war zu arm, und seine Felder brauchten ihn. Der Prophet hatte andere Wege gezeigt, den Willen Allahs zu tun.

Erst als der Muezzin zum Mittagsgebet rief, erreichte er das Tor. Er kannte den Weg zum Gemüsemarkt wie im Schlaf. Aber bevor er ihn ging, musste er ein wenig ruhen.

An der Mauer fand er ein schattiges Plätzchen. Schon manches Mal hatte er hier gerastet, nicht lange. Nur ein paar Minuten, dann würde er wieder aufstehen. Er durfte in der Nacht nicht mit leeren Händen zurückkehren, er hatte eine zweite Frau genommen, auch sie erwartete jetzt ein Kind. Er hatte viele Münder zu füttern.

Den merkwürdigen Stoff sah er erst, als es ihm gelungen war, sich zu überzeugen, dass er weitergehen musste. Als er sich bückte, um seine Kiepe wieder aufzunehmen. Der Stoff schimmerte hinter einem Stein.

Der Beutel war nicht sehr groß, und der Bauer sah auf den ersten Blick, dass jemand ihn lange getragen hatte. Der Stoff war abgenutzt, die ledernen Riemen waren verfärbt und an manchen Stellen hart geworden und verformt. Er sieht aus wie eine Kiepe aus Stoff, dachte der Bauer, eine kleine Kiepe aus Stoff. Noch niemals hatte er einen solchen Beutel gesehen.

Die Klappe war mit einem Knopf aus Holz verschlossen, der durch eine Öse aus Leder geführt war. Im Inneren des Beutels spürte er etwas Schweres.

Der Bauer drückte den Knopf durch die Öse. Er öffnete die Klappe und griff in den Beutel. Als er seine Hand wieder herauszog, setzte sein Herz für einen Schlag aus.

22.

»Und ich habe es nicht glauben wollen!«, rief Tariq. »Oh, wie dumm ich war, wie dumm ich war!«

Zwei Tage hatte er nun schon oben in den Bergen verbracht, und immer wieder hatte er versucht, den Emir zu überzeugen; aber Abu abd'Allah blieb standhaft.

»Ich habe mehr Schlachten geschlagen, als du Jahre zählst«, sagte er müde. »Wer von uns beiden weiß also, was uns erwarten würde, wagten wir den Aufstand?«

»Ich war so dumm, oh, ich war so dumm!«, rief Tariq wieder. »Ganz Gharnata hat ja davon gesprochen, laut und prahlerisch die Schweinefresser und hinter vorgehaltener Hand auch die Gläubigen: Der letzte Emir von Gharnata ist ein Feigling! Er hat seine Stadt geopfert, sein Königreich, um seiner Ruhe willen! Ich habe es nicht glauben wollen, ausgelacht haben sie mich, *beweise uns, dass er kämpfen will, wir stehen bereit*! Nur mit Mühe haben meine Freunde, die an Euch glaubten wie ich, schließlich in Malaka den Kapitän gefunden, der bereit war, das Judenedikt zu vergessen: Nun könntet Ihr Gold haben im Überfluss für unseren Kampf! Aber Ihr wollt ja nicht kämpfen! Der Emir ist feige!« Er schlug mit der Faust auf das Mäuerchen und zuckte zusammen. »Vielleicht wollt Ihr das Gold natürlich auch lieber dafür verwenden, Euch hier einen neuen Palast zu errichten? Vielleicht könnt Ihr es darum nicht …«

»Was redest du, Knabe!«, sagte der Emir. »Meinen Sohn haben sie als Geisel gehalten viele Jahre lang, und ich habe dennoch den Kampf nicht aufgegeben! Aber ich habe immer gewusst: Wenn Almería gefallen ist, wird auch Gharnata fallen! Willst du Klugheit Feigheit nennen?«

»Mulay!«, rief Tariq. »Ich bitte Euch!«

»Lass uns Schach spielen«, sagte der Emir. »Der Diener soll uns das Tuch bringen. Der Tischler hat mir neue Figuren geschnitzt.«

»Und wenn ich Euch besiege?«, rief Tariq. »Lasst dieses Spiel entscheiden, Mulay! Siegt Ihr, so will ich nicht weiter in Euch dringen. Siege aber ich, so zieht Ihr gegen die Könige.«

»Dir gehören die weißen Steine«, sagte der Emir. »Du hast den ersten Zug.«

Zuerst hatte er sich umgesehen, rechts und links. Hatte geprüft, ob ihn auch niemand beobachtete. Dann hatte der Bauer seinen Fund studiert.

Das Erste war ein Buch, schon das Buch war erschreckend genug. Nicht Leder war es, in das es gebunden war, nicht Pergament, und es war auch nicht Stoff. Die Farben der Bilder im Inneren waren grell, die Alhambra leuchtete fremd, und darunter wimmelte es bunt und unerklärlich. Die Schrift erkannte er nicht. Sie war winzig und exakt, kein Arabisch, das er doch oft gesehen hatte, dazwischen wieder Bilder in bunten Farben, die der Bauer nicht verstand. Sein Herz raste. Er legte das Buch zurück in den Beutel.

Das Nächste war ein kleines Täschchen. Leder diesmal, nichts Unheimliches, aber nicht zu öffnen, geschlossen rundum. Kein Knopf. Kein Band, das das Täschchen umwickelte und zusammenhielt. Einfach ein geschlossenes Täschchen mit einem schmalen metallenen Streifen an drei Seiten, von dem ein winziges metallenes Dreieck hing. In seinem Inneren konnte der Bauer durch das Leder harte, flache Gegenstände spüren, die gegeneinanderrieben wie Münzen.

Seine Aufregung wurde größer. Was er hier gefunden hatte, war etwas, von dem er noch nicht einmal gehört hatte. Etwas Unerklärliches, Fremdes. Er zog auch das dritte Teil aus dem Beutel.

Es war ein schwarzes, flaches Ei aus merkwürdig glänzendem Material, etwas kleiner als seine Handfläche, mit einer Rille, die an einer Seite vom breiten zum spitzeren Ende verlief und an der anderen Seite wieder zurück. Als er seinen Daumennagel in die Rille zwängte, klappte das Ei auseinander. Auf einer Seite spiegelte es wie Glas; auf der anderen erhoben sich winzige erhöhte Punkte mit Zahlen und Zeichen darauf.

Der Bauer schlug das Ei wieder zusammen. Es konnte keinen Zweifel geben: Was er gefunden hatte, war nichts Irdisches. Auch die Schweinefresser besaßen solche Geräte nicht, ebenso wenig die Juden; was er gefunden hatte, stammte aus einer anderen Welt.

Der Bauer fiel auf die Knie und beugte den Rücken, dass seine Stirn den staubigen Boden berührte. Er wollte Allah anrufen, den Propheten, aber worum sollte er bitten? Dass dies nicht sein Ende wäre, dass sie ihn beschützten. Allahu Akbar! Dass ihm einfiel, was jetzt das Richtige war, was er tun musste.

Wäre nicht in diesem Moment der Soldat gekommen, der Bauer hätte den Rucksack wieder hinter dem Stein verborgen. Er hätte versucht, ihn und seinen Inhalt zu vergessen. Vielleicht hätte er am nächsten Tag hinter vorgehaltener Hand seinen Frauen davon berichtet.

So aber hatte er keine Wahl. Noch bevor der Soldat ihn ansprach, streckte er ihm die Hand mit dem Rucksack entgegen. »Sieh, was ich gefunden habe!«, rief der Bauer. »Allah ist groß! Sieh doch, was ich Sonderbares gefunden habe!«

Was aus der Entfernung ausgesehen hatte wie ein armseliges Dorf aus kleinen Hütten, zeigte von Nahem einen fremdartigen Reiz. Es gab keinen Palast; an einem Platz, der sich zum Tal hin öffnete, standen die Gebäude des Emirs. Der Blick war überwältigend.

Überall waren Handwerker noch damit beschäftigt, den Ort in den Wohnsitz eines Fürsten zu verwandeln: Die Wände wurden mit *azulejos* bedeckt, auf hölzernen Leitern standen die Maler und schmückten die Mauern mit kufischen Schriftzeichen. Vor dem Eingang ruhte der Emir auf einem Teppich, dessen Muster verschlungen waren wie die Arabesken auf der Alhambra, und blickte auf ein Schachtuch.

»Es sieht nicht gut für Euch aus, Mulay!«, flüsterte Tariq und ließ die Hand über den Figuren schweben. »Schach! Ich sehe nicht, wie Ihr dem noch entgehen wollt.«

»Man schweigt beim Spiel der Könige, Knabe«, sagte der Emir. Er sah ernster aus, als es beim bloßen Verlust einer Schachpartie nötig gewesen wäre.

»Tariq!«, rief Boston. Die Wache, die ihm den Arm auf den Rücken gedreht hatte, ließ einen Augenblick locker, dann wurde der Griff wieder fest. »Ich bin so froh, dass du hier bist!«

Und warum eigentlich?, dachte Boston. Es ist ja nicht so, als wäre er ein langjähriger Freund. Ich habe ihn keinen ganzen Tag gekannt. Und trotzdem.

Er war nicht mein Freund, aber er hat mir beigestanden. Er muss Angst gehabt haben, nach allem, was ich ihm erzählt und gezeigt habe; aber er hat mich niemandem verraten. Er hat mir ein maurisches Gewand gegeben, damit ich mich verbergen konnte.

Tariq sah auf. Sein Gesicht war ärgerlich. »Wer wagt es, den Emir beim Schachspiel zu stören?«, fragte er. Dann schrak er zusammen. Sein Blick wanderte von Boston zu Salomon. Vielleicht begriff er schon in diesem Augenblick, dass etwas geschehen war, das jede Hoffnung auf die Befreiung Granadas zunichtemachen würde.

Der Emir sah zu Tariq hinüber. Seine Hand ruhte neben dem Tuch. »Du kennst die beiden?«, fragte er.

Tariq nickte. Der Emir gab den Soldaten ein Zeichen. Boston rieb sich die Handgelenke. Einen, der ohne Waffen kommt, können sie so abführen, dachte er. Aber einer, der ohne Waffen kommt, wird ihnen doch ohnehin nicht gefährlich sein. Was täten sie, wenn an unserer Stelle die Soldaten der Königin den Berg hinaufmarschiert wären?

Noch immer standen die beiden Soldaten in ihrem Rücken, Hand am Säbel.

»Mulay«, sagte Tariq. Boston sah, wie verwirrt er war. »Dies hier ist Salomon. Über seinen Vater haben wir gesprochen.«

Der Emir nickte. »Salomon«, sagte er. »Sei mir willkommen.«

Salomon trat vorsichtig einen Schritt näher. Sich zu setzen wagte er nicht.

»Und dieser hier«, sagte Tariq, und Boston verstand, dass er zu begreifen versuchte, was er sah, »ist – ein Freund. Ich glaubte, er wäre ein Freund. Dass er jetzt in diesen seidenen Gewändern vor uns steht …« Er sah Boston fragend an.

»Ich verstehe ja, dass du erstaunt bist!«, sagte Boston. »Aber es ist alles nur eine Verwechslung! Man hat mich auf die Alhambra gebracht, Tariq, gleich nachdem du gegangen warst, weil man mich für einen Prinzen gehalten hat, den sie dort erwarten!«

»Philipp von Burgund«, sagte der Emir. Sein Blick wanderte über das Schachtuch. Der schwarze König stand allein, bedrängt von weißem Springer und Läufer zugleich; dahinter lauerte die weiße Königin. »Aber du bist es nicht? Es heißt, die Könige wollen die Grenzen ihres Reiches sichern durch die Ehen ihrer Kinder. Es heißt, sie wollen ihr Reich durch Heirat vergrößern. Nun, das ist allemal besser als ein Krieg. Außer vielleicht«, er lachte, »für die beiden, die heiraten müssen.«

Er wurde wieder ernst. »Du bist es also nicht?«, fragte er. »Es heißt, der Habsburger sei blond wie du, ein Jüngling von vierzehn Jahren – aber du bist es nicht?«

Boston schüttelte den Kopf. »Es war nur eine Verwechslung!«, sagte er. »Darum bin ich ja auch geflohen. Ich hatte Angst, oben auf der Alhambra!« Er überlegte, welchen Beweis er dafür besaß, dass er nicht der Prinz von Burgund war, nicht mit den Königen im Bunde. »Tariq! Du erinnerst dich doch daran, was ich dir in Granada gezeigt habe!«

Tariq wurde bleich.

»Du hast darauf gedrängt«, sagte Boston, »ich solle den Rucksack und seinen Inhalt verbergen, und das habe ich getan; und du glaubst doch nicht, dass dieser Philipp von Burgund …?«

Tariq antwortete nicht.

Der Emir sah fragend von einem zum anderen.

Endlich nickte Tariq. »Nein, wie hätte er wohl solche …« Er zögerte. Vom Rucksack, das begriff Boston, wollte er nicht sprechen. »Es passt nicht zusammen.« Er nickte dem Emir zu. »Wir können ihm seine Geschichte wohl glauben. Eine Verwechslung.«

Eine Dienerin brachte stumm ein silbernes Tablett und stellte es auf den Boden. Der Tee in den winzigen Gläsern war heiß und süß.

Der Emir betrachtete Boston. Vielleicht war er inzwischen zu dem Schluss gekommen, dass dieser Knabe, egal wie er gekleidet war, sich jedenfalls nicht benahm wie ein königlicher Prinz. Er setzte sein Glas ab und wandte sich Salomon zu. »Und du?«, fragte er. »Warum bist du gekommen? Schickt dich dein Vater mit einer Nachricht zu mir? Bringst du mir Gold?«

Die letzten drei Tage war Salomon gewandert, mit starrem Gesicht und fast ohne zu reden. Er hatte sie sicher aus Granada herausgebracht und in die al-Pudxarras, als hätte er vergessen, was bei ihm zu Hause geschehen war. Jetzt plötzlich holte es ihn ein.

Er fing an zu weinen. »Sie haben unser Haus angezündet!«, flüsterte er. »Es ist alles verbrannt! Sie haben meinen Vater mitgenommen ...«

»Verbrannt?«, fragte Tariq. »Was ist verbrannt? Was ist mit dem Lager?«

Das Schluchzen schüttelte Salomon so sehr, dass seine Hand zitterte. Tee schwappte über den Rand.

Boston nahm behutsam das Glas. »Sie haben sein Zuhause abgebrannt!«, sagte er und wunderte sich über seinen Mut. »Er weiß nicht, was sie mit seinem Vater machen! Und du fragst zuerst nach dem Lager!«

Aber Tariq schien überhaupt nicht zu hören. »Ist alles verbrannt?«, fragte er. »Oder ist es euch gelungen, wenigstens einen Teil noch dem Kapitän zu übergeben? Rede, Salomon!«

Salomon schüttelte den Kopf. Sprechen konnte er nicht.

»Tariq!«, sagte der Emir. »Dieser Knabe hier hat recht. Dein Freund sorgt sich jetzt um ganz andere Dinge.«

»Aber doch nicht wir!«, rief Tariq und sprang auf. Der schwarze König kippte auf die Seite und rollte über das Tuch. »Wenn es den Juden jetzt nicht mehr gelingt, mit unserer Hilfe ihren Besitz aus dem Land zu bringen, wird es auch kein Gold zum Lohn für uns geben! Und wenn es kein Gold für uns gibt ...«

»Dann können wir keinen Aufstand wagen«, sagte der Emir und sah noch einmal auf das Spiel. Sein König war verloren, es gab keinen rettenden Zug. »All die tausend, zehntausend Männer, von denen du unablässig berichtest, was sollen sie ausrichten ohne Waffen?

Ohne Gold keine Waffen und ohne Waffen kein Kampf. Fast hattest du mich überzeugt, dass es meine Pflicht wäre.« Er lächelte und hob das Schachtuch an, dass die Figuren durcheinanderrollten. »Aber Allah hat mich vor einer furchtbaren Dummheit bewahrt.«

»Mulay!«, rief Tariq. »Lasst mich zurück in die Stadt gehen! Lasst mich sehen, ob es wirklich so ist, wie er sagt! Lasst mich mit Santángel sprechen, ob er eine Lösung weiß!«

»Der Schatzkanzler des Königs?«, fragte der Emir spöttisch. »Warum sollte ausgerechnet er dir helfen, einen Aufstand gegen seine Herren vorzubereiten?«

Tariq lief auf und ab. »Davon erfährt er doch nichts!«, sagte er. »Ihm geht es um seine jüdischen Brüder! Er ist selbst ein *converso*, Mulay! Nur ihnen will er helfen! Er wird mit mir einen anderen Ort absprechen, an dem ihr Besitz zusammengetragen werden kann, bevor er von dort auf das Schiff gebracht wird! Unser Plan kann noch immer ausgeführt werden!«

Der Emir klatschte in die Hände. Ein Diener kam.

»Bring diese beiden Knaben zum *hamam*«, sagte er. »Und gib ihnen frische Gewänder. Danach sollen sie ruhen, und wecke sie nicht zum Gebet.« Er nickte Salomon zu. »Bis zum abendlichen Mahl wird es dir besser gehen«, sagte er. »Schlaf ist der mächtigste Tröster.«

23.

Sie hatten ihn abgeführt, drei Soldaten, als wäre er ein Verbrecher.

»Zum Großinquisitor!«, hatten sie gerufen. »Das muss der Großinquisitor sehen!« Sie hatten ihn den Beutel tragen lassen, er begriff, dass sie das Teufelszeug nicht berühren wollten.

»Aber ich habe nichts Falsches getan!«, rief der Bauer. »Ich habe diesen Beutel nur gefunden, er gehört mir doch nicht! Ohne mich hättet ihr ihn niemals entdeckt!«

Die Soldaten hatten nicht geantwortet und ihn vorwärtsgestoßen.

Der Palast lag am großen Platz unterhalb der Alhambra. Es hieß, dass der Großinquisitor, den alle fürchteten, bescheiden lebte wie ein Einsiedler, der sich in seiner Klause von den Freuden der Welt zurückgezogen hat.

Er hatte ein scharf geschnittenes Gesicht. In diesen Augen ist kein Lächeln zu Hause, dachte der Bauer. Hinter diesen Lippen wohnt kein Lachen. Die tausend Quellen der Freude sind längst vertrocknet in diesem Menschen.

Anders als die Soldaten zeigte Torquemada keine Angst. Er schlug das Zeichen des Kreuzes, dann nahm er mit seinen eigenen Händen alle drei Gegenstände aus dem Beutel und legte sie auf einen Tisch aus schwerem Olivenholz. Er betrachtete sie lange. Das Buch schlug er auf und blätterte darin. Er sah die Bilder an. Er fuhr mit dem Zeigfinger über die Schrift. Er bog und knickte den glänzenden, biegsamen Einband.

Das kleine Ledertäschchen, das sich nicht öffnen ließ, drehte und wendete er in seinen Händen. Er hielt es an sein Ohr. Dann schüttelte er den Kopf.

Am längsten betrachtete er das Ei. Er klappte es auf und wieder zu. Er ließ seine Finger über die erhöhten Punkte gleiten. Auf einmal leuchtete das Glas hell auf, eine kleine Melodie erklang. Auch hinter den erhöhten Punkten schien auf einmal eine Flamme zu glühen.

»Ya Allah!«, schrie der Bauer.

Der Inquisitor ließ das Ei fallen und machte einen Schritt rückwärts. Noch einen Augenblick leuchtete das Glas, dann erstarb das Licht. Auch so waren hinter dem dunklen Grau noch Schriftzeichen zu erkennen.

»Wo hast du das gefunden?«, fragte Torquemada. Seine Stimme klang heiser.

Der Bauer verneigte sich.

»Hinter einem Stein versteckt, gnädiger Herr«, sagte er. »An der inneren Stadtmauer. Ich habe es sofort Euren Soldaten übergeben. Es muss Teufelszeug sein, gnädiger Herr! Mit so etwas will ich nichts zu schaffen haben!«

Der Großinquisitor sah ihn nachdenklich an. »Fast bin ich geneigt, dir zu glauben, Maure«, sagte er. Er nahm das Ei vorsichtig wieder in die Hand. Im Raum schien die Zeit stillzustehen. Die Soldaten hielten den Atem an. Von diesem Augenblick an würden sie überall berichten, was für ein mutiger Mann der Großinquisitor war, der keine Angst kannte, selbst vor den Gerätschaften des Teufels nicht. »Mir ist, als hätte ich diesen Beutel schon einmal gesehen; und es war nicht bei dir.«

Einer der Soldaten war näher gekommen und beugte sich weit vor, um zu beobachten, wie der Großinquisitor jetzt wie prüfend zum zweiten Mal mit den Fingern über die erhöhten Punkte fuhr.

Für einen kleinen Augenblick leuchtete wieder das Glas, Zeichen wurden sichtbar, ein heller Ton ertönte. Dann blieb das Ei still und dunkel.

Der Großinquisitor strich nachdenklich über den Beutel. »Ich habe diesen hier schon gesehen«, murmelte er. »Und mir wird auch wieder einfallen, wo.«

Er gab den Soldaten ein Zeichen. »Lasst den Mauren frei«, sagte er. »Er ist erschrocken genug. Er hat das Teufelszeug nur gefunden. Mir scheint, es kann kein Zufall sein, dass der Teufel einem Ungläubigen den Weg zu seinen Rätseln gewiesen hat und nicht einem guten Christen. Der Maure kann gehen.«

Der Bauer fiel auf die Knie. »Ich danke Euch, gnädiger Herr!«, rief er. »Möge Allah Euch beschützen!«

»Dafür brauche ich gewiss nicht deine Fürsprache, Maure«, sagte der Großinquisitor und wandte sich ab. »Sieh zu, dass du verschwindest. Ich könnte es mir anders überlegen.«

Der Bauer rannte aus dem Raum. Das Gesicht des Großinquisitors hatte zerquält ausgesehen von der Anstrengung, sich zu erinnern.

Aber dem Bauern war gleichgültig, was Torquemada wieder einfallen würde. Für den Gemüsemarkt war es noch nicht zu spät. Er war frei. Er wusste, dass er niemandem von seinem Fund berichten durfte. Er würde seine Feigen verkaufen, und heute Nacht würde er wieder zu Hause sein. Vielleicht konnte er in Zukunft seine Ware auf einem anderen Markt anbieten.

In den Alpujarras verlief das Abendmahl beinahe schweigend. Noch immer kämpfte Salomon mit den Tränen; und Tariq, das verstand Boston gut, schien zu grübeln, wie der Emir doch noch zu überzeugen wäre.

Das Essen schmeckte fremd. Lammfleisch, scharf gewürzt mit

rotem Pfeffer und Knoblauch, dazu Reis und kleine Täschchen aus Blätterteig, deren saftige Füllung im Rachen brannte. Nur der Salat erinnerte ihn an zu Hause. »Esst nur«, sagte der Emir und nahm sich ein Stück Zuckerrohr, in Rosenwasser getaucht. »Nach der langen Wanderung müsst ihr ausgehungert sein.«

Salomons Teller war noch fast unberührt, als die Dienerin ihn abtrug. Der Koch brachte Platten mit Obst. Boston hätte niemals geglaubt, dass er so viel essen könnte.

»Ich habe euch einen Raum bereiten lassen«, sagte der Emir und erhob sich von seinem Bodenpolster. »Die Matten sind schon ausgerollt.«

Fast wie im *hostal*, dachte Boston, als er sich vorsichtig auf seiner Matte niedergelassen hatte. Nur dass wir da zu viert waren und hier nur zu dritt. Und dass es tausend Jahre her zu sein scheint, und dabei ist es noch nicht einmal geschehen.

»Kannst du nicht schlafen?«, flüsterte Salomon. Er hatte als Erster das Tuch über sich gebreitet. »Du musst ebenso müde sein wie ich! Müder vielleicht, wenn du doch schon in den Wochen zuvor quer durch das Frankenreich gewandert bist und durch all unsere Königreiche!«

Boston sah durch die Fensteröffnung in den Himmel. Der Mond stand hoch und tauchte den Raum in ein kaltes Licht. Es war so hell, fast hätte man noch lesen können.

Salomon wälzte sich auf seinem Lager. Tariq lag still.

»Du hast mir noch nicht berichtet, warum du den weiten Weg aus dem Norden auf dich genommen hast!«, flüsterte Salomon. »Denn wenn du nicht dieser Prinz bist, für den sie dich hielten: Wer bist du dann? Wir sind gemeinsam durch die Berge gewandert, und ich kenne deinen Namen; aber sonst weiß ich nichts von dir, Boston.«

»Es ist nicht nötig zu flüstern«, sagte Tariq von seinem Lager her.

Er stützte sich auf einen Ellenbogen. »Ich schlafe nicht. Ich denke. Ich denke und denke, wie wir die Schweinefresser von der Alhambra vertreiben können. Ich denke, bis sich mir die Gedanken verwirren.«

»Boston?«, fragte Salomon, lauter jetzt. »Wenn du wie wir anderen auch noch nicht schlafen kannst: Willst du es mir nicht erzählen? Vielleicht würde es mir helfen, meine Gedanken abzulenken von dem Schrecklichen, um das sie immerzu kreisen.«

»Besser, du fragst ihn nicht, Sohn Isaaks!«, sagte Tariq. »Er wird dir eine Geschichte auftischen, die du ihm nicht glauben kannst; aber danach wirst du sie nicht mehr vergessen! Du wirst grübeln, ob nicht vielleicht doch wahr sein könnte, was er behauptet, und es wird dir nicht besser gehen damit.«

Boston schwieg. Ich weiß ja viel zu wenig über diese Zeit, um zu lügen, dachte er. Wie könnte ich für Salomon eine glaubwürdige Geschichte erfinden, warum ich aus dem Norden hierher gewandert bin? Was ich dabei erlebt habe auf dem Weg? Er würde doch sofort bemerken, dass alles nur Unsinn ist, was ich mir ausdenke. Und Tariq weiß es sowieso.

»Erzähl mir deine Geschichte, Boston«, sagte Salomon wieder. »Noch ungeheuerlicher als das, was uns in Granada geschehen ist, seit die Könige herrschen, kann sie nicht sein. Warum sollte ich also nicht bereit sein, dir zu glauben?«

»Ich habe den Beweis nicht mehr«, murmelte Boston. »Ich habe getan, was Tariq mir geraten hat. Ich habe ihn versteckt.«

»Den Beweis?«, fragte Salomon. »Den Beweis wofür?«

Boston sah zu Tariq hinüber, der sein Gesicht jetzt im Liegen der Wand zugedreht hatte und aussah, als schliefe er. Aber Boston war sicher, dass er jedes Wort verfolgte, das gesprochen wurde.

»Ich bin durch die Zeit gereist«, sagte er leise.

Es hatte ihr keine Ruhe gelassen, es war nicht das erste Mal, dass es ihr nach einem Gespräch mit dem Genueser so ging. Die Flucht des Knaben, die Sorge darum, in wessen Auftrag er die Rolle des Prinzen gespielt hatte, hatten sie abgelenkt; jetzt aber weckte sie der Gedanke an die vielen unbekehrten Seelen Cathais und Cipangus sogar nachts aus dem Schlaf.

Es gibt keinen Beweis, dachte Isabella. Das ist das Unglückliche daran. Solange niemand versucht hat, nach Westen zu reisen, werden wir niemals wissen, wer recht hat: dieser größenwahnsinnige Colón oder meine Gelehrten. Es war ein Fehler, dass an dem Gespräch am Samstag Talavera nicht teilgenommen hat, der Vorsitzende meiner Kommission. Schließlich hatte die Kommission die Pläne des Genuesers als unsinnig erkannt, seine Forderungen abgelehnt; aber dieser Colón war ja auch einfach vor ihr erschienen, uneingeladen, wie er es immer tat in der letzten Zeit, wie hätte sie da den Erzbischof so schnell dazurufen können. Natürlich hatte Santángel Talaveras Part übernommen und erläutert, was die Wissenschaft zu sagen hatte zu diesem Thema; und doch hatte sie das Gefühl, für eine endgültige Entscheidung nicht gewissenhaft genug gewesen zu sein.

Darum hatte sie die Runde in den Botschaftersaal einberufen, ein allerletztes Mal. Sie starrte auf die Lücke im Wandfries, *wa-la ghaliba illa'llah*. Es sah hässlich aus, hässlich, ein Handwerker musste eine neue Fliese anfertigen. *Gott allein ist Sieger*. Sie hatte nichts dagegen, wenn dieser Satz überall ihren Palast schmückte, auch wenn es auf Arabisch war.

»Erzbischof Talavera!«, sagte Isabella. Es war das erste Mal, dass sie ihn seit ihrem Gespräch am Freitagabend sah. Als Königin musste man Misstöne vergessen können. Auch ein Erzbischof musste Misstöne vergessen können. »Wie freundlich von Euch, meiner Einladung so schnell Folge zu leisten.«

Talavera verneigte sich leicht.

»Wann immer Ihr mich ruft, Majestät«, sagte er ein wenig zu förmlich, »komme ich gerne. Und ich habe doch die Hoffnung ...«

Isabella schnitt ihm das Wort ab. »Wie Ihr seht, habe ich auch Señor Santángel, den Schatzkanzler meines Gatten, zu diesem Gespräch gebeten. Dass auch mein Gatte selbst bald erscheint«, sie sah auf die Tür, »hoffe ich.«

Talavera begriff, dass es nicht um die Fragen gehen würde, auf die er gehofft hatte. Die Königin hatte ihre Meinung zu dem Edikt vom März nicht geändert.

»Johanna!«, sagte er freundlich. »Prinzessin! Ich freue mich, dich einmal wiederzusehen! Man hat mir berichtet, dass dein Bräutigam nun doch nicht kommen kann. Ich hoffe, du bist nicht allzu unglücklich darüber?« Er zwinkerte ihr zu.

Johanna stülpte ihre Unterlippe vor. »Ich glaube nicht, dass es sich schickt, so darüber zu reden«, sagte sie.

Der Erzbischof lächelte. »Gewiss nicht, verzeih mir, Johanna«, sagte er. »Nun, Majestät? Und warum habt Ihr mich gerufen?«

»Es geht noch einmal um den Genueser«, sagte Isabella. Sie sah verdrossen zur Tür. Allmählich wurden Ferdinands Eskapaden ärgerlich. Wenn es ihm nicht mehr gelang, sich von seinen Gespielinnen loszureißen, selbst wenn seine Gattin ihn zu sprechen wünschte, so war ein Punkt erreicht, an dem sie deutlicher mit ihm reden musste.

»Ich will verstehen, Erzbischof, warum Eure Kommission gelehrter Männer Colóns Pläne verworfen hat. Erklärt es mir noch ein letztes Mal, auch wenn ich glaube, dass Señor Santángel«, sie nickte ihm zu, »Eure Gründe in unserem Gespräch mit diesem Colón wohl vorgetragen hat. Und doch zweifle ich noch immer, Erzbischof. Dürfen wir all diese Seelen jenseits des Meeres so leicht dem Fegefeuer überlassen, wenn es auch nur eine geringe Möglichkeit gibt, sie zu retten?«

Talavera seufzte. Er hätte lieber über das andere Thema gesprochen.

Dieser kleine Mann im verschlissenen Mantel war ein Wahnsinniger, davon war in der Kommission nicht nur er überzeugt gewesen. Er glaubte sich von Gott berufen, nun, das war möglich. Aber sollte er gerade dann nicht ein wenig demütiger sein? Der Herr selbst war ja nicht mit einer solchen Überheblichkeit aufgetreten, als er auf Erden wandelte, und der konnte doch immerhin für sich in Anspruch nehmen, der Sohn Gottes zu sein.

»Was er vorschlägt, Majestät, ist in der Tat unmöglich«, sagte Talavera und verneigte sich wieder leicht. »Betrachtet die Weltkugel mit Eurem inneren Auge! Die Strecke zwischen den Küsten Spaniens und Indien auf dem westlichen Weg ...«

Fast lautlos wurde die Tür von einem Diener geöffnet. Die Königin erstarrte. Dass Ferdinand sich nicht schämte, immer zu spät zu kommen, wenn doch jeder wusste, was der Grund dafür war. Und wie demütigend für sie. Es war wirklich an der Zeit, mit ihm zu reden.

Aber es war nicht Ferdinand, der jetzt mit schweren Schritten in den Raum trat.

»Großinquisitor!«, sagte Isabella überrascht. »Eminenz!« Was hatte Torquemada mit der westlichen Route nach Indien zu schaffen? Sie hatte ihn nicht rufen lassen. Dann sah sie, was er mit seiner Linken fest umklammert hielt. »Ihr habt den Knaben aufgegriffen!«

Der Großinquisitor sah überrascht aus. »Den Knaben?«, fragte er.

Der Diener schob ihm einen Sessel hin. Schwer ließ sich Torquemada in die Polster sinken. »Den Knaben, natürlich!« Er hob den Beutel hoch und hielt ihn sich dicht vor die Augen. »Seit der Bauer mir dieses hier gebracht hat, habe ich gegrübelt, wo ich es schon einmal gesehen habe!«

»Und?«, fragte die Königin. »Wo ist er jetzt?«

Der Großinquisitor schüttelte den Kopf. Er hatte sich in einer Sänfte auf die Alhambra tragen lassen, trotzdem waren die letzten Schritte zu Fuß anstrengend gewesen. Sein Atem ging schwer und unregelmäßig. Wenn der Herr von mir verlangt, dass ich in meinen Jahren noch dieses Amt ausübe, muss er mir auch die Kraft dazu geben, dachte er. Manchmal zweifle ich.

»Nicht den Knaben bringe ich Euch!«, sagte er. »Wohin seine Flucht ihn geführt hat, kann ich nicht sagen. Wohl aber, Majestät, muss ich Euch warnen, wie äußerst dringlich es ist, ihn zu finden und seine Machenschaften aufzudecken.« Er machte eine Pause, als wünsche er die Spannung bewusst zu steigern, und streifte dabei jeden im Raum mit seinem Blick. »Er ist fürwahr – mit dem Teufel im Bunde!«

Talavera stieß pfeifend die Luft aus. »Ihr wisst, Torquemada, dass ich in der Frage der Teufelsbündnisse nicht ganz Eurer Meinung bin«, sagte er und trat einen Schritt näher. »Umso gespannter bin ich, wie Ihr Eure Behauptung beweisen wollt!«

Der Großinquisitor lächelte. Behutsam öffnete er den Beutel, der jetzt unförmig und zusammengefallen auf seinen Knien ruhte. Seine Hände zitterten, als er die Klappe anhob. Ein lederner Gegenstand, so groß wie eine Hand, fiel auf den Boden. Johanna ging in die Knie und hob ihn auf.

»Nicht das!«, sagte der Großinquisitor ungeduldig und winkte ab. »Seht hier, was ich euch zeige!«

Er hob ein Buch in die Höhe.

Talavera griff danach. »Es sieht merkwürdig aus, ich gestehe es«, sagte er. Er blätterte. »Und die Schrift …«

»Es ist in keiner uns bekannten Sprache verfasst!«, rief Torquemada. »Seht es nur alle an, studiert es genau! Welcher Mönch könnte wohl so feine und gleichmäßige Zeichen schreiben, die trotzdem auch von den gelehrtesten meiner Männer kaum zu entziffern sind? Selbst diese neue Mode des Druckens, von der mir berichtet wurde, wäre dazu wohl kaum in der Lage! Und seht nur die heidnischen Bilder!«

Johanna beugte sich über Talaveras Schulter. Die Bilder waren bunt und grell und zeigten Gegenstände, die sie nicht verstand. Auch sonderbare Häuser waren darauf abgebildet und Menschen in merkwürdigen Gewändern; und dazwischen immer wieder das eine Wort, das sie erkannte: Granada.

»Welcher Mönch, und wäre er auch in feinsten Inkunabeln geübt, könnte wohl solche Bilder verfertigen? Welcher Schnitzer sie in den Druckstock schnitzen?«, rief Torquemada. »Und dann, Majestät«, er riss Talavera das Buch aus der Hand, »ist in dem unerklärlichen Buch auch von Euch die Rede, immer wieder von Euch!«

Jetzt war auch Isabella zu ihnen getreten. »Isabella!«, rief der Großinquisitor und zeigte mit seinem zitternden Finger auf ein Wort. Er blätterte weiter. »Isabella! Und hier: Isabella! Isabella! Und: Ferdinand! Auch wenn wir nicht verstehen, was sonst noch geschrieben steht: Könnt Ihr noch zweifeln?«

Isabella starrte auf das Buch. »Unsere Namen!«, murmelte sie. Sie ließ einen Finger über die Schrift gleiten und zog ihn erschrocken zurück, als fürchte sie, dem Teufel damit zu nahe zu kommen.

»Und sogar Euer Bild!«, rief der Großinquisitor. »Ist das nicht das Gemälde, Königin, das Zittoz auf seinem Madonnenbild von Euch anfertigte? Welche menschliche Hand könnte es wohl selbst mit zartestem Pinsel so fein und klein in dieses Buch hineinzeichnen?«

Isabella ließ sich auf ihren Sessel sinken. Sie zitterte. »Ihr erschreckt mich, Großinquisitor!«, flüsterte sie.

Inzwischen hatte Torquemada das Buch achtlos auf den Boden fallen lassen, wo Talavera es neugierig aufhob. Santángel sah ihm über die Schulter.

»Aber das!«, rief der Großinquisitor. »Ist ja noch längst nicht alles! Seht her, was der Knabe außerdem bei sich trug!«

Mit vom Alter zitternden Fingern zog er das Ei aus dem Beutel. Er stützte die rechte Hand mit der linken, so sehr bebte sie jetzt. Die Haut auf ihrem Rücken war durchscheinend wie Pergament, von haarfeinen Falten durchzogen und von braunen Flecken übersät. »Nun habt acht!«

Als er das Ei aufspringen ließ, wurde dessen merkwürdiges Inneres sichtbar, gleich danach begann das Glas darin zu leuchten. Eine kleine Melodie ertönte, hell und fremd.

»Nun?«, rief der Großinquisitor. »Nun?«

Auch Talavera war zurückgesprungen wie Johanna und Santángel, als das unerklärliche Leuchten erschien. Jetzt näherte er sich vorsichtig wieder dem Sessel, gerade als das Licht verlosch.

»Und wieder diese heidnische Schrift!«, rief der Großinquisitor. »Was sollte sie wohl bedeuten, wenn nicht eine Botschaft des Satans?« Er bekreuzigte sich.

»Ja, was ist es?«, fragte Santángel, der neben Talavera an den Stuhl des Großinquisitors getreten war.

»Das wird Euch gewiss kein guter Christenmensch sagen können, Señor!«, rief der Großinquisitor und warf dem Schatzkanzler einen Blick voller Abscheu zu. Er ließ seinen Finger über das Innere des Eis wandern, bis das Licht noch einmal kurz aufleuchtete und die Melodie erklang. »Welcher gute Christenmensch kennte denn wohl die Gerätschaften des Teufels? Aber dass dieses – Ei keines irdischen Ursprungs ist: Wollt Ihr das bezweifeln?«

Talavera schüttelte langsam den Kopf. »Aus dem fernen Cathai vielleicht?«, fragte er zögernd. »Sie besitzen dort Dinge, die uns gänzlich unbekannt sind! Als der große Marco Polo von seinen Reisen zurückkehrte, berichtete er davon. Und denkt an den Kompass! Wer sagt uns, dass es im fernen Cathai nicht auch noch andere Geräte gibt ...«

Torquemada schnaubte voller Verachtung. »Und woher kennen die Menschen dort die Namen unserer Könige? Den Namen unserer Stadt? Und hier«, er winkte, bis Talavera ihm das Buch reichte, »hier sogar«, er blätterte. Seine Finger zitterten heftiger als zuvor, und er brauchte lange, um zu finden, was er suchte, »hier, lest es nur selbst: Woher kennen sie auch den Namen«, er machte eine wohlberechnete Pause, »des Emirs?«

»Des Emirs?«, fragte Isabella.

Der Großinquisitor blätterte. »Abu abd'Allah!«, rief er. »Und hier: Alpujarras! Ihr glaubt, hochverehrter Erzbischof, dieses Buch stamme aus dem fernen Cathai? Dieses Buch und dieses Gerät – sind des Teufels!«

Talavera schwieg.

Isabella sah auf das Buch, dann wieder auf das unheimliche Gerät. Sein Glas war jetzt dunkel. »Es kann ja nichts anderes ...!«, flüsterte sie. »Es muss ja ...!«

»Der Teufel hat sich mit den Mauren verbündet!«, rief Torquemada. »Was sonst sollte diese Schrift wohl bedeuten? In diesem Buch hat Satan geschrieben über Euch und über Eure Stadt und über den Emir in den Bergen! Wir können nicht entziffern, was geschrieben steht in seiner teuflischen Sprache: Aber was anders sollte es sein als eine Anweisung für Boabdil zum Kampf?«

»Großinquisitor!«, sagte Talavera. »Bei allem Respekt!«

»Nichts, nichts ist dem Satan so wichtig, wie zu verhindern, dass unsere heilige Kirche weitere Seelen errettet!«, rief Torquemada.

Sein Gesicht war jetzt so stark gerötet, dass es fast bläulich schimmerte. Ein alter, alter Mann. »Nichts! Gar nichts, gar nichts! Und wessen sollte er sich als Werkzeug eher bedienen, wenn nicht der Mauren? Damit sie Euch, Majestät, als Beschützerin des Glaubens aus diesen Ländern vertreiben, damit sie …«

»Großinquisitor!«, sagte Talavera. »Wie sollte den Mauren das wohl gelingen! Die Mauren sind längst viel zu schwach!«

»Nicht wenn Satan selbst sich ihrer Sache angenommen hat!«, rief der Großinquisitor. Vor Aufregung flatterten seine Hände, und sein Atem ging stoßweise. »Nicht wenn Satan selbst …«

In diesem Augenblick fiel etwas klirrend zu Boden und rollte über die Fliesen.

»Johanna!«, rief die Königin.

Bis jetzt hatte Johanna nur zugehört, und wie es sich für ein Kind gehörte, hatte sie geschwiegen. Es geschieht etwas!, hatte sie gedacht, oh, endlich geschieht etwas Aufregendes in meinem Leben! Und es war mein Bräutigam, der all diese Dinge bei sich trug! Mein Bräutigam, auch wenn er ja nicht mein Bräutigam war.

Mit dem merkwürdigen Ledertäschchen hatte sie gespielt, ohne es genauer zu betrachten. Wieder ein Kissen, war nicht auch dieses wieder ein Kissen wie das andere, kleine, das sie noch immer zwischen ihren Brüsten spürte? Sehr viel größer war dieses, mit seiner ledernen Hülle weniger fremd; und doch geheimnisvoll. Was war es, das darin klapperte und rasselte? Was war der sonderbar gezackte metallene Streifen an der Seite? Was bedeutete der merkwürdige Anhänger an seinem Ende?

Sie hatte den Gegenstand dichter vor ihre Augen gehalten. Der Großinquisitor stritt mit dem Erzbischof, nun, wie immer würde der Großinquisitor siegen. Sie hatte behutsam an dem Anhänger gerüttelt und gezogen, nach oben, nach unten. Dann hatte der metallene Streifen sich geteilt, das Leder sich geöffnet.

»Heilige Jungfrau, Mutter Gottes!«, rief Johanna.

Münzen rollten über den Boden.

»Erbarme dich unser!«, rief die Königin und bekreuzigte sich.

Die Münzen waren ebenso fremd wie Sprache und Schrift in dem Buch, wie das unheimliche Ei; wie der sonderbare teilbare Metallstreif, der um das Leder lief. Kupfer, Messing, Silber, manche zweifarbig sogar, Messing mit silbernem Rand und Silber mit Messing in der Mitte. »Heilige Jungfrau, bitte für uns!«

Der Großinquisitor nickte befriedigt. »Welchen Beweis fordert Ihr noch?«, fragte er und sah nur Talavera an dabei. »So schickt Satan den Mauren also jetzt auch Gold für ihren Kampf!«

»Nun, da hätte er schon ein bisschen mehr schicken müssen!«, sagte Talavera spöttisch. »Diese Münzen scheinen mir doch eher ...«

Der Großinquisitor unterbrach ihn. »Glaubt Ihr es jetzt, Majestät? Der Knabe war nichts anderes als – ein geheimer Bote Satans!«

Wie aufregend, dachte Johanna. Oh, wie wunderbar aufregend dies alles ist.

»Ich habe ohnehin Soldaten in die Alpujarras geschickt, die den Emir überwachen sollen«, sagte Isabella. »Damit er kein Heer um sich sammeln kann.«

Der Großinquisitor nickte. Allmählich kehrte die normale Farbe in sein Gesicht zurück. »Aber am wichtigsten ist wohl der Knabe. Schickt berittene Boten aus! Wir müssen den Knaben finden, der Knabe muss brennen! Tötet den Handlanger Satans!«

Ein Diener öffnete behutsam die Tür.

»Ferdinand!«, sagte die Königin.

Der König sah lächelnd von einem zum anderen. »So ernst?«, sagte er. »Ich habe doch wohl nichts versäumt? Mir schien, was den Genueser betrifft, wäre ohnehin längst alles geklärt.«

Isabella erstarrte. Man kann es ja nicht übersehen, dachte sie. Jeder hier weiß Bescheid, woher er gerade kommt. Es muss ein Ende haben.

»Schickt berittene Boten aus«, sagte der Großinquisitor und tat, als hätte er den König nicht bemerkt, »wir müssen den Knaben finden. Tötet den Handlanger Satans.«

Wie aufregend, dachte Johanna. Oh, wie wunderbar aufregend dies alles ist.

24.

Als Boston fertig war mit seinem Bericht, saß Salomon aufrecht auf seiner Matte. Alle Müdigkeit war aus seinen Augen verschwunden.

»Du meinst, du bist durch die Zeit gereist?«, rief er. »Was für ein Unfug!«

»Ich habe dir doch gesagt, dass du mir nicht glauben würdest«, sagte Boston tonlos. »Jetzt siehst du es selbst.«

Salomon krauste die Stirn. »Du hast recht, Boston: Es fällt mir schwer, dir zu glauben«, sagte er und stützte sich auf seine Ellenbogen. »Es sei denn, du hättest den Beweis, von dem du gesprochen hast. Und wie sollte ein solcher Beweis wohl auch aussehen?«

»Klein wie ein Ei sieht er aus«, sagte Tariq. Fast hatte Boston geglaubt, dass er schlief. Noch immer hielt er sein Gesicht abgewandt. Während Boston berichtete, hatte er sich nicht gerührt. »Und das Ei spielt eine merkwürdige Melodie. Es leuchtet. Es zeigt in seinem Inneren Bilder. Die Alhambra war auch darin verborgen.« Jetzt wandte er sich Salomon zu. »Das ist sein Beweis. Ob du ihm seine Geschichte glauben kannst, Salomon, kann ich nicht sagen; mir aber kannst du glauben, dass er Geräte besaß, wie sie kein Mensch auf Erden je gesehen hat. Gerätschaften, als stammten sie – vom Teufel.«

In der Küche irgendwo im Haus fiel etwas zu Boden und zerbrach. Eine Mädchenstimme stieß einen Schreckensschrei aus. Salomon sah von Tariq zu Boston. »Aber warum hätte er sie dann zurücklassen sollen?«, fragte er. »Wenn sie vom Teufel stammten? Sie wären dann ein mächtiger Zauber! Sie könnten ihn beschützen gegen jede Gefahr! Warum also sollte er sich von ihnen trennen?«

»Weil ich es ihm geraten habe«, sagte Tariq. »Die Inquisition – du verstehst. Hätten sie das Ei bei ihm gefunden und die anderen Dinge, sie hätten ihn, ohne zu zögern, zum Scheiterhaufen geführt.«

Salomon stieß abschätzig die Luft aus. »Ich glaube nicht an den Teufel!«, sagte er. »Aber wer wie du an ihn glaubt: müsste der nicht auch überzeugt davon sein, dass die Kräfte des Teufels stärker sind als selbst die der Inquisition? Dass also Boston, der Teufelsdiener, mithilfe des Teufelszeugs sich leicht hätte schützen können? Warum es also zurücklassen?«

Tariq winkte ab. »Was weiß denn ich!«, sagte er. »Woher sollte ich wissen, was ich ihm glauben konnte und was nicht! Woher soll ich jetzt wissen, was ich ihm glauben kann? Vielleicht erzählt er wirklich die Wahrheit, mag sein. Aber fändest du seine Wahrheit dann glaubwürdiger, als dass es der Teufel war, der ihm die Dinge gegeben hat?«

Salomon schwieg. Dann sah er Boston zweifelnd an. »Und du sagst, es war eine Fliese?«, fragte er dann. »Du glaubst, eine Fliese hat dich durch die Zeit reisen lassen?«

»Es ist ja die einzige Erklärung!«, sagte Boston. »Das Einzige, was mir eingefallen ist, Salomon, wie lange ich auch gegrübelt habe! Genau als ich die Fliese berührt habe, war ich plötzlich hier, bei euch, auf dem Alhambrahügel, in eurer Zeit. Und als ich dann in der Burg überall dasselbe Muster gesehen habe ...«

Salomon nickte. »So könnte es gewesen sein«, murmelte er. »Wenn es überhaupt so war. Wenn das, was du von deiner Reise erzählst, die Wahrheit ist.«

»Du musst mir glauben!«, sagte Boston. »Bitte, Salomon! Außer euch beiden ist doch hier niemand ...« Er schluckte. »Und jetzt sucht mich auch noch die Königin, weil sie weiß, dass ich ein Betrüger bin und nicht dieser Prinz aus Burgund. Und dabei glaube ich …«

Aus der Küche hörte man Stimmen. Geschirr klirrte gegeneinander, eine Frauenstimme lachte.

Salomon lauschte. »Es gäbe noch einen anderen Beweis!«, sagte er dann. »Denn wenn wahr ist, was er behauptet, Tariq, so weiß er auch, was in der Zukunft geschieht. Er kann uns dann sagen, was aus unserem Granada wird. Er kann uns sagen, ob ihr Mauren schließlich die Könige doch noch besiegt! Ob mein Volk gerettet wird. All das müsste er dann wissen.«

Tariq lachte. »Ein schöner Beweis!«, sagte er. »Er kann uns doch erzählen, was er will! Wie könntest du denn jemals prüfen, ob er die Wahrheit erzählt, wenn es noch gar nicht geschehen ist?«

Ich hätte in Geschichte besser aufpassen müssen, dachte Boston. Dabei war doch sowieso schon peinlich, wie oft ich mich gemeldet habe. Aber ich hätte eben auch nach den Klassenarbeiten nicht vergessen dürfen, was ich dafür gelernt hatte. Dann hätte ich ihnen jetzt etwas erzählen können. Vielleicht würden sie mir dann glauben. Ich brauche sie doch, ich brauche Freunde, ich will hier nicht allein sein! Aber das Einzige, was ich ihnen erzählen kann, weiß ich aus Frau Hilberts Reiseführer; und das ist nicht viel.

»Was wird also aus dem Emir?«, fragte Salomon gespannt, als hätte er Tariq nicht gehört. »Wird er den Aufstand wagen? Und wird er die Könige besiegen?«

Boston schüttelte den Kopf. »Von einem Aufstand weiß ich nichts!«, sagte er zögernd. Er versuchte verzweifelt, sich zu erinnern. »Die Könige halten Granada besetzt, und in ein paar Jahren, Tariq, werden sie nach den Juden auch wirklich die Mauren vertreiben, egal was sie in ihrem Vertrag mit Boabdil zugesichert haben. Sie zerstören eure Bibliotheken. Sie reißen die Moscheen und Badehäuser ein, sie verbrennen jedes arabische Buch. Granada wird eine christliche Stadt, und Arabisch darf niemand mehr sprechen. Und später dann, zu meiner Zeit«, er sah Salomon eindringlich an, »im neuen Jahrtausend: Dann wird sich kaum noch einer an das Granada der Sultane erinnern.«

»Da hörst du es!«, rief Tariq. »Welchen Unfug er erfindet! Wer wollte wohl unsere Bücher verbrennen, wenn in ihnen doch das Wissen der Welt versammelt ist! Welchen Arzt gibt es, sei er Maure, Jude oder Christ, der nicht aus unseren Büchern schöpft? Welchen Mathematiker? Astronomen?«

»Und wir?«, fragte Salomon wieder, als hätte Tariq Boston nicht unterbrochen. Er sah Boston voller Erwartung an. »Und wir?«

Boston schüttelte den Kopf. Er konnte Salomon nicht die Wahrheit erzählen: wie viele *conversos* brennen mussten auf den Scheiterhaufen der Inquisition. Was ihnen danach auf der Flucht geschehen würde. Und von den Juden, die umkommen würden überall in den nächsten Jahrhunderten, vertrieben werden würden, ermordet.

»Die Könige werden nicht vertrieben«, sagte er. »Und die Inquisition bleibt. Sie bleibt noch viele Hundert Jahre.«

Salomon nickte. Vielleicht wollte er gar nicht mehr wissen. Ihm war genug Fürchterliches passiert, gerade nur so viel wollte er hören, wie er auch ertragen konnte.

Wozu denn auch, dachte Boston. Wozu sollte ich ihm womöglich noch erzählen, was viele, viele Jahrhunderte später geschehen wird bei uns. Worüber wir in der Schule so viel gesprochen haben, dass niemand mehr davon hören wollte. Wozu sollte Salomon wissen, dass die Könige noch längst nicht die Letzten sind und die Inquisition; und auch längst nicht die Furchtbarsten.

»Und du glaubst ihm?«, rief Tariq. »Du glaubst ihm seine Geschichten?«

Salomon hob die Schultern.

»Und dann«, sagte Boston, und er war froh, dass ihm endlich wieder etwas eingefallen war, worüber er sprechen konnte, ohne Salomon zu erschrecken, »wird in diesem Jahr natürlich noch Amerika entdeckt! Darum kennt auch in meiner Zeit jeder diese Jahreszahl: 1492. Im Oktober erreicht Kolumbus die Ostküste Kubas mit drei Schiffen.«

»Amerika!«, rief Tariq. »Amerika! Davon hast du schon im *funduq* zu mir gesprochen! Was, im Namen des Propheten, ist Amerika?«

»Wenn Kolumbus im Sommer versucht, nach Indien zu segeln«, sagte Boston, »dann kommt er stattdessen …«

»Du redest von Colón?«, fragte Salomon. »Der durch fast alle Länder der Erde gezogen ist, um endlich einen König zu finden, der ihm sein Märchen von der Westpassage nach Indien glaubt?«

»Ich habe ihn ja selbst getroffen!«, sagte Boston, und plötzlich wurde ihm bewusst, wie ungeheuerlich das war. »Als er bei der Königin vorgesprochen hat. Sie hat seine Wünsche abgelehnt.«

»Wie vor ihr der König von Portugal«, sagte Salomon. »Wie jeder bisher. Es ist Unsinn, wovon er träumt. Seine Berechnungen könnte ein Kind widerlegen.«

»Das hat Santángel auch getan«, sagte Boston und erschrak. Wieso hatte er denn nicht begriffen, was das bedeutete?

Amerika würde nicht entdeckt werden.

»Santángel?«, fragte Salomon.

»Santángel!«, sagte Tariq. »Gleich nach dem Morgengebet werde ich mich aufmachen, um mit Santángel zu sprechen! Wenn der Emir auch mutlos ist, wenn die Schweinefresser-Könige auch Isaaks Lager verbrannt haben: Es muss einen Weg geben! Niemals geben wir Mauren uns geschlagen!«

»Unser Freund aus der Zukunft weiß von keinem siegreichen Maurenaufstand«, sagte Salomon. Er lächelte Boston zu.

Amerika würde nicht entdeckt werden!

»Unser Freund aus der Zukunft kommt vielleicht gar nicht aus der Zukunft!«, rief Tariq. »Vielleicht ist er ein Lügner! Und außerdem«, er sprang auf. Irgendwo im Dorf sang jemand zur Laute, eine Männerstimme. Eine zweite Stimme fiel ein. »Ist heute immer noch heute, und jetzt ist jetzt! Wollt ihr behaupten, dass alles schon bestimmt ist, was uns noch geschehen wird, weil es, wie er behauptet, in Wirklichkeit bereits geschehen ist? Dass jede Entscheidung, die ich in meinem Leben treffe, gar keine Entscheidung mehr ist, weil ihr Ausgang längst feststeht? Leben wir also in Wirklichkeit gar nicht unser eigenes Leben? Soll gänzlich gleichgültig sein, was wir tun, weil es ohnehin immer nur das sein wird, wovon seine Bücher ihm in seiner fernen Zukunft schon berichtet haben? Bei Allah und allen Propheten! Wer sollte das glauben? Wer *wollte* das glauben?«

Salomon schüttelte sehr, sehr langsam den Kopf. »Ich weiß nicht«, sagte er.

»Aber Amerika!«, flüsterte Boston und wusste allmählich selbst nicht mehr, was er noch glauben konnte, »Amerika wird ja nun doch nicht entdeckt! Die Königin hat Kolumbus fortgeschickt, weil seine Forderungen maßlos waren. Sie wird ihm keine Schiffe ausrichten.« Er sah Tariq an. »Und wenn das so kommen sollte, Tariq: Wenn also Amerika nicht entdeckt werden wird, wie es bei uns doch aber jedes Schulkind lernt; wenn also die Geschichte doch noch anders verlaufen kann: Warum sollte euch dann nicht auch ein Aufstand gelingen, von dem meine Zeit nichts weiß?«

Tariq sah ihn nachdenklich an. »Warum sollte uns dann nicht auch ein Aufstand gelingen, wa Allah«, murmelte er.

»Du musst mir meine Geschichte glauben, Tariq!«, sagte Boston. Glaubte er denn selbst noch daran? »Bitte glaub du mir doch! Wie soll ich denn hier jemals wieder wegkommen, das schaffe ich nicht allein! Ich kenne mich doch gar nicht aus bei euch. Und verstehst du denn nicht: Wenn ich diese Fliese finden kann, wenn ich sie wieder berühre wie in der Alcaicería – ich glaube, dann bringt sie mich zurück, wie sie mich hergebracht hat.«

Aber Amerika würde ja nicht entdeckt werden.

Salomon sah ihn nachdenklich an. Tariq schürzte die Lippen.

»Wenn das stimmt, was ich denke«, sagte Boston und ballte die Faust. Sie mussten ihm glauben, sie mussten ihm glauben! Und er selbst musste es auch. »Dann muss ich vielleicht nur die Fliese wiederfinden! Versteht ihr denn nicht!«

»Warum hast du sie nicht besser festgehalten?«, sagte Tariq verächtlich. »Damals, als du sie berührt hast, in dieser Zukunft, die damals deine Gegenwart war? Dann hättest du sie jetzt immer noch. Dann hättest du sie von Anfang an gehabt. Dann hättest du gleich zurückreisen können.«

»Sie war nicht mehr da«, sagte Boston tonlos. »Sie war einfach nicht mehr da.«

»Und wo willst du sie finden, Boston?«, fragte Salomon. Er sprach eindringlich wie zu einem Kind, das man nicht verschrecken will. »Bedenke doch, Granada ist groß! Nehmen wir einmal an, wir glauben dir, Tariq und ich, und helfen dir suchen: Wo fangen wir an? Wo willst du sie finden?«

Boston zuckte hilflos die Achseln. Natürlich hatte Salomon recht. Er konnte doch nicht jede Fliese an den Wänden der Alhambra berühren! Und außerdem war seine Fliese ja auch einzeln gewesen, lose, keine von denen, die auf der Alhambra die Wände schmückten.

»Aber wenn ihr mir suchen helft!«, flüsterte er. »Vielleicht könnten wir dann zusammen …«

Granada ist groß.

Tariq lachte auf. »Gibt es nicht auch so schon genug für uns zu tun und zu bedenken, Boston-vielleicht-aus-der-Zukunft?«, sagte er. »Ist unser Leben nicht ohnehin aus den Fugen? Jetzt also auch noch deine Fliese?« Er schnaubte. »Ich werde zurück nach Granada reisen. Ich werde mit Santángel sprechen, wir brauchen einen neuen Plan, wir brauchen ein neues Lager, wir müssen die Könige täuschen. Was schert mich da deine Fliese? Was kümmert mich dein Geschwätz über die Zukunft? Wir werden die Könige besiegen, egal was du uns glauben machen willst!«

Boston schwieg. Ich darf nicht weinen.

Salomon legte ihm die Hand auf die Schulter. »Du musst versuchen, uns zu verstehen, Boston«, flüsterte er. »Wir können dir nicht glauben, was du uns erzählst. Würdest du selbst dir deine Geschichte denn glauben? Und vielleicht wollen wir es auch gar nicht. Nicht, nachdem du uns berichtet hast, was, wenn deine Worte wahr sind, die Zukunft für uns bringen wird.«

Boston sprang auf. »Aber ich habe doch gesagt, dass alles vielleicht auch noch ganz anders kommen kann!«, rief er. »Bitte, Salomon! Bitte, Tariq! Wenn Amerika nun doch nicht entdeckt wird, und so sieht es doch aus! Die Königin hat Kolumbus ja abgewiesen! Wenn die Zukunft also vielleicht doch noch nicht feststeht, wenn alles noch ganz anders werden kann! Dann könntet ihr doch …«

Er schrak zusammen. Warum, oh, warum hatte er das nicht schon längst vorher gesehen? Seit er Colón auf der Alhambra begegnet war?

Amerika.

Es wäre so viel besser, wenn alles anders käme als in den Büchern, dachte Boston, oh ja, das begreife ich wohl. Es wäre besser für die Mauren, für die Juden sowieso. Auch für die Christen wäre es besser, wie sehr haben auch sie unter der Inquisition gelitten. Aber für mich … Er sprang auf.

»Ich muss nachdenken«, murmelte Boston und griff nach dem Turban. Er ging zur Tür. Ihm wurde schwindelig. Die Fliese war auf einmal ganz gleichgültig.

»Boston?«, rief Salomon. »Boston, wohin willst du?«

So durfte es niemals kommen.

25.

Die Nacht in den Bergen war wie verzaubert. Im fahlen Licht des Mondes war der Weg bergauf vor seinen Füßen leicht zu erkennen; Sand und spitzkantige Steine, die knirschten, wenn Boston darauftrat, erschreckend laut in der Stille; ebene Felsplatten, von Menschenhand eingefügt, um das Gehen weniger beschwerlich zu machen; ab und zu ein Plateau, auf dem er rasten konnte. Noch weiter nach oben zu, noch viel weiter nach oben zu würde dieser Pfad sich über den Pass in der Sierra winden, von dem Salomon ihm berichtet hatte: Auch auf diesem Weg hätten sie die Alpujarras erreicht. Aber bis weit ins Frühjahr hinein war der Pass verschneit, und noch lange danach rannen eisige Rinnsale aus Schmelzwasser durch tief ausgewaschene Rinnen im Weg.

Jenseits der Gipfel lag Granada, unvorstellbar, dass sie so weit gewandert waren auf ihrem Weg am Fluss Xenil entlang. Boston setzte sich auf einen vorspringenden Felsen und sah hinab auf das Dorf, dessen weiße Häuser im Mondlicht leuchteten vor dem Bleigrau der Berge. Und unter dem Dorf das Tal, auf dessen Terrassen Mandelbäume wuchsen, Oliven; und am Ende des Tales das nächste, offenere Tal und schließlich Lanjarón und der Weg nach Granada zurück.

Noch immer war das Dorf nicht schlafen gegangen, in der nächtlichen Stille trugen die Geräusche weit. Der Klang einer Laute, Gelächter, Gesang. Der klagende Ruf eines Esels im Schlaf.

Ich bin nach 1492 gereist.

Wie wunderbar wäre es, wäre ich wirklich nur einfach hierher gereist, wie unglaublich schön diese Landschaft. Aber dies ist kein Land, das ich verlassen kann, wie ich nach Granada zurückwandern könnte, dies ist eine andere Zeit. Und vielleicht geht es schon längst nicht mehr um die Fliese und darum, auf welche Weise ich zurückfinden kann. Sondern ob für mich überhaupt noch jemals ein Weg zurück möglich ist. Ob es mich geben wird.

Warum um alles in der Welt war ihm das eben erst klar geworden?

Boston lehnte sich gegen den rauen Felsen in seinem Rücken. Er musste nachdenken.

Die Königin hatte Kolumbus fortgeschickt, Amerika würde nicht entdeckt werden.

Wenn aber Amerika nicht entdeckt würde …

Unten im Dorf hatten sie jetzt einen Chorgesang angestimmt, rhythmisch wurde in die Hände geklatscht, vielleicht wurde getanzt. Was gab es für die Mauren zu tanzen.

Wenn Amerika nicht entdeckt würde, dann würde die Geschichte von jetzt an anders verlaufen als in den Schulbüchern, ganz anders. Er atmete tief.

Sicher, irgendwann später würde irgendwer doch noch an seinen Küsten landen, kein Mensch konnte sich ja vorstellen, dass es für immer unentdeckt blieb. Irgendwer würde nach Westen segeln, irgendwann, und es würde bestimmt nicht mehr lange dauern. Was entdeckt werden kann, wird auch entdeckt. Nur eben später.

Aber werden es dann die Spanier sein, die es als Erste erreichen?, dachte Boston. Die sein Gold und sein Silber erbeuten, die reich werden dadurch, Armeen ausstatten? Werden es nicht vielleicht die Portugiesen sein oder die Engländer, Seefahrer wie das Volk der Könige, und was wird dann anderes geschehen? Was wird dann wann geschehen und wo?

Die gesamte Geschichte würde ja anders verlaufen; und wenn sie an ihrem Anfang anders verlief, wie sollte sie dann später jemals wieder die gleiche werden wie in den Büchern? Wenn Cortez nicht die Azteken ausrotten, die Puritaner nicht 1620 die »Mayflower« besteigen und an der Nordostküste Amerikas landen würden? Würde es ein Land wie die Heimat seines Vaters dann jemals geben? Was wäre mit all den Kriegen, dem schwierigen Frieden danach? Was wäre mit den Entdeckungen und Erfindungen, dem Fließband und dem Internet; was wäre mit ihm?

Es wird dich vielleicht niemals geben, Boston. Wenn Amerika nicht entdeckt wird, wird es dich niemals geben. Weil es dann ja auch deinen Vater gar nicht erst geben wird, diesen Amerikaner, der so stolz darauf ist, seinen Stammbaum bis zur »Mayflower« zurückverfolgen zu können. Wenn die »Mayflower« im Jahr 1620 nun niemals mit unsicherem Ziel Englands Küsten verlassen wird.

Im Dorf war es jetzt still geworden. Der Mond wurde von einer Wolke verdeckt, sehr langsam zog sie vorbei. Erst jetzt empfand Boston die Kühle.

Und selbst wenn es dich geben sollte, Boston, aller Wahrscheinlichkeit zum Trotz: Gäbe es dann auch die Alcaicería, wo du auf die Fliese gestoßen bist? Wie hätte Granada sich entwickelt in einem Spanien, das nicht die unermesslichen Schätze aus dem Westen geraubt hätte? Wären die Mauren vielleicht zurückgekehrt? Gäbe es dann das Granada von heute mit all seinen Straßen und Plätzen und dem *hostal*, in dem Tukan und Kadir und Sergej jetzt bestimmt schliefen, ohne ihn zu vermissen? Gäbe es dann überhaupt den Ort, denselben Ort, von dem er gekommen war und an den er zurückkehren könnte?

Boston stöhnte auf. Wie hatte er nur so gedankenlos sein können!

Wieso wurde ihm all das jetzt erst klar, wenn er doch schon vor Tagen gewusst hatte, dass Amerika nicht entdeckt werden würde?

Es hatte zu viel anderes gegeben, Wichtigeres, Beängstigenderes. Und außerdem: Was konnte er denn tun.

Boston schloss die Augen. Selbst wenn es ihm gelang, die Fliese zu finden, würde ihm das nicht helfen. Weil es ihn in der Zukunft nicht geben würde. Weil es seine Zukunft nicht geben würde. Für immer in Granada, für immer in dieser Zeit. Nie mehr zur Schule gehen, wo er sich in den Stunden langweilte und in den Pausen beim Fußball nicht in die Mannschaft gewählt wurde; wo er in der Cafeteria Schokoriegel kaufte statt der gesunden Eintöpfe, für die seine Mutter ihm das Essensgeld mitgab. Nie mehr nachmittags Zeitungen austragen und Trinkgelder kassieren, nie mehr Fußball im Fernsehen angucken und lachen müssen, weil seine Mutter dabei so aufgeregt ihre Nägel zerbiss. Nie mehr zu Hause sein.

Er schluchzte auf. So durfte es nicht kommen. Er würde jetzt einschlafen, den Kopf gegen den Felsen gelehnt; und wenn er aufwachte, hätte er alles nur geträumt.

Dann hörte er die Rufe. Wollten sie noch weiterfeiern im Dorf, so spät? Pferde wieherten erschrocken, jemand brüllte Befehle, dann splitterte Holz.

Auch wenn er jetzt einschlief, wäre es beim Aufwachen nicht nur ein Traum gewesen. Er musste wissen, was geschah.

Der Hauptmann hatte versucht, seinen Männern klarzumachen, dass es nicht in den Kampf gehen sollte. Sie waren erschöpft vom eiligen Marsch, er hatte ihnen nur wenige Pausen gegönnt und kaum Schlaf. Die Königin fürchtete einen Aufstand.

»Noch haben die Mauren sich nicht gegen uns aufgelehnt, lasst die Säbel im Gürtel!«, hatte der Hauptmann ihnen erklärt. »Vielmehr wird es unsere ehrenvolle Aufgabe sein, friedlich dafür zu sorgen, dass es niemals so weit kommt!«

Aber seine Männer waren einfach, und sie waren müde. Wozu waren sie so weit marschiert, wenn es jetzt nicht wenigstens ein bisschen Spaß geben sollte? Das erste Tor splitterte.

»Halt!«, brüllte der Hauptmann. »Alles zurück! Wir kommen nicht als Feinde!«

Der Soldat sah ihn verwirrt an. Rund um den Platz wurden vorsichtig die Türen einen Spalt weit geöffnet. »Wir kommen nicht als Feinde! Uns schickt Ihre Majestät, die Königin von Kastilien!«, rief der Hauptmann. »Ich wünsche ein Gespräch mit dem Emir!«

»So spät in der Nacht, Hauptmann?«, sagte eine ruhige Stimme in seinem Rücken. Schon als er ihn bei der Übergabe Granadas gesehen hatte, war der Hauptmann erstaunt gewesen. Wie konnte der Unterlegene so viel mehr Würde ausstrahlen als der Sieger.

Er verbot sich den Gedanken an König Ferdinand.

»Emir«, sagte der Hauptmann und verbeugte sich, »ich bitte um Vergebung für das voreilige Handeln meiner Männer. Sie sind müde, und vieles begreifen sie nicht. Das Tor wird bezahlt werden, Ihre Majestät legt Wert auf freundschaftliche Beziehungen.«

Der Emir lächelte spöttisch. »Das kann ich glauben«, sagte er. Er sah auf den Soldaten, der noch immer neben dem geborstenen Tor stand und erschrocken von einem zum anderen blickte. »Müde? Wohl eher trunken vom Branntwein.«

»Der Branntwein ist meinen Männern verboten, Emir«, antwortete der Hauptmann steif. »Nur wenn sie zu Hause sind in ihren Dörfern …«

Rundum wurden vorsichtig Türen geöffnet. Aber noch immer blieben die Menschen in ihren Häusern.

Der Emir nickte und lächelte wieder. »Lasst uns keine Zeit mit

Geschwätz vergeuden, wenn doch Allah in seiner Weisheit dem Menschen nur eine kurze Spanne auf Erden gegeben hat«, sagte er. »In welcher Absicht seid Ihr hier? Mit welcher Aufgabe betraut schickt Euch die Königin?«

Selbst jetzt, dachte der Hauptmann. Wo er nur noch Herrscher über dieses Fürstentum ist, kleiner als mancher Gutshof in der fruchtbaren Vega und steiniger allemal, bleibt er ein Fürst. Und solange ich Hauptmann bin, werde ich ihn auch so behandeln.

»Ihre Majestät ist in Sorge«, sagte der Hauptmann. »Ein Spitzel wurde, so scheint es, ins Innerste der Alhambra eingeschleust. Die Königin fürchtet, er könnte …« Er zögerte. »Ich bitte um Vergebung, Emir!«, sagte er. »Wir müssen ihn finden. In Granada wächst die Furcht vor einem Aufstand. Ihre Majestäten haben mich ausgesandt, um eine Weile an den Straßen Eures Fürstentums …« Er hielt inne. Wie konnte er sagen, was er sagen musste, ohne den Emir noch weiter zu demütigen. Auf dem Weg in die Berge hatten sie keine Männer entdeckt, die sich dort sammelten, und schon ein Blick in dieses erbärmliche Dorf bewies, dass auch hier keine Truppen verborgen waren. Der Verdacht der Königin war lächerlich. Nicht umsonst hatte sie dem Emir schließlich diesen Flecken in den Bergen zugewiesen, dessen wenige Zugänge zu kontrollieren ein Kinderspiel war.

Der Emir schwieg. Er macht es mir nicht leichter, dachte der Hauptmann. Aber warum sollte er das auch. Wir kommen am Anfang der Nacht und zerschlagen ein Tor in diesem armseligen Ort; spätestens jetzt ist das Märchen, es handele sich bei ihm und den Königen um Fürsten mit gleichen Rechten und bei den Alpujarras um ein wirkliches Fürstentum, als Märchen entlarvt. Die Demütigung, die ich ihm mit diesem Besuch erneut zufüge, ist fürchterlich.

»Nun, Emir, Ihr herrscht in diesem Fürstentum der Alpujarras«, sagte der Hauptmann und versuchte, das spöttische Lächeln auf dem Gesicht seines Gegenübers zu übersehen, »und es wäre Euch ein Leichtes, bewaffnete Männer um Euch zu sammeln …«

Der Emir verneigte sich. »Sagt Eurer Königin, dass es mich ehrt, wenn die Majestäten noch immer eine Gefahr in mir sehen, obwohl sie doch selbst gründlich dafür Sorge getragen haben, dass dies niemals mehr der Fall sein wird«, sagte er. »Ihr seid erfahren im Kampf, Hauptmann; Ihr habt die Wege gesehen, die hier heraufführen. Wo sollten sich wohl meine Truppen verbergen?« Er hob die Hand, als der Hauptmann ansetzte zu sprechen. »Und über den Pass in der Sierra? Ihr könnt selbst sehen, Hauptmann. Schickt Eure Männer aus, jetzt gleich, damit nicht morgen, wenn sie nichts entdecken können, der Verdacht entsteht, wir hätten die Nachtstunden genutzt, um etwas oder jemanden zu verbergen. Durchsucht jedes Haus, jeden Schuppen, jeden Raum; nur die Menschen, Hauptmann, behandelt mit Respekt. Und«, sagte er, und der Hauptmann spürte die Scham in sich aufsteigen, »wenn es möglich ist, auch die Tore.«

Der Emir wandte sich um und sah auf den Platz, wo die Türen sich allmählich weiter öffneten. »Mauren der al-Pudxarras!«, sagte der Emir. »Ich bitte euch um Vergebung, dass euch durch mich diese Unbill geschieht. Öffnet den Soldaten der Königin eure Türen, lasst sie in euren Truhen kramen und hinter jedem Vorhang. Gebt ihnen zu trinken nach ihrem langen Marsch. Behandelt sie als Freunde, so werden sie auch euch«, jetzt ließ er seinen Blick über die königlichen Soldaten schweifen, die inzwischen so erschöpft aussahen, als wollten sie auf der Stelle einschlafen, »als Freunde behandeln.«

Aus den Häusern kam ein Murmeln.

»Und Euch, Hauptmann«, sagte der Emir, »bitte ich derweil in mein Haus auf ein Glas Tee. Oder, wenn Ihr mögt und glaubt, dass

Eure Männer mit ihrer Suche lange genug zu tun haben werden, auch auf eine Partie Schach.«

»Ich danke Euch für Eure Gastfreundschaft«, sagte der Hauptmann hilflos. »Für eine Partie Schach oder auch für viele, Emir, wird uns genügend Zeit bleiben. Denn der Befehl der Königin lautet, dass meine Männer sich von jetzt an in Eurem Fürstentum postieren und auf seine Zugänge ein Auge haben sollen: um Sorge zu tragen, dass von den Alpujarras nie mehr eine Gefahr für unsere christlichen Länder ausgehen kann.«

Der Emir wandte sich ab. Hätte die Königin doch einen anderen geschickt, dachte der Hauptmann. Oder nein. Wer weiß denn, was ein anderer hier an meiner Stelle getan hätte.

»Dann wissen wir jetzt beide, dass uns Zeit genug bleibt für das königliche Spiel«, sagte der Emir. Noch immer ließ er den Blick über das Tal schweifen. Er hat von Anfang an gewusst, dass dieses Fürstentum ein Hohn war, dachte der Hauptmann, aber er hat das Spiel mitgespielt. Jetzt hat er den Beweis.

»Ich lasse uns das Schachtuch bringen.«

Dass vom Meer im Süden her immer mehr Wolken aufzogen, die den Mond verbargen, machte es schwerer zu beobachten, was unten im Dorf vor sich ging; aber gleichzeitig half ihm die Dunkelheit doch, sich zu verbergen. Es gab Felsbrocken genug, auch krumm gewehte Bäume.

Nach dem Splittern des Holzes war es auf einmal still geworden. Boston hatte Stimmen gehört, eine war die des Emirs gewesen. Es hatte Unruhe gegeben im Dorf, Menschen waren von hier nach dort gehastet; aber kein Kampflärm, keine Geräusche der Zerstörung mehr und auch keine Schreie.

Soldaten?, dachte Boston verwirrt. Soldaten der Könige? Aber wären sie denn nicht gekommen, um zu kämpfen? Selbst wenn der Emir seinen Leuten befohlen hätte, das Dorf kampflos zu übergeben, wären die Geräusche dort unten jetzt andere. Nicht jeder Maure würde sich ja unterwerfen, nicht jeder den Soldaten der Königin seine Waffen übergeben.

So vorsichtig er konnte, schlich er weiter den Hang hinab. Auf dem Weg selbst konnte er nicht bleiben, solange er nicht wusste, was dort unten vor sich ging; zu leicht hätte man ihn vom Dorf aus entdecken können. Er hielt sich seitlich, suchte Schutz hinter Felsen, versuchte, auf dem Geröll kein Geräusch zu machen.

Ich muss wissen, was geschieht, dachte Boston, vorher kehre ich nicht zu Salomon und Tariq zurück.

Überall wurden dort unten jetzt Laternen angezündet, Öllampen; jeder Winkel, den das Licht des Mondes, der sich inzwischen fast ganz hinter den Wolken verbarg, nicht erreichen konnte, wurde ausgeleuchtet.

Sie suchen nach etwas, dachte Boston. Wonach suchen sie im Dorf oder nach wem? Sie suchen doch nicht nach mir? Wäre ich der Königin Soldaten wert in den Alpujarras? Was habe ich denn schon gehört auf der Alhambra, das ich verraten könnte?

Boston presste sich den Turban fester auf den Kopf. Seine blonden Haare waren die größte Gefahr. Wenn sie wirklich nach ihm suchten, wie wollten sie ihn sonst erkennen in seinen maurischen Gewändern? Er war einfach ein Junge wie alle anderen Jungen in diesen Bergen.

Und es geht ja auch gar nicht um dich, Boston, sei doch nicht albern. Nimm dich nur nicht zu wichtig! Es geht um den Emir; wer auch immer gekommen ist, ganz sicher geht es ihm um den Emir. Schließlich ist dies sein neues Fürstentum.

Er hatte die ersten Häuser fast erreicht. Noch immer liefen dort unten Menschen mit Lampen hin und her, mit Fackeln, er sah den flackernden Lichtschein wandern. Sie leuchteten die Häuser an, Inseln aus unruhigem Licht machten für Sekunden Mauern sichtbar, Fenster, dann waren sie wieder ins Dunkel getaucht. Auch Schatten von Menschen waren zu erkennen, flüchtig und unscharf. Jetzt wand sich sein Weg ein letztes Mal um einen Felsvorsprung, um danach breiter ins Dorf abzufallen.

Er hätte stehen bleiben können und warten. Er hätte lauschen können, ob ihm jemand entgegenkam. Aber er war unvorsichtig, obwohl er doch nicht sorglos war.

Den Schrei hörte Boston schon im selben Augenblick, als er den Aufprall spürte. Dann krallten sich Hände in seine Schultern.

Auch wenn es nicht um ihn ging dort unten, auch wenn nicht er es war, den sie suchten: Jetzt hatten sie ihn gefunden.

26.

Alles ging so schnell, dass Boston nicht nachdenken konnte. Er hörte den Schrei, Schmerzensschrei, Schreckensschrei; spürte das Dröhnen im Kopf, wo er mit der Stirn gegen die des anderen geschlagen war; er fühlte die Finger, die sich in seinen Arm krallten, die Nägel tief in seine Haut; und er hörte den keuchenden Atem, gehetzt vom eiligen Aufstieg.

Ohne denken zu können, horchte er. Es war nur einer. Keine Stimmen, die riefen, hinter ihm keine knirschenden Schritte den Berg hinauf. Bis auf den rasselnden Atem in seinem Gesicht nur Stille.

Das Denken kam zurück. Auf einmal war es, als stünde ein Teil von ihm neben sich, ganz ruhig, und erlebe wie von außen, wie in Zeitlupe, was ihm gerade geschah, mit einem glasklaren Blick. Einer war schlimm genug; aber mit einem konnte er es aufzunehmen versuchen. Er war niemals stark gewesen in seinem wirklichen Leben, sie hatten über ihn gelacht; er hatte sich niemals geprügelt, sogar den Judo-Kurs hatte er abgebrochen: Das alles war gleichgültig jetzt. Es war niemals um sein Leben gegangen in seinem wirklichen Leben.

Mit einer Kraft, von der er nicht gewusst hatte, dass er sie besaß, versuchte Boston sich loszureißen, stumm; versuchte in der Dunkelheit mit Tritten die Schienbeine des unsichtbaren Gegners zu treffen, verbissen und bis er beinahe das Gleichgewicht verlor; hörte dabei den keuchenden Atem, abgehackt und, dachte Boston verblüfft, wie in Panik.

Einmal hatte sein Fuß schon getroffen, zweimal; und immer riss und zerrte er, bis er spürte, wie sein rechter Arm mit einem freikam. Ohne zu zögern, schlug er dem anderen mit der Faust wild ins Gesicht, immer wieder. Das sollte Tukan jetzt sehen, dachte Boston und wunderte sich, wie er an so etwas denken konnte in einem Augenblick, in dem es um sein Leben ging. Sergej. Kadir. Muttersöhnchen, ey? Seine Gedanken waren klar und kalt.

Beim dritten Schlag schrie der andere plötzlich auf.

»Auuuu!«, brüllte er, und der Arm, der Boston eben noch gepackt hielt, gab ihn frei. Der andere taumelte. »Auuuu!«

Boston stand starr. Noch immer konnte er seinen Gegner nicht sehen; aber es war auch nicht mehr nötig.

»Salomon!«, flüsterte er ungläubig. Die gläserne Klarheit war vorbei, er war wieder nur er selbst. Er begann zu zittern. »Du hast mir so einen Schrecken eingejagt! Jetzt brüll doch bitte nicht so! So hört man uns doch bis ins Dorf!«

Das Heulen war in ein Wimmern übergegangen. »Du hast mir die Nase gebrochen!«, wimmerte Salomon. »Boston, warum hast du mir die Nase gebrochen?«

Boston spürte die Erleichterung im ganzen Körper. Wie merkwürdig, dass er eben noch so stark gewesen war und jetzt, wo doch alles vorbei war, zitterte wie Espenlaub. »Ich wusste doch nicht, dass du es bist, Salomon!«, flüsterte er. »Ich bin so froh, dass du es bist!« Eilig zog er Salomon mit sich hinter den Felsvorsprung. Wenn im Dorf jemand die Schreie gehört hatte! »Aber das konnte ich doch nicht wissen!« Er tastete nach Salomons Gesicht. »Du hast mich gepackt wie ein Ringer! Blutet es sehr?«

Salomon nickte unter seiner Hand. »Es tut fürchterlich weh!«, murmelte er.

»Aber es ist doch ein Glück, dass ich es bin, der dir auf die Nase gehauen hat!«, flüsterte Boston. »Komm her jetzt, duck dich! Denk mal drüber nach! Immer noch besser ich als der, mit dem du offensichtlich gerechnet hast!« Er wollte in seiner Jeanstasche nach einem Papiertaschentuch suchen, um es Salomon zu geben, dann fiel ihm ein, wie unsinnig das war. »Aber du bist ein ziemlich guter Kämpfer, Salomon! Ich hab wirklich gedacht, du bist jemand anders! Das hätte Tariq sehen sollen!«

Salomon zog vorsichtig die Nase hoch. »Ich weiß nicht, ob es das wert war!«, flüsterte er. »Sie fühlt sich an, als wäre sie mindestens doppelt so groß! Aber der Schmerz wird schon ein bisschen weniger. Vielleicht hast du mir doch nicht die Nase gebrochen.«

»Da wäre ich aber wirklich froh!«, sagte Boston. »Nasenbluten ist schlimm genug. Es tut mir leid! Aber jetzt setz dich hin, Salomon! Erzähl mir, was da unten passiert ist!«

Allmählich atmete Salomon ruhiger. Die Wolken gaben den Mond wieder frei, und Boston erkannte die Schmerzenstränen auf Salomons Wangen. Das Blut war ihm auf seinen Burnus getropft. »Es sind Soldaten der Königin«, flüsterte er und tastete wie ungläubig nach seiner Nase. »Ich habe sie nicht gezählt, aber es sind viele! Gleich als sie gekommen sind, haben sie ein Tor eingeschlagen.«

»Und da bist du weggerannt?«, flüsterte Boston. »Warum bist du weggerannt? Hattest du Angst vor dem Kampf?«

Noch immer betupfte Salomon sein Gesicht. »Es schwillt wirklich an«, murmelte er. »Ihr könnt gut kämpfen in der Zukunft! Überlege doch, Boston! Wenn einer der Soldaten mich erkannt hätte!«

Boston wartete. – »Wenn einer von denen darunter war, die unser Haus abgebrannt haben!«, flüsterte Salomon. »Die also von dem Lager meines Vaters wissen und wozu es dienen sollte!«

»Natürlich!«, murmelte Boston. »Natürlich! Das hatte ich ganz vergessen. Dich suchen sie ja auch.«

Salomon spuckte auf den Saum seines Burnus und begann sich damit über das Gesicht zu reiben. Wie gut, dass es dunkel ist, dachte Boston. Dass ich nur Umrisse erkennen kann, schwarz und weiß und grau. Bei Helligkeit würde er wahrscheinlich jetzt zum Fürchten aussehen mit all dem verschmierten Blut.

Salomon spuckte ein zweites Mal. Dann betastete er seine Wangen. »Das ist es ja nicht allein!«, flüsterte er. »Ich habe gehört, was der Hauptmann zum Emir gesagt hat.«

»Und?«, fragte Boston. »Was hat er gesagt? Was wollen sie hier?«

»Sie sollen den Emir bewachen«, sagte Salomon. Seine Stimme klang flach. »Damit er nicht – damit von den Mauren nie mehr ein Aufstand ausgehen kann.«

»Und wenn sie dich gesehen hätten …«, murmelte Boston. »Wo sie doch sowieso schon vermuten, was mit dem Gold geschehen sollte, das dein Vater den Mauren geben wollte …«

Salomon nickte. »Natürlich! Meine Anwesenheit hätte ihnen vielleicht als Beweis gelten können. Als Beweis dafür, dass wirklich ein Aufstand geplant ist. Noch fehlt ihnen dieser Beweis. Und der Emir bestreitet alles.«

»Und Tariq? Hat er das auch gehört?«, flüsterte Boston. »Dass sie mit einem Aufstand rechnen?« Er wusste, was das für Tariq bedeuten musste.

Salomon nickte. »Aber er wollte bleiben«, flüsterte er. »Er lässt den Emir nicht allein, hat er gesagt. Er ist keine Memme, die flieht, sobald es gefährlich wird.«

»So ein Dummkopf!«, sagte Boston. »Und wenn sie ihn nun entdecken? Ihn erkennen sie doch auch! Das macht doch alles nur noch schlimmer!«

»Daran denkt Tariq nicht«, sagte Salomon. »Für ihn ist immer das Wichtigste, dass er kein Feigling ist.« Er wagte einen tiefen Atemzug. Es schien nicht sehr schmerzhaft zu sein. »Jetzt durchsuchen sie das ganze Dorf«, flüsterte er dann. »Nach Waffen. Nach versteckten Soldaten, mit denen der Emir losschlagen könnte.«

Das also waren die Lichter dort unten gewesen, das also war es, was sie zu finden hofften. Boston schnaubte. »Jeder kann doch sehen, dass in so einem kleinen Dorf keine Armee versteckt sein kann!«, sagte er. »Was für ein Unfug!«

Salomon schwieg.

»Salomon?«, sagte Boston. »Oder findest du nicht? Dass es unsinnig ist, da unten nach einer Armee zu suchen?«

Salomon schwieg.

»Salomon? Warum sagst du denn nichts?«

»Weil«, flüsterte Salomon. Dann war er wieder still.

»Ja, weil?«, sagte Boston. »Salomon, rede! Allmählich bekomme ich Angst!«

»Weil sie das Dorf nicht nur nach Soldaten und Waffen durchsuchen«, sagte Salomon tonlos. »Sie suchen auch nach dem blonden Spitzel des Emirs, der sich auf der Alhambra eingeschlichen hat. Boston, sie suchen nach dir.«

Boston stand starr. Er hatte es doch gewusst, warum war er trotzdem so erschrocken. Er hatte es nur nicht glauben wollen.

»Du musst fliehen, Boston!«, flüsterte Salomon. »Sobald es hell geworden ist; sobald wir den Weg über den Pass wagen können. Du kannst hier nicht bleiben!«

Im Dorf, nur wenige Schritte von ihnen entfernt, schrie ein Esel. Fackelschein huschte über die hölzerne Wand eines Schuppens; dann wanderte er weiter zum nächsten Haus.

»Aber du kommst mit mir?«, flüsterte Boston. »Wir gehen zusammen?« Auf einmal wusste er, dass nichts ihm jetzt wichtiger war. Er wollte nicht allein gehen müssen.

»Das weißt du doch!«, flüsterte Salomon. »Wir gehen zusammen.«

Der erneute Schrei des Esels ließ sie zusammenzucken. Er war ganz nah, er kam aus dem Schuppen, den eben noch die Fackeln der Soldaten erleuchtet hatten. Der Esel schrie und schrie, als wollte er den Zorn des ganzen Dorfes herausbrüllen.

Boston winkte Salomon zu sich heran, dann lief er die wenigen Schritte auf das Gebäude zu, ohne sich umzudrehen. Er presste sich gegen die Bretter der Schuppenwand und hob das Tuch an, das die Türöffnung notdürftig verschloss. Der Esel schrie weiter, niemand im Dorf, der ihm Beachtung schenkte.

»Ruhig, ganz ruhig!«, flüsterte Boston. Es roch nach Tieren, nach Dung und nach Hitze, die in dem staubigen Raum gefangen war und selbst in der Nacht keinen Weg nach draußen fand. Auf dem Boden gackerten aufgescheucht zwei Hühner. »Ruhig, ganz ruhig!« Er strich dem Esel über das stumpfe Fell. Er klopfte ihm auf die Flanke und kraulte ihn zwischen den Augen. Der Esel schrie ein letztes Mal, dann war er still. Er war mit einem einfachen Strick an einem Ring festgemacht, zwischen seinen Hufen pickten die Hühner. Boston presste sich gegen den warmen Körper des Tieres.

Salomon ließ hinter sich das Tuch zurückfallen, das die Türöffnung verschloss. »Und du glaubst, hier suchen sie uns nicht?«, flüsterte er. Gerade erst hatten die Soldaten den Schuppen durchsucht, vielleicht waren sie hier für die Nacht in Sicherheit.

»Ruhig, ganz ruhig!«, flüsterte Boston. Fast sah der Esel aus, als wäre er eingeschlafen unter seinem Streicheln und Klopfen.

Vielleicht sind wir für diese Nacht hier sicher. So sicher, wie man nur sein kann zurzeit in diesem Dorf.

»Lass uns schlafen, Salomon! Was immer auch morgen geschieht, wir werden unsere Kräfte brauchen.«

27.

Sobald er das Holz hatte splittern hören, war Tariq aufgesprungen und auf die Straße gerannt. Und nach dem Gespräch zwischen dem Hauptmann und dem Emir hatte er gewusst, dass die Aussicht auf einen Aufstand jetzt geschwunden war. Wie sollten sie sich gegen die Könige erheben, wenn Soldaten sie Tag und Nacht beobachteten? Wie sollten sie Waffen beschaffen und ein Heer zusammenziehen?

Der Emir hatte zu lange gezögert. Hätte er sofort getan, was Tariq ihm gesagt hatte ...

»Tariq!«, hatte Salomon geflüstert. »Wir müssen von hier fliehen, komm! Sie dürfen uns nicht entdecken! Du weißt, was geschieht, wenn sie uns finden!«

Aber Salomon war eine Memme, Salomon war niemals mutig gewesen und würde niemals mutig sein.

»Dann geh doch!«, hatte Tariq gesagt. »Dann rette dich doch, Feigling! Ich lasse den Emir nicht im Stich!«

»Bitte, Tariq!«, hatte Salomon geflüstert und versucht, ihn mit sich zu ziehen. »Du kannst dem Emir nicht helfen!«

Aber Tariq hatte ihn abgeschüttelt. »Ich bin keine Memme!«, hatte er gesagt.

Und Salomon war verschwunden, allein, hinauf in die Berge, hinauf zum Pass, lautlos wie ein Schatten. Im Dorf suchten jetzt die Soldaten, öffneten jede Tür, sahen in jede Truhe, leuchteten mit ihren Fackeln in jeden Winkel. Aber sie traten keine Tore mehr ein, zerschlugen keine Fenster. Tariq stand verborgen zwischen zwei Häusern am Hang und beobachtete sie.

Wenn der Emir auf ihn gehört hätte. Wenn er sofort getan hätte, was Tariq ihm geraten hatte.

Und wenn?, dachte Tariq. Boston-aus-der-Zukunft sagt, er weiß von keinem siegreichen Maurenaufstand, was, wenn er doch die Wahrheit gesprochen hat? In allem? Was, wenn er wirklich aus der Zukunft zu uns gekommen ist und also weiß, was uns noch geschehen wird?

Er kreuzte trotzig die Arme vor der Brust. So konnte es nicht sein, jetzt war jetzt. Und nur was jetzt geschah, entschied über die Zukunft. Und außerdem, wer hatte denn jemals gehört, dass ein Mensch durch die Zeit reisen konnte.

Der Emir hatte sich währenddessen mit dem Hauptmann zum Schachspiel zurückgezogen, höflich, als wäre der Hauptmann ein willkommener Gast. Tariq sah ihnen nach. Wie konnte der Emir dies alles kampflos geschehen lassen! Wieso hatte er die Dorfbewohner nicht zum Widerstand aufgerufen! Stattdessen hatte er ihnen befohlen, die Soldaten tun zu lassen, was die Könige verlangten, wa Allah. Warum nur wollte er immer noch nicht glauben, dass auch der Emir eine Memme war?

Ein Soldat kam mit einer Fackel in seine Richtung gewankt, stützte sich mit der Hand an den Mauern ab, torkelte. Tariq sah im flackernden Feuerschein die Narbe auf seinem Gesicht und hielt den Atem an. Nicht dieser, Allah hilf!, lass diesen mich nicht entdecken! Nicht diesen, der mich doch in Granada gesehen hat! Nicht diesen, der Isaaks Haus angezündet hat!

Er presste sich tiefer in den Schatten. Der Lichtschein der Fackel fiel auf die Fassade des Hauses, auf die kleine Tür. Nichts anderem schenkte der Soldat in seinem Branntweinnebel Beachtung, voller Wut trat er gegen das Holz.

»Aufmachen, Muselmänner!«, grölte er. »Habt ihr nicht gehört, was euer Emir, der Feigling, euch befohlen hat?« Er trat heftiger zu. »Öffnet mir die Tür! Sonst könnte es sein, dass ich mir mit meiner Fackel den Weg freibrennen muss!«

Euer Emir, der Feigling. Tariq knirschte mit den Zähnen, dann hielt er erschrocken den Atem an. Still sein. Nur still sein jetzt.

Ängstlich wurde die Tür einen Spalt geöffnet. Im Fackelschein sah Tariq das wettergegerbte Gesicht eines Bauern, seine Stimme zitterte. »So sei mir willkommen, Soldat aus der Stadt!«, sagte er. »Bist du durstig, Soldat? Möchtest du ein wenig ruhen? Der Emir hat uns, wie ihr gehört habt, geheißen, euch zu begrüßen wie Gäste und, wenn ihr es wollt, zu bewirten.«

Der Soldat mit der Narbe stieß ihn vor die Brust. »Weg frei, Muselmann!«, lallte er. Auch daran erkannte Tariq ihn wieder. »Wer wollte wohl dein verfaultes Wasser trinken? Was wir haben wollen, nehmen wir uns, was brauchen wir da deine Einladung!«

Der Bauer stand starr.

»Du bist mir im Weg, Muselmann!«, rief der Soldat. »Gib die Tür frei! Oder sollen wir hier mit euren armseligen Hütten machen, was wir selbst mit dem Palast in Granada gemacht haben?« Er griff in seinen Gürtel. »Sei dankbar, Muselmann, wenn ich nur deine Truhen durchsuche! Selbst in Granada«, er streckte ihm triumphierend die Hand entgegen, und im Schein der Fackel erkannte Tariq, was er darin hielt, »haben wir nicht gezögert, zu zerschlagen, was uns im Wege war!«

Der Bauer sprang erschrocken zur Seite, aber der Soldat trat nicht ein. Jetzt hatte er Vergnügen daran gefunden, ihn zu erschrecken. »Zerschlagen!«, rief er. »Zerschlagen die Alhambra! Zerschlagen der gotteslästerliche Zierrat der Gottlosen! *Wa-la ghaliba illa'llah!* Ist er der Sieger, euer Gott? Du siehst jetzt wohl, wer der Sieger ist, Muselmann! Ich bin der Sieger, Muselmann, wer ist dein Gott gegen mich? Gib mir den Weg frei!« Dann drängte er sich durch die Tür, noch immer die Fackel in der Hand.

Der Bauer brüllte auf; ob die Fackel des Soldaten ihn versengt hatte oder nur seinen Hausrat, konnte Tariq nicht sehen. Er sprang aus seinem Versteck und rannte. Der Soldat, der in der Nacht in Isaaks Lager eingedrungen war: Zu den Mauren verhielt er sich ebenso wie zu den Juden. Und wer weiß, dachte Tariq, ob er sich nicht selbst zu seinen Christenbrüdern so verhält, wenn er dem Branntwein zugesprochen hat. Er ist ein Mann ohne Ehre.

Vor ihm lag der Dorfplatz, mit klopfendem Herzen blieb er stehen. Eine Gruppe von Mauren hatte sich versammelt, stand dicht gedrängt, als wollten sie einander Schutz geben, Tariq stellte sich dazu. Auf dem Teppich vor dem großen Haus, auf dem auch er mit dem Emir gespielt hatte, saßen Abu abd'Allah und der Hauptmann einander gegenüber und blickten im Schein einer Öllampe nachdenklich auf das Schachtuch. Beide sahen sie aus, als hätten sie nichts anderes im Sinn als den richtigen Zug. Jeder auf dem Platz wusste es besser.

Tariq hielt sich im Gedränge verborgen und sah ihnen zu. Aber mit seinen Gedanken war er nicht dabei. Vielleicht. Vielleicht war doch alles anders, als er es sich jemals hätte träumen lassen. Vielleicht hatte der fremde Knabe doch die Wahrheit gesprochen. Konnte denn ein Zufall sein, was er in der Hand des Betrunkenen gesehen hatte? Es gab ja keinen Zweifel. Was der Soldat dem Bauern gezeigt hatte, war eine Fliese gewesen. Eine Fliese, genau wie Boston sie beschrieben hatte.

»Ihr seid ein guter Spieler, Hauptmann«, sagte der Emir und bewegte seinen Springer um einen Zug. »Mich wundert, dass Euch Euer harter Beruf die Zeit dazu lässt.«

Der Hauptmann sah auf das Tuch. Sein nächster Zug bewies, dass er den Emir durchschaut hatte. »Die Nächte, Emir, die langen Nächte«, sagte er. »In den Monaten auf der Alhambra: Was blieb mir anderes zu tun?«

Der Emir ließ seine Hand über dem Tuch schweben. Bei einem Gegner wie diesem konnte er schnell unterliegen. Er lauschte auf die Geräusche aus dem Ort. Die Bewohner schienen zu tun, worum er sie gebeten hatte, die Soldaten der Könige, das erstaunte ihn mehr, ebenso. Der Emir zwang seine Gedanken zurück zum Spiel.

Wenn er jetzt den Läufer drei Felder zurückzog und der Hauptmann nicht bemerkte, was er dabei im Sinn hatte, hätte er mit seinem nächsten Zug die Wahl zwischen Springer oder Dame. Für den Hauptmann wurde es eng.

»Oh!«, sagte der Hauptmann. Er stützte den Kopf in die Hände.

Fast war es beängstigend, wie ruhig die Suche vonstattenging. Sie würden keine bewaffneten Männer finden im Dorf, nicht mehr, als die Könige ihm zur Abwehr von Banditen gestattet hatten. Schon in wenigen Stunden würden die Soldaten ihre Suche erfolglos abbrechen und sich von da an überall in seinen al-Pudxarras postieren. Jeden Zugang würden sie bewachen, jeden, der in eins seiner Dörfer wollte, durchsuchen. Es war, wie er gefürchtet hatte, als er auf das Angebot der Könige einging, hier oben sein letztes Fürstentum zu beziehen. Schlimmer noch.

»Wenn Ihr das tut, so zieht Ihr in das Schach!«, sagte der Emir. Der Hauptmann zog seine Hand zurück, berührt hieß geführt. Auch er war also mit seinen Gedanken anderswo.

Bewaffnete Männer würden die Soldaten nicht bei ihm finden:

Aber was war, wenn sie den Knaben entdeckten? Vom ersten Augenblick an hatte der Emir gewusst, dass hier die eigentliche Gefahr lag. Die Könige hielten den Knaben für seinen Spion, eingeschleust auf die Alhambra; was würde also sein, wenn sie ihn wirklich bei ihm entdeckten?

»Ihr gestattet mir, meinen Zug zu überdenken?«, fragte der Hauptmann.

Der Emir lachte. »Es ist immer weiser, einen Zug zu überdenken, *bevor* man ihn ausführt«, sagte er. »Aber wie oft, meint Ihr nicht auch, Hauptmann, wäre es hilfreich, man könnte ihn nachträglich zurücknehmen, wenn man erkannt hat, wie unklug er war.«

Noch aber hatten sie ihn nicht entdeckt.

»Lasst uns nicht spielen wie Knaben!«, sagte der Hauptmann. »Ich war dabei, einen dummen Fehler zu machen. Das Spiel gehört Euch.«

Der Emir verneigte sich. »Mir scheint«, sagte er, »Eure Männer müssten nun bald in jedem Haus gewesen sein. Der Ort ist nur klein. Gönnt ihnen ihren Schlaf.«

»Meine Männer, Emir, haben Aufgaben zu erfüllen«, sagte der Hauptmann. »Und bevor nicht jedes Haus durchsucht ist in diesem Dorf, jeder Stall …« Er hielt inne und drehte sich erstaunt um.

Ein Reiter sprengte auf den Platz, mitten durch die wartende Gruppe der Mauren, die mit erschrockenen Schreien auseinanderstoben. Sein Pferd hatte Schaum vor den Nüstern, der Schweiß rann ihm über sein glänzendes Fell.

»Der Knabe ist mit dem Teufel im Bunde!«, schrie der Bote und sackte im Sattel zusammen. »Es gibt Beweise, dass der blonde Knabe mit dem Teufel im Bunde ist! Dringlichster Befehl Ihrer Majestäten, der Knabe muss gefunden werden! Findet den Handlanger Satans! Der Knabe muss brennen!«

28.

Ein Murmeln lief durch die Gruppe der Mauren. Tariq hielt den Atem an. Es war gekommen, wie er gefürchtet hatte, viel schlimmer noch.

»Mit dem Teufel im Bunde!«, flüsterte ein Maure und knüllte ängstlich seinen Burnus in der Hand. »Ya Allah! Damit will ich nichts zu schaffen haben.«

»Aber unser Emir wird doch nicht …!«, sagte ein anderer. »Niemals würde der Emir mit dem Satan gemeinsame Sache machen!«

»Hat er davon gewusst?«, fragte ein Dritter. »Glaubst du denn nicht, dass Satan auch unseren Emir täuschen kann? Wenn der Bote doch sagt, dass es Beweise gibt für den Teufelsbund?«

»Gerätschaften!«, rief der Bote wieder. »Wie sie noch niemals eines Menschen Auge erblickt hat!« Er schlug das Zeichen des Kreuzes. »Das ganze Land ist jetzt auf der Suche nach ihm, um zu verhindern, dass der Teufel selbst durch ihn die Herrschaft gewinnt! Der Knabe muss brennen!«

Tariq sah, wie der Hauptmann zusammenzuckte. »Wir haben das ganze Dorf bereits durchsucht«, sagte er. »Auch nach ebendiesem Knaben, von dem wir bisher nur glaubten, dass er ein Spitzel wäre: Und nirgendwo war er zu finden.«

Und auch uns dürft ihr nicht finden, dachte Tariq und begriff erschrocken. Salomon und mich. Auf einmal wären wir für alle die Gefährten eines Teufelsbündners. Wer der Freund eines Teufelsbündners ist, hat nicht vielleicht auch der mit dem Teufel paktiert? So werden sie denken. Wenn sie uns greifen, wartet auch auf Salomon und mich die Inquisition.

Der Hauptmann nickte langsam. »Und Ihr, Emir?«, fragte er. »Habt Ihr nicht vielleicht doch den gesuchten Knaben gesehen? Fällt es Euch jetzt vielleicht wieder ein? Wir wurden in unserem Gespräch eben unterbrochen.«

Tariq sah, dass die Augen des Emirs flackerten, der Hauptmann musste es auch bemerken.

»Niemals ist mir dieser Knabe begegnet«, sagte der Emir und blickte dem Hauptmann jetzt fest in die Augen. »Und einen Abgesandten des Teufels«, er machte eine beschwörende Geste. »Ihr glaubt doch nicht, Hauptmann, dass ich einen solchen Menschen bei mir verbergen würde. Ein solcher Knabe war niemals in meinen al-Pudxarras.«

»Nun«, murmelte der Hauptmann und warf dem Boten, der inzwischen nur noch unsicher auf seinen Beinen stand, einen schnellen Blick zu. »Fast möchte ich Euch glauben, Emir. Mit dem Satan hat niemand gern zu schaffen.«

Aber das ganze Dorf hat Boston ja gesehen, dachte Tariq. Boston und uns. Wie schnell hat sich da einer verplaudert. Ein Kind. Ein Feigling, der auf Belohnung hofft.

Er wartete nicht länger ab. Langsam, als dächte er nur daran, nun endlich nach Hause zu kommen, löste er sich aus der Gruppe der Mauren, unauffällig, unauffällig. Er schlenderte über den Platz und verschwand in der nächsten Gasse; hier war die Dunkelheit fast vollkommen.

Zwei Soldaten kamen ihm entgegen, ohne ihn zu beachten, sie redeten und lachten und schlugen mit einem hölzernen Löffel auf eine Schale aus Messing. Der Ton hallte weit. Tariq spürte seinen

Herzschlag bis hoch in den Hals. Die Nachricht des Boten hatte alles verändert.

Er war verblüfft gewesen, als er die Fliese in der Hand des Soldaten gesehen hatte, sogar verwirrt: Vielleicht hatte Boston also doch die Wahrheit gesagt, als er von seiner Reise durch die Zeit gesprochen hatte? Auch wenn es eine unglaubliche Wahrheit war. Und hatte er dann nicht vielleicht gerade eben das Mittel entdeckt, um Boston das Tor zurück durch die Zeit zu öffnen?

Er hatte sich nicht damit aufhalten können, darüber zu grübeln, er hatte es auch nicht gewollt. Was kümmerte ihn Boston in dieser Situation der Gefahr! Wichtig war jetzt der Emir, war, was aus Granada wurde; der fremde Junge, dessen Geschichte so unglaubwürdig klang, konnte warten.

Aber nun war geschehen, was er schon vor Tagen gefürchtet hatte, als Boston seinen merkwürdigen Beutel geöffnet hatte. Was sollte der Beweis für einen Satanspakt, was sollten die Gerätschaften, von denen der Bote gesprochen hatte, denn anderes sein, als das merkwürdige schwarze Ei, als die Dinge, die Boston ihm an dem Abend im *funduq* gezeigt hatte? Schon damals hatte Tariq gewusst, welche Gefahr sie bargen; nun hatten die Männer der Inquisition sie also wirklich gefunden.

Er ging ziellos durch die Dunkelheit, versuchte zu schlendern, gelassen, als wären in dieser Nacht nicht all seine Pläne zerbrochen. Unauffällig, ganz unauffällig. Im gleichgültigen Alltagsschritt musste er unsichtbar werden.

Sie durften Boston nicht aufspüren. Wenn sie glaubten, dass er mit dem Teufel im Bunde war und überdies ein Spitzel des Emirs: So war für sie auch der Emir mit dem Teufel im Bunde und mit ihm all jene, die mit Boston gesehen worden waren. Auch Salomon. Auch er selber.

Sie durften Boston nicht finden, nicht hier. Tariq atmete schwer, er näherte sich den letzten Häusern des Dorfes. Nach Beweisen würden sie nicht fragen. Den Königen war schon immer gleichgültig gewesen, ob es Beweise gab, den Königen wie der Inquisition; sie glaubten, was sie glauben wollten. Und dass sie Boston vor Torquemada bringen würden, wenn sie ihn griffen, einen Knaben, der mit dem Teufel paktierte, daran konnte es keinen Zweifel geben. Boston und alle, die ihn kannten. Und brennen würde dann nicht Boston allein.

Tariq lehnte sich gegen eine Mauer. Der Stein in seinem Rücken fühlte sich kühl an. Allah schenke mir einen kühlen Kopf. Ich könnte fliehen, wer wollte mich halten? Das Dorf verlassen in der Dunkelheit, schon morgen könnte ich verschwunden sein, mich eine Weile verbergen unter den Mauren überall im Land, bis selbst der Soldat mit der Narbe sich nicht mehr an mein Gesicht erinnert und daran, dass er mich einmal mit dem Teufelsbündner gesehen hat. Ich könnte mich in Sicherheit bringen.

Aber noch während er den Gedanken dachte, wusste er schon, dass er es niemals tun würde. Er war keine Memme. Er konnte nicht für sich die Rettung suchen und Salomon und Boston in den Händen der Soldaten zurücklassen. Er musste den Fremden aufstöbern und ihm zur Flucht verhelfen: auch um den Emir zu schützen, sich selbst und Salomon.

Bei Allah und allen Propheten, wer hat jemals von so etwas gehört! Aber wenn wirklich die Wahrheit ist, was Boston behauptet: Dann kann ich ihm jetzt vielleicht helfen bei seinem Weg zurück durch die Zeit. Und auch uns wäre ja damit geholfen. Zurück in der Zukunft würden die Schergen der Inquisition Boston niemals mehr finden können.

Er trat hinaus auf die Gasse. Wo hielt Boston sich jetzt versteckt?

Wohin war er geflohen? Vielleicht auf dem Weg über den Pass, Boston wusste vom Weg über den Pass. Es würde schwierig werden in der Dunkelheit. Überall Geröll, so leicht zu stürzen. Aber es gab keine Wahl. Tariq musste ihm folgen.

Die Gasse weitete sich, am Rande des Dorfes ein letztes Haus. Aus einem Stall kam der Schrei eines Esels. Als er darauf die Stimmen hörte, leise, flüsternd, spürte Tariq das Lachen der Erleichterung in seinem Hals aufsteigen. Wie ungeschickt sie waren, der Jude und der Zeitreisende! Wie unvorsichtig, wie unerfahren in der Gefahr. Und doch, gerade jetzt, wie nützlich für ihn. Er musste in dieser Nacht den Weg über den Pass nicht mehr wagen.

Tariq hob das Sacktuch an, das den Eingang zum Stall verschloss. Der Esel schrie.

»Habt ihr nicht gelernt, stumm zu sein wie die Fische, wenn der Hai sie verfolgt?«, flüsterte er. »Stattdessen singt ihr wie die Vögel, wenn die Sonne den neuen Tag verkündet!«

»Tariq!«, flüsterte Salomon.

Das Sacktuch fiel hinter ihm zurück und verschloss den Eingang. Noch war es Nacht. Jetzt musste es geschehen.

29.

Boston hatte sich gegen die Wand des Schuppens gelehnt. Die Hühner hatten ihre Köpfe unter die Flügel gesteckt und schliefen; auch er spürte jetzt keinen anderen Wunsch.

Aber Tariq hatte geredet und geredet.

»Da hast du die Fliese entdeckt? Und du bist dir ganz sicher?«, sagte Salomon. »Aber könnte Boston dann nicht ...!«

»Sicher sein kann sich niemand, bevor er sie nicht in seiner Hand hält«, sagte Tariq. »Wer zu früh der Brücke traut, die sein Fuß nicht erprobt, stürzt in die Schlucht. Ich glaube, dass es Bostons Fliese ist. Ich hoffe es.«

»Boston!«, sagte Salomon und rüttelte ihn. »Du schläfst ja gleich ein, und dabei hat Tariq deine Fliese gefunden! Hättest du geglaubt, dass das so schnell geschieht? Freu dich doch, Boston! Hast du nicht gehört?«

Boston öffnete unwillig die Augen. Gestern noch wäre er aufgesprungen. Gestern noch hätte er gejubelt, wäre er voller Hoffnung gewesen. Die Fliese, Tariq hatte die Fliese entdeckt! Den Weg zurück!

Jetzt wollte er nichts davon hören, davon zu hören tat zu weh. Er wollte schlafen, nichts denken müssen. Um Himmels willen nichts denken müssen.

»Ich habe mich geirrt, Salomon«, murmelte er. »Auch mit der Fliese kann ich nicht mehr zurück.«

»Geirrt?«, rief Salomon. Tariq sprang auf und presste ihm die Hand auf den Mund. Salomon nickte erschrocken. »Hast du uns nicht erzählt, dass du nur diese Fliese finden musst, um zurückzureisen in deine Zeit? Und nun hat Tariq sie für dich entdeckt! Warum freust du dich nicht?«

Boston sah ihn hoffnungslos an. War es das nicht gewesen, was er sich gewünscht hatte? Endlich glaubten die beiden ihm und wollten ihm helfen; sie hatten sogar die Fliese gefunden, und sie ließen ihn nicht allein. Er musste es ihnen erklären.

»Ich glaube, ich kann niemals mehr zurück!«, sagte er leise. »Auch nicht mit der Fliese. Ich habe es vorhin erst begriffen. Wenn Amerika nicht entdeckt wird«, er schluckte, »wenn alles nun anders verläuft, als unsere Geschichtsbücher es uns erzählen: dann wird auch meine Zeit in der Zukunft eine ganz andere sein! Versteht ihr denn nicht? Meinen Vater wird es nicht geben und darum auch mich nicht. Und wohin sollte ich dann wohl zurückkehren? Wenn es mich gar nicht gibt?«

Tariq starrte ihn an. »Du hast doch gesagt!«, sagte er.

Salomon riss die Augen weit auf. Dann nickte er langsam. »Wenn wirklich alles anders kommt«, murmelte er. »Natürlich! Du hast recht, Boston! Dann wird es dich nicht geben!«

Boston nickte müde. »Und darum nützt mir jetzt auch die Fliese nichts mehr, Tariq! Als ich euch davon erzählt habe, habe ich ja noch geglaubt, sie könnte mich zurückbringen in mein zukünftiges Leben. Aber wenn es dieses Leben nun niemals geben wird ...«

Tariq schlug mit der flachen Hand heftig auf den staubigen Boden. Ein Huhn hob erschrocken den Kopf und flatterte mit den Flügeln; dann schlief es wieder ein. »Du hast gesagt, du brauchst nur die Fliese!«, zischte er. »Ich habe sie gefunden! Und jetzt soll nichts davon mehr gelten?«

Boston schüttelte den Kopf. »Verstehst du denn nicht!«, flüsterte er. »Es wird mich nicht geben! Alles wird anders kommen, wenn Kolumbus Amerika nicht entdeckt! Was soll mir da noch die Fliese nützen!«

Tariq schnaubte. »Feigling!«, zischte er. »Du gibst also auf?«

Die ganze Zeit hatte Salomon zwischen ihnen hin- und hergesehen, hin und her. Jetzt nickte er. »Boston hat recht, Tariq«, sagte er. »Und Tariq hat recht, Boston. Ohne die Fliese kann Boston nicht zurück in seine Welt der Zukunft; aber ohne dass Colón reist, wird es Bostons Zukunft gar nicht erst geben. Sollen wir darum die Fliese vergessen? Was ist denn, wenn sich die Königin doch noch anders besinnt? Wenn sie Colón vielleicht doch noch seine Schiffe ausrichtet?«

Boston dachte an den aufgeregten Mann im schäbigen Mantel. An seine Forderungen, so unsinnig hoch, dass alle ihn ausgelacht hatten. Und niemals würde er davon abgehen. Er war ein Besessener.

»Die Königin richtet ihm die Schiffe nicht aus«, sagte er müde. »Kolumbus verlangt viel zu viel.«

Salomon legte ihm eine Hand auf den Arm. »Du hast die Hoffnung verloren, Boston!«, flüsterte er. »Und glaub mir, ich kann dich verstehen! Aber wenn wir die Hoffnung verlieren …« Er sah Tariq an. »Dann kommt, was wir befürchten, bestimmt. Verlier niemals die Hoffnung, Boston! Gib niemals, niemals auf!«

»Amen«, murmelte Boston. »Und wozu? Ich weiß doch, dass der Genueser nicht reisen wird. Wozu also die Fliese stehlen? Wozu sich unnötig in Gefahr begeben?«

Tariq zuckte zusammen. Er sah ärgerlich aus.

»Nun, ich wollte es dir nicht erzählen!«, sagte er dann. »Wozu dich beunruhigen mit Berichten über das Schicksal, das dich in Granada erwartet, wenn du doch schon in wenigen Stunden in deiner Heimat sein könntest! Aber wenn du nun beschlossen hast, hierzubleiben ...«

»Ich habe es nicht beschlossen!«, rief Boston. »Versteh mich doch!«

Tariq machte eine ärgerliche Handbewegung, als wolle er Bostons Bemerkung einfach fortwischen. »Wenn du bleiben willst«, sagte er, als hätte Boston ihm niemals widersprochen, »dann sollst du auch wissen, dass eben ein Bote gekommen ist aus Granada mit einer Botschaft der Könige, die dich betrifft.«

»Wieso brauchten sie da noch einen zweiten Boten?«, fragte Salomon verwirrt. »Hat nicht der Hauptmann längst die Botschaft der Könige überbracht?«

Tariq beachtete ihn nicht. »Ein Bauer hat deinen Beutel gefunden, Boston«, sagte er. »Alles ist so gekommen, wie ich es dir vorausgesagt habe. Sie haben deine Geräte gesehen. Und dies ist nun die Botschaft, die dem Boten mit auf den Weg gegeben wurde: *Es gibt Beweise, dass der blonde Knabe mit dem Teufel im Bunde ist! Dringlichster Befehl Ihrer Majestäten, der Knabe muss gefunden werden! Findet den Handlanger Satans! Der Knabe muss brennen!*« Er starrte Boston an. »*Der Knabe muss brennen!* Nun, Boston-aus-der-Zukunft? Glaubst du nicht auch, dass es besser für dich wäre, wenn du versuchtest, mit der Fliese zu reisen?«

»Ein Handlanger Satans!«, murmelte Salomon. »Boston, verstehst du, was das heißt? Dann sucht dich jetzt jeder im Land, dann gibt es keine Hilfe mehr in Granada für dich! Auch die Mauren, Boston, auch meine Leute fürchten ja den Teufel! In ganz Granada gibt es jetzt niemanden, der gesucht wird wie du.«

Boston sah auf den Boden. Wenn er sprach, würde seine Stimme ihm im Hals stecken bleiben. Tränen stiegen ihm in die Augen.

»Jetzt müssen wir versuchen, die Fliese zu stehlen, wir haben keine andere Wahl«, sagte Salomon dringlich. »Nichts anderes fällt mir ein, um dir zu helfen! Tariq, stimmst du mir zu? Ist es nicht wenigstens einen Versuch wert, ganz gleich, wie gefährlich es ist?«

Tariq schnaubte. »Wer so früh aufgibt wie du, Boston-aus-der-Zukunft!«, sagte er. »Wie soll dem sein Leben gelingen? Eure Pfade müssen sehr eben und glatt sein in deiner Welt in der Zukunft, wenn schon ein kleiner Stein auf dem Weg dich davon abhalten kann, weiter vorwärtszugehen.« Er nickte Salomon zu. »Wir stehlen die Fliese«, sagte er. »Wer denkt an die Gefahr? Noch bevor die Morgenröte die Gipfel der Sierra golden färbt, muss es geschehen.«

Verwirrt spürte Boston gegen seinen Willen einen Hauch von Hoffnung. Die Fliese würde ihm nichts nützen, das wusste er doch. Er würde nicht nach Hause zurückkehren können, wenn es sein Zuhause gar nicht gab. Aber Tariq und Salomon wollten ihm helfen, obwohl auch für sie jetzt nichts gefährlicher war, als bei ihm zu bleiben. Sie waren bereit, ihre eigene Flucht aufzuschieben, um für ihn die Fliese zu stehlen. Seine Leute. Er war nicht mehr allein.

»Es ist sowieso schon alles egal«, murmelte Boston. »Aber wenn ihr es versuchen wollt …«

Tariq stand auf. »Es muss geschehen, während die Soldaten schlafen!«, sagte er. »Und wie wird es mich freuen! Der Prophet ist mit dem Mutigen, im Namen Allahs! Wenn er aufwacht, wird der Soldat nach der Fliese suchen. *Wo ist sie hin?*, wird er sich fragen. *Wie konnte sie nur verschwinden?* Und du, Boston, bist dann längst fort.« Er lachte. »Ich mache mich jetzt auf den Weg, Boston, Salomon. Erwartet mich zurück, bevor der Muezzin zum Morgengebet ruft.«

»Soll ich nicht mitkommen?«, fragte Salomon zögernd. Boston sah, wie schwer ihm die Frage fiel.

»Eigentlich sollte doch ich«, murmelte er.

Aber Tariq lachte.

»Wie freue ich mich, den Soldaten der Königin wenigstens diesen Streich zu spielen!«, flüsterte er. »Beim Propheten! Allah wird mich beschützen!«

Das Sacktuch fiel hinter ihm zurück an seinen Platz. Meine Leute, dachte Boston. Ich bin nicht allein.

Granada im April, Gegenwart

»Manuel!«, sagte der Nachbar. Überall in der Alcaicería waren längst die Körbe in die Läden geräumt, die Wasserpfeifen und Messingschalen, die Ständer mit dem Schmuck und den Tassen mit Namen darauf; die Rollbalken waren heruntergelassen.

»Manuel Corazón!«

Manuel hob vorsichtig den Kopf. Schon seit Tagen ließ das Dröhnen hinter seiner Stirn nicht mehr nach, er mochte das Dröhnen nicht. Es war gleichgültig, ob er den Kopf aufrecht zu halten versuchte oder ihn gegen die Wand lehnte, wo sich die Ohrringe aus Taiwan in seinen Haaren verfingen. Nichts ließ nach, nicht das Dröhnen und nicht der Schwindel und nicht die Übelkeit. Er tastete mit den Fingerspitzen über den Boden neben sich nach seiner Flasche. Keine Flasche zu finden. Wonach hatte er überhaupt gesucht. Er ließ den Arm hängen; wie schwer er war, wie schwer er war. So wunderbar gleichgültig alles.

»Manuel Corazón, der Basar wird geschlossen! Du musst deinen Laden zumachen!«

Oh, oh, diese Stimme, da war sie schon wieder. Hatte er sie nicht den ganzen Tag schon gehört? *Manuel Corazón, siehst du denn nicht! Ein Dieb! Manuel Corazón, da will jemand bezahlen!* Vielleicht, wenn er noch einen Schluck nahm, wäre auch die Stimme verschwunden.

»Wenn du nicht deinen Rollbalken herunterlässt, Manuel, werden sie dich in der Nacht bestehlen wie die Raben!« Eine Hand auf seiner Schulter, wie kam eine Hand auf seine Schulter, alles so schwierig, schwer zu begreifen. »Manuel? Komm, ich helfe dir!«

Eine Gestalt, die er kannte, die er ganz gewiss kannte, aber warum war sie so verschwommen, trug seine Körbe in den Laden. War das schon immer so gewesen? Musste das so sein? Löste sich ja auf, so verschwommen. Ließ den Rollbalken herunter. Drückte ihm einen Schlüssel in die Hand.

»Du musst nach Hause gehen, Manuel Corazón! Komm, steh auf! Ich bringe dich!«

Musste er aufstehen, warum musste er aufstehen, er konnte sitzen bleiben, bis am nächsten Morgen die Touristen kamen, wozu zwischendurch den Weg nach Hause gehen, langer Weg.

»Nein!«, sagte Manuel ärgerlich und versuchte die Hände abzuwehren, die nach ihm griffen und versuchten, ihn hochzuziehen. Aber seine Arme gehorchten ihm nicht, merkwürdig, sehr merkwürdig. Gleichgültig alles.

»Du kannst hier nicht schlafen, Manuel, der Basar ...«

Dann eine weitere Stimme, warum störten sie ihn alle, was wollten sie denn, er wollte doch nur seine Ruhe, noch einen Schluck. »Seit wann besäuft der sich denn jeden Tag?« Ein Arm von hinten unter seinen Achseln hindurch um den Rücken gelegt. »Das hat der doch sonst nicht getan?«

Nicht aufstehen, oh, aufstehen war schwer, wenn die Beine unter ihm schleiften wie zwei fremde Bündel.

»Seit er diesen Jungen sucht, glaube ich«, sagte die Stimme, die Manuel kannte, woher bloß, woher bloß, »der plötzlich verschwunden war. Darüber hat er sich aufgeregt.«

Sie schleiften ihn über das Pflaster, das war nicht nett, er wollte ihnen sagen, dass es nicht nett war, aber er konnte den Kopf nicht heben, seine Lippen wussten auch nicht, was sie tun sollten.

»Und hast du eine Ahnung, warum?«

Sollten nicht reden, nicht reden, nicht reden.

»Ich hab schon mal gedacht«, jetzt waren sie stehen geblieben, jetzt sackte er zusammen, jetzt zerrten sie nicht mehr an ihm. »Lach mich nicht aus: Da war doch immer dieses Gerede von der Fliese …«

Nicht reden, nicht reden, nicht reden. Noch einen Schluck. Nicht reden, nicht reden. Nicht hören.

30.

al-Andalus, 1492

Tariq hatte nicht lange suchen müssen. Wo das Nachtlager der Soldaten lag, konnte jeder über Meilen hinweg hören. Am unteren Ende des Dorfes, am Abstieg zum Tal, hatten sie auf einem kleinen Plateau ihr Feuer gemacht: Und obwohl die Nacht sich schon dem Ende näherte, kreisten immer noch die Krüge, und er hörte die Würfel in den ledernen Bechern gegeneinanderschlagen. Nach einem Tag auf dem Marsch und einer unruhigen Nacht im Dorf fanden die Soldaten nicht zur Ruhe.

Und das wollen Krieger sein!, dachte Tariq verächtlich, während er sich fast lautlos im Schutz der Bäume dem Feuer näherte.

Sie hatten ihre Aufgabe erfüllt, das Dorf war durchsucht; nun ruhten sie, aßen Schweinefleisch, dessen Fett in die Glut tropfte, und sangen ihre merkwürdigen Lieder. Nicht einmal Wachen hatten sie aufgestellt, so sicher fühlten sie sich jetzt. Nur zwei müde Soldaten an der Straße ins Dorf hinauf, als könnte ihnen jetzt nur noch von dort oben und sonst nirgendwoher eine Gefahr drohen.

Tariq wartete, hinter dem Stamm eines verkrüppelten Baumes verborgen. Alle Müdigkeit war auf einen Schlag verflogen, so war es immer. Jetzt war da nur noch die gespannte Erwartung, weil es endlich etwas zu tun gab, fast schon wie Freude. Lautlos und schnell, niemand würde ihn bemerken.

Er hatte den Soldaten mit der Narbe unter den anderen gleich entdeckt. Er hatte sein Bündel neben sich im Gras abgelegt und saß, die Augen geschlossen, während seine Kameraden um ihn herum allmählich zur Ruhe kamen. Man hätte glauben können, dass er schlief, hätte er nicht immer wieder nach dem Krug gegriffen, der an seiner Seite sicher in einer Mulde stand.

Das Feuer flackerte, und mit einem lauten Zischen sprühte es noch einmal einen goldenen Funkenregen, bevor es in sich zusammensank; im Schein der Glut wurden die Soldaten zu rötlichen Schatten. Einer nach dem anderen lagerte sich jetzt auf dem steinigen Boden, sein Wams, sein Bündel unter dem Kopf. In das letzte Rasseln der Würfel mischten sich die ersten Schlafgeräusche. Der Gesang erstarb. Was blieb, war das leise Knistern des ausgehenden Feuers.

Und trotzdem wartete Tariq. Der Soldat mit der Narbe lag zusammengekauert, eingerollt in sich selbst, als wolle er sich klein machen, ganz klein. Der Atem kam stoßweise aus seinem Mund. In seinem Gürtel schimmerte die Fliese.

Wie einfach alles, dachte Tariq. Es ist ja ein Kinderspiel jetzt. Nur noch ein paar Minuten warten, um ganz sicher zu sein, dass auch der letzte der Schweinefresser eingeschlafen ist. Nur noch ein wenig Geduld.

Ein Soldat am Rande des Lagers schrie im Schlaf auf und schlug um sich, dann war auch er wieder still. Die Wolken waren fortgezogen, der Mond stand groß und bläulich weiß am Himmel und würde das Gehen leicht machen. Die Sterne blinkten wie Millionen Glühwürmchen. Bald würden sie beginnen zu verblassen. Es wurde Zeit.

Behutsam richtete Tariq sich auf. Noch einen kurzen Augenblick presste er sich gegen den Stamm und lauschte; dann machte er sich auf den Weg. Lautlos und schnell, niemand würde ihn entdecken. Er sah auf den Boden vor seinen Füßen, kein Stein durfte sich bewegen, jetzt kein Geräusch. Nur noch ein paar Schritte. Die Fliese im Gürtel war im Mondlicht deutlich zu erkennen, es konnte nur Bostons Fliese sein. So etwas konnte doch kein Zufall sein! Gleich würde er nach ihr greifen, behutsam. Der Branntweinrausch des Soldaten war tief, Tariq spürte keine Angst, nur einen glühenden Triumph. Gleich würde er Boston das Tor öffnen zurück durch die Zeit.

Ein Zweig knackte unter seinem Fuß, Tariq erstarrte. Aber nichts rührte sich im Lager, viel zu leise war das Geräusch gewesen. Der Soldat mit der Narbe lag reglos, der Krug zu seinen Füßen war auf die Seite gestürzt, längst war er leer. Nur noch zwei Schritte. Ein Schritt.

Vorsichtig beugte Tariq sich über den Schlafenden. Branntweindunst und der Geruch von tagealtem Schweiß schlugen ihm entgegen, die Schweinefresser waren selbst Schweine. Er hielt den Atem an. Langsam, Millimeter für Millimeter näherte sich seine Hand dem Gürtel. Gleich. Jetzt. Das Tor durch die Zeit.

Seine Finger berührten die Fliese. Ein loderndes Triumphgefühl durchströmte ihn. Nun würde Boston zurückkehren können, niemand würde den Teufelsbündner mehr entdecken. Ihr habt nicht mit Tariq gerechnet, Könige! Seine Finger schlossen sich.

In diesem Augenblick sprang der Soldat auf und warf sich über ihn. Er presste Tariq gegen den steinigen Boden, Branntweinatem schlug ihm ins Gesicht.

Dabei sprach er kein Wort, gab keinen Laut von sich. Als seine Faust zuschlug, hatte Tariq noch nicht begriffen.

Der Soldat mit der Narbe griff nach dem Krug. Um ihn herum sangen die Kameraden ihre Lieder, spielten verbotene Würfelspiele; mancher trank heimlich wie er. Der Hauptmann drückte ein Auge zu, sie alle wussten, dass der Hauptmann tun würde, als hätte er nichts bemerkt, so hatte er es immer gehalten. Wäre er nicht so ein verdammter Maurenfreund gewesen, der Soldat hätte den Hauptmann einen guten Mann genannt.

Er setzte den Krug an den Mund. Er hätte sparsamer sein müssen, kaum war noch genug darin, ihm die Lippen zu benetzen. Er hätte nicht so hastig trinken sollen, nicht so viel, dann wäre der Krug jetzt nicht leer.

Achtlos ließ er ihn in die Mulde rollen. Aber wenn er nicht trank, was sollte er tun? Sie war nicht zu ertragen, diese große Wut. Hatten sie die Muselmänner nicht besiegt? Und gingen jetzt mit ihnen um, als hätte die Heilige Jungfrau verboten, dass ihnen auch nur ein Haar gekrümmt würde. *Wir kommen nicht als Feinde! Ich bitte um Vergebung für das Handeln meiner Männer! Das Tor wird bezahlt werden!*

Der Soldat rollte sich zusammen. Waren die Muselmänner so mit den Christenmenschen umgegangen, als sie über Zahara hergefallen waren, damals in der Weihnachtsnacht, als er noch ein Knabe war? Hatten sie um Vergebung gebeten und Tore ersetzt?

Dieses hier war ein Krieg, hatte der Hauptmann das nicht begriffen? Ein Krieg hörte nicht auf, nur weil die Könige ein Abkommen unterzeichnet hatten. Ein Krieg ging weiter und weiter, bis die Erinnerung an seine Toten, an seine Verstümmelten, an verbrannte Häuser und Felder in den Köpfen auch des Letzten verblichen war auf beiden Seiten. Solange es noch irgendwo Hass gab und Erinnerung und den Wunsch nach Rache, war der Krieg nicht vorbei.

Ich danke Euch für Eure Gastfreundschaft. Was für ein Hohn! Hatten die Mauren auch so gesprochen, als sie über Zahara hergefallen waren, damals in der Nacht, als die Menschen in den Kirchen beteten? Sie hatten getötet, getötet, sie hatten nicht gefragt, ob sie willkommen waren. Dieses hier war ein Krieg, hatte der Hauptmann das nicht begriffen?

Es war ruhig geworden im Lager, er hörte das Schnarchen der Kameraden, ab und zu einen Schrei. Sein Nachbar wälzte sich auf die Seite und schlug um sich mit seinen Armen. Einen Krieg konnte man nicht vergessen, nur weil ein Abkommen unterzeichnet war, ein Krieg nistete sich ein in den Köpfen, schlich sich in den Schlaf, verheerte die Träume. Er hatte nach seiner Mutter gerufen. Er hatte sich verborgen, gewartet, gewartet, ein Knabe noch. Er hatte nach seinem Vater gerufen. Wenn der Krieg zu Ende war, hatte der Vater ihm das Pflügen beibringen wollen, jetzt bist du alt genug dazu. Er hatte niemals zu pflügen gelernt.

Wir kommen nicht als Feinde! Das Tor soll ersetzt werden! Die Mauren hatten keine Tore ersetzt, hatten nicht um Vergebung gebeten. Nur noch Trümmer hatte es gegeben im zerstörten Zahara, Schutt und Asche, in der Nacht, in der der Herr geboren war. Da hatte er begriffen.

Wo war sein Vater jetzt, seine Mutter? Wer konnte verlangen, dass der Krieg für ihn zu Ende war?

Der Krug war leer, kein Trost mehr für ihn und kein Schlaf. Ein Zweig knackte.

Wie konnte er so wach sein nach diesem Tag, so klar? Selbst die Vögel lagen ja noch im Schlaf, nichts rührte sich im Dorf und auf den Feldern. Wie konnte da ein Zweig zerbrechen.

Die Schritte, die sich ihm näherten, ahnte er nur, das Ohr auf dem Boden. Er konnte sich täuschen, er öffnete die Augen nur gerade einen Spalt. Dem Herrn, der ihn in Zahara so schmählich verlassen hatte, würde er Dank sagen für das Mondlicht. Der sich ihm näherte, behutsam wie ein wildes Tier, war ein Kind, war fast noch ein Kind. Er trug keine Rüstung, kein ledernes Wams wie zum Kampf; als hätte er sich nur eben in der Nacht von seinem Lager gestohlen, näherte der Knabe sich ihm in seinem maurischen Gewand.

Der Soldat spannte alle Muskeln an. Der Knabe trug keine Waffe, die Hand, die er ausstreckte, war leer. Als er nah genug war, sprang der Soldat auf. Seine Faust traf den Knaben an der Schläfe. Wie konnte irgendwer glauben, dass der Krieg zu Ende war.

31.

Boston wollte nicht darüber nachdenken, alles geschah doch nur seinetwegen. Tariq durfte nichts passiert sein.

»Er müsste längst zurück sein!«, flüsterte Salomon. »Bald steigt die Sonne über den Horizont! Wo bleibt Tariq nur?«

»Er hat gesagt, es muss geschehen, bevor der Muezzin ruft«, murmelte Boston. »Und noch ist es ja Nacht. Vielleicht lässt er sich einfach nur Zeit?«

Salomon antwortete nicht. Er stand mit gekreuzten Armen an die Bretterwand gelehnt; der Schuppen war zu klein, um darin auf und ab zu wandern. Die Hühner sahen merkwürdig kopflos aus im Schlaf, der Esel schnaubte im Traum.

»Wie kann er so lange brauchen?«, fragte Salomon. »Wenn die Mauren erst einmal ihr Morgengebet verrichten, ist es zu spät! Du musst fort sein, bevor dich irgendwer entdecken kann! Wo bleibt Tariq nur?«

»Vielleicht schläft der Soldat immer noch nicht?«, flüsterte Boston. »Vielleicht kann Tariq ihm die Fliese nicht stehlen? Es wäre ja nicht so schlimm, Salomon! Wenn er die Fliese nicht bekommt, ist das für mich nicht so schlimm! Du weißt doch jetzt, dass auch sie mich nicht in meine Zeit zurückbringen kann, wenn Amerika nicht entdeckt wird!«

Salomon starrte ihn an. »Aber vielleicht bringt sie dich doch *irgendwohin*! Wenigstens fort von hier!«, sagte er. »Wenn du schon einmal mit ihr gereist bist, wie du behauptest! Nur darum geht es doch jetzt! Du verlangst, dass wir dir Unglaubliches glauben, Boston! Kaum sind wir bereit, für möglich zu halten, dass du aus der Zukunft zu uns gekommen bist, und wollen dir helfen zurückzukommen, redest du nur noch von diesem Land, von dem niemand je gehört hat: Amerika! Als wäre dir die Fliese auf einmal ganz gleichgültig!«

»Das stimmt ja nicht!«, flüsterte Boston. »Natürlich ist sie mir wichtig!«

»Und Tariq?«, sagte Salomon. »Wenn Tariq nun etwas passiert ist? Denkst du darüber nicht nach?« Er trommelte mit den Fingern gegen das Holz. »Soll ich nicht lieber gehen und nachsehen, ob er Hilfe braucht? Du kannst nicht gehen, Boston, wenn sie dich entdecken mit deinem blonden Haar, bedeutet das den Scheiterhaufen.«

»Nein, bitte, Salomon, bleib hier!«, sagte Boston. »Wenn Tariq etwas passiert ist …« Er schwieg. »Ich möchte nicht wieder allein sein!«, flüsterte er. »Bitte bleib bei mir, Salomon!«

Salomon kam einen Schritt auf ihn zu. Seine Stimme bebte. »Damit du nicht allein bist, soll ich Tariq seinem Schicksal überlassen?«, flüsterte er. »Wenn er doch vielleicht meine Hilfe braucht? Das verlangst ausgerechnet du, um dessentwillen Tariq sich in diese Gefahr begeben hat? Ich würde dich jetzt verachten, Boston, wenn ich nicht wüsste, wie viel Angst du ausgestanden hast in den letzten Tagen und wie verwirrt du sein musst. Nur darum kann ich vergessen, was du gesagt hast.«

Boston schwieg. Wenn er gesprochen hätte, hätte er die Tränen nicht zurückhalten können.

»Ich gehe jetzt, Boston!«, flüsterte Salomon. »Wünsch mir Erfolg!«

Boston nickte. Jetzt waren die Tränen in seinen Augen angelangt.

»Pass auf dich auf, Salomon!«, flüsterte er.

Salomon durfte nichts passieren. Tariq durfte nichts passieren. Es war doch alles nur seinetwegen. Und dann wäre er in dieser furchtbaren Welt wieder allein.

Der Emir erwachte, weil jemand von außen vorsichtig gegen seine Tür klopfte. Noch immer war es Nacht.

»Mulay!«, flüsterte ein Diener. »Verzeiht, dass ich Euch wecke! Aber der Hauptmann wünscht Euch zu sprechen. Er bittet Euch vor das Haus.«

Der Emir warf einen Mantel über seine Nachtgewänder. Auf dem Platz vor dem Haus flackerten wieder die Fackeln. Was war es jetzt? Waren sie nicht alle schlafen gegangen? Am Horizont ahnte er schon den heraufziehenden Morgen.

»Hauptmann?«, sagte der Emir. »Ihr habt mich rufen lassen?«

Auch der Hauptmann sah aus, als hätte er bis eben geschlafen. Er zeigte wortlos auf zwei Soldaten, die mit triumphierendem Gesicht jeder einen Knaben gepackt hielten. Nur einer der Knaben hielt seinen Kopf gesenkt. Der Emir erschrak. Aber noch fehlte der dritte.

»Das sind sie, Herr Hauptmann!«, rief einer der Soldaten. War es nicht derselbe, der vorhin das Tor eingeschlagen hatte? Eine Narbe, noch frisch und rot, zog sich über sein Gesicht. Der Knabe, den er mit seinem Knie vorwärtsstieß, war der kleine Jude, dessen Vater versucht hatte, das Edikt zu umgehen. So hatten sie seine Gäste also entdeckt. »Seht, was wir gefunden haben!«

Der Hauptmann ließ seinen Blick über die Knaben schweifen. »Und?«, fragte er dann. Den Emir sah er nicht an. »Wo ist der Spion? Der Teufelsbündner? Ich dachte, ihr brächtet mir den Abgesandten Satans, nur darum ließ ich den Emir ja wecken! Aber keiner von diesen hat blondes Haar!«

Nur zwei, nicht drei, was bedeutete das? Der Blonde war nicht dabei.

»Ihr wisst, wir haben allen den Turban von den Köpfen gerissen, Herr Hauptmann!«, sagte der zweite Soldat. Er hatte Tariq den Arm auf den Rücken gebogen, Tariq sah finster auf den Boden. »Kein Einziger in diesem Dorf hat helles Haar. Drei hatten ihr Haupthaar geschoren, aber darunter wuchs es dunkel. Der Knabe, der die Königin getäuscht hat, hält sich nicht in diesem Dorf verborgen, Herr Hauptmann, er wäre denn klein wie eine Maus.«

Der Emir versuchte, gleichmütig zu erscheinen. War vielleicht doch noch nicht alles verloren? Schon während der Suche hatte er sich gefragt, wo sich der Flachshaarige verborgen hielt, welches Versteck im Dorf so sicher war, dass die Soldaten es nicht entdeckt hatten. Der Flachshaarige war es, den sie nicht bei ihm finden durften, den sie für seinen Spion hielten, im Bunde mit dem Teufel. Fänden sie den Flachshaarigen, es wäre sein Verderben und das des ganzen Dorfes. Wohin war der Knabe verschwunden?

»Und warum bringt ihr mir dann diese hier?«, fragte der Hauptmann. »Es ist mitten in der Nacht! Was scheren mich zwei Maurenknaben!« Er sah ärgerlich aus, sie hatten ihn aus dem Schlaf gerissen, aufgeregt, hatten auch nach dem Emir verlangt; und nun nur dies.

Der Soldat, der Salomon vorgeführt hatte, trat vor. Sein Schritt war unsicher, jetzt konnte der Emir den Branntwein in seinem Atem riechen. »Weil sie sich angeschlichen haben in der Dunkelheit!«, rief er. »Sie wollten uns in unserem Nachtlager überfallen! Dieser hier«, er stieß Tariq mit der Faust, »hatte die Hand schon an meinem Gürtel! Unsere Waffen wollten sie uns rauben und uns im Schlaf erschlagen!« Jetzt klang seine Stimme triumphierend. »Aber dieser da, Herr Hauptmann«, rief er, »ist außerdem der Sohn des Juden, den wir in Granada ausgeräuchert haben! Er gehört zu denen, die das

Edikt der Könige übertreten und ihren dreckigen Judenbesitz außer Landes schmuggeln wollten! Er behauptet, ein *converso* zu sein, und ist doch nur, was sie alle sind: ein stinkender *marrano*!« Er gab Salomon einen Stoß.

Ach Tariq!, dachte der Emir. Wie konntest du nur alle Vernunft vergessen und so kampfeslustig sein. Wie konntest du glauben, dass du ganz allein etwas ausrichten könntest? Manchmal muss man im Leben damit zufrieden sein, unsichtbar zu werden. Warum wolltest du mir nicht glauben, dass Wagemut Dummheit sein kann und Vorsicht Klugheit?

Der Hauptmann zögerte. Der Emir sah genau, dass er sich für seine Männer schämte. »Kannst du dir sicher sein?«, fragte er. »Ist er es auch gewiss?«

»Auch ich war an jenem Abend in der *judería* dabei, Herr Hauptmann!«, sagte der zweite Soldat. »Und mein Kamerad spricht die Wahrheit. Wir haben sie im Hause des Juden angetroffen. Diese beiden – und den blonden Knaben dazu. Den Verbündeten Satans!«

»Als wir ihn griffen, hat dieser hier sich vor Angst fast in sein Beinkleid gepisst!«, rief der Soldat mit der Narbe. Er gab Salomon einen Stoß.

Salomon schluchzte auf.

»Wir haben den Flachshaarigen an jenem Abend im Realejo zum ersten Mal gesehen und seitdem nicht mehr, Herr Hauptmann!«, rief Tariq. »Und niemand wusste, wer er war und woher er gekommen war! Plötzlich stand er einfach neben uns, Herr Hauptmann! Was wohl beweist«, der Emir sah, wie schwer dem Knaben fiel, was er jetzt sagte, wie sehr er sich selbst dafür verachtete, »was Euch der Bote aus Gharnata berichtet hat: Es muss sich um einen Abgesandten der Hölle handeln, der erscheinen und verschwinden kann nach Belieben! Wir haben nichts mit ihm zu schaffen!«

»Nun«, sagte der Hauptmann hilflos, und der Emir begriff, dass die Dinge eine Wendung genommen hatten, die auch der Hauptmann sich nicht gewünscht hatte. »Immerhin habt ihr das Nachtlager meiner Soldaten überfallen, da gibt es nichts zu leugnen. Ich könnte euch an Ort und Stelle dafür strafen – aber wenn zwei meiner Leute diese Knaben hier wiedererkennen ...« Er sah den Emir an, als wollte er um Verzeihung bitten.

Er wird sie vor die Inquisition bringen müssen, dachte der Emir, zwei Kinder, so viel ist gewiss; auch wenn es ihm, ich sehe es wohl, widerstrebt. Ich werde sie nicht retten können. Aber was weiter? Ich habe ihnen Unterschlupf gewährt, wird der Hauptmann also auch mich nach Gharnata bringen lassen? Ich könnte behaupten, von nichts zu wissen, und nichts ist bewiesen. Als hätte das für Torquemada jemals eine Rolle gespielt.

Der Hauptmann nickte den beiden Soldaten zu. »Ihr werdet die Knaben nach Granada begleiten«, sagte er. »Auf der Stelle, verliert keine Zeit. Es ist nicht an mir, zu entscheiden, ob sie die Wahrheit sprechen. Soll Torquemada mit seinen Instrumenten ...« Er schwieg.

»Herr Hauptmann«, sagte der Emir. Schon morgen würde er den Handwerkern befehlen, mit ihren Arbeiten aufzuhören. Schon morgen, wenn er dann noch ein freier Mann sein würde. In den al-Pudxarras konnte er nicht bleiben. Was nützte ihm ein Fürstentum, das nicht das seine war. Er würde nach Marokko gehen, der Sultan würde ihn fürstlich empfangen.

»Herr Hauptmann, diese beiden hier – sind meine Gäste.« Er würde ihnen nicht helfen können.

Der Hauptmann nickte nachdenklich. »Und doch, verzeiht mir, Emir, werde ich sie nach Granada bringen müssen«, sagte er. »Ich vermute, Ihr wusstet nichts von den Plänen der Juden. Und Ihr wusstet ebenso nicht, dass diese hier Gefährten des Gesuchten sind.«

Er baut mir eine Brücke, ich weiß nicht warum, dachte der Emir. Weil er weiß, dass von mir ohnehin keine Gefahr mehr ausgehen kann, vielleicht, welche Schmach. Ist es Feigheit, wenn ich die Brücke betrete? Müsste ich mich dazu bekennen, dass ich die Knaben verborgen habe in dem Wissen, was ihre Pläne waren, egal was dann aus mir wird?

Tariq starrte ihn an.

»Gewiss werdet Ihr nicht meine Gäste abführen wollen«, sagte der Emir matt.

Der Hauptmann wartete. Ist es Feigheit, wenn ich behaupte, nichts zu wissen, ist es Klugheit? Ich muss über die Meerenge ziehen. In diesem Land gibt es für mich nur noch Unterwerfung und Schande; oder den Tod.

»Ich vermute«, sagte der Hauptmann wieder, und dieses Mal klang seine Stimme schärfer, »Ihr wusstet nichts von den schändlichen Plänen der Juden und gebt mir darauf Euer Ehrenwort, Emir? Ihr wusstet nichts vom Teufelsbund? Das Wort eines Edelmanns, ob Maure oder Christ, soll mir genügen.«

Ist es Klugheit oder Feigheit. Schon morgen könnte ich über die Meerenge ziehen.

Der Hauptmann wartete. Der Emir sah, dass er begriff. Die Soldaten hatten die Knaben abgeführt, sie waren allein.

»Nun, Emir«, sagte der Hauptmann müde, »ich will Euch für dieses Mal vertrauen. Die Königin gab, wenn ich den Boten recht verstanden habe, auch jetzt nicht den Befehl, Euch nach Granada zu bringen; noch gehört dieses Fürstentum Euch. Aber wir werden bleiben, Emir.« Er sah den Emir an. »Mir steht der Sinn nicht mehr danach, Schach zu spielen. Gute Nacht.«

32.

Granada im April, Gegenwart

Die Jungen wälzten sich in der stickigen Luft des *hostal* in ihren verschwitzten Betten hin und her. Das Frühstück war schlecht, wozu aufstehen. Schon längst schimpfte Frau Hilbert nicht mehr mit ihnen, wenn sie zu spät kamen. Frau Hilbert sah grau und eingefallen aus, als hätte sie seit ihrer Ankunft nicht mehr geschlafen.

»Schon Donnerstag, Mann!«, sagte Tukan. »Ey, ist keiner wach, oder was? Wir sind schon eine ganze Woche hier, Leute!«

»Als ob wir das nicht selber wüssten«, sagte Sergej. »Ich sag euch mal, ich schlaf hier nicht gut. Ich schlaf hier sogar sauschlecht. Ich wach auf und denk an den Kleinen. Als ob wir nicht gut genug auf ihn aufgepasst hätten oder was.«

»Du hast doch Scheiße im Hirn«, sagte Kadir. »Sind wir jetzt seine Mama?«

Tukan setzte sich auf.

»Ich schlaf auch voll beschissen«, sagte er. »Ich bin froh, wenn wir zurückfliegen, echt.«

Nachdem Frau Hilbert die Polizei alarmiert hatte, als Boston auch am Samstagmittag noch nicht zurück gewesen war, hatte man sie befragt, die ganze Gruppe; aber am wichtigsten waren doch sie drei gewesen. Weil sie den Kleinen als Letzte gesehen hatten. Es war wie im Krimi.

Frau Hilbert hatte zurückfliegen wollen, aber die Gruppe hatte protestiert. Sie hatten so lange für diese Reise gespart.

Frau Hilbert hatte mit den Eltern telefoniert, mit der Schulleitung. Sie waren geblieben. Aber Granada war nicht mehr das Gleiche gewesen danach. Frau Hilbert war panisch geworden, wenn ihr beim Durchzählen ein Schüler fehlte, sie hatte gebrüllt. Frau Hilbert war sonst keine von denen, die brüllten.

Dann wieder hatte sie sich um gar nichts gekümmert, hatte gesagt, dass sie jetzt Freizeit hätten, den ganzen Tag, und tun könnten, was sie wollten. Sie hatte den schüchternen Spanischreferendar angeschnauzt, er war nur noch selten zu sehen.

Bostons Mutter war angereist gekommen, sie hatte gefragt und geweint und versteinert ausgesehen und war zu ihnen ins *hostal* gezogen. Die Polizei hatte die Gruppe noch einmal befragt. Jetzt war es fast eine Woche, und Boston blieb verschwunden.

»Ich weiß ja nicht, was *ihr* machen wollt, ey«, sagte Tukan. »Aber ich such den jetzt selber mal richtig.«

»Boah!«, sagte Kadir. »Voll 007 James Bond, oder was?«

»Ich such den jetzt selber!«, sagte Tukan. »Die Bullen sind doch so was von blind und blöd. Die sind in Deutschland blind und blöd, und die sind hier blind und blöd, weiß doch jeder. Ich such den jedenfalls, mir ganz egal, ob ihr mitkommt.« Er sprang aus dem Bett.

»Sei doch nicht gleich eingeschnappt, Alter!«, sagte Kadir. »Ich komm auch mit.«

»Ich auch«, sagte Sergej. »Ist doch echt scheiße mit dem Kleinen. So blöde war der eigentlich gar nicht. Dafür, dass er schlau ist, kann er ja nichts.«

»Du bist doch auch schlau, Sergej«, sagte Kadir.

Tukan zog seine Gürtelschnalle zu. »Aber Sergej ist mehr so normal«, sagte er. »Das ist der Unterschied.«

»Dafür, dass er nicht normal ist, kann der Kleine vielleicht auch nichts«, sagte Sergej. »Okay, wir gehen noch mal suchen.«

Boston hatte nicht mehr geschlafen, nachdem Salomon gegangen war. Wieder war es unruhig gewesen im Dorf. Bis zum Morgengrauen war niemand zur Ruhe gekommen nach dem Einmarsch der Soldaten.

Allmählich war seine Befürchtung zur Gewissheit geworden. Die beiden kamen nicht zurück. Natürlich konnten sie auch geflohen sein, konnten ihn zurückgelassen und nur sich selbst in Sicherheit gebracht haben: Wer sollte es ihnen verdenken. Und doch wusste Boston, dass es nicht so war.

Sie hätten ihn niemals alleingelassen, nicht Tariq und Salomon. Wenn sie jetzt nicht zurückkamen, konnte das nur eins bedeuten.

Boston hatte wach gelegen und auf das Schnauben des Esels gelauscht; nicht ganz allein zu sein war tröstlich gewesen.

Die Soldaten hatten die beiden gefasst, keine andere Erklärung konnte es dafür geben, dass sie nicht mehr zurückkamen. Sie hatten Tariq gefasst und Salomon auch; und der Grund dafür war, dass sie die Fliese hatten holen wollen, für ihn. Ohne ihn könnten sie jetzt längst in Sicherheit sein.

Zwischen Wachen und Angst und Halbschlaf hatte er einen Entschluss gefasst. Es gab für ihn keine andere Wahl. Er musste zurück nach Granada.

Er würde das Dorf verlassen, jetzt gleich vor dem Morgengrauen, offen und unter den Augen der Soldaten, ein Eselstreiber auf dem Weg ins Tal. Hier oben würden sie jetzt erst recht jeden Stein umdrehen; und hier oben hatten ihn zu viele Menschen gesehen. Er musste machen, dass er fortkam, und Granada war sein Ziel. Nach Granada hatten sie sicher auch Tariq und Salomon gebracht; und auch wenn er nicht wusste, wie er ihnen helfen konnte – er doch nicht, Boston! Boston, der Teufelsbündner! –, war ihm klar, dass er sie nicht alleinlassen durfte. Dass er tun musste, was ihm möglich war, um sie zu befreien. Auch nach der Fliese konnte er in Granada suchen, aber dies war am wichtigsten jetzt: dass er alles tat, um denen zu helfen, die seinetwegen ihr Leben aufs Spiel gesetzt hatten, wie aussichtslos es auch erscheinen mochte.

Du darfst niemals, niemals die Hoffnung verlieren.

Noch bevor die Sonne aufging, löste Boston den Eselstrick vom Ring in der Wand. Er musste vor dem Morgengebet aus dem Dorf sein.

Die ersten Vögel begannen, ihre Morgenlieder anzustimmen, die Dunkelheit war nicht mehr schwarz, sondern bleigrau, der Mond war verschwunden.

Behutsam führte Boston den Esel an seinem Strick die steilen gekieselten Wege zwischen den Häusern hinab. Es war, als versuche das Dorf jetzt, in den letzten Minuten bevor der Muezzin rief, noch einmal den Schlaf der ganzen Nacht nachzuholen. Boston klopfte dem Esel beruhigend auf die Flanke. »Ruhig, ganz ruhig!«, flüsterte er. Fast folgte der Esel ihm im Schlaf. Nur kein Schrei jetzt, ruhig, ganz ruhig.

Als Boston an den geduckten Gebäuden vorüberkam, in denen der Emir lebte, hätte er gern einen Blick durch die hochgelegenen Fenster geworfen. Soldaten lehnten an dem Mäuerchen, das den Platz zum Tal hin begrenzte, den Kopf pflichtvergessen auf ihre Arme gelegt, die Augen geschlossen. Ein Wachsoldat stöhnte auf und rührte sich im Schlaf; dann fiel sein Kopf auf die Arme zurück.

Ich muss aus dem Dorf sein, bevor der Muezzin ruft. Wenn alle erst wach sind, ist es zu spät.

Am Ausgang des Dorfes, dort, wo der Weg begann, der steinig und steil in Serpentinen ins Tal hinabführte, saß ein Soldat, den Rücken an eine Zypresse gelehnt. Eine Hand ruhte auf dem Griff seines

Säbels; aber die Augen waren ihm zugefallen, sein Atem ging gleichmäßig.

»Ruhig, ganz ruhig!«, flüsterte Boston und klopfte dem Esel die Flanke.

Die Beine des Soldaten ragten weit in den Weg; er würde mit dem Esel hinübersteigen müssen. Boston spürte, wie sein Herzschlag schneller wurde. Jetzt keinen Fehler begehen, ruhig, Esel, ganz ruhig.

Vielleicht war das Tier auf ein Steinchen getreten, das ins Rutschen geriet; der Esel stolperte, erschrocken machte er einen Satz. Sein Schrei klang laut und klagend durch die erste Dämmerung.

Nein, dachte Boston.

Der Soldat hob mit einem Ruck seinen Kopf. Dann sprang er auf und zog den Säbel.

»Heda!«, rief er. »Was schleichst du dich an mir vorbei!« Er torkelte ein wenig, er war noch nicht wach.

Boston packte den Eselstrick fester. Das Tier stieß noch einen letzten Schrei aus, dann war es still.

»Ich wollte Euch nicht wecken, Herr!«, sagte Boston. Sollte der Soldat seine Angst doch für Demut halten. »Ich muss mit unserem Esel ins Tal, und Ihr seht ja, wir führen nichts Verbotenes mit uns! Keine Taschen. Keine Beutel. Durchsucht mich, wenn Ihr mögt, ich verberge nichts!«

Der Soldat kratzte sich am Kopf und sah Boston verschlafen an.

»Ich soll diesen Zugang hier bewachen«, murmelte er. Vielleicht fragte er sich in diesem Augenblick, noch fast im Halbschlaf, zum ersten Mal, was das bedeuten sollte. Wenn bewaffnete Mauren kamen, gut, dann wusste jeder, was zu tun war: Was aber, wenn ein Bauer zu seinen Feldern wollte, von seinen Feldern zurückkam? Musste jeder Maure durchsucht werden? War jeder Maure ein

Feind? »Du siehst aus, als trügest du nichts mit dir fort, was die Könige nicht gestatten«, sagte er.

Boston verbeugte sich. »Ich habe nur unseren Esel bei mir, Herr«, sagte er.

Der Soldat nickte. Er kratzte sich immer noch. Ein verschlagener Ausdruck trat in seine Augen. »Aber du hast ja noch gar nicht gebetet, Maure!«, sagte er. »Wie kannst du noch vor dem Morgengebet aufbrechen? Ich dachte immer, das Morgengebet wäre euch Muselmännern heilig!«

Boston klopfte dem Esel die Flanke, ruhig, ganz ruhig. Immer mehr Vögel sangen inzwischen ihr Morgenlied. Bald würden die ersten Sonnenstrahlen über dem Horizont den Himmel färben. Er musste fort sein, bevor der Muezzin rief. Bevor das ganze Dorf auf den Beinen war.

»Man erwartet mich bis heute Abend in Lanjarón«, sagte Boston. »Darum musste ich so früh aufbrechen. Und wenn die Sonne aufgeht, Herr, werde ich mein Gebet am Wegrand verrichten.«

»Hm«, sagte der Soldat. Boston sah, wie sehr er grübelte. »Nun, eigentlich stehe ich hier, um darauf zu achten, dass der Emir kein Heer um sich sammelt«, murmelte er. Noch immer war sein Blick vom Schlaf verschleiert. »Und jeder Maure, der den Ort verlässt, ist, hol's der Teufel, doch wohl ein Maure weniger.« Seine Logik schien ihn zu beruhigen. »Du kannst gehen, Knabe! Der Hauptmann sagt, wir sind als wachsame Freunde gekommen.«

Boston verneigte sich noch einmal, dann zerrte er den Esel an seinem Strick abwärts. Immer wieder kamen die Hufe auf dem abschüssigen Pfad ins Rutschen, aber das Tier kannte den Weg. Behutsam suchte es nach dem sichersten Tritt.

Boston drehte sich um und sah zu den Häusern zurück. Sein Herzschlag wurde ruhiger. Fürs Erste in Sicherheit, dachte er. Ich muss nur aussehen wie ein Maurenjunge und mich benehmen wie ein Maurenjunge: Dann droht mir keine größere Gefahr als jedem Maurenjungen.

Als er die zweite Biegung des Weges erreicht hatte, hörte er den Muezzin rufen, weit schallte sein Gesang über das Tal. Der Esel begann wieder zu schreien, und Boston zerrte ihn vorwärts.

Aber was bedeutete es schon, dass er fürs Erste in Sicherheit war. Seine Freunde waren gefangen; der Soldat hatte noch immer die Fliese im Gürtel; Kolumbus würde seine Reise nicht antreten; die Neue Welt würde nicht entdeckt; und ihn würde es niemals geben.

33.

Im Kerker unter dem Comaresturm waren Tag und Nacht nur schwer zu unterscheiden; selbst wenn die Sonne hoch am Himmel stand, drang nur wenig Licht bis hinunter in die kühle Dunkelheit.

Pablo setzte sich auf und beugte die Knie, streckte sie, zog sie wieder an. Vielleicht hatte er sich schon zu sehr daran gewöhnt, zu hinken. Wenigstens wenn keine Gefahr bestand, dass ihn jemand beobachtete, musste er seinem Bein zeigen, dass es eines Tages wieder gebraucht würde.

Vorsichtig stand er auf und tat ein paar Schritte. Der Gefangene in der Zelle in seinem Rücken schlief, sein Atem ging gleichmäßig. Bisher hatten sie ihn noch kein einziges Mal zum Verhör gerufen, sicher hatte der Großinquisitor genug zu tun mit anderen Ketzern, es gab ihrer ja jetzt so viele im Land.

Pablo stöhnte. Es war nicht gut, Tag und Nacht hier unten zu verbringen in der Abgeschiedenheit des Kerkers. Er konnte seine Gedanken nicht in Schach halten, das war schon immer seine Schwäche gewesen. Nur zu Hause in den Armen seines Mädchens, auch auf den langen Märschen und im Durcheinander der Schlacht gelang es ihm, nicht zu grübeln.

Er warf einen Blick auf seinen Gefangenen. Warum sollte ein Jude dafür bestraft werden, dass er, wenn man ihn schon zwang, seine Heimat zu verlassen, doch wenigstens seinen Besitz mit sich nehmen wollte, wenigstens einen Teil?

Weil er so verstockt ist, nicht den wahren Glauben anzunehmen, Pablo. Weil das Edikt es verbietet, und das Edikt hat die Königin erlassen. Und die Königin hat, weil sie die Königin ist, nicht nur immer das Recht auf ihrer Seite: sondern auch die heilige Kirche und Gott den Herrn selbst, das weiß jeder.

Nur er nicht, was sollte er nur tun mit seinem blöden Kopf.

Pablo schlug die Stirn vorsichtig einmal, zweimal gegen die feuchten Steine der Mauer. Als ob man sich die Gedanken aus dem Hirn schlagen könnte. Warum konnte er sich nicht einfach sagen, dass er ein dummer Bauer war, der nichts verstand? Warum konnte er das Denken nicht denen überlassen, die der Herrgott dazu bestimmt hatte, den Königen und der Kirche?

Ich muss sehen, dass ich wieder ans Tageslicht komme, dachte Pablo. Zu den Kameraden, zu den Aufgaben der Soldaten, das wird mich ablenken.

Er ging in die Knie und stand wieder auf, zweimal, zehnmal. Wenn er dem Hauptmann das nächste Mal Meldung machen musste, würde Pablo ihn bitten, aus dem Kerkerdienst entlassen zu werden. Seinem Knie ging es wieder gut, er konnte kämpfen. Aber der Hauptmann hielt sich in den Alpujarras auf, den Emir zu bewachen und den Jungen zu jagen, der nun nicht nur ein Spitzel war, sondern im Bunde mit der Hölle.

Pablo seufzte. Wenn sie es sagten, musste er es glauben, sosehr ihn auch wunderte, wie viele Gesellen der Teufel inzwischen unter den Menschen besaß, überall und jeden Tag mehr. Wenn der Großinquisitor es sagte, wenn die Königin es sagte, würde es stimmen. Gott der Herr hatte sie dazu bestimmt, zu herrschen und also zu wissen. Ihn hatte er nur zum Bauern bestimmt; und viel zu lange schon zum Soldaten.

Der Gefangene in der Zelle rührte sich, und Pablo warf durch das vergitterte Fenster in der Tür einen Blick zu ihm hinein. Der Wasserkrug war umgefallen, aber der Boden war trocken. Sollen sie doch das Wasser von den Wänden lecken, hatte sein Kamerad gesagt.

Er musste zusehen, dass er für den Gefangenen Wasser bekam.

Je höher die Sonne über den Bergen stieg, desto mehr spürte Boston seine Müdigkeit. Er kam an Olivenhainen vorbei, Terrassen zogen sich bis ins Tal; manchmal berührte der Pfad den Bach, dann ließ Boston den Esel trinken und nahm auch selbst einen Schluck. Niemals setzte er sich, er wusste, er wäre eingeschlafen.

Aus dem Dorf war er entkommen; aber Soldaten waren überall, und überall würden sie nach ihm suchen. Und als Gefährte des Satans würde er nun mit seinen blonden Haaren auch jedem Mauren verdächtig sein. Er griff nach dem Turban.

Der Esel blieb am Wegrand stehen und neigte den Kopf, um ein paar staubige Gräser zu fressen. Boston ließ ihn gewähren. Und was soll ich tun, wenn ich in Granada angelangt bin? Wie will ich Tariq und Salomon helfen?

Selbst wenn die beiden frei wären, bliebe ja noch immer die Gefahr. Auf mich wartet der Scheiterhaufen; ich muss zurück in die Zukunft. Aber die Königin hat Kolumbus abgewiesen, Amerika wird nicht entdeckt werden. Im Jahr 1620 wird sich darum kein graugesichtiger Quäker von Plymouth aus mit seiner Frau und seinen drei Kindern auf den Weg in die Neue Welt machen, um dort für sich und seine Familie eine neue Heimat zu schaffen: weil vielleicht, vielleicht bis dahin noch immer niemand verrückt genug war, um den westlichen Seeweg nach Indien zu erkunden. Von Amerika wird der Quäker nichts wissen und darum sein Leben in seiner alten Heimat beenden; und so wird dann auch nicht, Jahrhunderte später, in Boston ein kleiner Junge geboren, der später mein Vater werden wird.

Es ist alles zu viel. Tariq und Salomon gefangen, die Fliese im Gürtel des Soldaten; und Amerika vielleicht auf immer unentdeckt. Es ist hoffnungslos.

Der Esel hob den Kopf und machte einen Schritt zurück auf den Pfad. Vielleicht war er den Weg schon oft mit seinem Besitzer gegangen, vielleicht kannte er ihn besser als Boston.

Und doch muss ich zurück nach Granada, in Granada wird sich alles entscheiden. Was hatte Salomon gesagt? *Wenn wir die Hoffnung verlieren, kommt, was wir befürchten, bestimmt.* Ich muss zurück in die Zukunft. Ich gebe nicht auf.

Er straffte die Schultern. Die Königin muss überzeugt werden.

Und von *dir*, Boston, bist du verrückt? Wie willst ausgerechnet du die Königin überzeugen, Kolumbus nach Indien reisen zu lassen? Was willst du denn tun? Ausgerechnet du, der Spitzel, der Spion der Mauren? Der Teufelsbündner? In Granada stehen mehr Soldaten als sonst im ganzen Reich!

Der Esel blieb stehen und schrie; dann drehte er sich um und begann gemächlich, den Pfad zurück nach oben zu gehen.

»Wir müssen nach Granada, Esel!«, sagte Boston und versuchte, das Tier an seinem Strick wieder abwärtszuzerren. »Du bist meine Tarnung.«

Der Esel stemmte seine Hufe in das Geröll. Er wollte zurück in seinen Stall.

Boston seufzte. »Dann gute Reise!«, sagte er und gab dem Tier zum Abschied einen Klaps auf sein Hinterteil. Der Bauer würde ihn schon vermissen; so musste er eben ohne ihn weiterziehen. Im Gewirr der maurischen Dörfer würde er nicht auffallen; und unter dem Turban blieb sein Haar blond, auch wenn er den Esel mit sich führte.

Den Mittagsruf des Muezzins hörte Boston, als er schon talabwärts im dritten Dorf angelangt war. Am Dorfeingang knieten Wäscherinnen am Bach, andere spannten das weiße Leinen zum Trocknen. Ein wenig weiter bachabwärts spülten die Färber ihre Tuche. Das Tal wurde auf einmal weiter hier, die Häuser, ebenso weiß wie oben am Berg, waren höher; fast wirkte der Ort wie eine kleine Stadt mit seinen Händlern und Eselskarren, der Moschee und dem Marktplatz. Neben dem Brunnen standen Frauen mit Krügen aus Ton, mit ledernen Eimern und Wasserflaschen. Boston zog sich einen Schritt zurück in den Schatten der Häuser. Inzwischen war seine Müdigkeit so grenzenlos, dass ab und zu das Bild vor seinen Augen verschwamm.

Eine Frau trat zu den anderen an den Brunnen. »Ich habe gehört, dass in der letzten Nacht die Soldaten der Königin durchs Dorf marschiert sind«, sagte sie. »Aber es heißt, sie waren auf dem Weg zum Emir in friedlicher Absicht. Wer von euch weiß mehr?«

»Sie haben den Teufelsbündner gesucht!«, rief eine Alte, die krumm auf ihren Stock gestützt ein wenig abseitsstand und die ganze Zeit gelauscht hatte. Boston zuckte zusammen. »Nur ein weniges nach den Soldaten kam ein Bote von der Alhambra geritten, sein Pferd schweißbedeckt! Den sie bisher nur als Spitzel gesucht haben, ein Knabe mit blondem Haar: Er soll in Wahrheit mit dem Teufel im Bunde sein! Und unser Emir soll ihm Unterschlupf gewähren! Wir alle hier sind seine treuen Untertanen, Allah ist mein Zeuge! Und die christlichen Könige«, sie machte voller Verachtung eine Geste, als wolle sie jemandem die Kehle durchtrennen. »Aber wa Allah! Wenn es so ist, wie der Bote gesagt hat, wenn dieser Knabe mit dem Teufel im Bunde ist: Dann wünsche auch ich, dass er brennt!« Aus der Menge kam ein bestätigendes Murmeln.

Begann der Brunnen wirklich zu schwanken? Boston spürte, wie der Schweiß sich auf seiner Stirn sammelte.

»Ach, Unfug, Alte!«, rief eine dritte Frau. Inzwischen hatte sich ein Kreis neugieriger Menschen dichter um den Brunnen geschlossen. »Von jedem sagen die Schweinefresser doch, er wäre mit dem Teufel im Bunde! Sei froh, wenn es dir und den Deinen nicht geschieht!«

»Aber sie haben Beweise!«, schrie die Alte. »Bei diesem Knaben haben sie Beweise, die nicht zu widerlegen sind! Geräte hat er bei sich getragen, die keines Menschen Hand gefertigt haben kann!« Wieder gab es Rufe der Zustimmung. Auch die Mauren fürchteten den Teufel.

Und der Brunnen schwankte jetzt wirklich, die Stimmen kamen von weit her. Boston spürte ein Würgen im Hals.

»Hast du sie mit eigenen Augen gesehen, Alte?«, fragte die Frau, die in der Schlange vor Boston stand. »Seit wann glaubst du den Schweinefressern ihre Lügen?«

Boston merkte, wie sich auch noch der Boden unter seinen Füßen zu drehen begann. Er durfte nicht fallen, er durfte nicht seinen Turban verlieren, er musste sehen, dass er fortkam.

Er begann zu rennen. Sein Kopf war leer, und unter seinen Füßen schien der Boden immer heftiger zu schwanken. Hinter sich hörte er die Frauen rufen; aber niemand kam ihm nach.

Erst als er die letzten Häuser hinter sich gelassen und den Weg nach Lanjarón erreicht hatte, der nun ebener und immer am Bach entlang verlief, ließ er sich unter einem Olivenbaum zu Boden sinken. Wieder spürte er Übelkeit aufsteigen.

Es war, wie Tariq gesagt hatte. Von jetzt an war er für das ganze Land ein Gefolgsmann des Teufels. Und er hatte es im Dorf ja gehört: Von jetzt an würden nicht einmal die Mauren ihn mehr schützen.

34.

Granada im April, Gegenwart

Manuel erinnerte sich, sobald er die Jungen sah. Der Trubel in der Gasse hatte seit dem Morgen zugenommen, er hatte versucht, wachsam zu sein; zu viel war ihm in den letzten unaufmerksamen Tagen gestohlen worden. Zwischendurch war er immer wieder in seinem Laden verschwunden, um einen Schluck zu nehmen. Eines Tages würde alles lange genug vorüber sein; dann würde er den blonden Jungen vergessen können und die Fliese auch. Dann würde er keinen Schluck mehr brauchen. Und jetzt also wieder diese drei.

»Sie waren das doch, Señor, oder?«, sagte der Erste. Manuel erinnerte sich an ihn, beim letzten Mal hatte nicht er gesprochen, obwohl er der Größte war und am ältesten schien. Auf seiner Oberlippe schimmerte schon ein Bart.

»Ich war was?«, fragte Manuel. Aus dem Augenwinkel beobachtete er seinen Nachbarn. Wenn er sich nicht wieder einmischte, konnte alles ganz schnell gehen. Ich weiß nichts, ich kenne ihn nicht. Nie gesehen. Von wem redet ihr.

»Er ist immer noch verschwunden!«, sagte der Kleinste. Er sprach stockend, er suchte nach Wörtern. Sein Spanisch war grauenvoll. »Bitte! Wenn Sie etwas wissen, Señor! Bitte!«

Eine junge Frau mit gerötetem Gesicht hielt sich eine bunt glitzernde Kette vor den tiefen Ausschnitt ihres Tops und drehte den Kopf vor dem kleinen verschmierten Spiegel am Türrahmen hin und her. »Wie viel?«, fragte sie.

Manuel kassierte. Noch immer standen die Jungen stumm vor den gestapelten Hüllen der ledernen Bodenkissen und warteten.

»Ich weiß nichts!«, sagte Manuel. »Ich weiß nicht einmal, wovon ihr sprecht! Die Polizei war auch schon hier, aber ich weiß nichts!«

»Bitte, Señor!«, sagte der Kleine wieder. »Bitte, Señor!« Mit seinen wenigen Worten, seinem mageren, holperigen Spanisch wirkte er hilflos wie ein viel jüngeres Kind. »Helfen Sie uns, bitte, Señor!«

Manuel sah, wie sein Nachbar einen Blick zu ihm herüberwarf. Er weiß alles, dachte Manuel, aber was kann man denn schon wissen? Und Vermutungen sind nicht genug, um der Polizei davon zu berichten. Schon gar nicht Vermutungen wie diese.

»Ich kann euch nicht helfen!«, sagte er und machte eine Bewegung, als wollte er eine Herde Gänse verscheuchen. »Ich weiß nicht, wer euch auf diesen Gedanken gebracht hat!«

»Fragt ihn nach der Fliese!«, rief der Nachbar über seine Schulter. »He, Manuel, was ist? Fragt ihn nach der Fliese, Jungs!« Dann musste der Nachbar seine schwere Geldbörse ziehen, um einem Touristen Wechselgeld zu geben.

Eine Busladung älterer Reisender drängte durch die Gasse, vier Frauen probierten Ringe an, nahmen Tücher vom Ständer, schlangen sie sich frech um die Hüften und wackelten lachend mit ihren kräftigen Hinterteilen; als sie verschwunden waren, ohne zu kaufen, atmete Manuel auf. Die Jungen waren nirgendwo mehr zu sehen; sein Nachbar zog einen mechanischen Spielzeughund auf, der kläffend und wedelnd über die Gasse tanzte.

Überstanden, dachte Manuel und trat einen Schritt zurück in die Dämmerung des Ladens. Aber wie oft werde ich es noch aushalten zu leugnen, wo doch alles in mir reden will. Seine Hand zitterte, als er nach der Flasche griff; dieses Mal brauchte er mehr als nur den einen Schluck.

Er ahnte die Augen schon auf sich, während er noch trank und spürte, wie sich für einige Minuten wieder diese wunderbare Leichtigkeit in ihm ausbreitete, die ihm in den letzten Tagen geholfen hatte, Angst und Erschrecken zu überstehen. Nur dass sie ihm auch seine Wachsamkeit nahm. Und dass sie so schnell wieder verschwand und nichts als Schwermut und Traurigkeit zurückließ.

»Bitte, Señor, bitte!«, sagte der Kleine fast unsichtbar aus der tiefsten Tiefe des Ladens, wo sich auf den Regalen immer noch türmte, was niemand mehr kaufen wollte.

»Was habt ihr hier drinnen zu suchen!«, murmelte Manuel. Behutsam setzte er die Flasche ab. Diese wunderbare Leichtigkeit. Warum sollte er eigentlich nicht reden, was sollte schon geschehen.

»Erzählen Sie uns von der Fliese, Señor«, sagte der mit dem Flaum auf der Oberlippe.

»Das sind alles nur Sagen und Märchen«, murmelte Manuel und ließ sich auf einen Kamelhocker sinken. Die Augen der Jungen schwebten irgendwo über ihm. »Aberglaube! Alles nur Sagen und Märchen.« Schon jetzt spürte er die Erleichterung, als er sprach.

Nun würde endlich geschehen, worauf er in den letzten Tagen gewartet hatte: dass er seine Geschichte erzählte; und dass seine Zuhörer lachten. Nur darum erzählte er jetzt. Sie sollten ihn auslachen, wenn er fertig war mit dem Erzählen, sie sollten ihn auslachen.

Dann endlich würde er wissen, dass gar nichts geschehen war; und er war nicht schuld.

Nur kurze Zeit hatte Boston sich unter dem Baum ausgeruht. Die Übelkeit war in Wellen aufgestiegen und wieder gegangen. Noch immer spürte er diese grenzenlose Müdigkeit, aber er wusste doch, dass er an Schlaf jetzt nicht denken durfte.

Zwei Kinder waren gekommen und hatten ihm einen schüchternen Blick zugeworfen; dann hatten sie unter den Bäumen ein Tuch ausgebreitet und mit einem Stock hoffnungsvoll in die Kronen geschlagen; aber keine Olive prasselte auf das Tuch. Boston hatte versucht, ihnen zuzulächeln.

Um Lanjarón hatte er einen Bogen gemacht, Städte waren gefährlich, alles war gefährlich jetzt. Die Nacht hatte er in einem leeren Schafstall zugebracht, ohne zu schlafen.

Jetzt suchte ihn also das ganze Land. Einen, der mit dem Teufel im Bunde war, würden auch die Mauren nicht vor der Inquisition beschützen und sicher auch die Juden nicht, egal wie sehr sie die Könige hassten. Und daran, dass sich die Nachricht von seinem unerklärlichen Besitz schneller als das Licht weiterverbreiten würde, hatte er keinen Zweifel mehr. Der Rucksack war ihr Beweis, vor allem sein Handy.

Was sollten die Menschen denn auch glauben, woher ein solches Gerät kam, an dem alles fremd, alles unheimlich war? Das Licht hinter der Scheibe, die Töne in seinem Inneren, sogar das merkwürdige Material, aus dem es bestand. Was sollten die Menschen denn auch glauben, wenn sie ohnehin überall nach den Spuren des Teufels suchten, welche andere Erklärung konnte es für sie geben?

Wenn ich erkannt werde, bin ich verloren, dachte Boston. Von jetzt an ist jeder in diesem Land eine Bedrohung für mich. Bis ins kleinste maurische Dorf wird diese Geschichte dringen; und wenn sie mein blondes Haar sehen, werden sie mich auf die Alhambra schleifen. Aber könnte nicht vielleicht der Tod für mich der Weg nach Hause sein? Woher weiß ich denn, dass es die Fliese ist, die mich zurückbringt? Er rieb sich über die Augen. Vielleicht sollte ich den Tod nicht fürchten. Ich will nicht an die Folter denken, an den Scheiterhaufen. *Wenn wir die Hoffnung verlieren, kommt, was wir befürchten, bestimmt.*

Als er den Muezzin hörte, machte er sich wieder auf den Weg. Seine Füße gingen wie von allein. Er musste aufpassen, dass ihm im Gehen nicht die Augen zufielen. Ich bin ja viel zu müde, um zu denken.

Der Weg war breiter geworden jetzt, fast schon eine steinige Straße, die Sonne stand hoch. Rechts und links bogen Seitenwege ab und verschwanden in den Bergen. Ab und zu begegnete er einem Jungen, der eine Ziege führte, einer Frau mit einem Wasserkrug, Kindern mit Kiepen auf dem Rücken. Niemand beachtete ihn.

Ich bin ja viel zu müde, um zu denken, viel zu müde, um zu gehen. Nur einen kleinen, kleinen Schlaf, nur bis ich wieder denken, wieder gehen kann. Nur einen kleinen, kleinen Schlaf.

Boston stolperte.

»Na, na, na!«, sagte eine freundliche Stimme. Ein Maultierkarren kam vor ihm zum Stehen und wartete. »Was haben wir denn da für ein erschöpftes Maurenkind!«

Auf dem Bock, die Zügel locker in den braun gebrannten Händen, saß ein Mönch.

Boston wollte rennen. Ein Mönch war schlimmer als jeder andere, ein Diener jener Kirche, die Scheiterhaufen errichtete und eifernd jedem Ungläubigen nachstellte. Die ihn suchte, weil er im Bunde mit dem Teufel war. Ausgerechnet ein Mönch hatte ihn aufgespürt. Aber seine Beine gehorchten ihm nicht mehr.

»Nun, nun, nun!«, sagte der Mönch. Inzwischen hatte er sich

mühsam vom Kutschbock seines Wägelchens hinabgleiten lassen. Die Kutte spannte über seinem runden Bauch, und das hölzerne Kreuz auf seiner Brust hüpfte bei jeder Bewegung. »Du brichst ja gleich zusammen vor Müdigkeit, Maurenknabe! Haben wir vielleicht denselben Weg? Setz dich zu mir auf den Karren!«

Die Sonne brannte über der Ebene, auf der in der Ferne, vom Dunst fast verschluckt, schon die Stadt auszumachen war. »Ich kann gehen!«, murmelte Boston. Dann spürte er, wie seine Beine unter ihm nachgaben.

In der winzigen Sekunde, bevor alles verschwamm, dachte er fast mit Erleichterung, wie gut es war, dass nun alles zu einem Ende gekommen war. Sie hatten ihn gefunden. Er musste nicht mehr fliehen.

35.

Die Soldaten hatten Eile gehabt auf ihrem Weg zurück nach Granada, selbst die Gefangenen hatten sie reiten lassen mit gefesselten Händen.

»Wird sich da der Großinquisitor freuen!«, hatte der Soldat mit der Narbe gerufen. »Wird sich da die Königin freuen!« Er hatte seine Hände gerieben und seine Leute angetrieben, schneller zu reiten. Selbst in der Nacht hatten sie nur eine kleine Rast machen dürfen. Der Großinquisitor wartete, der Scheiterhaufen wartete; auf den Soldaten mit der Narbe wartete eine Belohnung.

Tariq hatte mit versteinertem Blick zwischen den Ohren des Pferdes vor sich hin gestarrt auf den Weg, er hatte Salomon hinter sich schluchzen hören. Noch immer steckte die Fliese im Gürtel des Soldaten, ganz gleichgültig jetzt. Einen Augenblick lang hatte Tariq überlegt, ob er dem Hauptmann die Wahrheit erklären sollte; dann hatte er begriffen, wie unmöglich das war. Jetzt konnten sie noch immer behaupten, nichts von Boston zu wissen, Salomon und er, ihn nur dieses eine Mal im Realejo gesehen zu haben. Aber hätte er von der Fliese berichtet, so hätte er damit gestanden, Boston zu kennen; ihm sogar helfen zu wollen. Sollten sie doch denken, dass er töricht genug war, in der Nacht ihre Waffen rauben zu wollen, leichtfertig, als wäre er ein Kind.

Und doch glaubte er nicht, dass diese Lüge genügte, um sich und Salomon zu schützen. Der Großinquisitor würde in ihnen die

Freunde des Teufelsbündners sehen. Er würde zu wissen verlangen, wo er Boston finden konnte. Würde Salomon Boston unter der Folter verraten? Würde er selbst ihn verraten? Zu gestehen, dass Boston sich im Dorf des Emirs verborgen hielt, würde bedeuten, auch den Emir zu verraten.

Ab und zu fiel Tariq in einen leichten Schlaf; aber immer spürte er den Schritt des Pferdes unter sich. Sein Kopf sank nach vorne auf die Mähne, dann schreckte er wieder auf.

Niemals werde ich den Emir verraten, dachte Tariq; und auch Boston nicht mit seinen Gerätschaften des Teufels. Sollen sie doch selbst nach ihm suchen, wer weiß denn, ob er sich überhaupt noch im Dorf verbirgt. Ich werde bei dem bleiben, was ich ihnen von Anfang an erzählt habe: dass ich den blonden Knaben nicht kenne.

Aber wer weiß schon, was er unter der Folter gesteht.

Sie erreichten die Stadtgrenze im Morgengrauen, als der Gesang der Muezzins über die Dächer klang. Der Soldat mit der Narbe hatte den Jungen auf dem Weg jedes Gebet verwehrt, es hatte Tariq nicht gekümmert. Allah würde wissen, wer die Schuld daran trug.

»He, he, he, aufwachen, Tor öffnen!«, rief der Soldat und schlug von außen heftig gegen das eisenbeschlagene Holz. Eine Wache reckte den Kopf müde oben über die Zinnen. »Lasst uns hinein! Die Königin erwartet uns und der Großinquisitor auch!«

Tariq hörte, wie an der Kurbel gedreht wurde. Langsam hob sich das Tor. Verschlafen ließen die Torwachen sie ein.

Auf dem Weg hinauf zur Alhambra wischte der Soldat sich wieder und wieder über sein Wams, strich sich über sein Haar. Das Lächeln auf seinem Gesicht zeigte jedem, wie sehr er sich auf seine Belohnung freute. Zwar brachte er nicht den Teufelsbündner, den Spion selbst; aber doch immerhin seine Freunde, die, wenn man ihnen nur lange genug die Instrumente zeigte, ganz sicher den Weg zu ihm weisen würden.

An der Puerta de la Justicia hielt eine Wache sie auf. »Wir werden Meldung machen!«, sagte der Wachsoldat. »Ihre Majestäten liegen noch in tiefem Schlaf. Ihr seid früh.«

»Kann man zu früh sein, wenn es darum geht, den Satan zu besiegen?«, rief der Soldat mit der Narbe. »Lasst uns hinein!«

Und doch dauerte es eine Weile, bis ihnen geöffnet wurde. Tariq fielen die Augen zu, er wachte wieder auf, schlief wieder ein; er sah Salomon im Sattel hängen, den Kopf auf dem Hals seines Pferdes.

»In den Kerker mit euch!«, rief der Soldat mit der Narbe. Er trieb sie über den Hof zum Palast; niemals zuvor hatte Tariq diese Gebäude betreten dürfen. Direkt unter dem Mexuar, unter dem Turm des Comares, lag das Verlies.

Mit jedem Schritt die Treppe hinab wurde es kühler, ihre Tritte hallten. Hier waren die Mauern nicht mehr aus dem roten Sandstein gefügt, der der Burg ihren Namen gegeben hatte; auf schweren grauen Quadern glänzte es feucht. Auf einmal spürte Tariq, wie groß sein Durst war.

Am Fuß der Treppe stand ein Soldat müde an die Wand gelehnt. In der Dämmerung des Kerkers war er erst spät auszumachen. »Neue Gäste?«, fragte er und trat auf sie zu. Tariq sah, dass er hinkte. »Wie viele denn noch? Hier ist kein Raum mehr für sie!«

»He, Pablo! Du hast einiges verpasst auf deinem ruhigen Posten, glaub mir!«, sagte der Soldat mit der Narbe. »Sieh zu, dass du sie unterbringst! Wir haben diese zwei in den Alpujarras erwischt, sie waren mit dem Knaben zusammen, der mit dem Teufel im Bunde ist!« Er stieß Tariq in den Rücken. »Und sie werden uns schon noch verraten, wo wir auch ihn finden können, wenn der Großinquisitor ihnen erst seine gesegneten Instrumente zeigt!«

Tariqs Herz schlug schneller. »Wir haben doch schon gesagt, dass wir den Teufelsbündner nicht kennen!«, brüllte er. Darum musste es jetzt gehen, nur darum. Wer einen Teufelsbündner kannte, war für Torquemada selbst ein Teufelsbündner. Salomon und er hatten Boston nie gekannt, war er darum eine Memme?

Der Wachsoldat griff nach seinem Schlüsselbund. Metall klirrte gegen Metall. »Zu diesem hier kann ich sie stecken«, sagte er und suchte unter unzähligen Schlüsseln nach dem richtigen.

»Wenn der Großinquisitor seine gesegneten Instrumente zeigt«, sagte der Soldat mit der Narbe, und ein glückliches Lächeln breitete sich über sein ganzes Gesicht aus, »ist schon manchem wieder eingefallen, was er vorher niemals zu wissen vorgegeben hatte! Wartet nur ab, auch bei euch werden die Instrumente Wunder wirken! Erster Grad: Daumenschrauben und Brandeisen. Zweiter Grad: Streckbank und danach das Rad. Dritter Grad: Kopfzerquetscher und …«

»Nach dem Kopfzerquetscher werdet ihr nicht mehr viel von ihnen erfahren können«, sagte der Wachsoldat. Er hatte einen riesigen Schlüssel aus seinem Bund herausgesucht und steckte ihn in das Schloss einer düsteren hölzernen Tür, in die etwa auf Kopfhöhe ein winziges vergittertes Fenster eingelassen war. »Für eine Befragung ist der Kopfzerquetscher ein unsinniges Instrument! Ich habe nie verstanden, dass Seine Eminenz der Großinquisitor das nicht auch selbst begreift.«

In ihren schweren Angeln schwang die Tür mit einem Jaulen auf. In dem kleinen Raum, der sein schwaches Licht nur durch das vergitterte Fenster in der Tür erhielt, saß ein Mann auf dem Boden, den Kopf auf den Knien mit den Armen geschützt. Es roch nach Schimmel, nach wochenaltem Schweiß und Exkrementen.

»Du bekommst Gesellschaft, Alter!«, schrie der Soldat mit der

Narbe. Tariq spürte wieder sein Knie im Rücken, trotzdem versuchte er, aufrecht zu bleiben.

Der Mann auf dem Boden hob langsam seinen Kopf. Er sah müde aus, verwirrt, hoffnungslos. Dann weiteten sich seine Augen.

»Salomon!«, flüsterte er.

Auch Salomon hob den Kopf.

Nun war er so mutig gewesen in den Bergen, dachte Tariq. In den al-Pudxarras war er so wenig Memme wie ich. Vielleicht kann ich verstehen, dass dieser Anblick ihm genügt, um anzufangen zu weinen.

»Du hast hier bei Gott ein ruhiges Leben, Pablo!«, sagte der Soldat mit der Narbe. Er hatte seine Gefangenen abgeliefert wie befohlen, nun endlich durfte er ruhen. Die Treppe lag vor ihnen, die Treppe aus dem Verlies unter dem Comaresturm; auf einmal spürte er, dass er sie niemals bis zu ihrem Ende würde gehen können. So unendlich hoch. So unendlich viele Stufen. »Einmal wieder schlafen!«, sagte er. »Verstehst du, was ich meine? Ich habe geglaubt, es wäre schlimm im Kampf; aber jetzt, ich schwöre es bei der Heiligen Mutter Gottes, ist es schlimmer.«

Er lehnte sich am Fuß der Treppe gegen die Wand. Eine kleine Pause, dann würde er hinaufsteigen.

»Sie geben keine Ruhe«, murmelte er. »Die Mauren! Wir haben sie besiegt, sollen sie doch Ruhe geben!« Er lehnte seinen Kopf gegen den Stein. »Hast du noch Branntwein, Kamerad? Er ist uns ausgegangen auf dem Marsch. Zu viele Märsche! Sollen die Mauren doch Ruhe geben!«

»Das Verlies ist überfüllt«, sagte Pablo. »Jetzt bringt ihr schon die Kinder! Je länger der Krieg vorüber ist, desto voller werden die Kerker. Sollte es so sein?«

Hatte er Pablo nicht gefragt, ob er ihm einen Krug geben könnte? Einen Schluck wenigstens?

»Ihr müsst doch noch zu trinken haben auf der Burg!«, sagte der Soldat mit der Narbe. »Pablo, bevor ich mich schlafen lege …«

Pablo schüttelte müde den Kopf. Natürlich, dachte der Soldat. Hier unten auf seinem ruhigen Posten, was braucht er da den gnädigen Rausch. Gewiss konnte er sogar schlafen hier unten. Das Leben war nicht gerecht, nicht im Krieg und ebenso wenig danach. Er begann, die Treppe nach oben zu steigen. So endlos lang, so endlos lang. Er musste sich abstützen an der Mauer. Schlafen.

Etwas fiel aus seinem Gürtel, er hörte, wie es auf den Stufen aufschlug. Auch ohne hinzusehen, wusste der Soldat, was es war. Warum hatte er sie überhaupt so lange mit sich getragen? Eine Trophäe. Überflüssiger Ballast. Aber in den Alpujarras hatte er sie damit erschrecken können, es war eine Freude gewesen, die Angst in ihren Augen zu sehen.

So viele Stufen. So müde.

Dass Pablo sich bückte und die Fliese mit einer schnellen Bewegung unter seinem Hemd verschwinden ließ, bemerkte er nicht. So viele Stufen. So müde.

36.

Als Boston zu sich kam, war das Erste, was er spürte, das rumpelnde Auf und Ab unter seinem Rücken. Die Unterlage, auf die man ihn gelegt hatte, verströmte einen kräftigen Geruch. Noch bevor er die Augen öffnete, wusste er, wo er war. Sie hatten ihn aufgespürt; die Flucht war zu Ende.

Vom Kutschbock hörte er ein dünnes Altmännerstimmchen eintönig singen, es klang wie ein Choral. So behutsam er konnte, setzte Boston sich auf.

Das weiche Licht kündigte den beginnenden Abend an, auf den Feldern hatten die Menschen mit Gras und Blättern ihre Hacken und Sensen gesäubert und sich auf den Weg nach Hause gemacht. Die Straße lag verlassen.

Nur ein Sprung, und ich bin frei!, dachte Boston und betastete vorsichtig und verblüfft seine Handgelenke. Warum war er nicht an den Karren gefesselt? Wie leichtsinnig der Mönch war! Warum waren seine Hände, seine Füße nicht gebunden? Hielt der Klosterbruder ihn denn wirklich für einen Mauren? Umso leichter konnte er ihm jetzt noch entkommen.

Boston schwang seine Beine vorsichtig über die Seitenbretter des Karrens. Der Gesang vom Kutschbock wurde lauter, an einer hohen Stelle überschlug sich die Stimme und wechselte die Tonlage. Boston stemmte seine Hände auf den Rand des Gefährts und versuchte, einen festen Halt zu finden, um sich nach unten zu schwingen.

»Das sollte der … Maurenknabe nicht tun«, sagte die Stimme vom Kutschbock her laut.

Boston erstarrte.

»Er könnte mir ja leicht entkommen, so leicht!«, murmelte die Stimme jetzt. Noch immer blickte der Mönch vor sich auf den Weg, Boston sah nur seinen spärlichen Haarkranz um die Tonsur am Hinterkopf. Es war, als spräche er mit sich selbst. »Der Herr in seiner unergründlichen Weisheit hat Knabenbeine schneller gemacht als Maultierkarren oder gar die alten Beine eines betagten Mönchleins! Und mancher … Maure befindet sich im Schoße der Kirche zudem sicherer als anderswo. Brrr, Grauer! Halt an!«

Ein Ruck ging durch den Karren, dann stand er. Boston zögerte. Spring!, dachte er. Spring doch, Boston! Worauf wartest du!

Aber noch immer spürte er die Erschöpfung nach zwei durchwachten Nächten. Der Wunsch, einfach sitzen zu bleiben, war übermächtig.

»Und manchmal«, sagte die Stimme, »bringt der Herr in seiner unergründlichen Weisheit dem demütigsten unter seinen Dienern auch unerwartet Dinge zu Gesicht, die dieser gar nicht zu sehen wünschte.« Der Mönch kletterte unbeholfen vom Kutschbock und griff in den Futtersack. Die Zähne des Maultiers mahlten gleichmäßig und schmatzend. »Heilige Mutter Gottes, was rätst du deinem frommen Sohn nun in deiner unermesslichen Güte? Hätte es nicht ebenso geschehen können, dass dieser demütigste Diener deiner Kirche nicht gesehen hätte, was er gesehen hat, obwohl er doch seine Augen abwandte, als dem … Maurenknaben im Sturz der Turban vom Kopfe wehte?« Der Mönch erhob seine Augen zum Himmel und sah aus, als ob er lauschte; dann nickte er. Bostons Herz setzte einen Schlag aus. »So erschien es auch mir, Heilige Jungfrau voller Gnaden«, sagte der Mönch zufrieden. »Wie du sagst, hat man von Blondschöpfen unter den Mauren gehört, warum sollte dieser Knabe nicht einer von ihnen sein? Ein Maurenknabe, nichts als ein harmloser Maurenknabe! Und das Misstrauen, das unter uns Christenmenschen überall herrscht dieser Tage, ist ohnehin dem Herrn nicht wohlgefällig, sagst du mir, Heilige Jungfrau?« Er kraulte das Maultier zwischen den Ohren. Noch immer saß Boston sprungbereit. »Andererseits, Maria Mutter Gottes«, sagte der Mönch, »weißt du selbst, wie wenige unter den Gläubigen diese Überzeugung mit uns teilen! Ich will sie nicht verblendet nennen, ich bin nur ein armer kleiner Klosterbruder, der allein davon etwas versteht, Käse zu machen, und gewiss steht es mir nicht zu, die Weisheit der Mutter Kirche in der Gestalt unseres Großinquisitors anzuzweifeln! Aber wir beide, Mutter Gottes, du und ich, wir sind uns doch einig in dieser Frage?« Wieder richtete er seine Augen zum Himmel, dann nickte er andächtig. »Ich werde nicht versäumen, zum Dank ein Ave-Maria zu sprechen«, sagte er. »Aber du verstehst, Heilige Jungfrau, dass ich mich im Augenblick nicht damit aufhalten kann. Der Käse muss in die Stadt, Ihre allergnädigsten Majestäten lechzen danach.« Er seufzte, dann sah er Boston an, als hätte er jetzt erst bemerkt, dass der Junge zu sich gekommen war.

»So, so, so, mein kleiner maurischer Freund ist wach geworden!«, rief er freundlich. »Du warst erschöpft, als ich dich traf, ich hoffe, es ist dir recht, dass ich dich auf meinen Karren hob? Der Weg nach Granada ist auch dein Weg?«

Boston nickte. Er versuchte zu begreifen.

»Das dachte ich mir«, sagte der Mönch zufrieden. »Wie fügt es doch der Herr in seiner unermesslichen Güte immer wieder so wunderbar, dass wir zum rechten Zeitpunkt dem rechten Menschen begegnen.« Er lächelte. »Allerdings glaube ich, Knabe«, und nun ließ er seine Augen wacher und flinker über Boston gleiten, als es zu seinem Ton passen wollte, »dass wir zwei am nächsten Bach eine kleine Rast machen müssen. Auch die Heilige Jungfrau teilt, wie ich dir freudig mitteilen kann, meine Überzeugung. Wenn du dich wieder zwischen die Körbe mit meinem Käse setzen magst, den die Königin auf ihrer roten Burg schon sehnsüchtig erwartet, können wir unseren Weg fortsetzen.«

Der Karren ruckte an. Er hat ja recht, dieser merkwürdige kleine Mönch, dachte Boston. Wenn ich erst einmal ausgeruht bin, könnte ich ihm leicht entkommen. Wie will er mich einholen mit seinen müden alten Beinen und seinem schäbigen Maultierkarren? Ich bin zwischen seinen Käsekörben ebenso sicher wie sonst irgendwo in diesem Land, sicherer vielleicht; ich kann jederzeit springen. Warum sollte ich also nicht mit ihm fahren? Jede Meile auf dem Weg nach Granada, die ich nicht mit meinen eigenen Beinen zurücklegen muss, bringt mich schneller an mein Ziel. Ich muss nur sehen, dass ich nicht einschlafe, egal wie müde ich bin. Ich muss wachsam bleiben.

Trotzdem erwachte er davon, dass der Karren mit einem Ruck zum Stehen kam. In der Stille der Nacht war vom Wegrand her deutlich das Plätschern eines Baches zu hören.

»Du musst absteigen, Knabe«, sagte der Mönch, und nun klang auch seine Stimme müde. »Knie dich neben das Wasser.«

Boston zögerte. Er hätte mich fesseln können, wenn er mich ausliefern wollte!, dachte er. Weiß er denn nicht, wer ich bin? Bestimmt gibt es doch eine Belohnung, wenn man dem Großinquisitor einen gesuchten Ketzer bringt, der mit dem Teufel im Bunde ist! Aber das hat der Mönch nicht getan. Ich hätte jederzeit fliehen können, aber er hat keine Vorsorge getroffen. Warum soll ich ihm jetzt nicht vertrauen.

Der Bach war breiter, als Boston erwartet hatte. Plätschernd sprang er über Steine und Kiesel, das Schmelzwasser aus der Sierra schäumte, Gischt spritzte auf, wo das Wasser hier und da über einem Felsbrocken zerstob.

»Du musst dich hinknien, Knabe«, sagte der Mönch wieder und seufzte. »Sonst bist du zu groß für mich armen alten Mann.« Boston sah ihn fragend an, aber der Mönch blickte an ihm vorbei. »Und nun – ich weiß, das ist einem Muselmann nicht lieb, aber vertrau mir nur, Maurenknabe! – den Turban vom Haupt!«

Boston griff nach seinem Kopf und packte den Turban fester. Noch immer sah der Mönch an ihm vorbei. »Auch die Heilige Jungfrau weiß ja, dass es blonde Mauren gibt«, sagte er. »Soll nicht Boabdil selbst, der letzte der Nasriden, ein Blondschopf sein? Den Turban vom Kopf, Knabe.«

Boston zögerte; dann legte er den Turban neben sich ins Gras.

»Es kann sein, dass es dich gleich ein wenig schmerzt, Knabe«, sagte der Mönch und schöpfte mit den Händen Wasser aus dem Bach. Dann ließ er es Boston über den Kopf rinnen, dass die Haare ihm in feuchten Strähnen in die Augen fielen. »Aber ich bin seit vielen Jahren geübt. Hab keine Angst.«

Eine Taufe, dachte Boston verwirrt. Soll das eine Taufe werden?

Dann sah er das Messer über seinem Kopf.

Seit der Hof in Granada abgestiegen war, wurde Johanna jeden Morgen durch den Muezzin geweckt.

»Dann dreh dich doch noch einmal um und schlaf wieder ein, mein Täubchen!«, sagte Amme. »Was hast du mit dem Morgengebet der Heiden zu schaffen? Schlaf weiter, mein Rehlein, du hast ja schon Schatten unter deinen schönen Augen!«

Aber Johanna stand doch jeden Morgen lautlos wieder auf. Wenn sie ehrlich war, dann musste sie sich eingestehen, dass ihr dies inzwischen die liebste Stunde des Tages war: Außer den Mauren schlief die Stadt; ihre Mutter, ihr Vater, der ganze Hof. In dieser frühen Morgenstunde gehörte die Burg ihr.

Behutsam schob Johanna ihre Decke beiseite. Amme auf dem Lager vor der Tür schnarchte in rumpelnden Tönen, es wurde täglich schlimmer mit ihr. Dass ich dabei überhaupt so fest schlafen kann!, dachte Johanna. Da bräuchte es eigentlich nicht einmal den Muezzin, um mich zu wecken. Bald können sie Amme oben auf eins ihrer Minarette legen, damit sie mit ihrem Schnarchen die Mauren aufweckt! Sie kicherte.

Wie an jedem Morgen suchte sie als Erstes am Fußende unter ihrer Decke. Das kleine Kissen war noch immer da. Manchmal ertastete sie es in der Nacht im Halbschlaf unter ihren Zehen, dann spürte sie ein leichtes Gruseln, bevor der Schlaf zurückkehrte.

Der Muezzin der Moschee gleich unter dem Burgberg hatte eine schöne, kräftige Stimme. Sie setzte sich ins Fenster, drehte das unheimliche kleine Kissen in ihren Händen und lauschte. Hier in Granada empfand sie jeden Morgen, wie voller Erwartung die Stadt in dieser verzauberten Stunde dalag, wenn das frühe Licht den Himmel über den Dächern golden färbte. Als könne jeder Tag ein Wunder bringen für Granada, jeder ganz gewöhnliche Tag, und immer wieder. Erst wenn die Gassen sich füllten, verflog dieses Versprechen. Wenn die anderen erwachten. Aber sie hatte es gespürt, sie spürte es jeden Tag wieder.

Das Kissen in ihren Fingern hatte nichts von seinem fremden Glanz verloren. Manchmal, wenn es zwischen ihren Brüsten matt geworden war, spuckte sie auf ihren Zeigefinger und wischte darüber. Das sonderbare biegsame Glas, aus dem es gefertigt war, erschien ihr inzwischen vertraut.

Und doch kenne ich nicht sein Geheimnis, dachte Johanna. Wer war mein Bräutigam, der nicht mein Bräutigam war? Welchen Zauber birgt dieses Kissen? Wenn der Großinquisitor wüsste, dass ich einen der Gegenstände des Teufels bei mir verberge, mit mir herumtrage sogar, was täte er wohl? Wenn meine Mutter davon wüsste, sie würde sterben vor Angst. Sie würde glauben, dass meine Seele nun nie mehr zu retten ist.

Johanna verzog spöttisch den Mund. Auch sie war erschrocken gewesen, als der Großinquisitor das Buch, das merkwürdige Ei, das Lederkissen mit den Münzen gezeigt hatte. Aber musste denn immer gleich alles Teufelswerk sein? Alles, was merkwürdig war, fremd, aufregend, wunderbar? Talavera hatte gesagt, diese Dinge könnten auch aus dem fernen Cathai gekommen sein, das Marco Polo einst aufgesucht hatte, das gefiel ihr viel mehr. Was, wenn die Menschen im fernen Cathai die merkwürdigsten Gegenstände fertigen könnten? Was, wenn sie selbst einmal dorthin reisen könnte, in Knabenkleidern vielleicht und ohne Amme, um all diese Dinge kennenzulernen?

Vielleicht hätte ihre Mutter den Genueser doch nicht abweisen sollen. Zeigten denn diese Dinge, anstatt die Herrschaft des Teufels zu beweisen, nicht vielleicht sogar, dass Cathai und das geheimnisvolle Cipangu doch auf einem schnelleren Weg zu erreichen waren, als alle Gelehrten bisher angenommen hatten? Wenn ihre fromme Mutter und der Großinquisitor nur nicht immer hinter allem den Teufel vermuten würden! Sie drehte das Kissen zwischen ihren Fingern. Sie jedenfalls glaubte lieber an Cathai.

Der Muezzin hatte seinen Ruf beendet, hinter ihr prustete Amme im Schlaf und wälzte ihren schweren Körper mühsam auf die Seite. Dann schnarchte sie wie erleichtert weiter.

Wenn ich wüsste, was es ist, dachte Johanna. Wenn ich wüsste, was er damit wollte. Er hat ein Geheimnis, aber muss es denn immer gleich der Teufel sein? Vielleicht ist er nur weit gereist! Vielleicht kennt er Länder, die keiner je gesehen hat, vielleicht war er nur darum so erschöpft, weil er von so weit her gereist ist! Ich bin froh, dass ich ihn habe entkommen lassen. Ich will nicht, dass sie ihn finden! Aber andererseits werde ich ihn nun niemals fragen können. Ich ertrage es kaum mehr, nichts zu wissen.

Eine Fliege taumelte durchs Fenster und kreiste aufgeregt über Ammes Gesicht. Ihr Summen hallte laut und erschrocken in der Morgenstille. Dann setzte sie sich Amme auf die Stirn.

Amme fuhr hoch und wedelte mit beiden Armen.

»Sch, sch, sch!«, schrie sie. »Mein Täubchen! Mein Rehlein!« Wie jeden Morgen, wie jeden, jeden, jeden Morgen. »Du stürzt noch aus dem Fenster! Komm zurück!«

Johanna lachte und beugte sich vor, als ob sie sich in die Tiefe fallen lassen wollte. Von meinem gefährlichsten Besitz weiß sie nichts, dachte sie zufrieden. Davon ahnt niemand etwas.

Oh, endlich habe ich einmal ein Geheimnis. Endlich kann ich einmal darauf hoffen, dass mir etwas Wunderbares geschieht.

37.

Beim ersten Schnitt hatte Boston so sehr gezittert, dass das Messer ihm die Kopfhaut geritzt hatte; dann hatte er begriffen, was der Mönch tat.

»Du willst mir den Kopf scheren!«, hatte er geflüstert. »Du schneidest meine Haare!«

Rechts und links waren ihm die Strähnen auf die Schultern gefallen, hatten sich hinter seinen Ohren verklebt, trieben vor ihm im sprudelnden Wasser des Baches auf die Mündung in den nächsten Fluss zu. Er hatte so stillgehalten, wie es ihm möglich war.

»Nun, der Schöpfer sei gepriesen, dass der Bruder Käser das schärfste Rasiermesser des Klosters besitzt!«, hatte der Mönch gesagt und eine weitere Strähne von seinen Fingern geschnipst. »Weil nämlich der Bruder Käser nicht nur der Bruder Käser ist, Knabe, sondern mit Gottes Hilfe auch der Bruder Barbier!« Mit dem Handrücken hatte er Boston über den Kopf gestrichen. »Und doch, und doch, allein nur mit Wasser …« Er hatte unzufrieden geseufzt. »Nur eine kleine Tonsur ist diesmal ja nicht genug, junger Freund!« Er hatte ein meckerndes Lachen gelacht.

Als er das Messer schließlich an einem Grasbüschel abgestreift hatte, hatte Boston gewusst, dass sein Schädel nun kahl war. Er hatte versucht, im Mondschein im Bach sein Spiegelbild zu erkennen; aber selbst wenn das Licht hell genug gewesen wäre, so war doch das Wasser viel zu unruhig.

Vielleicht ist das auch ganz gut, dachte Boston. Was weiß denn ich, wie ich mit einer Glatze aussehe! Nachher traue ich mich gar nicht mehr unter Menschen! Aber warum tut der Mönch das?

»Natürlich wird dir schon bald ein neuer blonder Flaum wachsen, du musst achtsam sein«, sagte der Mönch und erhob sich ächzend vom Boden. Langsam knotete er die Kordel auf, die seine Kutte über dem Bauch zusammenhielt, dann sah Boston erschrocken, dass er begann, sich das raue braune Tuch umständlich über den Kopf zu ziehen. »So wende dich doch ab, Knabe! Du willst doch nicht zusehen, wie ein alter Mann …« Die Kutte kam geflogen und landete vor Boston auf dem Boden, fast wäre sie in den Bach gefallen.

»Worauf wartest du?«, fragte der Mönch ungeduldig. »Willst du mir nun nicht dafür deinen Burnus geben? Wie lange noch soll denn ein müder alter Klosterbruder im Adamskostüm unter dem Sternenhimmel warten, bloß, wie der Herrgott ihn schuf?« Er seufzte wieder und schlug ein Kreuz. »Gesegnet sei die Dunkelheit!«, sagte er. »Und doch, wer weiß! Manches Tier sieht scharf auch bei Nacht! Ich werde Unkeuschheit beichten müssen. Aber der Herr wird mir verzeihen.«

Boston wagte nicht, sich ihm zuzuwenden. Mit zitternden Fingern zog er sich seinen Burnus über den Kopf und warf ihn dem Mönch zu. Er sah nur den weißen Umriss einer stämmigen Rückseite, die Beine darunter mager und krumm.

»Nun, passt dir meine Kutte?«, fragte der Mönch. Jetzt, wo er sich endlich den Burnus überstreifen konnte, klang seine Stimme erleichtert. Auch den Turban setzte er sich noch auf den Kopf.

Boston stand auf und knotete sich die Kordel um den Bauch. Die Kutte hing locker an ihm herab, aber die Kordel hielt sie in Falten zusammen. Sie roch streng nach altem Mann und nach Käse. In seinem früheren Leben hätte er sich geekelt.

Boston spürte, wie sich seine Mundwinkel zu einem Lachen verziehen wollten. »Ich bin ein Mönch!«, flüsterte er. »Jetzt sehe ich aus wie ein Mönch!«

Der Mönch stieg mit müden Bewegungen auf den Kutschbock. Der Burnus spannte über seinem Bauch wie vorher die Kutte, und auf seiner Brust hüpfte das hölzerne Kreuz. »Nun, wer wird denn der Heiligen Jungfrau, Mutter Gottes, etwas abschlagen können?«, sagte er und klopfte auffordernd auf den Karren. »Steig auf, wir haben schon genug Zeit verloren! Die Königin wartet auf ihren Käse!«

Boston sprang auf den Wagen. Er schob einen Korb beiseite und setzte sich auf den Boden. »Warum tust du das für mich?«, fragte er.

Der Mönch schnalzte mit der Zunge und trieb das Maultier mit den Zügeln an. Erst als Boston schon glaubte, er wolle ihm nicht antworten oder hätte seine Frage nicht gehört, begann er bedächtig zu sprechen.

»Wer bin ich armseliges Mönchlein, mich dem Wunsch der Heiligen Jungfrau zu verschließen?«, sagte er wieder. »Die Heilige Jungfrau, verstehst du, Knabe, ist genau wie ich schon lange in Sorge! Sie kann nicht einverstanden sein mit all diesen Toden, der furchtbaren Folter und den Scheiterhaufen! Mir scheint, sie fürchtet, ihr Sohn könnte ganz umsonst gestorben sein. Die Heilige Jungfrau will nicht, dass du brennst. So habe ich dich zum Klosterbruder gemacht.«

Boston starrte ihn an. In der Dunkelheit war nicht zu erkennen, ob der Mönch wirklich glaubte, was er sagte; aber immerhin war er ja ein Mönch.

»Das ist ein Betrug«, flüsterte Boston. »Darf ein Mönch wie du denn lügen?«

Der Mönch warf ihm einen müden Blick zu. »Ich will keinen Anteil haben an deinem Tod, Knabe, auch wenn du wohl ein Heide bist oder sogar«, er sah wieder nach vorn auf die Straße, »ein Ketzer. Der Tod eines Menschen, der doch nach dem Bilde des Herrn geschaffen wurde, wiegt schwerer als eine Lüge, will mir scheinen, die ja doch schnell gebeichtet ist: ein Rosenkranz, zwei Ave-Maria. Ich bin ein einfacher Klosterbruder, und täglich danke ich meinem Herrn, dass ich von nichts anderem etwas verstehe als vom Käsemachen und vom Haareschneiden. Was da draußen geschieht in der Welt, muss mich in meinem Kloster nicht kümmern! Ich stehe auf zur Vigil, gehe zur Laudes in die Kapelle, bete Mittagshore und Vesper und beschließe mit der Complet meinen Tag. Ich stehe in meiner Käserei und würze den Käse mit Kräutern. Riechst du diesen Duft?« Er seufzte. »Und nun verlangt auch die Königin nach unserem Käse, als ob es nicht genug Käse gäbe in ihrem Reich! Aber Klosterkäse muss sie haben, Klosterkäse muss es sein, Käse von gesegneten Ziegen, von betenden Händen in die Körbe gepresst!« Er schnaubte. »So ein Unfug, bei allem Respekt! Hat nicht selbst unser Herr einstmals im Heiligen Land mit Vergnügen den Käse verzehrt, den die Heiden aus der Milch ihrer Schafe und Ziegen bereitet haben, oder weiß die Bibel etwa anderes zu berichten? Verlangt etwa die Heilige Schrift, den Käse der Heiden zu meiden?« Er schnalzte mit der Zunge und versuchte das Maultier dazu zu bewegen, schneller zu gehen. »Gesegneter Käse!«, rief er. »Man kann es mit seiner Frömmigkeit auch zu weit treiben, Heilige Mutter Gottes, was meinst du?«

Boston wartete. Offenbar war Maria wie üblich mit dem Klosterbruder einer Meinung. Der Mönch nickte zufrieden. »Ich weiß ja, ich weiß!«, sagte er. »Ihre Majestät meint es nicht böse! In allerbester Absicht verlangt sie nach unserem Käse! Jedoch in aller Demut sage ich dir, Heilige Jungfrau, ich sehne mich zurück nach den Zeiten, als die Mauren auf der Alhambra herrschten und ich nicht zu jedem Vollmond nach Granada ziehen musste!«

Boston setzte sich auf. »Klosterbruder?«, sagte er. »Aber ich bin eigentlich ganz froh darüber.«

Sie erreichten das Stadttor, als auf den Straßen schon reges Treiben herrschte. Wie an dem Morgen, als er gemeinsam mit Salomon in die Berge aufgebrochen war, sah Boston den endlosen Zug der Juden, die Granada verließen mit nichts als der Kleidung, die sie auf dem Leib trugen.

Der Mönch seufzte. »Heilige Jungfrau, Heilige Jungfrau!«, murmelte er. »Ich weiß ja, auch du hältst diese Vertreibung für eine Schande! Aber du, Maria voller Gnaden, könntest doch schließlich etwas dagegen tun, oder etwa nicht? Ich bin nur ein armer alter Klosterbruder, der Käse zu machen versteht, aber du, Heilige Jungfrau, findest Gehör beim Höchsten, beim Schöpfer selbst! Solltest du dir da nicht vielleicht ein wenig mehr Mühe geben? Oder hast du den Kindern Israels immer noch nicht verziehen, dass sie deinen Sohn damals ans Kreuz geschlagen haben? Dann bedenke, dass es ja nicht diese hier waren, sondern ihre Vor-, Vor-, Voreltern Jahrhunderte zurück in der Zeit! Und bedenke auch, Heilige Jungfrau«, sagte er, und sein Ton wurde fast ein wenig streng, »dass auch du damals zu ihrem Volk gehört hast und dein Sohn auch! Du wirst deine Gründe dafür haben, wenn du dieses Elend geschehen lässt – aber verzeih deinem demütigen Diener, Maria Mutter Gottes voller Gnaden, wenn er diese Gründe nicht erkennen kann.«

Der Maulesel hielt mit einem Ruck, und der Mönch warf Boston einen schnellen prüfenden Blick zu. Dann wandte er sich zum Tor, wo ein Wachsoldat den Karren schon ungeduldig näher winkte.

»Was soll ich davon halten?«, fragte er unfreundlich. Boston sah auf den ersten Blick, dass es dieselbe Wache war, die vor nicht einmal einer Woche mit Salomon und ihm ihre Scherze getrieben hatte.

Angst stieg in ihm auf. Aber würde der Soldat, der täglich Hunderte heraus- und hineinließ, sich wirklich an einen Judenjungen in Samt und Seide erinnern, wenn jetzt doch ein junger Mönch mit geschorenem Kopf auf einem Käsekarren Einlass verlangte?

»Was seid ihr für ein merkwürdiges Gespann?«

Der Mönch stieg unbeholfen vom Kutschbock, dabei rutschte ihm der Burnus über die Waden hoch.

»Das magst du zu Recht fragen, Bruder!«, rief er aufgeregt. »Erkennst du mich denn nicht mehr? Jeden Mond einmal bringe ich der Königin doch ihren Käse: Ziegenkäse, Schafskäse, Käse von der Kuh; mit Kräutern und ohne, frisch oder in der Lake gereift! Die Königin liebt unseren Klosterkäse, und, bei Gott, du tätest es auch, wenn du ihn einmal kosten dürftest! Die Königin belohnt unser Kloster reich dafür, dass wir ihr diesen Gott wohlgefälligen Käse bereiten, aber fürwahr, ich weiß nicht, ob dies nicht das letzte Mal sein wird!«

»Wie das?«, fragte der Soldat. Er wanderte langsam um den Karren herum, schlug prüfend gegen die Speichen der hölzernen Räder, griff in diesen oder jenen Käsekorb. Er sah aus, als ob allmählich eine Erinnerung in ihm aufstieg. »Und was bist du gekleidet wie ein Maure, wenn du doch ein Klosterbruder bist?«

Der Mönch war auf seinen krummen Beinen eifrig hinter ihm hergelaufen, jetzt blieb er stehen. »Das magst du wohl fragen!«, rief er. »Wahrlich, eine gute Frage ist das! Und in der Antwort darauf liegt auch der Grund, warum ich heute zum letzten Mal den Majestäten ihren gepriesenen Käse bringe, mögen sie auch noch so sehr danach lechzen! Denn noch einmal werde ich mich nicht im beschämenden Gewand der Heiden auf den Weg hierher machen, mag der Vater Abt es mir auch noch so streng befehlen!«

»Der Vater Abt?«, fragte der Soldat und kratzte sich am Kopf.

»Warum verlangt der Vater Abt, dass ein frommer Mönch sich kleiden soll wie ein Muselmann?«

»Aus Sorge, Bruder, aus Sorge!«, rief der Mönch. »Denn sieh, der Vater Abt dachte sich: Durch Maurenland müssen wir reisen; wenn die Mauren aber unseren Karren sehen mit christlichem Käse, wer weiß? Werden sie uns dann nicht berauben? Aber wenn stattdessen einer der Ihren auf dem Bock zu sitzen scheint: Werden sie uns dann nicht verschonen?«

Der Soldat nickte nachdenklich. »Ja, den Mauren ist viel Übles zuzutrauen!«, sagte er. »Euer Vater Abt hat recht daran getan, Sorge zu tragen. Aber warum trägst du denn dann über dem Burnus das Kreuz?«

Der Mönch machte ein schlaues Gesicht. Er winkte den Soldaten dichter zu sich heran. »Das ist nichts als eine Finte!«, flüsterte er. »Burnus und Turban für die Mauren, das Kreuz für die Christen! Nur für die Juden trage ich nichts, denn sie sind ja, wie ihr mit eigenen Augen an eurem Tor täglich beobachten könnt, keine Gefahr. Aber konnte ich sicher sein, dass mir als Maure verkleidet nicht vielleicht ein frommer Anhänger der christlichen Könige den Käse abgenommen hätte in dem Glauben, es wäre ein muselmanischer Käse? Wäre das nicht sogar ihre Pflicht gewesen als rechtgläubige Christen? Darf ein Maure Käse besitzen? Man weiß ja nicht in diesen Zeiten, Bruder, vor wem man sich schützen soll! Am besten vor allen! Wie will man sonst sicher sein?«

Der Soldat guckte ein wenig verwirrt. »Mag sein, du hast recht«, murmelte er. »Darüber habe ich noch gar nicht nachgedacht.«

»Das musst du auch nicht, das musst du auch nicht, Bruder!«, sagte der Mönch. »Ist nicht zum Denken die heilige Mutter Kirche da? Denkt sie nicht für dich und mich und für uns alle? Und sieh, wie schlau der Vater Abt es sich ausgedacht hat!« Er seufzte. »Aber ein weiteres Mal werde ich nicht so reisen, der Herr möge mir verzeihen. Im Gewande der Heiden! Auf dem ganzen Weg hat es gejuckt und gekratzt auf meiner Haut, als wollte es mich daran erinnern, dass ich ein Verräter bin an der Kleidung meines Ordens! Mein junger Bruder hier«, er wandte sich um und zeigte auf Boston, »hat es nicht mehr ertragen können und sich wieder seine Kutte genommen, spreche ich nicht die Wahrheit?«

Boston nickte erschrocken.

»*Lieber werde ich von den Mauren beraubt, als dass ich die Kleidung meines Ordens verrate,* so hat er gesprochen. Nun, das ist ein wahrer Christ! Der sich lieber seinen Käse rauben lässt, als einen Burnus zu tragen!«

Der Wachsoldat nickte andächtig. »Ihr tragt eine schwere Bürde, frommer Bruder, fürwahr«, murmelte er. »Möge der Herr euch beschützen.«

Dann winkte er den Karren in die Stadt.

Boston zwischen den Käsekörben saß ganz still. »Du hast schon wieder gelogen, Mönch«, sagte er dann.

Auf dem Kutschbock nickte der Mönch traurig. »Sobald Zeit dazu ist, bitte ich die Heilige Jungfrau um Vergebung«, murmelte er. »Was sind das für Zeiten, in denen man nur zwischen verschiedenen Sünden wählen kann, wenn man das Gott Wohlgefällige tun will?«

38.

Vom Palast ging Isabella über den Exerzierplatz hinüber zur Alcazaba. Der Morgen war so strahlend wie alle in der letzten Zeit, hätte die Sonne also nicht ihr Gemüt aufhellen sollen? Es ist zu viel, was ich zu tragen habe, zu viel, dachte sie. All diese furchtbaren Entscheidungen. Ich habe geglaubt, wenn wir das Reich von der Maurenherrschaft befreit hätten, würde alles gut. Aber gar nichts ist gut, nun geht es um die Juden, noch immer diese Last auf meinen Schultern. Und dazu ein Ehemann, der mir keine Hilfe, der zu nichts nütze ist, weil er sich mit seinen kleinen Kurtisanen vergnügt. Hat Talavera es mir nicht schon früh prophezeit? Die schwerste Bürde der Könige ist ihre Einsamkeit. Mit Ferdinand hatte ich gehofft, ihr zu entkommen, und nun seit Jahren dies.

Sie kniff die Lippen zusammen. Dieser Gang heute musste sein. Sie hatte extra bis zum Vormittag gewartet, früher am Morgen hätte sie sich immer noch einreden können, dass der klare Himmel über dem Realejo nichts zu bedeuten hätte. Aber um diese Tageszeit? Es war Samstag, in allen christlichen, in allen maurischen Küchen der Stadt stand das Mittagsmahl auf dem Herd. Um diese Zeit würde sie es endgültig glauben müssen. Dass es ihr immer so schwerfiel, diese Entscheidungen zu treffen.

»Majestät!«, sagte Santángel und verbeugte sich tief. Fast lautlos war er durch das Weintor auf den Platz gekommen. »Ihr habt einen Boten zu mir geschickt?«

Warum hatte sie ihn ausgewählt, ausgerechnet ihn, den *converso*?

Aber wen sonst? Hätte ich Talavera mitgenommen auf den Turm, ich weiß doch, was er gesagt hätte. *Es hat nichts zu bedeuten, meine Tochter. Steig wieder nach unten, Kind, und vergiss, was du gesehen hast. Der allmächtige Vater im Himmel wird die Dinge in seine eigenen Hände nehmen, er wird dir ein Zeichen geben, wenn er diese Tode von dir verlangt. Bis dahin vertraue du nur auf den Herrn und steige vom Turm herab.*

Und dann?, dachte Isabella bitter. Dann hätte ich mich wieder auf meinem Lager gewälzt Nacht für Nacht und mich gefragt, ob es nicht dennoch meine Pflicht ist, zu tun, was Torquemada verlangt. Ob nicht die armen Seelen der Verstockten nur durch das Feuer zu retten sind und es an mir ist, den Befehl zu geben! Talavera wäre mir keine Hilfe gewesen, Talavera schätzt die Milde; in allem, was er sagt, widerspricht er dem Großinquisitor, der Widerspruch verwirrt mich nur.

Und warum also dann nicht Torquemada? Warum soll mich nicht noch einmal der Großinquisitor auf den Turm begleiten?

Weil ich wie bei Talavera seine Antwort im Voraus weiß, seine entgegengesetzte Antwort, stets will er alle brennen sehen. Und ich stehe zwischen den beiden und muss die Entscheidung fällen, hilf mir, Heilige Jungfrau, hilf. Wie kann ich wissen, was dem Herrn wohlgefällig ist, wenn die Diener seiner Kirche so Unterschiedliches von mir verlangen?

Und darum also Santángel? Was konnte ausgerechnet Santángel ihr denn raten?

Er soll mir ja nichts raten, dachte Isabella. Ich will nur sehen, wie es in seinen Augen aufblitzt da oben auf dem Turm, wenn kein Rauch aufsteigt über der *judería*. Seit Langem schon hat er dem Judentum abgeschworen, kein frömmerer Kirchgänger in unseren

Königreichen als er, und doch. Wenn ich gemeinsam mit einem *converso* am Sabbat die Schornsteine des Realejo beobachte, werde ich sicher sein können. An seinem Gesicht werde ich es erkennen. Dann werde ich wissen, was ich zu tun habe.

»Wir wollen zusammen auf den Velaturm steigen, Señor Santángel«, sagte die Königin. »Ihr könnt mir in einer schwierigen Frage behilflich sein.«

Noch einmal verneigte Santángel sich leicht. Er weiß, worum es geht, dachte Isabella. Fast ist es überflüssig, auf den Turm zu steigen. Ich sehe ja schon jetzt am Flackern in seinen Augen, was uns dort erwartet.

»Vor einer Woche bin ich schon einmal dort oben gewesen, Señor«, sagte Isabella. »Gemeinsam mit dem Großinquisitor. Er wollte mir beweisen, dass es den *conversos* von Granada nicht ernst ist mit ihrem neuen Glauben, dass sie noch immer *marranos* sind, Juden, Señor Santángel, die am Sabbat ihren Feiertag begehen. Kein Rauch über den Dächern am Vorabend des Sabbats!« Sie sah Santángel scharf in die Augen.

»Ich weiß nicht, ob ich aus Euren Worten eine Beleidigung lesen soll, Majestät!«, sagte er. »Ihr wollt doch nicht sagen, dass ich …«

Die Königin winkte ab. »Gewiss nicht, Señor Santángel, gewiss nicht!«, sagte sie. »Ihr dient dem Hause meines Mannes seit Jahren, und immer war Euer Rat weise! Keiner singt mit mehr Inbrunst in der Messe als Ihr.«

Santángel wartete. »Aber die anderen alle, die noch bei unserer Ankunft in Granada vor nicht einmal vier Monden dem Glauben Eurer Väter anhingen?«, sagte die Königin. »Viel zu schnell, Señor Santángel, haben viel zu viele Eurer ehemaligen Glaubensbrüder ihrem Glauben abgeschworen, sobald mein Edikt es verlangte! Kann ich ihnen denn trauen? Haben sie wirklich alle unsere heilige katholische Lehre angenommen, sind ihre Seelen gerettet? Oder wollten sie nur dem traurigen Schicksal entgehen, das Land zu verlassen ohne ihren Besitz?«

»Ihr selbst habt ihnen nur diese beiden Möglichkeiten gelassen, Majestät«, sagte Santángel steif. »Wie könnt Ihr also jetzt hadern, wenn sie unseren einzig wahren Glauben nur deshalb angenommen haben, um auf diese Weise dem schweren Schicksal der Flucht zu entgehen?«

Die Königin schüttelte ungeduldig den Kopf. »Ich hadere nicht!«, sagte sie. »Ich bin nicht wie der Bischof Talavera, für den nur ein freiwillig getaufter Christ dem Herrn wohlgefällig ist! Für mich genügt, dass ein Jude sich taufen lässt und zur Messe geht, zur Beichte geht, die Riten unserer heiligen katholischen Kirche befolgt! Wenn der Herr es will, wird alles andere sich dann schon fügen. Allerdings nur, Señor Santángel«, und jetzt sah sie ihn an, als habe sie gerade auch hinter seiner Stirn noch einen letzten Rest Judentum entdeckt, »wenn der Jude nicht gleichzeitig auch noch seine jüdischen Riten befolgt! Du sollst den Sabbat heiligen? Nicht einmal Feuer im Herd?«

Santángel schwieg.

Auf der anderen Seite des Exerzierplatzes kam Johanna aus dem Palast. Sie sah verträumt aus. Eine Hand hatte sie gegen ihre Brust gepresst.

Was tut sie da, was verbirgt sie an ihrem Busen?, dachte Isabella verblüfft. Kann es sein, dass sie dort die Miniatur des Habsburgers verbirgt wie ich einst die Miniatur Ferdinands? Kann es sein, dass der Anblick dieses unseligen Knaben, der mit dem Teufel im Bunde und dennoch so jämmerlich war, ihr endlich vor Augen geführt hat, welches Glück Prinz Philipp für sie bedeutet? Kann es sein, dass sie jetzt auf einmal von ihm träumt, sein Bild an ihr Herz presst? Kann es also sein, dass Hoffnung besteht, dass dieses widerspenstige Kind sich bekehrt?

Sie atmete tief. »Johanna!«, rief die Königin.

Johanna zuckte zusammen. Wie ertappt nahm sie die Hand von ihrer Brust.

Die Königin lächelte. Tatsächlich, dachte sie, tatsächlich. So hat sie es also dort verborgen und will nicht, dass ich es bemerke, was sonst sollte es sein. Dieser verträumte Blick in ihren Augen! Sie wird den Habsburger nicht abweisen, dessen bin ich mir jetzt gewiss, der Herr hat alles wunderbar gefügt.

»Komm mit auf den Velaturm, Johanna«, sagte Isabella und strich ihrer Tochter zärtlich über den Arm. Johanna zuckte zurück. »Eines Tages wirst vielleicht du Königin sein und Entscheidungen fällen müssen wie jetzt ich. Es ist gut, wenn du schon früh begreifst, was auf dich zukommen wird.«

Johanna senkte mit verschlossenen Lippen den Kopf, aber sie widersprach nicht.

Während des Aufstiegs schwiegen sie alle drei. Johanna lief voran.

»Nun?«, sagte Isabella. Kaum wagte sie, Santángel in die Augen zu sehen.

Als sie mit Torquemada hoch oben auf der Plattform gestanden hatte, war es Abend gewesen, der Abend vor dem Sabbat. Was hieß es schon, wenn am Abend kein Rauch aus den Schornsteinen aufstieg? Die ganze Woche hatte sie daran denken müssen. Zu schnell hatte sie sich dem Großinquisitor gebeugt. Was bedeutete es denn schon, wenn im Realejo am Abend vor dem Sabbat die Herde kalt blieben? Konnte es nicht ebenso gut heißen, dass die *conversos* alle nun erst am Sabbat selbst kochten, um zu beweisen, wie endgültig sie ihrem Glauben abgeschworen hatten?

Darum war sie unruhig gewesen die ganze Woche. Der fehlende Rauch über den Dächern am Vorabend des Sabbats allein konnte kein Beweis sein, egal wie sehr Torquemada auch in sie dringen mochte. Sie trat an die Brüstung. Aus Häusern überall in der Stadt stieg Rauch auf über den Dächern.

Nur über dem Realejo war der Himmel so blau wie der Mantel der Heiligen Jungfrau.

»Nun, Señor Santángel?«

Santángel schwieg.

»Kein Feuer ist entzündet im Realejo«, flüsterte Isabella und spürte dabei fast schmerzhaft, wie sehr sie gewünscht hatte, dass es anders wäre. »Dort glüht kein Herd, obwohl doch jedermann in Granada auf das Mittagsmahl wartet. Seht Ihr Rauch, Señor Santángel? Seht Ihr Rauch?«

Santángels sonst so beherrschtes Gesicht sah gequält aus. Langsam schüttelte er den Kopf.

»Und wie können wir das erklären, Señor Santángel?«, fragte Isabella. Ferdinand würde sich freuen, immer schon hatte sie gefürchtet, dass es ihm nicht um die Seelen ging, sondern um das Gold, er würde reichlich bekommen. »Helft mir, Señor! Wie können wir das erklären?«

Santángel schwieg.

In diesem Moment beugte Johanna sich mit ausgebreiteten Armen weit über die Brüstung des Turms. »Ich fliege!«, rief sie. »Ich fliege!«

Einen Augenblick wartete sie ab, aber keine Amme schrie auf. Dann drehte sie sich zu ihrer Mutter um. »Ich verstehe nicht, was Euch daran wundert!«, sagte sie. »Heißt es nicht überall, die Juden schlachteten zum Sabbatmahl Christenkinder und tränken deren Blut? Habt Ihr nicht die Geschichten aus Segovia gehört?« Sie lachte.

»Was müssen sie also kochen in der *judería*? Frisches Christenblut ist doch ohnehin warm!« Dann lachte sie so sehr, dass es sie schüttelte.

»Johanna!«, rief die Königin. Sie sah Santángel fast flehend an.

Santángel schwieg.

39.

Nicht weit hinter dem Stadttor brachte der Mönch seinen Karren zum Stehen.

»Jetzt sind wir in Granada, Knabe«, sagte er. »Warum auch immer du es dir gewünscht haben magst. Denn nirgendwo, will mir scheinen, ist die Gefahr größer für dich als hier.«

Einen Augenblick lang spürte Boston ein brennendes Verlangen, dem Mönch alles zu erzählen. Es war so schwer, über eine Wahrheit zu schweigen, die er keinen Augenblick vergessen konnte. Und war der Mönch nicht selbst ein bisschen verrückt? Würde der Mönch ihm nicht vielleicht glauben?

Dann siegte die Vorsicht. »Vielen Dank, Klosterbruder!«, flüsterte er. »Dass du mich nicht …«

»Vielleicht willst du gar noch mitkommen hinauf auf die Alhambra?«, fragte der Mönch. »Oder liegt dein Ziel hier unten in der Stadt?«

Boston schüttelte den Kopf. »Auf die Alhambra!«, sagte er.

Der Karren ruckte an. Auf der Alhambra mussten Tariq und Salomon sein, auf der Alhambra lag das Verlies. Und vielleicht fand er dort auch diese verfluchte Fliese, was konnte sie ihm jetzt denn noch nützen. Aber auch die Königin war dort oben, und wenn es irgendeine Möglichkeit gab, dass Kolumbus seine Reise doch antrat, so fand auch sie sich oben auf der Burg.

»Brrr!«, rief der Mönch. Am unteren Eingang zum Burgberg

sprach er mit der Wache; es dauerte nicht einmal so lange wie vorher am Stadttor.

»Meine Lügen türmen sich allmählich zu einem Berg, hoch wie der Ararat!«, murmelte der Mönch. »Oh, wie sehne ich mich nach der Beichte!«

Oder ich könnte mit dem Klosterbruder zurück in sein Kloster fahren, bestimmt würden sie mich dort aufnehmen, solange es mir nur gelingt, immer rechtzeitig den Kopf scheren zu lassen. Wo könnte ich wohl sicherer sein vor der Inquisition als direkt unter ihren Augen? Und über die Jahre, wer weiß, wäre vielleicht auch die Geschichte vom Teufelsbündner vergessen. Ich könnte Käse machen lernen, Gebete sprechen vom Morgengrauen bis zum Abend, ich müsste keine Angst mehr haben.

Sie näherten sich der Medina, Stimmen und Lachen, die Geräusche des Alltags.

Und Amerika? Du vergisst Amerika!

Amerika wird nicht entdeckt werden, und wenn ich für immer im Kloster bleibe, kann es mir gleichgültig sein. Warum glaube ich denn, dass es entdeckt werden wird, wenn ich mich jetzt zur Königin wage? Im Kloster wäre ich sicher, bis ich nach der Letzten Ölung unter dem Gesang der Brüder friedlich einschlafen würde. Keine Folter. Kein Scheiterhaufen.

In der Medina war der Karren vor dem Küchenbau zum Stehen gekommen. »Was ist mit dir, Knabe?«, fragte der Mönch. »Glaubst du nicht, du solltest mir helfen, den Käse vom Wagen zu laden?«

Boston nickte. Und Tariq? Und Salomon?

Er hob einen Korb, Schafskäse, Ziegenkäse, frisch oder in der Lake gereift. Einen Tag würde der Mönch auf der Burg ruhen von der Reise; so lange würde er nach den Freunden suchen. Und doch wusste er, dass es aussichtslos war. Wie sollte er sie befreien?

Wenn er sie nicht entdeckte, würde er mit dem Mönch zurück ins Kloster gehen, die Entscheidung war gefallen. Sobald sie den Käse in der Küche abgeliefert hatten, wollte er es ihm sagen. Er konnte nicht ewig auf eine Rückkehr in sein wirkliches Leben hoffen, nur Tariq und Salomon zu helfen hielt ihn noch hier. Wie sollte er leben mit dem Wissen, dass sie seinetwegen in den Händen der Inquisition leiden mussten?

Wenn wir die Hoffnung verlieren, kommt, was wir befürchten, bestimmt.

Er hob den Korb an beiden Henkeln an, sein Inhalt wog schwer. Die Tränen, die aufsteigen wollten, drängte er zurück. Verzweiflung und Erleichterung mischten sich auf merkwürdige Weise; im Kloster würde er wenigstens dieses fremde Leben ohne Angst leben können.

Und Tariq? Und Salomon?

In diesem Augenblick hörte er sie rufen.

»Philipp!«, rief eine Stimme. Nicht laut. Nur gerade so, dass er zusammenzuckte. »Oder wer immer du sein magst, Teufelsbündner! Lass den Korb stehen und komm her! Sonst muss ich meine Wachen rufen!«

Johanna war als Letzte die Treppe im Turm hinuntergestiegen. Nun, so stand eben kein Rauch über der *judería,* was regte ihre Mutter sich so auf? War es denn ihre Schuld, dass die verstockten Juden sich nicht bekehren lassen wollten? Wer konnte denn von der Königin verlangen, dass sie auch jene Seelen noch rettete, die sich nicht retten lassen wollten? Betete sie eben einen Rosenkranz mehr oder zehn, dann würde der Herr ihr diese Schuld schon erlassen, wenn es denn überhaupt eine war! Sollte sie die verstockten Juden doch in der Hölle brennen lassen, anstatt sie auf den Scheiterhaufen zu schicken, nur um ihren Seelen den Zugang zum Paradies zu retten! Jeden Tag dasselbe. Es war langweilig, langweilig, langweilig.

Und selbst das Kissen zwischen ihren Brüsten hatte sein Versprechen nicht eingelöst. Nichts war geschehen. Fast wünschte sie jetzt, dass es wirklich dem Teufel gehörte, wie wäre das aufregend gewesen.

Sie ging durch das Tor hinaus zur Medina. Die Gärtner arbeiteten in den Beeten, Küchenjungen holten Wassereimer vom Brunnen und pfiffen dabei vor sich hin. Selbst das Gesinde hatte ja ein lustigeres Leben als sie.

Ein Klosterkarren fuhr vor das Küchenhaus, sie hatte ihn schon öfter gesehen, vor einem Mond vielleicht das letzte Mal. Der Käse stank zum Himmel, der Klosterbruder auf dem Bock sicher auch; er hatte einen dicken Bauch, sie begriff nicht, warum ihre Mutter diese Menschen den Juden oder Mauren vorzog, die so gesittet waren und so reinlich. Der dicke Bauch des Mönchs unter seinem dünnen Burnus hüpfte bei jedem Schritt. Es war ja beschämend, wie die Frommen sich gehen ließen, sah ihre Mutter das denn nicht?

Dann hielt sie mitten im Schritt inne. Der Burnus. Der Turban. Wieso trug der Mönch Burnus und Turban? Sie warf einen schnellen Blick auf seinen Begleiter. Bisher war der dicke Klosterbruder immer allein auf die Alhambra gekommen. Aber der andere trug wenigstens eine Kutte, ganz wie er sollte. Er war noch jung, sein Kopf war geschoren, er stellte sich ungeschickt an. Und er sah aus …

Johanna sog scharf die Luft ein. »Philipp!«, rief sie flüsternd. »Oder wer immer du sein magst, Teufelsbündner! Lass den Korb stehen und komm her! Sonst muss ich meine Wachen rufen!«

Dabei war sie sich gar nicht sicher gewesen. Hätte der Junge ihr langsam und erstaunt sein Gesicht zugedreht oder hätte er nicht einmal gewusst, dass er gemeint war, und ruhig weitergearbeitet, sie hätte begriffen, dass die Ähnlichkeit nur eine Täuschung war.

Aber er zögerte nicht. Sobald er ihre Stimme hörte, begann er zu zittern. Zitterten Teufelsbündner? Erschrocken setzte er den Korb auf den Boden.

Johanna gab ihm mit der Hand ein Zeichen und verschwand im Waschhaus. Die Wäscherinnen sahen auf und fielen in einen tiefen Knicks.

»Sch, sch, sch!«, sagte Johanna und scheuchte sie wie Fliegen aus dem Raum. »Ihr könnt gehen!«

Verwirrt griff eine der Frauen nach dem Laken, das sie in einem hölzernen Bottich gerade mit einer Bürste geschrubbt hatte, aber Johanna schlug ihr mit dem Fächer auf die Hand.

»Habe ich gesagt, ihr habt Zeit bis morgen?«, rief sie.

In der Tür stieß die letzte der Frauen mit dem jungen Mönch zusammen. Johanna hatte nicht eine Sekunde lang geglaubt, dass er sich ihrer Aufforderung widersetzen würde. Wenn er klug war, wusste er, dass es für ihn von hier oben kein zweites Mal ein Entkommen geben würde. Nicht ohne ihre Hilfe. Aber wollte er denn entkommen? Warum war er überhaupt zurückgekehrt?

Der Junge hielt den Kopf gesenkt, als wolle er sein Gesicht verbergen. Die weite Kutte schlotterte an seinem mageren Körper, es war keine Verwechslung gewesen. Nun würde sie alles erfahren.

»Rede!«, sagte Johanna.

Der Junge hob langsam den Kopf und sah sie an. Ganz so erbärmlich wie vor einer Woche sah er nicht mehr aus. Vielleicht lag das an seinem geschorenen Kopf. Vielleicht lag es aber auch daran, was sie jetzt von ihm wusste.

»Was schleichst du dich ein auf der Alhambra, nachdem du doch gerade noch nichts Besseres zu tun wusstest, als von hier zu rennen? Ich will, dass du mir alles erzählst, Teufelsbündner!«

Endlich würde etwas Aufregendes geschehen.

40.

Nur kurz hatte Boston gezögert, bevor er der Prinzessin in das Gebäude gefolgt war. Sie hatte ihn erkannt, wie sollte er ihr entkommen.

Frauen waren ihm entgegengelaufen, ältere, jüngere, die aufgeregte, verständnislose Blicke hinter sich warfen; das Haar unter ihren Kopftüchern hing in feuchten Strähnen, ihre Kleider und Schürzen waren nass vom Hals bis zu den Füßen. Er wunderte sich, dass er diese Dinge wahrnahm.

Im Raum war es heiß. Hölzerne Bottiche mit eingeweichter Wäsche, aus denen Dampf aufstieg und die Luft feucht und klebrig machte, standen auf dem Boden, dazwischen Eimer vom Brunnen; in einem steinernen Herd glomm ein Feuer, über dem in einem riesigen Kupferkessel Wasser erhitzt wurde.

»Rede!«, sagte die Prinzessin.

Boston hob den Kopf. Vor einer Woche hatte sie ihm zur Flucht verholfen.

»Was schleichst du dich in dieser Verkleidung auf die Burg, nachdem du doch vor ein paar Tagen nichts Besseres zu tun wusstest, als von hier zu rennen? Ich will, dass du mir alles gestehst, Teufelsbündner!«

Ich wollte doch ein Mönch werden, dachte Boston müde. Ich habe so viel erlebt in den letzten Tagen, ich kann nicht einmal mehr wirklich ängstlich sein. Er lehnte sich gegen die Wand. Der Dampfschleier in der Luft zeichnete das Gesicht der Prinzessin weicher.

»Warum hast du mich damals entkommen lassen?«, fragte er.

Die Prinzessin schnaubte. »Hatte nicht *ich dir* eine Frage gestellt?«, rief sie. »Ich will wissen, wer du bist, Teufelsbündner!«

Boston nickte. Sie könnte hübsch sein, dachte er. Wenn sie nicht so ungeduldig wäre, wenn sie nicht so schnell aufbrausen würde, wenn sie nicht so unzufrieden aussähe, dass sich Unzufriedenheit und Ungeduld schon dauerhaft in ihre Züge eingeschrieben haben. Er wunderte sich über seine eigenen Gedanken. Er sollte lieber entscheiden, was er ihr erzählen wollte.

Boston verneigte sich und faltete die Hände. »Ich bin damals nach Granada gekommen, um – ein Mönch zu werden!«, sagte er entschlossen. »Als ihr mich dann im *funduq* aufgegriffen habt, war ich gerade auf dem Weg ... Ich wollte ins Kloster, aber als ihr dann glaubtet ...«

»Unfug, sei still!«, sagte die Prinzessin. Ihre Augen blitzten vor Zorn. »Das kannst du meiner frommen Mutter erzählen, und nicht einmal sie wird dir glauben! Wir haben deine Geräte gefunden!«

»Geräte?«, fragte Boston. Es hatte ja keinen Sinn, zu leugnen.

»Das Ei!«, sagte die Prinzessin. »Das Lederkissen mit dem gezahnten Eisenstreif! Das sonderbare Buch, in dem von Granada die Rede ist, von meiner Mutter, sogar von Boabdil! Erkläre mir, wenn du kein Teufelsbündner bist, diese Gegenstände!«

»Ich weiß nicht, wovon du ...«, sagte Boston, aber inzwischen war die Prinzessin noch zorniger geworden. Schon wieder war ihre Geduld erschöpft.

»Ich kann auch die Wachen rufen!«, zischte sie. »Überleg dir gut, was du willst, Teufelsbündner!«

Boston nickte. »Du wirst mir aber nicht glauben«, sagte er. »Wenn du mir doch nicht einmal glauben wolltest, dass ich ein Mönch bin.« Er sah sich suchend um. An der Wand unter dem Fenster, durch das der Dampf in Schwaden nach draußen zog, stand eine Bank, abgewetzt und blank, auf der die Waschfrauen ihre Körbe mit der Wäsche abstellten. Er stellte einen Korb auf den Boden, einen zweiten. Dann setzte er sich und sah die Prinzessin auffordernd an. »Es ist eine längere Geschichte«, sagte er.

Er sah, wie ihre Neugierde und ihr Zorn miteinander im Streit lagen. Die Neugierde siegte.

»Ich komme nicht aus eurem Land«, sagte Boston vorsichtig. Die Prinzessin unterbrach ihn nicht. Vielleicht, dachte Boston verblüfft, würde es ihr ja sogar gefallen, wenn er ihr die Wahrheit erzählte. Und welche Wahl blieb ihm denn sonst, Handy und Rucksack zu erklären? Sie zu überzeugen, dass es nicht der Teufel war, der ihm diese Dinge übergeben hatte? »Ich komme nicht einmal aus eurer Zeit.«

Die Prinzessin zuckte zusammen, aber sie schwieg noch immer. Offenbar machte die unglaubliche Wahrheit sie nicht so zornig wie seine Lügen vorher. Vielleicht fand sie sie tatsächlich glaubwürdiger, aufregender jedenfalls. Und er hatte ja keine Wahl.

»Die Zeit, in die ich gehöre, liegt noch mehr als fünfhundert Jahre in der Zukunft«, sagte Boston und suchte ihre Augen. »Ich weiß, das klingt wie ein Märchen. Aber es ist wahr.«

Er wartete. Die Prinzessin schwieg. Boston sah, dass die Knöchel an ihrer Hand, mit der sie die Kante der Bank umklammert hielt, weiß vor Anspannung waren. »Ich weiß selbst nicht genau, wie ich hergekommen bin, auf einmal war ich da; und wie ich zurückkommen soll, weiß ich noch viel weniger.«

»Die Gerätschaften«, sagte die Prinzessin. Ihre Stimme, die drohend klingen sollte, klang nur gepresst. »Du sollst mir die Gerätschaften erklären.«

»Das Buch ist ein Buch«, sagte Boston. »Einfach ein Buch. Die

Dinge sehen anders aus bei uns in meiner Zeit, das kannst du dir doch denken. Es ist vieles erfunden worden in den fünfhundert Jahren. Erfunden und entdeckt.« Amerika!, dachte er. Wenn ich die Prinzessin dazu bekommen kann, mir zu glauben: Könnte dann nicht vielleicht sie ihre Mutter überzeugen, dass Kolumbus reisen muss? »Und was du Ei nennst, ist in Wirklichkeit ein Gerät, mit dem man mit Menschen an anderen Orten sprechen kann; und die lederne Tasche …«

»Phhhht!«, sagte die Prinzessin. »Es ist ein Licht! Das Ei ist ein Licht!«

»Ja, natürlich, das auch!«, sagte Boston schnell. Dass sie nur nicht wieder zornig wurde! »Aber eigentlich …«

»Und wie willst du das alles beweisen?«, fragte Johanna. »Dass du aus der Zukunft kommst? Dass die Geräte also Geräte der Zukunft sind und nicht Geräte des Teufels? Wie willst du das beweisen?«

Boston schwieg.

»Fünfhundert Jahre!«, sagte Johanna. »Da bin ich tot!«

Boston nickte. Aber sie ist nicht wieder so wütend, dachte er vorsichtig. Ein bisschen ungehalten vielleicht, ungläubig eher, nicht so zornig wie am Anfang, als ich ihr vorspielen wollte, dass ich ein Mönch werden möchte. Die Wahrheit glaubt sie mir eher, das ist doch verrückt. Weil ja die Wahrheit das Verrückteste ist.

Dann fiel ihm plötzlich ein, wie Johanna ihm helfen konnte. Natürlich! Sie war eine Prinzessin, wenn er sie überzeugen konnte …

Zuerst Amerika. Und danach Tariq und Salomon. »Und darum, verstehst du«, sagte er eindringlich und versuchte, ihr in die Augen zu sehen, »weil ich aus der Zukunft komme: Darum weiß ich auch vieles über eure Zeit! Ich weiß, was geschehen wird in den nächsten fünfhundert Jahren! Und darum weiß ich auch – hörst du mir zu?«

Johanna hatte den Kopf abgewandt, um seinem Blick zu entkommen. Sie überlegt, ob sie mir glauben soll, dachte Boston. Ob ich nicht doch der Teufelsbündner bin. »Hörst du mir zu?«

Die Prinzessin nickte. »Fahr fort«, sagte sie unfreundlich.

»Darum weiß ich auch«, sagte Boston, und er versuchte, weiter ruhig zu klingen, »dass deine Mutter gerade dabei ist, einen schrecklichen Fehler zu begehen!«

»Du wagst es zu behaupten, die Königin mache Fehler?«, rief Johanna. »Kerl!«

Boston winkte ab. »Sie muss den Genueser reisen lassen!«, sagte er. »Colón! Er wird Amerika für euch entdecken, verstehst du? Und Spanien wird unermesslich reich werden dadurch!«

»Gold ist meiner Mutter gleichgültig«, sagte die Prinzessin, aber Boston sah, wie wenig sie daran glaubte. »Meiner Mutter geht es bei allem, was sie tut, stets nur um die Seelen. Und Colón will außerdem nach *Indien* reisen. Von einem Amerika«, sie blickte ihn misstrauisch an, »habe ich niemals gehört.«

»Natürlich nicht!«, rief Boston. »Es ist ja auch noch nicht entdeckt! Es ist ein vollkommen unbekannter Kontinent, ihr wisst überhaupt noch nichts davon! Aber es gibt ihn, Johanna, glaub mir doch! Es gibt Amerika, und es wird Spanien reich machen!«

Johanna stand auf. »Du erzählst mir, dass du aus der Zukunft kommst!«, sagte sie. »Du erzählst mir, dass ein Kontinent entdeckt werden wird, von dem wir nichts wissen! Du erzählst mir, mit anderen Worten, lauter Dinge, die kein Christenmensch glauben kann. Aber wo ist dein Beweis?«

Boston sackte in sich zusammen. Einen Augenblick lang hatte er das Gefühl gehabt, dass die Prinzessin ihm, wenn sie ihm vielleicht auch noch nicht wirklich glaubte, so doch wenigstens gern glauben wollte. Aber einen Beweis hatte er nicht für sie.

»Versuch doch, es für möglich zu halten!«, sagte er. »Findest du es denn leichter, an den Teufel zu glauben?«

Sehr langsam schüttelte Johanna den Kopf. »Ich weiß nicht, was ich glauben soll«, murmelte sie und ließ ihn nicht aus den Augen. Ihre Hand wanderte zögernd zum Ausschnitt ihres Kleides. Ihre Augen bohrten sich in seine, als versuche sie, ihn zu bannen. »Und das hier? Was ist das?«

Zögernd zog sie die Hand wieder zurück und streckte sie ihm fast drohend entgegen. Darin hielt sie nichts anderes als ein Ketchuptütchen aus einer Hamburgerkette. Boston erkannte es wieder.

»Das?«, fragte er verblüfft, und er spürte, wie ein Lachen in ihm aufsteigen wollte. Die Erwartung war so groß gewesen, er hatte mit allem gerechnet; und jetzt das: nichts als ein Ketchuptütchen. »Das ist«, jetzt konnte er das Lachen nicht mehr bremsen, »doch nichts weiter als Ketchup!«

Die Prinzessin sah ärgerlich aus; wie schnell ihre Stimmung immer umschlug. Sie zog die Hand mit dem Tütchen zurück und hielt sie sich dicht unter die Augen. »Ket-was?«, fragte sie. Sie durfte nicht glauben, dass er sie zum Narren hielt. Er brauchte sie, er brauchte sie.

»Ketchup!«, sagte Boston. »Einfach nur Ketchup! Aber den kennt ihr wahrscheinlich auch noch nicht. Man macht ihn aus Tomaten.« Erst als er Johannas verwirrtes Gesicht sah, fiel ihm ein, dass sie auch keine Tomaten kennen konnte. Tomaten wuchsen in Amerika; und Amerika war nicht entdeckt.

»Das kommt aus Amerika!«, sagte Boston. »Guck mal, Johanna! Wovon ich dir erzählt habe! Ihr müsst Colón reisen lassen!«

Mit einem schnellen Griff nahm er ihr das Tütchen aus der Hand. Es fühlte sich klebrig an und ein wenig feucht von Schweiß. »Hier ist die Reißlinie!«

Johanna starrte auf seine Hände. Sie war erschrocken einen Schritt zurückgetreten, als fände sie das, was er ihr zeigen wollte, unheimlich.

»Hier reißt man es auf!«, sagte Boston. »Siehst du? So.« Mit spitzen Fingern fasste er das Päckchen an der oberen Kante; an der Perforation riss es auf. Er war vorsichtig. Ketchup machte eklige Flecken, es musste ja nicht spritzen. »Hier!«, sagte Boston.

Die Prinzessin beugte sich ein wenig vor, während sie ihre Füße nicht vom Fleck bewegte. Sie reckte den Hals, dann stieß sie einen unterdrückten Schrei aus. Eine Hand wanderte zu ihrem Mund.

»Einfach nur Ketchup!«, sagte Boston beruhigend. Er drückte auf das Tütchen, der Ketchup quoll über den Rand. Er leckte ihn ab und hielt der Prinzessin das Tütchen hin. »Probier mal!«

Dann erst sah er, dass sie zitterte. Sie zitterte so sehr, dass er Angst bekam. Ihre Augen waren starr und traten vor. »Das ist doch nur Ketchup!«, rief Boston wieder, und um es ihr zu beweisen, presste er den dickflüssigen Inhalt aus der Packung und sog ihn auf. »Ist sogar ziemlich lecker!«

In diesem Moment begann die Prinzessin zu brüllen.

41.

Nur eins wollte Santángel jetzt: sich sofort zurück in die Stadt bringen lassen. Er musste überlegen, was der Besuch auf dem Turm bedeutete. Noch immer lebte ja seine Schwester in der Stadt mit ihrem Mann, mit ihren Kindern, noch immer hatten sie sich nicht entschieden, wie sie sich verhalten sollten nach dem Edikt; jetzt wusste er, dass es zu spät war für jede Entscheidung.

Oder sollte er ihnen raten: Macht es wie ich! Lasst euch taufen!?

Gerade hatte er doch gesehen, was ihnen auch dann geschehen würde. Niemals würde der Großinquisitor überzeugt sein, dass sie es ehrlich meinten, wenn sie vor dem Kreuz niederknieten, nie würde Torquemada ablassen von Bespitzelung und Verfolgung. Ein *converso* in Granada musste lernen, mit dem Scheiterhaufen vor Augen zu leben.

Auch dass die Könige ihn selbst ausnahmen von ihren Zweifeln, konnte sich schnell ändern. Noch war er Ferdinand zu wichtig als sein Berater, wenn es um Gold und Reichtümer ging, der König brauchte ihn, noch war er ihm lebend nützlicher als tot.

Sollte er seiner Schwester also raten, das Land zu verlassen? Ihren Besitz zurückzulassen, wie das Edikt es befahl, sich ein Schiff zu suchen, wie Abertausende es taten? War denn ein sicheres Leben in der Fremde, selbst in Armut, nicht der Bedrohung durch den Tod in Granada vorzuziehen?

Wenn es denn ein sicheres Leben in der Fremde gäbe. Mit Schaudern erinnerte sich Santángel, was im letzten Jahrhundert mit seinen Glaubensbrüdern im Frankenland geschehen war, in Augsburg, Regensburg, Nürnberg, so viele fremdartige Namen, so viele Tausend Tote auch dort. Trotzdem hatte er versucht, mithilfe der Mauren, mit Isaaks Hilfe, den Juden Granadas die Flucht zu erleichtern. Sie hätten ihren Besitz mitnehmen können, ein reicher Jude war überall allemal willkommener als einer, der um Almosen bat.

Aber wenn das Große Sterben über das Land fuhr wie vor hundert Jahren von der Mündung der Rhone durch das ferne Bayern, über die Steppen der Magyaren und durch das ganze Habsburgerland; wenn die Pest wütete irgendwo in Europa, dann waren wieder die Juden die Schuldigen, weil sie die Brunnen vergiftet hätten: So hieß es doch immer. Sie schänden die Hostien; sie trinken das Blut der Christenkinder: So hieß es. Was auch immer Fürchterliches geschah, für die Christen würden die Juden auf ewig die Schuld daran tragen. Egal wohin wir gehen, auch an unserem Ziel werden wir eines Tages brennen.

Was sollte er seiner Schwester also raten? Du kannst nicht bleiben, und du kannst nicht gehen. Wo du bist, kannst du nicht leben; aber auch nicht anderswo.

Ein Diener kam eilig über den Exerzierplatz auf ihn zu.

Sollte ich die Könige bitten, noch einmal nachzudenken über das Edikt? Wenn ich glaubte, es könnte nützen, ich hätte es ja längst getan. Die Frömmigkeit der Königin, der Eifer Torquemadas werden niemals zulassen, dass man mein Volk in Ruhe leben lässt. Und Ferdinand, über dessen Geldangelegenheiten niemand Bescheid weiß wie ich, Ferdinand, in dessen Augen die Hoffnung auf Gold ein Glitzern zaubert wie sonst nur noch der Gedanke an seine Geliebte, Ferdinand vor allem wird ja niemals zustimmen können. Er wartet schon längst auf den Reichtum, den diese Vertreibung ihm beschert. Der Krieg gegen die Mauren war teuer.

»Señor«, sagte der Diener und verneigte sich achtungsvoll. »Ihre Majestät bittet Euch in den Botschaftersaal. Seine Eminenz der Großinquisitor will mit der Befragung der Gefährten des Teufelsbündners beginnen.«

Johanna hatte sich neben den Knaben auf die Bank gesetzt. Sollte er doch versuchen, ihr seine Märchen zu erzählen, für wie dumm hielt er sie denn? Er war ein Mönch? Dass sie nicht lachte! Alles andere eher als ein Mönch!

Sie wartete. Seine Geschichte war unglaublich, viel unglaublicher noch als alles, worauf sie gehofft hatte. Aus der Zukunft! Niemand konnte ja aus der Zukunft kommen. Ihre Finger krampften sich um die Bank. Konnte wirklich niemand aus der Zukunft kommen? Seine Geschichte war wunderbar und kein bisschen langweilig.

»Wo ist der Beweis?«, fragte Johanna. Er würde es nicht beweisen können, sollte sie ihm trotzdem Glauben schenken? Was, wenn er trotz allem die Wahrheit sprach? Wenn er wirklich aus einer Zeit zu ihnen gekommen war, in der Gerätschaften wie jene, die der Großinquisitor triumphierend als Beweis für den Teufelsbund präsentiert hatte, nichts Besonderes waren? In der man durch ein lächerliches Ding wie das kleine schwarze Ei mit Menschen sprechen konnte, die sich an anderen Orten aufhielten? Was, wenn es wirklich einen Kontinent gäbe, einen ganzen unentdeckten Kontinent, der zwischen den Küsten Spaniens und Indiens lag, so nah, dass Menschen ihn mit Schiffen in wenigen Wochen erreichen konnten?

Sie griff an ihren Ausschnitt. Sollte er doch auch dies noch erklären! Wenn er auch dies noch erklären konnte, wollte sie ihm glauben. Das wunderbare, das geheimnisvolle Kissen. »Und das? Was ist das?«

Sie sah, dass er lachen wollte. Wie konnte er es wagen, über ihr Geheimnis zu lachen?

»Das ist doch nichts weiter als Ketchup«, sagte er. Er lachte tatsächlich.

Johanna spürte Zorn in sich aufsteigen. Was glaubte er denn, wer er war? Geschichten erzählen, an die niemand glauben konnte, für die man brennen musste, ja, brennen!, und dann über ihr Geheimnis lachen! »Ket-was?«, fragte sie.

Er erzählte von Amerika, wieder erzählte er von Amerika. Aber viel aufregender, viel, viel aufregender noch war, was er tat.

Er riss das Kissen auf, ihr Kissen.

Johanna erschrak. Sie reckte den Hals, aber sie trat nicht näher. Am Rand, dort, wo der Knabe das Kissen zerrissen hatte, schimmerte es rot.

Sie stieß einen unterdrückten Schrei aus. Rot quoll es heraus, rot wie Blut. Sie schlug sich die Hand vor den Mund.

»Ketchup!«, sagte der Knabe wieder. Er drückte auf das Kissen, Blut quoll über den Rand. Er leckte es ab, dann hielt er auch ihr das Kissen hin. »Probier mal!«

Johanna spürte, dass ihre Beine nachgaben. In Segovia, hieß es, hätten die Juden Christenkinder geschlachtet, um ihr Blut zu trinken. Der Teufel wollte Christenblut.

Sie wollte rennen, aber sie konnte sich nicht rühren. Wie hatte sie daran zweifeln können, dass dieser Knabe mit dem Teufel im Bunde war? Jetzt erhielt sie ihre verdiente Strafe für Trotz und Auflehnung, Heilige Mutter Maria, vergib, dass ich gezweifelt habe!

Sie zitterte so sehr, dass sie nicht einmal mehr schreien konnte. »Das ist doch nur Ketchup!«, rief der Knabe wieder. Dann nahm er einen großen Schluck. An seinen Augen sah sie, wie sehr es ihm schmeckte.

Jetzt endlich konnte sie brüllen.

42.

Sie wurden gebunden in den Palast geführt. Im kühlen Dämmerlicht erkannte Tariq die Königin; den Erzbischof von Granada, von dem es hieß, dass er, wo immer es möglich war, Milde walten ließ; den Großinquisitor in der Mitte. Und neben dem Großinquisitor tatsächlich auch Santángel, der tat, als hätte er sie alle drei niemals gesehen.

Auch Tariq ließ seinen Blick leer werden, als er das Gesicht des Schatzkanzlers streifte, er hoffte, Salomon und Isaak machten jetzt keinen Fehler. Wer fehlte, war nur der König, war das ein gutes oder schlechtes Zeichen, bedeutete es nichts?

»Kniet nieder zum Verhör!«, sagte der Großinquisitor.

Sehr langsam fiel Tariq auf seine Knie. Nach Mekka, nach Mekka, dachte er. Ich knie ja mit den Augen nach Mekka. Ich werde niemals vor einem lebenden Menschen knien, niemals vor einem Schweinefresser.

»Nun!«, sagte der Großinquisitor. Auf einem niedrigen Tischchen an seiner rechten Seite erkannte Tariq erschrocken Bostons merkwürdigen Beutel, aus dem unerwartet ein unheimlicher, kurzer Piepton zu hören war. *Möge Allah uns beschützen.*

Der Großinquisitor beugte sich vor, als hätte er den Ton nicht gehört, als hätte er keine Furcht. Tariq sah an seinen Augen, wie sehr Torquemada dem Gespräch entgegenfieberte. Mit seiner zitternden Rechten suchte er auf dem Tischchen neben sich. »Nun!«

Ich darf ihm nicht in die Augen sehen, dachte Tariq. Das macht ihn nur wütend. Ich muss demütig sein, die Augen gesenkt. Wir alle drei müssen demütig sein.

»So seid ihr drei also wieder vereint!«

Tariq sah, dass Isaak kaum noch knien konnte. »Was wirft man uns vor?«, fragte er. »Ich bin ein angesehener Kaufmann dieser Stadt, dazu gläubiger Christ wie Ihr auch! Wie froh waren wir, als die Könige«, er verneigte sich zu Isabella hin und wäre gefallen, hätte er sich nicht abgestützt, »auf dieser Burg einzogen! Als die Herrschaft der Mauren endlich ein Ende fand! Doch nun ...«

»Schweig!«, sagte der Großinquisitor. »Wessen ihr beschuldigt werdet, willst du wissen? Jude! Der Anklagepunkte sind so viele, dass es einen alten Mann wie mich Anstrengung kostet, sie alle in seinem müden Kopf zu behalten!« Er lachte ein freudloses Lachen, bei dem Tariq spürte, wie er zu zittern begann. Es war gleichgültig, wie demütig sie sich verhielten, gleichgültig, was sie sagen würden. Der Großinquisitor wusste schon jetzt, mit welchem Spruch dieses Verhör ausgehen sollte: wie alle seine Verhöre. Nie endete ja ein Verhör der Inquisition anders als mit dem Tod, hieß es.

»Ist es nicht wahr, dass ihr gemeinsam gegen das Märzedikt der Könige verstoßen wolltet, indem ihr Vorkehrungen getroffen habt, den Besitz verstockter Juden aus der Stadt zu schaffen, obwohl dieser doch rechtmäßig der Krone zusteht? Ist es nicht wahr, dass ihr zu diesem Zweck ein Bündnis geschlossen habt mit maurischen Seefahrern, die auf ihren Schiffen das Judengold für euch außer Landes bringen sollten? Und ist es nicht wahr, dass diese Mauren dafür Gold erhalten sollten, so reichlich, dass Boabdil oben in seinen Alpujarras damit hätte ein Heer ausstatten und gegen die Könige zu Felde ziehen können? Und dies alles – mithilfe des Satans?«

Der Atem rasselt ja in seiner Brust, dachte Tariq. Er ist alt und krank, warum fällt er nicht tot um? Warum lässt Allah ihn nicht vom Schlag getroffen niederstürzen, um die wahren Gläubigen zu beschützen?

Isaak neben ihm schwankte wieder, aber Tariq begriff, dass nicht Angst, sondern Erschöpfung der Grund dafür war. Salomon saß starr. Er weint nicht, dachte Tariq erstaunt. Dabei wäre nun wirklich der Augenblick dafür gekommen. Er ist wahrhaftig keine Memme, aber was macht das jetzt schon noch aus.

»Gesteht Ihr, was die Heilige Inquisition Euch vorwirft?«, fragte Talavera. Er war aufgestanden und hatte einen Schritt auf sie zugemacht, es sah aus, als wolle er den schwankenden Isaak stützen. »Oder gibt es vielleicht eine gänzlich andere Erklärung für das, was die Soldaten am Vorabend des Sabbats vor einer Woche in Eurem Haus antrafen, Isaak? Es ist ja nicht ungewöhnlich, dass ein Kaufmann wie Ihr ein gefülltes Warenlager sein Eigen nennt.«

»Still!«, rief der Großinquisitor und schlug mit der Faust auf die Lehne seines Sessels. »Seit wann ist der Erzbischof von Granada von der Inquisition beauftragt? Zu erfragen, ob diese hier«, er zeigte mit seinem zitternden Finger auf Isaak, »gestehen wollen, oder ob es nötig ist, ihnen zuvor die Instrumente zu zeigen, steht allein mir zu, Bruder Talavera! Bei ihnen wurde der Teufelsbündner gesehen!«

Talavera verneigte sich leicht.

Und Santángel?, dachte Tariq. Was denkt Santángel sich jetzt? Er sieht so gelassen aus. Fürchtet er nicht, dass wir ihn beschuldigen? Wie kann er sicher sein, dass wir über seine Rolle auch dann immer noch schweigen werden, wenn der Großinquisitor die Instrumente bringen lässt? Die Daumenschrauben. Die Streckbank. Das Rad.

Den Kopfzerquetscher.

»Aber jetzt«, rief Torquemada, und dabei hob er den Beutel auf seine Knie, »geht es um anderes! Um eine Anklage geht es, die noch weit, weit schwerer wiegt als alles, was ich bisher vorgetragen habe! Denn wie die Soldaten Ihrer Majestät bezeugen, wart ihr alle drei in jener Nacht zusammen mit einem Knaben, den wir ohne jeden Zweifel als – Teufelsbündner überführt haben!« Seine Hände bemühten sich vergeblich, etwas aus dem Beutel zu ziehen. Ungeduldig winkte er einem Diener, der sich ängstlich und zögernd umsah in der Hoffnung, dass vielleicht ein anderer gemeint sein könnte. »Ohne jeden Zweifel!«, rief der Großinquisitor wieder. Dann hielt er dem Diener gebieterisch den Beutel hin.

Die Hände des Mannes flatterten vor Angst, als er Torquemada das schwarze Ei reichte. Wieder ertönte ein unheimlicher kurzer Piepton, wieder zuckte der Großinquisitor nicht. »Nun?«, rief er. »Nun? Und ist es also nicht so, dass der Teufel selbst euch eure Pläne eingab, dass der Teufel selbst in Gestalt jenes fremden Knaben oder doch im Bunde mit ihm das Komplott zwischen Juden und Mauren angezettelt hat? Dass Satan selbst den Maurenkönig Boabdil in seinen Plänen unterstützt, die Herrschaft über Andalusien zurückzuerobern, um den heiligen christlichen Glauben zu verdrängen?«

»Nein!«, rief Tariq. »Wir würden doch niemals mit dem Teufel ...!« Obwohl es unsinnig war. Obwohl es doch gleichgültig war, gänzlich ohne Belang, was sie sagten.

»Schweig, Maurenknabe!«, rief der Großinquisitor. »Müssen wir euch also erst die Instrumente zeigen? Wollt ihr in Anbetracht der erdrückenden Fülle von Beweisen nicht lieber gestehen? Ihr seht, ich bin euch gnädig! Ich will ja die Folter nicht, niemand hasst ja die Folter so sehr wie der Großinquisitor! An den Angeklagten liegt es, immer an den Angeklagten, es liegt nur an euch, an euch ganz allein! Wenn ihr jetzt geständig seid, alle drei, so werden die Flammen im Tode eure Seelen läutern, ohne dass ich euch vorher noch jene Schmerzen zufügen muss, die ich doch selbst«, seine Augen flackerten, »nicht wieder und wieder erleben möchte! Die Schreie! Das Ächzen! Das Knacken der Fingerknochen, das Bersten des Rückgrats und des Schädels!« Er stöhnte. Seine weit aufgerissenen Augen glänzten.

»Nicht die Kinder, Eminenz!«, sagte die Königin leise. Bisher hatte sie zu allem geschwiegen. »Eminenz, nicht die Kinder! Ihre Seelen durch den Scheiterhaufen zu retten muss Euch genügen.«

Torquemada warf ihr einen Blick voller Verachtung zu. »Ihr werdet zugeben, Majestät!«, rief er. »Dass diese Kinder hier ...«

In diesem Augenblick wurde die Tür aufgerissen.

»Wir haben ihn!«, brüllte ein Soldat. Seine Stimme überschlug sich. »Wir haben den Teufelsbündner gefasst!«

Zusammen mit seinem Kameraden schleifte er Boston in den Raum.

43.

Das Erste, was Boston durch den Kopf gegangen war, als sich die Wachen auf ihn stürzten, war der Gedanke, wie lächerlich es doch war, dass er nun wegen eines albernen Ketchuptütchens in die Hände der Inquisition geraten sollte, gerade als er geglaubt hatte, es könnte sich vielleicht noch alles zum Guten wenden. Hätte er das Tütchen doch nicht mitgenommen, als er in seinem früheren Leben mit Tukan und Kadir und Sergej und den Mädchen nach der Besichtigung der Alhambra zum Essen gegangen war. Wäre er doch gar nicht mit ihnen gegangen. Seine Mutter behauptete ja immer, wenn man zu oft in diesen Hamburgerläden aß, wäre das schlecht für die Gesundheit.

Sehr schlecht für die Gesundheit, dachte Boston. Noch schlechter könnte ja überhaupt gar nichts sein. Wieso denke ich nur so einen Unsinn. In der letzten Woche habe ich einfach so oft Angst gehabt, dass sich Angst längst nicht mehr wie Angst anfühlt.

»Der Teufelsbündner!«, rief der Großinquisitor. Mit beiden Händen stützte er sich auf die Lehnen seines Stuhles und versuchte aufzuspringen, dann sank er zurück.

Neben dem Großinquisitor saß die Königin, saßen zwei Männer, von denen Boston einen aus dem Gespräch mit dem Genueser erinnerte. Santángel. Ihnen gegenüber knieten Tariq, Isaak und Salomon und sahen nicht auf.

»Nun, haben wir euch also alle zusammen!«

Gleich trifft ihn der Schlag, so blau ist er schon im Gesicht, dachte Boston. Er hatte den dreien zulächeln wollen; dann sah er, wie verzweifelt sie sich bemühten, ihn nicht anzusehen, und begriff.

»Nun, Teufelsbündner, willst du nicht deine Kumpane begrüßen? Diese drei hier behaupten, dich nicht zu kennen!«

»Ich bin kein Teufelsbündner!«, sagte Boston und sah dem Großinquisitor direkt in die Augen. »Das ist doch alles Unsinn!«

»Kennst du die drei, oder kennst du sie nicht?«, rief der Großinquisitor. »Lautete so nicht meine Frage?«

Er wird blauer und blauer, dachte Boston. Wenn er sich noch ein wenig mehr aufregt, fällt er tot um.

»Ich habe sie noch nie gesehen«, sagte er. Er sah, wie Tariqs Schultern nach unten sackten. Isaak schwankte. »Und ich bin auch kein Teufelsbündner!«

»Wir haben ihn bei der Prinzessin gefunden!«, rief der Soldat, der Boston noch immer den Arm schmerzhaft auf dem Rücken hochgebogen hatte. »Er hat Blut getrunken, Blut, Eminenz! Die Prinzessin …«

»Meine Tochter?«, rief die Königin. »Was hat er mit Johanna …«

In diesem Augenblick kam Johanna am Arm ihrer Amme in den Raum. Sie warf Boston einen hasserfüllten Blick zu. Auf ihren Wangen waren noch Tränenspuren zu erkennen, aber sie hielt sich gerade, als sie sich langsam in den Sessel setzte, den ihr ein Diener eilig zuschob.

»Johanna!«, rief die Königin. Sie sprang nicht auf, sie tat keinen Schritt auf ihr Kind zu. »Er hat doch nicht …!« Sie sah ihre Tochter fragend an.

»Alles wird sofort aufgeklärt werden!«, rief der Großinquisitor und schlug mit der Hand auf die Sessellehne. »Schsch! Schsch! Der Großinquisitor leitet das Verhör!« Er starrte Boston an. »Du behauptest, kein Teufelsbündner zu sein? Nun, leugnen tun sie ja alle, die Ketzer! *Ich bin keine Hexe, ich bin kein* marrano, *ich habe nicht die Hostie geschändet!* Glaubst du wohl, Knabe, mir wäre jemals ein Angeklagter begegnet, der zugegeben hätte, wessen er beschuldigt wurde? Und doch haben sie alle am Ende gestanden, alle!, was beweist, dass die Heilige Inquisition vom Heiligen Geist sicher geleitet wird bei ihrer schwierigen Pflicht, die Ketzer zu erkennen! Denn alle, alle gestehen sie schließlich, wenn wir ihnen nur die Instrumente zeigen ...«

»Aber ich kann es beweisen!«, rief Boston. »Es war gar kein Blut! Es war einfach nur Ketchup! Ich kann es doch beweisen!«

Der Großinquisitor lachte. »Holt die Daumenschrauben!«, sagte er.

»Ich kann es beweisen!«, rief Boston wieder. Oh doch, Angst konnte sich immer noch wie Angst anfühlen. »Ihr habt doch meinen Rucksack! Darin ist ...«

Wieder winkte der Großinquisitor dem Diener. Der Diener verneigte sich; dann kam er mit Frau Hilberts Reiseführer zu Boston.

»Nun?«, rief der Großinquisitor. »Wie willst du uns dann dieses Buch hier erklären?«

Boston atmete auf. Natürlich hatten sie schon Bücher im Jahr 1492, das wusste er genau; sogar der Buchdruck war schon erfunden.

»Das ist einfach nur ein Buch!«, sagte er. »Wir nennen solche Bücher Reiseführer. Wenn Menschen nach Granada fliegen, um ...«

»Fliegen?«, rief der Großinquisitor erregt. »Menschen, die fliegen?«

Boston sah, wie alle ihn jetzt anstarrten.

»Er behauptet, er kommt aus der Zukunft«, sagte die Prinzessin mit einer kleinen, flachen Stimme. »Aus einer Zeit, in der die Menschen fliegen und von einem Ort zum anderen miteinander sprechen können.« Amme nahm sie fester in den Arm.

»Ha!«, schrie der Großinquisitor. »Gotteslästerung! Gotteslästerung! Nur die Engel des Herrn können fliegen!«

»Bitte!«, sagte Boston und versuchte, einen Schritt auf ihn zuzumachen. Der Arm auf seinem Rücken schmerzte, als wäre er längst aus dem Schultergelenk gerissen. »Seht Euch das Buch doch an! Da steht es doch alles!« Er starrte auf die aufgeschlagene Seite. *»Granada (270 000 Einwohner) ist lebendige Universitätsstadt und zugleich Hüterin …«*

»Schweig!«, rief der Großinquisitor. »Schweig, schweig, schweig! Was anders beweist du uns mit deiner Kenntnis der Teufelssprache, in der dieses Buch verfasst ist, als dass du die Sprache des Teufels beherrschst?« Er sah triumphierend in die Runde. »Ist es nicht so? Ist es nicht so? Kein einziger unserer Gelehrten war in der Lage, diese Schrift zu entziffern! Du aber, Knabe, behauptest, sie zu verstehen! Was anders beweist du uns damit, als dass du mit dem Teufel im Bunde bist?«

»Nein!«, rief Boston. »Bitte! Wenn Ihr das Ketchuptütchen bringt, kann ich Euch zeigen …«

Ein Bote betrat schweißbedeckt den Raum. »Eine Nachricht für Ihre Majestät!«, sagte er ängstlich und verneigte sich tief.

»Was störst du unser Verhör?«, rief der Großinquisitor. »Hätte, was du zu sagen hast, nicht Zeit?«

Der Bote schüttelte verängstigt den Kopf. »Mich schickt Señor Colón, Majestät!«, sagte er. »Um Euch ausrichten zu lassen, dass er Granada noch diesen Tags verlässt, um in das Reich der Franken zu reisen. Er hat Nachricht erhalten von seinem Bruder, dass der König in der Stadt Paris ihm Schiffe ausrichten wird für seine Reise nach Indien und Cipangu und Cathai!«

Die Königin sah ihn gelangweilt an. »Nun, so soll er reisen, und Gott mit ihm«, sagte sie. »Richtet das Señor Colón von mir aus! Granada wird ihn nicht vermissen. Wir wünschen dem König der Franken viel Glück!« Sie lachte.

Der Bote verneigte sich und verließ eilig rückwärts den Saal.

»Träumer!«, sagte Isabella und wandte sich wieder dem Großinquisitor zu. »Fahrt fort, Eminenz, und vergebt die Unterbrechung.«

Amerika wird nicht entdeckt werden, dachte Boston. Nun steht es fest. Die Königin lässt Kolumbus ziehen, und ich kann nie mehr zurück. Mein Leben wird es nicht geben, und ich will nicht auf dem Scheiterhaufen sterben, jetzt erst recht nicht.

»Wenn Ihr mir das Tütchen bringt«, sagte er und sah die Königin flehend an, »kann ich beweisen …«

»Er behauptet, das Blut ist aus einer unbekannten Frucht gemacht«, sagte die Prinzessin ausdruckslos, »die in einem Land namens Amerika wächst, welches sich zwischen uns und Indien befindet. Ein riesengroßes, unentdecktes Land, welches Señor Colón für uns entdecken wird.«

Noch immer klang ihre Stimme flach. Sie hat Angst, dachte Boston. Fürchterliche Angst. Sie ist verwirrt. Ich habe sie furchtbar erschreckt, wie dumm, wie dumm von mir, sie weiß nicht, was sie glauben soll, die eine Wahrheit wäre so erschreckend wie die andere. »Er behauptet …«

Dem Großinquisitor traten die Augen fast aus den Höhlen. »Gotteslästerung!«, schrie er wieder. »Gotteslästerung! Menschen, die fliegen wie die Engel, und ein Land, das der Herr in seiner unbeschreiblichen, harmonischen Schöpfung vergessen hat zu erschaffen! Nichts gibt es zwischen den Küsten Spaniens und dem fernen Indien, nichts! Das ist erwiesen, allen Gelehrten bekannt! Spricht die Bibel etwa von einem Land, das mitten im Ozean auftauchen wird, viele Tausend Jahre nachdem der Herr in nur sechs Tagen seine Schöpfung beendet hat? War seine Schöpfung also unvollständig, behauptet der Knabe, der Herr habe etwas vergessen? Der Herr sei also vergesslich wie ein altes Weib?« Wieder holte er ein paarmal tief Luft, das Rasseln klang beängstigend. »Gotteslästerung! Die Heilige Schrift weiß nichts von diesem Land! Hat es also vielleicht Satan dort in die Fluten geworfen, um uns in Versuchung zu führen? Was redest du, Ketzer!«

»Die Heilige Schrift spricht im Schöpfungsbericht auch nicht von unserem Königreich Spanien, Eminenz«, sagte ein Mann im Bischofsgewand. »Und doch wird niemand bestreiten, dass es existiert. Nicht alles, was die Bibel nicht beschreibt, muss es darum nicht geben.«

»Kann der Erzbischof es nicht lassen, dem Großinquisitor zu widersprechen?«, schrie Torquemada. »Dieser Knabe …«

»Warum lassen wir ihn seine angeblichen Beweise nicht zeigen und erklären?«, fragte der Bischof ungerührt. »Wir alle, das werdet Ihr ja nicht leugnen, Eminenz, finden keine Erklärung für das, was sich in seinem Beutel befand. Nur darum hielten wir es für Teufelswerk, ist es nicht so? Was, wenn der Knabe nun aber eine Erklärung wüsste?«

»Ich habe Fotos auf dem Handy!«, flüsterte Boston und zeigte auf das Gerät, das in den letzten Minuten unbeachtet auf Torquemadas Knien gelegen hatte. Er würde ihnen die Wolkenkratzer zeigen, die Freiheitsstatue. Wie gut, wie gut, wie gut, dass er sich immer so sehr nach Amerika gesehnt hatte. Und er würde ein Foto von ihnen allen machen, mussten sie ihm dann nicht glauben?

Der Großinquisitor schnaufte. »Das Ei!«, rief er gebieterisch und winkte dem Diener. Er kniff die Augen zusammen. »Nun, so sollst du uns beweisen dürfen, was du behauptest! Niemand soll sagen, die Heilige Inquisition sei nicht voller Großmut! Gelingt es dir, die Heilige Inquisition zu überzeugen, so werden wir erneut darüber nachdenken, was mit dir geschehen soll! Gelingt dir dein Beweis nicht«, der Großinquisitor lächelte, »so wirst du nicht nur brennen!«

Auf seinen Wink hin ließen die Soldaten Boston los. Ein Diener gab ihm das Handy. Boston konnte sich nicht erinnern, dass seine Finger jemals so sehr gezittert hatten.

»Es ist ein Gerät, mit dem man durch die Luft mit Menschen sprechen kann, die sich an anderen Orten aufhalten«, sagte er. »Auch an weit entfernten Orten. Aber man kann auch Bilder damit machen, das werde ich gleich tun. Und man kann auch Bilder zeigen. Ich habe Bilder von Amerika gespeichert, da werdet Ihr sehen. Ihr werdet Amerika entdecken, Majestät, und Spanien wird reich werden dadurch! Es gibt Gold und Silber im Überfluss!« Niemand verzog das Gesicht. Kein Staunen. Keine Freude. Noch nicht einmal Zweifel. »Es gibt dort Wolkenkratzer und …«

»Wolkenkratzer!«, rief Torquemada. »Der Himmel ist das Reich des Herrn! Wer behauptet, an die Wolken zu rühren …«

Es gelang Boston nur schwer, das Handy aufzuklappen. Das Display war dunkel.

»Nun?«, rief der Großinquisitor. »Nun?«

Die Königin saß weit vornübergebeugt. Die Prinzessin drängte sich in den Arm der Amme und verbarg das Gesicht an ihrer Schulter.

Aber das Display blieb dunkel. Immer wieder versuchte Boston mit seinem zitternden Finger, das Handy einzuschalten. Aber das Display blieb dunkel.

»Der Akku«, flüsterte Boston. »Der Akku ist leer!«

»Was?«, schrie der Großinquisitor. »Wovon redest du, Knabe? Wolltest du uns nicht beweisen …«

»Der Akku ist leer«, flüsterte Boston wieder. »Es geht nur, wenn es Strom hat. Der Akku ist leer.«

»Ha!«, schrie der Großinquisitor. Er winkte dem Diener, ihm das Handy zu bringen. Der Diener zitterte.

Sie haben alle Angst, dachte Boston. Nur Torquemada nicht. Der Großinquisitor fürchtet nicht einmal den Teufel, an den er doch glaubt. Er ist fürchterlich.

»Akku! Strom! Wovon redest du, Knabe!« Mit seiner alten zitternden Hand versuchte er wie eben Boston, das Handy einzuschalten. Das Display blieb dunkel.

»Nun haben wir den endgültigen Beweis!«, schrie er und drückte die Taste wieder und wieder. »Habe ich nicht selbst immer wieder das Licht leuchten lassen in diesem Gerät des Teufels, habe ich nicht darin die Töne erklingen lassen? Nun aber bleibt es dunkel und stumm! Der Knabe hat das Gerät verzaubert, damit wir nicht entdecken sollen, was der Teufel darin verbirgt! Was der Teufel damit bezweckt! Welchen Beweis brauchen wir noch?«

»Es passiert, wenn man es zu lange angeschaltet lässt!«, rief Boston. »Bitte! Es passiert einfach nur, wenn …«

»Bringt sie zurück in den Kerker!«, sagte der Großinquisitor, als hätte Boston nicht gesprochen. »Diese drei hier«, er zeigte auf Isaak, Tariq und Salomon, »sollen auf dem Scheiterhaufen brennen, denn sie haben das Edikt der Könige übertreten. Aber diesen hier!« Seine Augen waren schmal wie Schlitze. Er lächelte Boston an. »Lasst vorher alle Instrumente schmecken. Haltet alles bereit, denn ich will dabei sein! Wir beginnen mit den Daumenschrauben. Morgen, schon morgen! Seine Seele ist so verstockt, dass es, um sie zu retten, nicht genügt, wenn er brennt. Treibt ihm den Teufel aus!«

»Nein!«, brüllte Boston. »Nein!«

Wie sehr seine Angst sich immer noch wie Angst anfühlen konnte.

44.

Santángel stand auf dem Velaturm und sah hinab auf die Stadt. Er war allein hochgestiegen diesmal. Er musste nachdenken.

Noch immer war der Himmel über dem Realejo blau, der Sabbat war noch nicht zu Ende. Da war etwas gewesen in dem, was der Knabe gesagt hatte, der sonderbare Knabe, den sie für einen Teufelsbündner hielten. Seine Geschichte war ja gänzlich unglaubwürdig, kein Wunder, dass sie ihn zurück in den Kerker geworfen hatten. Es war ja alles gänzlich unglaubwürdig.

Und doch. Gab es denn irgendeine andere Erklärung, die glaubhafter war? Der Teufel, dachte Santángel. Seine Lippen verzogen sich spöttisch. Wie nützlich für den Großinquisitor, dass er in jeder Situation auf den Teufel verweisen kann! Aber wäre ich der Teufel – schon für diese Überlegung würde Torquemada mich ja ins Feuer schicken! –, hätte ich dann einen so ungeschickten Knaben ausgewählt als meinen Verbündeten gegen die Könige? Gegen die mächtigste Kirche? Hätte es keinen besseren Verbündeten gegeben? Wäre ich den Maurenaufstand, wenn er denn mein Ziel gewesen wäre, nicht klüger angegangen? Wahrlich, Satan muss ein ziemlicher Dummkopf sein, wenn er sich so ungeschickt anstellt!

Wenn es aber nicht der Teufel war, der dem Knaben diese Dinge übergeben hat, das merkwürdige Ei, von dem ja niemand sagen kann, wozu es dient: Woher kommen sie dann?

Rauch stieg auf aus dem ersten Schornstein in der *judería*, andere würden jetzt folgen. Der Sabbat war vorüber. Wie lange noch, wie viele Tage, Wochen würde irgendwo in Granada der Sabbat gefeiert werden?

Warum nicht zweifelnd glauben, dass wahr sein könnte, was der Knabe erzählt? Ist es nicht die einzige Erklärung, in der sich alles zusammenfügt? Was wissen wir über das Wesen der Zeit, auch die Zeit gehorcht in ihrem Verlauf doch nur dem Herrn allein. Sollte Er darum nicht, wenn es Ihm wohlgefällig wäre, mit ihr tun können, was Ihm gefällt?

Wenn es also wahr wäre, dass der Knabe aus der Zukunft kommt: Könnte dann nicht auch wahr sein, was er über jenes geheimnisvolle Land mitten im Ozean berichtet hat? Das Land, das keines Menschen Auge je erblickt hat: Amerika. Was, wenn der Knabe die Wahrheit spräche? Wenn dort zwischen den Küsten Spaniens und dem fernen Indien wirklich eine unbekannte Welt läge, voller unermesslicher Reichtümer?

Und ohne Inquisition.

Santángel sah hinab auf die Stadt, über der der Himmel allmählich seine Tagfarbe verlor. Die Könige brauchten Gold, sie brauchten es dringend. Der Kampf gegen die Mauren hatte ihre Kassen geleert, hatte den Schuldenberg wachsen lassen, bis selbst Ferdinand begann, sich zu fürchten. Und die einzige Quelle, die es für sie gab, waren ihre Juden.

Darum gab es für sein Volk keine Hoffnung; nicht für seine Schwester mit ihrer ganzen Familie und nicht für all die anderen dort unten im Realejo, die jetzt am Ende des Sabbats die Feuer in ihren Herden entzündeten. Sie alle würden sterben müssen, damit ihr Besitz der Krone zufallen konnte. Und auch wenn sie flohen, würde alles der Krone gehören. So befahl es das Edikt.

Er spürte die Aufregung wachsen. Was aber, wenn es dieses Land

Amerika wirklich gab? Wenn Gold von dort nach Spanien strömen würde in unermesslichen Mengen, wie der Knabe behauptet hatte, Gold, das die Könige reich machen könnte?

Dann würden sie den Besitz der Juden nicht mehr brauchen.

Santángel nickte. Dieses Amerika konnte die Rettung sein, ein Land ohne Inquisition; wenn es dieses Amerika gab. Colón musste reisen.

Er warf einen letzten Blick auf die Stadt im Dämmerlicht. Er wusste, was er tun musste, um die Königin zu überzeugen, er war sicher, dass es ihm nicht einmal schwerfallen würde.

Santángel ging eilig über den Hof zum Palast. Um diese Zeit zog sich die Königin gewöhnlich in ihre Privatgemächer zurück.

Granada im April, Gegenwart

Sie lachten nicht. Keiner von ihnen lachte ihn aus.

»Mann, Alter, ey«, sagte der Kleine. »Voll die Horrorstory.«

Was hatte er gesagt? Ihre Sprache klang hart, unverständlich.

Der mit dem Flaum auf der Oberlippe und der andere, der bei ihrem ersten Besuch der Sprecher gewesen war, schwiegen nachdenklich. Manuel griff nach der Flasche.

»Sie sagen also, er hat eine Zeitreise gemacht?«, fragte der mit dem Flaum auf der Oberlippe. Wenigstens versuchte er es auf Spanisch.

Lacht doch! Warum lacht ihr denn nicht?, dachte Manuel. Sagt mir, dass das alles Hirngespinste sind, dass es keine Zeitreisen gibt! Dass ich nicht schuld daran bin, dass der Junge verschwunden ist!

»Weil er diese Fliese gefunden hat?«, sagte der, der am besten Spanisch sprach.

Manuel nickte müde. »Als sie ausgeschlagen wurde, so wurde es mir erzählt, als ich ein kleiner Junge war, so weiß es noch heute jeder hier in der Alcaicería, öffnete sich damit ein Tor in der Zeit«, sagte Manuel. »Wir wussten nie, was geschehen würde, wenn man die Fliese berühren, einmal wirklich in die Hand nehmen würde.« Er griff nach der Flasche, trank aber nicht. »Wir waren sehr vorsichtig. Sehr vorsichtig, immer schon, alle.«

Die Jungen starrten ihn an. Lachten sie nur deshalb nicht, weil sie ihn nicht verstanden?

»Und jetzt haben Sie die Fliese also extra ganz nach vorne gelegt, damit jemand sie nehmen sollte?«, fragte der mit dem Flaum. Jedenfalls fragte er das ungefähr. »Weil Sie sie endlich los sein wollten?«

Manuel nickte.

»Mann, Alter, ey!«, sagte der Kleine wieder.

»Mein Großvater hat mir erzählt – damals, als noch viel von der Fliese gesprochen wurde, wenn auch hinter vorgehaltener Hand –, nur durch sie könne das Tor in der Zeit auch wieder verschlossen werden«, murmelte Manuel. »Aber wie genau ...«

»Und was ist dann mit dem, der durch die Zeit gereist ist?«, fragte der Junge mit dem Flaum. »Und der das Tor wieder verschließt? Auf welcher Seite landet der?«

»Ja, auf welcher Seite landet der?«, fragte der Kleine. »Jetzt oder damals?« Er verstand also doch, was gesprochen wurde.

»Das weiß niemand«, sagte Manuel. Jetzt trank er doch. »Glaubt ihr denn, sonst hätte es noch niemand vorher versucht? Glaubt ihr denn, wir wären nicht neugierig gewesen als Kinder und hätten es nicht gerne probiert?« Er spürte einen leichten Schwindel. Er setzte die Flasche ab. »Aber wir wussten ja nicht ...«

»... ob Sie auch wieder zurückkommen würden«, sagte der, der am besten Spanisch sprach. »Mann, aber wirklich! Wie konnten Sie dann die Fliese hinlegen, damit einer sie nimmt?«

Manuel senkte den Kopf. »Vielleicht hat das Verschwinden eures

Freundes ja gar nichts mit der Fliese zu tun!«, sagte er bittend. »Vielleicht ist es nur ein Zufall! Ein merkwürdiges Zusammentreffen!«

»Phhht!«, sagte der Kleine.

Dann sprachen sie wieder in ihrer unverständlichen Sprache. Als wäre er gar nicht mehr da. »Aber die Geschichte kannst du nicht mal den Bullen erzählen«, sagte der mit dem Flaum auf der Oberlippe. »Gehen wir mal besser, oder? Hilbert kriegt sonst gleich wieder Panik.«

Sie verabschiedeten sich nicht. Sie gingen einfach, ohne ihn noch einmal anzusehen, und verschwanden im Gedränge der Gassen.

Und jetzt?, dachte Manuel. Vielleicht gehen sie zur Polizei, vielleicht nicht. Vielleicht glaubt sie ihnen; vielleicht auch nicht. Und selbst wenn sie ihnen glaubt ... Er seufzte. Es ist nicht strafbar, eine alte Fliese zum Verkauf auszulegen.

Aber die Polizei würde den Jungen ja ohnehin nicht glauben.

Und außerdem war es gleichgültig, was strafbar war. Irgendwo in der Vergangenheit saß jetzt der blonde Junge und konnte nicht zurück.

45.

al-Andalus, 1492

»Johanna!«, sagte die Königin. Der Diener hatte Fackeln entzündet im Löwenhof, ihr Licht spiegelte sich im Wasser des Beckens. Die Löwenköpfe warfen flackernde Schatten auf den Kies. »Welch fürchterliches Erlebnis für dich! Und doch, welch ein Glück für Granada und die ganze Christenheit. Hättest du in deiner Angst nicht geschrien, als er das Blut trank, der Teufelsknabe wäre auf immer unentdeckt geblieben.«

Sie musste fast schreien, um das Geplätscher des Springbrunnens zu übertönen. Wieder saß Johanna entfernt auf der anderen Seite des Beckens, das Kind war so verstockt. Nur gut, dass Amme über sie wachte wie eine Glucke über ihr Küken. Wer wusste denn, was dieses schwierigste ihrer Kinder sonst schon alles angestellt hätte, was ihm alles passiert wäre. Die Begegnung mit dem Abgesandten des Teufels hatte gerade noch einmal ein gutes Ende gefunden. Und sie konnte sich als Königin schließlich nicht um alles kümmern. Wenn wenigstens Ferdinand sie unterstützt hätte.

»Johanna?«, sagte die Königin.

Dass Ferdinand am Nachmittag beim Verhör wieder nicht anwesend gewesen war. Dass er auch jetzt wieder fehlte, es hätte doch vieles zu besprechen gegeben. Man tuschelte ja schon in den Dienstbotenräumen in der Medina, man tuschelte in der Stadt. Und immer blieb sie allein mit ihren Entscheidungen, hatte als Berater nur den Großinquisitor und den Erzbischof, deren Ratschläge sich stets widersprachen. Sie hätte seine Hilfe so dringend gebraucht.

War es so ausgemacht gewesen, damals, als der Siebzehnjährige ihr spöttisch sein Herz zu Füßen gelegt hatte? Ferdinands Spiele mussten ein Ende haben. Auch er war schließlich Herrscher über diese Länder; aber immer mehr erschien ihr, dass es ihm wichtiger war, junge Frauen zu erobern als Reiche; dass Reichtümer ihm wichtiger waren als Seelen.

Santángel nahm sie erst wahr, als er aus dem Schatten des Tores in das Innere des Hofes trat. »Verzeiht, Majestät, dass ich Eure Abendstunde störe«, sagte er und verneigte sich tief.

Sie traute ihm nicht. Er war ein *converso*. Aber er war klug, niemand verstand sich auf Geldgeschäfte wie er. Ferdinand konnte nicht auf ihn verzichten.

»Setzt Euch zu uns, Señor Santángel«, sagte Isabella. »Es muss etwas Wichtiges sein, wenn es Euch um diese Zeit zu mir führt, dessen bin ich mir sicher. Etwas, das nicht warten kann?«

Santángel verneigte sich. »Ihr habt recht, Majestät, warten kann mein Anliegen nicht!«, sagte er. »Viel zu lange habe ich schon gezaudert, und wenn ich noch länger schweige«, er machte sich gerade, »so kann es sein, dass ich schwere Schuld auf mich lade vor Gott und den Menschen.«

Isabella beugte sich vor. »So sprecht, Señor Santángel«, sagte sie. »Ich bin neugierig, was Ihr zu sagen habt.«

Santángel rieb sich das Kinn. »Ich bin gekommen, Euch von einem Traum zu berichten, Majestät«, sagte er. »Von einem Traum, in dem mir …« Er brach ab.

»Nun?«, sagte die Königin ungeduldig. »Nun, Señor Santángel?«

»Verzeiht, Majestät, aber nicht umsonst habe ich so lange gezögert, Euch davon zu berichten!«, sagte er. »Aus Sorge. Aus Furcht, dass Ihr mir nicht glauben, mich gar, wie Seine Eminenz der Großinquisitor es täte, der Gotteslästerung bezichtigen würdet. Nun aber, Majestät, lastet das Schweigen schwer auf meiner Seele! Entscheidet Ihr, was Ihr zu glauben bereit seid! Entscheidet Ihr, was Ihr tun wollt!«

»Das, Señor Santángel, tue ich ohnehin«, sagte die Königin kühl. »Eure Erlaubnis ist dafür nicht vonnöten. Ich bin die Königin.«

Wieder verneigte Santángel sich tief. »Ich fürchte, Majestät, dass Spanien gerade dabei ist, einen schweren Fehler zu begehen!«, sagte er. »Verzeiht! Und auch ich trage mit Schuld daran!«

Isabella spürte ihre Ungeduld wachsen. »Genug der Vorreden!«, sagte sie ärgerlich. »Genug der Entschuldigungen! Ihr spracht von einem Traum.«

Noch immer verharrte Santángel in gebeugter Stellung. »Ihr erinnert Euch, Majestät, Eures Gesprächs mit Señor Colón vor nur wenigen Tagen, bei dem auch der Teufelsbündner in seiner Verkleidung als Philipp, der Habsburgerprinz, zugegen war und bei dem Ihr Euch endgültig dafür entschiedet, den Genueser in seinen Plänen, den westlichen Seeweg ins ferne Indien zu erforschen, nicht weiter zu unterstützen.«

Isabella nickte kaum merklich.

»Und Ihr erinnert Euch des Weiteren, dass bei diesem Gespräch nicht anwesend war Seine Exzellenz der Erzbischof Talavera, der ja den Vorsitz jener Kommission führte, die Colóns Pläne zu überprüfen durch Euch berufen war; sodass ich an jenem Tag seinen Part übernahm und im Disput mit Señor Colón jene Gründe darlegte, die die Kommission dazu bewogen hatten, seine Pläne für undurchführbar zu erklären.«

Isabella nickte.

»Ich handelte in gutem Glauben, Majestät!«, rief Santángel. »Darum vergebt mir! Aber in der folgenden Nacht erschien mir im Traum …« Wieder zögerte er.

»Wer denn?«, rief Johanna, und Isabella sah erleichtert, dass ihr Kind wieder Interesse am Leben zu finden schien. »Ihr erzählt sehr umständlich, Señor Santángel! Fast möchte man die Geduld mit Euch verlieren!«

»In der darauffolgenden Nacht erschien mir im Schlaf – die Heilige Jungfrau!«, flüsterte Santángel und bekreuzigte sich. »Sie erschien mir klar und leuchtend und auf einer Wolke thronend, und um sie war ein Strahlen wie von tausend Sonnen! Und sie sprach zu mir, Majestät, zu ihrem demütigen Knecht, der selbst im Traum ihr Strahlen kaum ertragen konnte!« Er verneigte sich zum hundertsten Mal. »Sie befahl mir, Euch zu sagen, dass alles Wissen der Gelehrten nichts sei als irdischer Tand, auf den sich zu verlassen ab vom Weg des Glaubens und in die Irre führen müsse! Was auch immer Eure Gelehrten Euch sagen mögen: Nur der Glaube führt Euch den rechten Weg!«

»Dazu, mir das zu erklären, Señor Santángel, brauche ich gewiss nicht Euch«, sagte die Königin ärgerlich.

»Es sind ja auch nicht meine Worte, Majestät, sondern die der Heiligen Jungfrau, die ich Euch in aller Demut hier vortrage«, sagte Santángel und warf ihr einen schnellen Blick zu. »Es war die Heilige Jungfrau, Majestät, nicht ich, die davor warnte, sich auf die hochmütigen und trügerischen Wissenschaften zu verlassen und um ihretwillen den Glauben gering zu achten!«

»Und welche Erkenntnis der Wissenschaft, Señor Santángel, war es genau, die den Zorn der Heiligen Mutter Gottes heraufbeschwor?«, fragte Isabella. Sie wusste selbst nicht, warum sie ihm nicht traute. Natürlich war er ein *converso*. »Wollte sie Euch sagen, dass die Erde also doch eine Scheibe ist?«

Santángel schüttelte heftig den Kopf. »Ganz im Gegenteil, Majestät!«, rief er. »Nein! Nein! Der Herr hat die Erde als Kugel geschaffen, damit der Mensch von jedem ihrer Orte an jeden anderen gelangen kann, ohne jemals über den Rand zu stürzen! Also auch, Majestät, von Euren spanischen Küsten bis ins ferne Indien!«

»Das wurde niemals bestritten«, sagte Isabella ungeduldig. »Die Heilige Jungfrau hätte sich nicht bemühen müssen. Was diese Reise jedoch unmöglich macht, Señor Santángel, ist, wie Ihr selbst uns erklärtet, ihre Dauer. Ein Mensch müsste verhungern auf dem Weg. Kein Seemann könnte Indien jemals lebend erreichen.«

Santángel rang die Hände. »Und ebendas, Majestät, war es, was den Zorn der Heiligen Jungfrau erregte! Wenn der Herr den Nachkommen Adams die Erde als Kugel schenkt, so sprach sie zu mir, damit sie von jedem Ort jeden anderen erreichen können, ohne über den Rand zu stürzen: Wie können die Menschen es wagen, das Geschenk Gottes nicht anzunehmen in dem festen Vertrauen, dass der Herr auf der langen Reise Seine schützende Hand über die Seeleute halten wird? Dass also niemand verhungern wird oder verdursten, wenn er es wagt, den Seeweg nach Indien zu befahren? Kann das wohl ein gläubiger Christenmensch sein, der der Wissenschaft mehr vertraut als der Güte des Herrn?«

Johanna auf der anderen Seite des Brunnens schnaubte. »So ein Unfug!«, sagte sie und machte sich von Amme los. »Was ist das für ein Unfug, den Ihr da redet, Señor Santángel!«

Die Königin schüttelte ärgerlich den Kopf. »Sei still, Johanna, mein Kind!«, sagte sie streng. »Fahrt fort, Señor Santángel. Was verkündigte die Heilige Jungfrau Euch noch?«

»Mit Euch zu sprechen befahl sie mir, damit mit Eurer allergnädigsten Hilfe all die unerlösten Seelen im fernen Cipangu und Cathai und auch im fernen Indien gerettet werden können!«, sagte

Santángel. »Sie befahl mir, Euch zu sagen, Ihr möchtet dem Señor Colón Schiffe ausrichten, damit, wie es doch unzweifelhaft ohnehin Euer frommer Wunsch ist, Majestät, den Menschen in den fernen Ländern jenseits des Ozeans unser heiliger Glaube gebracht werden kann. Ihr seid dazu auserwählt, Majestät. Nehmt Eure Aufgabe an. Vertraut auf die Güte des Herrn.«

Isabella schwieg.

»Hört mich an, Majestät!«, sagte Santángel eindringlich. »Was kann denn schon Übles geschehen, wenn Ihr tut, was die Heilige Jungfrau von Euch fordert? Was habt Ihr zu verlieren?«

Isabella schürzte die Lippen. »Die Forderungen des Señor Colón sind, wie Ihr wohl wisst, maßlos!«, sagte sie. »Ihr erinnert Euch daran? Großadmiral will er werden! Vizekönig! Und was ihm alles gehören soll! Und auf einmal soll ihm all dies also zugestanden werden?«

Santángel hatte begonnen, auf und ab zu gehen. Der Kies knirschte leise unter seinen Schuhen. »Aber er erhält, was er fordert, doch nur, wenn er Indien tatsächlich erreicht!«, sagte er beschwörend. »Versteht doch, Majestät! Ihr verliert nichts, wenn Ihr ihm zugesteht, was er verlangt! Denn nichts von alledem erhält er ja, wenn er und seine Schiffe unterwegs verloren gehen! Erreicht er die Küsten Indiens nicht: So erhält er keinen *maravedi*! Legen seine Schiffe aber an an jenen Gestaden, wie es mir die Heilige Jungfrau versprach: Wäre der Seeweg nach Indien seinen Preis dann nicht wert? Denkt an die Seelen! Denkt auch, Majestät, an das Gold!«

Isabella warf ihm einen ärgerlichen Blick zu. »Die Heilige Jungfrau wird dir kaum erschienen sein, weil es ihr um Reichtümer ging!«, sagte sie. »Und auch mir wäre es, wie ihr, allein um die Seelen zu tun.«

Santángel blieb vor ihrem Sessel stehen und sah auf sie hinab. »Niemanden gibt es in Eurem Königreich, der das bezweifeln würde,

Majestät!«, sagte er eindringlich. »Aber versteht doch: Das Einzige, was Ihr verlieren könntet, wären die zwei Millionen *maravedis*, die es kosten wird, Señor Colóns Schiffe auszustatten. Alles andere erhält er ja erst, wenn er sein Ziel tatsächlich erreicht! Ruft Señor Colón darum zurück! Noch können unsere Boten ihn einholen.«

Isabella nickte nachdenklich. »Vielleicht«, murmelte sie.

»Und damit Ihr mir glaubt, Majestät, damit Ihr mir glaubt, wie sehr ich der Prophezeiung vertraue, so will ich auch selbst meinen gesamten Besitz dafür einsetzen! Nicht die Krone allein soll Colóns Reise bezahlen. Dass die Heilige Jungfrau mir erschienen ist, Majestät, nehme ich zum Zeichen dafür, dass sie auch von mir verlangt, meinen Anteil zu tragen.«

»Was soll das heißen, Señor Santángel?«, fragte die Königin scharf.

»Ich werde mich an den Kosten für die Ausrüstung der Karavellen beteiligen, Majestät«, sagte Santángel. »Mit allem, was ich besitze. Die Krone gibt nur den Rest.«

Niemand hatte den König bemerkt, der bei den letzten Worten in den Hof geschlendert war. Jetzt küsste er seine Frau auf den Nacken.

»Isabella!«, sagte er. »Wie ich sehe, hast du Besuch! Ein abendliches Plauderstündchen?«

Isabella zuckte zusammen. »Wo warst du?«, fragte sie. »Wo warst du, Ferdinand? Es gab wichtige Geschäfte zu erledigen, der Teufelsbündner wurde mit der Hilfe deiner Tochter gefunden, der Großinquisitor saß zu Gericht: Und wieder fehlte der König! Wo warst du, Ferdinand?«

Ferdinand lächelte und warf seiner Tochter eine Kusshand zu. »Wichtige Geschäfte, Isabella, wichtige Geschäfte!«, sagte er und kniete neben ihrem Stuhl nieder. Er begann ihren Arm zu streicheln. »Ich bedaure unendlich, wenn ich vermisst wurde!«

Isabella wischte seine Hand von ihrem Arm. »Du wurdest nicht vermisst!«, sagte sie scharf. »Von niemandem. Jeder in diesem Reich hat sich längst daran gewöhnt, dass wichtige Entscheidungen ohne seinen König getroffen werden.«

Ferdinand lächelte spöttisch. »Oho!«, sagte er. »Höre ich da einen kleinen Zorn heraus, meine innig geliebte Gattin? Und so hast du zum Ersatz also meinen Schatzmeister zu dir gerufen, um bei ihm für deine Entscheidungen Unterstützung zu finden?«

»Señor Santángel kam, um mich aufzufordern, den Genueser reisen zu lassen«, sagte Isabella kalt. »Die Heilige Jungfrau ist ihm erschienen.«

»Die Heilige Jungfrau ist ihm erschienen!«, rief Ferdinand. »Oh Wunder über Wunder! Und die Heilige Jungfrau wünscht, dass Señor Colón reist? Hat die Heilige Jungfrau nicht andere Sorgen?«

»Ferdinand!«, rief Isabella. »Wie redest du von der Mutter Gottes!«

»Nun, von meinem Gold wird Señor Colón seine Reise jedenfalls nicht antreten«, sagte Ferdinand und stand auf. Er klopfte sich die Knie ab. »Es gibt bereits einen Weg nach Indien, über das Mittelmeer, geliebte Gattin, was brauchen wir also noch diesen zweiten? Der Genueser reist nicht.«

»Der Genueser reist nicht?«, rief Isabella. »Was unterstehst du dich? Bist niemals dabei, wenn die Dinge besprochen werden, aber willst die Entscheidungen treffen? Hast noch nicht einmal gehört, was Señor Santángel zu sagen hat, aber bestimmst schon, dass Señor Colón nicht reist?« Sie sprang auf. »Es ist genug, Ferdinand!«, rief sie. »Bei Gott, es ist wahrlich genug! Dieses Verhalten muss endlich ein Ende haben! Du bist König, Ferdinand! Du trägst die Verantwortung für alle Seelen im Land! Und jetzt hat der Herr uns auch noch die Verantwortung für die Seelen jenseits des Meeres übertragen!

Und du willst sie unerlöst lassen? Du willst den Befehl des Herrn nicht befolgen?«

Ferdinand griff nach ihrem Arm, aber sie schüttelte ihn ab. »Es ist genug, Ferdinand! Solange du dich nicht verhältst wie ein König, wirst du auch nicht Entscheidungen treffen wie ein König! Der Genueser wird reisen! Der Genueser wird reisen!« Sie atmete einmal tief.

»Lasst ihn zurückrufen, Señor Santángel«, sagte sie dann ruhiger. »Ihr habt ja recht. Wenn er Indien nicht erreicht, was haben wir schon verloren? Wenn er aber wirklich den Seeweg entdeckt: Wie viel wäre gewonnen! Sollte mir das nicht auch seinen Preis wert sein?« Sie nickte langsam. »All die unerlösten Seelen, Señor Santángel«, sagte sie. »All die unerlösten Seelen. Ich danke Euch, dass auch Ihr für sie Euer Vermögen zu geben bereit seid.«

Santángel verneigte sich tief. »Die Heilige Jungfrau wollte es so«, sagte er.

Johanna auf der anderen Seite des Brunnens lächelte.

46.

Granada im April, Gegenwart

Auf dem Rückweg zum *hostal* hatten sie nicht geredet. Sie waren schnell gegangen, ganz so, als wäre es ihnen wichtig, dass Frau Hilbert sich nicht wieder um verschwundene Schüler sorgen musste. Aber in Wahrheit war Frau Hilbert ihnen gleichgültig. Nach dem Gespräch in der Alcaicería mussten sie rennen, mussten etwas tun, damit die Geschichte sie nicht verrückt machte.

Erst nach dem Abendessen sprachen sie darüber. Als hätten sie einen gemeinsamen Beschluss gefasst, hatten sie keinem von den anderen erzählt, was sie in der Alcaicería gehört hatten. Sie gingen zurück in ihr Zimmer und schlossen die Tür. Dann saßen sie auf ihren Betten, obwohl doch noch Freizeit war. Durch das geöffnete Fenster drang laut der Straßenlärm von der Gran Vía.

»Glaubst du das?«, fragte Sergej und sah Tukan an. »Ist doch voll der Scheiß, oder?«

Tukan sah aus dem Fenster. Die Abendsonne spiegelte sich rot in einem Fenster auf der gegenüberliegenden Straßenseite. »Keine Ahnung«, sagte er, ohne aufzusehen. »Echt keine Ahnung.«

Sie schwiegen eine Weile. Die Sonne wanderte einen Millimeter und verschwand schließlich.

»Ich glaub dem das«, sagte Kadir dann entschlossen. »Der war doch so fertig, der Typ! Den hat das doch voll so fertiggemacht! Der hat das jedenfalls geglaubt.«

Die beiden anderen nickten.

»Aber wie soll das denn gehen, ey?«, fragte Sergej. »Wenn einer da diese Fliese ausgeschlagen hat, vor tausend Jahren oder wann …«

»Fünfhundert eher«, sagte Tukan.

Sergej winkte ab. »Okay, fünfhundert, sagen wir mal: Dann muss doch da ein Loch sein, wo die vorher war, oder? Im Botschaftersaal, oder wie das Teil heißt? Wo sie die rausgeschlagen haben?«

»War aber nicht«, sagte Kadir. »Nicht als wir da oben waren.«

Tukan schüttelte den Kopf. »Und?«, sagte er. »Was beweist das? Glaubt ihr, die lassen da fünfhundert Jahre lang so ein Loch, oder was? Kommen doch keine Touristen, Mann, wenn das so unordentlich ist! Das haben die logisch repariert!«

»Dann ist aber kein Loch mehr da«, sagte Sergej. »Wo man die echte wieder reinsetzen kann. Kann man das Tor in der Zeit also gar nicht wieder zuriegeln.«

Tukan zeigte ihm einen Vogel. »In der Vergangenheit schon, du Hirni«, sagte er. »Da ist das Loch ja noch da!«

Sie schwiegen.

»Aber irgendwie«, murmelte Kadir, »ist das doch alles voll unlogisch, oder? Ich mein, die fünfhundert Jahre oder was sind doch jetzt so gelaufen, ohne die Fliese, und wenn die jetzt einer wieder damals reinsetzt, dann laufen sie ja plötzlich mit der Fliese, wie soll das denn gehen, ey? Entweder so oder so! Zeit kann doch nicht zweimal laufen oder was!«

»Mann!«, murmelte Sergej. »Was du alles denkst, Alter! Das würde ja nämlich bedeuten«, er starrte die beiden an, »dass alles, was passiert ist, zweimal passieren könnte, oder? Da könnte ja auch noch was anderes anders werden, oder? Da könnte ja …«

»Hör auf!«, sagte Tukan. »Das ist doch voll der Scheiß! Mir wird schon ganz übel.« Er sah aus dem Fenster, wo die gegenüberliegende Fassade jetzt im Schatten lag. »An der Vergangenheit kann man doch hinterher nichts mehr drehen, ist doch logisch! Dann würde ja auch die Gegenwart logisch ganz anders sein, wenn ihr beiden Schrottköpfe begreift, was ich meine!«

»Boah, ey!«, sagte Sergej und verbeugte sich. »Willst du studieren, oder was? Worüber du alles nachdenkst!«

»Na und?«, sagte Tukan. »Na und? Ist doch logisch, oder? Zeit gibt es nur einmal!«

»Erzähl das doch mal in Physik!«, sagte Sergej. »Kriegst du gute Note. Schreiben sie dir ins Zeugnis: Tukan macht sich Gedanken! Wetten?«

Tukan sprang auf und boxte Sergej gegen den Arm. »Hör auf, Alter!«, sagte er. »Hör sofort auf!«

Eine Weile saßen sie still.

»Das kann doch sowieso keiner verstehen«, sagte Kadir dann. »Dass einer zurückgehen kann. Weil, dann gibt es die Zeit sowieso zweimal, oder? Und kann alles beim zweiten Mal doch logisch anders sein als beim ersten Mal.«

»Und von welcher Vergangenheit sind wir dann die Gegenwart?«, fragte Sergej. »Hast du da mal drüber nachgedacht, Spinner? Vom ersten Mal oder vom zweiten Mal?«

»Mann, Alter!«, sagte Tukan.

»Ich hab keine Lust zu dem Scheiß«, sagte Sergej. »Der war doch durchgeknallt, der Typ. Das war doch ein Säufer. Dem hatte der Schnaps doch schon die Birne leer gebrannt, dass der jetzt solchen Scheiß erzählt.«

Kadir nickte erleichtert.

»Jede Wette ist dem Kleinen was passiert«, sagte Sergej. »Was voll Normales, mein ich. Tut mir echt leid für den, aber so ist es nun mal. Meine Mama würde für den beten.«

Tukan stand auf.

»Gehen wir noch raus?«, fragte Sergej und schwang sich auch vom Bett. »Schöne Weiber begucken? Und dann kleine *cerveza*?«

Kadir kicherte. Natürlich würde es wieder nur Cola werden. Die brauchten sie jetzt dringend.

al-Andalus, 1492

Johanna lag reglos. Amme auf ihrem Lager vor der Tür schnaufte und schnaubte und schnarchte, wie sollte sie dabei schlafen können.

Ihr Herz schlug schnell. Sie wendete das Tütchen in ihren Händen, es war klebrig und hatte eine rote Spur hinterlassen, wo sie es zwischen ihren Brüsten verborgen hatte.

Warum hatte sie das getan? Warum hatte sie es nicht einfach dort im Hof liegen lassen, als die Wachen auf ihr Schreien hin herbeigeeilt waren und den Knaben gefasst hatten?

Als Beweis?, dachte Johanna. Vielleicht wollte ich es dem Großinquisitor zeigen, meiner Mutter, der Königin? Oder eigentlich, nein. Eigentlich habe ich gar nichts gedacht.

An der Reißlinie war das Tütchen jetzt rötlich braun, die Flüssigkeit hatte sich dunkel verfärbt, wie Blut es immer tat. Warum also glaubte sie auf einmal wieder, dass der Knabe die Wahrheit gesprochen hatte?

Amme auf ihrem Lager murmelte im Schlaf. »Nein!«, murmelte sie und schlug mit den Armen, »nein! Verschone mich, Satan! Nein!«

Hüte dich, Amme, hüte dich, dachte Johanna. Könnte Torquemada dich hören, du wärest schon auf das Rad gespannt. Manchmal, wenn Johanna in der Nacht verstehen konnte, was Amme sprach, berichtete sie ihr am Morgen lachend davon. Dann verfärbte sich Ammes Gesicht vor Scham und vor Angst. »Unfug, mein Täubchen!«, rief sie dann. »Welchen Unsinn du redest!«

Niemals würde ich sie ja verraten, egal was sie sagt, dachte Johanna. Und außerdem habe ich anderes im Kopf.

Sie hatte wieder begonnen, dem Knaben zu glauben, weil sie Santángel nicht glaubte, so hatte es sich ergeben. Und darum schlug ihr Herz jetzt so heftig. Denn wenn Señor Santángel die Königin belogen hatte ...

Sie setzte sich auf und betrachtete die bläulich weiße Sichel des Mondes. Seeleute wüssten sie zu nutzen, um ihren Weg über die Meere zu finden. Nach Indien.

Natürlich hatte Santángel seine Geschichte erfunden. Warum sollte ausgerechnet einem *converso* die Heilige Jungfrau erscheinen? Johanna kniff die Lippen ein. Sie glaubte sowieso nicht daran, dass all diese Heiligen ständig den Frommen erschienen, so wenig wie sie daran glauben konnte, dass der Teufel die Hälfte ihrer spanischen Länder in seinen Bann geschlagen hatte. Aber nun gut, nun gut: Selbst wenn die Heilige Jungfrau unbedingt irgendwem hätte erscheinen wollen, warum dann ausgerechnet dem Señor Santángel? Warum nicht, wenn sie doch etwas von der Königin wollte, gleich der Königin selbst? Warum dieser Umweg, der doch sicherlich die Gefahr in sich barg, dass die Königin dem Santángel keinen Glauben schenken würde? Während Isabella ja, wäre ihr selbst die Mutter Gottes erschienen im Schlaf, ohne zu zögern deren Befehle ausgeführt hätte! Warum also hatte Maria das nicht bedacht? Warum, selbst wenn sie eine Botschaft zu überbringen hatte, hätte sie ausgerechnet diesem *converso* erscheinen sollen?

Santángel hatte gelogen, und klug. Er wusste, was er der Königin erzählen musste, welchen Verlockungen sie nicht widerstehen konnte. Aber warum wünschte der Schatzkanzler ihres Vaters, der doch bis vor wenigen Tagen der größte Gegner des Genuesers gewesen war, auf einmal so dringend, dass Colón reiste? Noch vor einer

Woche hatte er ja allen erklärt, warum ein solches Unterfangen zum Scheitern verurteilt war; warum also drängte er auf einmal darauf, dass die Königin Colón die geforderten Karavellen ausrichtete? Und warum, um alles in der Welt, war er sogar bereit, sein eigenes Vermögen dafür einzusetzen?

Johanna trommelte mit den Fingern auf die seidene Bettdecke. Wenn ich mit jemandem reden könnte, dachte sie. Meine Mutter hat ihre Länder und ihre Frömmigkeit, mein Vater hat seine Geliebte, meine Schwestern sind klein, und Amme ist dumm. Ich habe niemanden. Immer allein, immer allein. Hätte ich den Knaben im Hof nicht verraten …

Denn nur das konnte doch die Ursache sein für Señor Santángels Sinneswandel: Er hatte dem Knaben geglaubt.

Nicht um den Seeweg nach Indien war es dem Schatzkanzler zu tun, dachte Johanna. Viel zu genau wusste er ja, dass der zu lang und darum nicht zu befahren war. Um das geheimnisvolle Land Amerika ging es ihm, von dem der Knabe berichtet hatte, das unbekannte Land zwischen den bekannten Küsten, so nah, dass Menschen es erreichen konnten: Nur so war zu erklären, warum Señor Santángel auf einmal drängte, Colón seine Karavellen zu richten.

Johanna starrte auf das Tütchen. Wenn Señor Santángel, der vorsichtige Santángel, dem Knaben aber das Land Amerika glaubte, musste das nicht bedeuten, dass er ihm auch die Zeitreise glaubte? Dass der Knabe also kein Teufelsbündner war? Dass er wirklich auf geheimnisvolle Weise aus einer fernen Zukunft stammte?

Ihre Finger zitterten. Ein Bote aus der fernen Zukunft. Und sie hatte ihn an Torquemada verraten.

Behutsam hielt Johanna das Tütchen an ihre Lippen. Wenn er die Wahrheit gesprochen hatte, so war kein Blut, was er getrunken hatte. So war es wirklich der Saft jener fremden Frucht, die es nur im fernen Amerika gab.

Mit der Zungenspitze tippte sie vorsichtig gegen die bräunliche Flüssigkeit. Sie drückte fest auf das biegsame weiße Glas, bis auch der letzte Rest Rot noch aus der Öffnung trat. Süß. Süß und ein wenig scharf und wie eine Frucht, von der sie noch nie gekostet hatte.

Johnna ließ das Tütchen fallen, ein Fleck auf der Seide. Kein Blut, kein Blut. Blut schmeckte nach Metall, Blut schmeckte nach Salz. Der Knabe hatte die Wahrheit gesprochen.

Ihr Herz schlug jetzt so schnell, dass es sie fast atemlos machte. Sie liebte es, wenn ihr Herz schneller schlug, sie fühlte sich lebendig. Nichts war mehr langweilig. Señor Santángel glaubte, dass der Knabe aus einer anderen Zeit zu ihnen gekommen war; und sie glaubte es jetzt auch.

»Heilige Mutter Gottes, ich danke dir!«, flüsterte Johanna.

Schon bald würde der Großinquisitor dem Knaben die Daumenschrauben anlegen lassen, ihn auf das Rad schnallen. Wieso fragte Torquemada sich eigentlich nie, warum all die vielen Menschen, die er des Bundes mit dem Satan bezichtigte, die Hexen, die Ketzer und die Teufelsbündner, warum sie alle sich nicht mit Satans Hilfe aus seinen Kerkern befreiten? Warum Satan seinen Gehilfen niemals zu Hilfe kam, wie es dem Herrn der Hölle doch ein Leichtes sein müsste?

Johanna schnaubte. Der Großinquisitor war so dumm und so verblendet. Wäre der Knabe wirklich vom Teufel gesandt, warum hatte der Teufel ihn dann nicht längst befreit?

Aber da der Knabe nicht mit dem Teufel im Bunde war; da er nichts war als ein Reisender, aus einer fernen Zukunft zu ihnen gekommen; darum wartete er jetzt im Kerker unter dem Comaresturm, bis Torquemadas Schergen ihn holten, um ihn zuerst den vielfältigen Instrumenten der Folter und dann dem Scheiterhaufen zuzuführen.

Nur sie war schuld daran. Hätte sie nicht geschrien. Hätte sie ihm geglaubt. Sie war schuld.

Und nach seinem Tod, das war das Fürchterlichste, würde alles wieder sein wie zuvor und immer schon. Jeden Tag das Gleiche, immer und immer und immer.

Einmal in ihrem Leben war ihr etwas Wunderbares begegnet; und sie hatte es zerstört.

Johanna nickte langsam. Der Mond verschwand hinter dem Horizont. Sie hatte den Knaben in den Kerker gebracht; sie würde ihn wieder aus dem Kerker befreien.

47.

Als der Bote auch am späten Vormittag noch nicht auf die Alhambra zurückgekehrt war, hatte Isabella ein Pferd satteln lassen.

Warum kam er denn nicht? Hatte er Colón nicht mehr erreicht? Oder hatte Colón ihr die Demütigungen der letzten Jahre nicht verzeihen wollen, war er weitergezogen auf seinem Weg zum König von Paris?

Sie hielt die Ungewissheit nicht mehr länger aus. Wenn selbst Señor Santángel bereit war, sein Vermögen einzusetzen, der doch nur deshalb Ferdinands Schatzkanzler bleiben konnte, weil er in Geldgeschäften so klug und so gerissen war, so konnte sie sicher sein, dass Colón wirklich sein Ziel erreichen würde. Dass es dort Schätze zu bergen gab. Und sicherlich Seelen. Aber Colón kam nicht zurück; also ritt sie ihm entgegen.

Erst in Santa Fé, dem Feldlager, das sie bei der Belagerung Granadas in der Form des Kreuzes für ihre Truppen hatte errichten lassen, trafen sie endlich aufeinander. Sie nahm es als ein Omen.

»Señor Colón!«, sagte Isabella. »Wie freue ich mich, dass Ihr zurückgekehrt seid.«

Der Genueser verneigte sich nur leicht. Nichts war in seinem Gesicht mehr zu entdecken von der schmeichlerischen Demut, der sie doch ohnehin nie Glauben geschenkt hatte.

»Wir waren, Señor, in wichtigen Gesprächen, als uns Eure Nachricht gestern erreichte«, sagte Isabella. »Dass Ihr endgültig das Land verlassen wolltet. Es ging um ein Verhör der Inquisition, Señor Colón. Ein Knabe wurde aufgegriffen, den Satan selbst in unseren Palast geführt hatte.«

Wieder verneigte der Genueser sich nur gerade merkbar. Er sah übermüdet aus, sein schäbiger Mantel war staubbedeckt. Er roch nach Schweiß und Erschöpfung.

»So war nicht die Zeit, Euch aufzuhalten, Euch noch einmal zu einem Gespräch zu bitten«, sagte sie. »Denn die Inquisition, wie Ihr wisst, steht über allem.«

Jetzt machte Colón sich nicht einmal mehr die Mühe, sich zu verneigen.

»Nun, wie dem auch sei«, sagte Isabella. Es durfte doch nicht sein, dass sie sich in der Gegenwart dieses hergelaufenen Strolches jedes Mal fühlte, als hätte er sie ertappt. »Sobald das Verhör beendet war, ließen wir Euch rufen. Denn wir haben entschieden, Señor Colón«, sie winkte ihrem Diener, der mit einer Pergamentrolle in der Hand vortrat, »Euch drei Karavellen auszustatten für Eure Reise nach Indien.«

Der Genueser rührte sich nicht. »Mir schien bei unserem letzten Gespräch, Ihr hieltet für Hirngespinste, was ich Euch vortrug«, sagte er.

Isabella winkte ab. »Nach reiflicher Überlegung«, sagte sie, »nach reiflicher Überlegung sind wir nun aber zu der Überzeugung gelangt, dass die Reise Euch zu gestatten sei.«

Colón nickte langsam. Er sah ihr in die Augen. »Das ist nicht genug«, sagte er kalt.

Oh, seine Dreistigkeit. Diese Dreistigkeit immer. Hätte es denn nicht ein anderer, besserer Mann sein können, der den Weg nach Indien wagen wollte? Warum hatte der Herr ausgerechnet diesen Wollwebersohn ausgewählt?

»Auch was Ihr fordert, Señor Colón«, sagte Isabella und zwang sich zu einem Lächeln, »soll Euch gewährt werden.« Sie nahm das Pergament, das der Diener ihr hinhielt. »Wie Ihr seht, haben wir unser Siegel schon daraufgesetzt. Eurer Reise, Señor Colón, steht nichts mehr im Wege.«

Sie sah den Spott in seinen Augen, er versuchte nicht einmal, ihn zu verbergen. »Wie erfreulich«, sagte er. Er betrachtete das Siegel. Er machte keine Anstalten, ihr die Hand zu küssen. Er fiel nicht auf die Knie, kein Zeichen von Dankbarkeit.

»Der Adelstitel ›Don‹ für mich und alle meine Nachkommen? Der Rang eines Admirals Eurer Flotte, ausgestattet mit den gleichen Rechten wie der Großadmiral? Der zehnte Teil aller Einkünfte in den neuen Ländern sowie das Recht, mich an allen Handelsunternehmungen alldort zu einem Achtel beteiligen zu können?«

»Alles gewährt«, sagte die Königin.

»Das Richterrecht in allen neuen Ländern? Der Titel eines Vizekönigs und Generalstatthalters aller von mir entdeckten Gebiete sowie das Recht, alle Beamten dortselbst auszuwählen und einzusetzen? Die Zusicherung, dass all diese Befugnisse und finanziellen Einkünfte erblich sein und auf meine Kinder übergehen sollen?«

»Alles gewährt«, sagte Isabella wieder. Es war eine Kapitulation.

»Nun«, sagte Colón und lächelte. Sie hasste ihn. Jetzt war es keine Verachtung mehr, sie hasste ihn. »Dann lasst uns darüber reden, was alles ich benötige, um meine Reise antreten zu können.«

Sein Gesicht war nicht mehr grau und müde. Seine Augen waren voller Hochmut. Warum ausgerechnet dieser Mann, Herr.

Die Heilige Jungfrau verlangte es von ihr. Nur um die Seelen ging es, im fernen Cathai.

Im Kerker war es kühl und dämmerig. Boston lehnte mit dem Rücken an der Mauer, den Kopf auf die Brust gesenkt. Die Angst vor der Folter war so stark, dass er an nichts anderes denken konnte, seit sie ihn nach dem Verhör in das Verlies geführt hatten. Den Scheiterhaufen danach würde er schon nicht mehr spüren. Wer die Streckbank erlebt hatte, den Kopfzerquetscher, wie sollte der danach noch Schmerzen fühlen können.

Wie hatte es ihm nur so wichtig sein können, dass er nach Hause zurückkam! Nichts war wichtig, gar nichts war wichtiger jetzt als diese fürchterliche Angst vor dem Schmerz, die ihn so starr machte, dass alles Denken zum Stillstand gekommen war.

»Boston!«, sagte Tariq. »Boston! Du weinst ja!« Er hatte es nicht einmal bemerkt. Nichts war mehr da als die Angst. »Gönne es ihnen nicht!«, sagte Tariq. »Sei keine Memme! Schon bald wirst du im siebten Garten des Paradieses sein!«

»Ein Christ?«, fragte Isaak und lächelte. »Tariq!«

»Sind wir nicht alle *dhimmi*, Kinder des einen Gottes?«, rief Tariq. »Im siebten Garten des Paradieses werden wir alle aus derselben Quelle trinken!«

Boston schüttelte den Kopf. »Ich hab so fürchterliche Angst, Tariq!«, flüsterte er. »Hast du denn gar keine Angst? Vor dem Scheiterhaufen? Ich hab ja keine Angst vor dem Tod, schon längst nicht mehr, aber es wird so wehtun! Es wird so schrecklich wehtun!«

Tariq sah ihn an. »Du musst dir befehlen, nicht daran zu denken«, sagte er und stand auf. In der kleinen Zelle wanderte er auf und ab. »Sei keine Memme! Denk an das vertraute Haus deines Vaters und wie die Vögel dich im Frühling mit ihrem Gesang geweckt haben! Denk an die fröhlichen Feste, die ihr gefeiert habt, an die Musik der Laute und wie du gegessen hast und getrunken, bis du voller Kummer satt vor den köstlichsten Gerichten gestanden hast mit einem

Bauch, so prall, dass man darauf die Trommel schlagen konnte! Denk an das Mädchen, das dich in deinen Träumen besucht! An all das denke, nur nicht daran, was jetzt kommen muss.«

»Machst du das so?«, flüsterte Boston. Er wunderte sich, dass er überhaupt sprechen mochte. Noch immer hielt die Angst ihn so fest, dass er sich kaum rühren konnte. Aber Sprechen war ein Trost, wer hätte das gedacht. »Es tut mir alles so leid, Tariq! Nur meinetwegen bist du hier! Und auch du, Salomon! Hättet ihr nicht versucht, für mich die Fliese zu stehlen …« Er atmete tief. »Und auch Euch, Isaak, bitte ich um Verzeihung.«

Wie er lehnte Isaak mit geschlossenen Augen an der Mauer. Er hatte seinen Arm um die Schultern seines Sohnes gelegt. Salomon sah aus, als ob er schliefe.

»Du kannst ja nichts dafür, Knabe«, sagte Isaak und öffnete die Augen. »Auch wenn du nicht gewesen wärest, hätten sie mich ja gegriffen, vielleicht auch meinen Sohn, vielleicht auch Tariq. Nein, dass wir mit dem Satan paktieren, hätten sie uns dann nicht vorwerfen können! Aber auch wenn du nicht gewesen wärest, hätten wir ja das Gesetz der Könige übertreten und unsere Strafe herausgefordert! Niemals könnte die Inquisition zulassen, dass Menschen, die sie zu betrügen versucht haben wie wir, mit dem Leben davonkommen. Würde nicht sofort schon der Nächste versuchen zu tun, was wir getan haben? Auch ohne dich hätten sie uns brennen lassen, Knabe, und ganz Granada hätte zugesehen und gerufen: *Das sind sie, die den* marranos *helfen wollten, ihren Besitz außer Landes zu schaffen! Die den Mauren helfen wollten, Granada zurückzuerobern! Seht sie brennen! Ihre Strafe ist gerecht!*«

»Danke!«, flüsterte Boston. Sprechen war ein Trost, zu spüren, dass er nicht allein war. »Aber ich habe alles noch schlimmer gemacht. Tariq und Salomon könnten frei sein.«

Tariq sprang auf und trommelte gegen die Tür. In ihrem kleinen Fenster erschien hinter den Gittern das Gesicht des Wachsoldaten; Boston hatte das Gefühl, dass er ihn schon einmal gesehen hatte.

»He, Schweinefresser!«, rief Tariq. »Warum öffnest du uns nicht die Tür? Hast du keine Angst, dass der Teufel, mit dem wir im Bunde sind, dich dereinst in der Hölle fürchterlich dafür strafen wird?«

Das Gesicht vor dem Fenster blieb ruhig. »Wer könnte wohl fürchterlicher strafen als der Großinquisitor?«, fragte der Soldat. »Möchtet ihr Wasser?«

Salomon war bei den Worten seines Vaters aufgewacht. »Du könntest behaupten, Soldat«, sagte er, »der Teufel hätte uns befreit! Wer bist du, dich dem Teufel zu widersetzen? Du könntest behaupten, er hätte die Tür aufgesprengt, er hätte dich mit einem Flammenschwert bedroht …«

»Möchtet ihr Wasser?«, fragte der Soldat wieder. Boston sah das Mitleid in seinen Augen.

»Lass uns frei!«, brüllte Tariq und trommelte mit den Fäusten gegen das eisenbewehrte Holz der Tür. »Lass uns frei!«

»Tariq!«, sagte Salomon und zog ihn am Ärmel zurück. »Hab keine Angst! Du bist nicht allein!«

Tariqs Schultern strafften sich. »Ich bin keine Memme«, murmelte er.

»Es gibt keine Memmen«, sagte Isaak.

48.

Sie hatte das Gespräch nicht im Hof führen wollen, am Brunnen, fast freundschaftlich, zwanglos. Nicht mit dem Genueser. Sie wollte einen Raum, in dem alles davon sprach, dass sie die Königin war. Die Rückenlehne ihres Stuhles war erhöht, Goldfarbe an Lehnen und Füßen ließ ihn wirken wie ein Thron. Der zweite Stuhl, auf den Señor Santángel sich gesetzt hatte, Listen mit Zahlen in der Hand, wirkte winzig dagegen. Der dritte Stuhl war noch leer. Colón war nur ein Kartenzeichner, ein Wollwebersohn. Was ließ sie sich so verschrecken.

»Ah, Señor Colón«, sagte Isabella, als der Genueser die *sala de los embajadores* betrat. Sein Bart war gestutzt, er duftete nach Rosenöl, also wusste auch er die unvergleichlichen *hamams*, die Bäder der Mauren, zu schätzen. Nur sein Mantel war noch immer staubig und verschlissen. »So lasst uns denn besprechen, wie Eure Reise vonstattengehen soll.«

»Don Cristóbal«, sagte der Genueser kühl. »Auch für Euch, Majestät, nicht länger Señor Colón.« Er hatte sich auf den dritten Sessel gesetzt, ohne ihr die Hand zu küssen. »Nicht mehr Señor, Majestät. Ihr erhobt mich soeben mit Eurem Siegel in den Adelsstand.«

Isabella starrte ihn an. Niemals war ihr ein Mensch begegnet wie er. »Don Cristóbal also«, sagte sie. Hätte sie ihre Zustimmung rückgängig machen können.

»Zwei Millionen *maravedis*«, sagte Colón. »Sie werde ich benötigen. Der Bau der Schiffe, ihre Ausstattung. Zudem dürfte es nicht einfach sein, für eine gefährliche Reise wie diese genügend Seeleute zu gewinnen. Auch dafür muss Gold bereitgestellt sein.«

Santángel hielt den Kopf über seine Papiere gebeugt. »Fünftausend Goldstücke«, sagte er. »Das erscheint mir angemessen, Majestät, es stimmt mit meinen eigenen Berechnungen überein. Zwei Millionen *maravedis* für die Schiffe, Don Cristóbal.«

»Sie seien Euch gewährt«, sagte die Königin, ohne Colón anzusehen.

»Bleibt noch zu entscheiden, von wo die Reise ihren Anfang nehmen soll«, sagte Colón. »Der Ruhm späterer Zeiten wird sich mit diesem Hafen verbinden.«

Oh, sein Hochmut. »Málaga?«, sagte Isabella. »Sollte die Reise nicht dort beginnen? Nicht weit von Granada, dem Königssitz zurzeit?«

Colón winkte ab. »Die Häfen an dieser Küste sind wie die Straßen verstopft von Flüchtlingen!«, sagte er. »Eure Juden, Majestät, verlassen auf Euer Geheiß zu Tausenden das Land, und fast alle über das Meer! Wir werden keinen Kapitän finden, der zu einer gefahrvollen Reise wie der meinen bereit ist, solange mit den *marranos* um so vieles leichter und gefahrloser Gold zu gewinnen ist.«

Santángel sah auf. »Heißt das, Señor Colón«, er lächelte spöttisch und verneigte sich, »Don Cristóbal, verzeiht!, dass Ihr glaubt, in diesen Zeiten nicht segeln zu können? Warum dann aber Euer drängendes Bemühen, die Könige für Eure Pläne zu gewinnen?«

Colón winkte ab. »Die Juden fliehen über das Mittelmeer!«, sagte er. »Nach Sizilien! Konstantinopel! Die Häfen der Mittelmeerküste gleichen einem Tollhaus. Im Westen jedoch«, er lächelte, »wohin mich meine Reise ohnehin führen wird, sind die Häfen ruhig. Der

Hafen von Palos, Majestät, erschiene mir günstig. Drei Karavellen. Befehlt der Stadt Palos, mir drei Karavellen auszurüsten.«

»Ihr wisst sehr genau, was Ihr wollt, Don Cristóbal«, sagte die Königin kühl.

»Und einen Übersetzer«, sagte Colón. »Einen Übersetzer benötige ich auch. Einen Mann, der so viele Sprachen beherrscht, dass sich im glücklichen Falle eine darunter findet, die auch der Khan von Cathai versteht. Arabisch. Hebräisch. Koptisch vielleicht. Die Sprachen des Ostens. Sie alle werden den Sprachen Cathais und Cipangus näher sein als die unseren.«

»Das erscheint auch mir nötig, Majestät«, sagte Santángel. »Denn in der Tat, wenn er die östlichen Küsten von Westen erreicht«, er zuckte die Achseln, »wie sonst soll er sich wohl den Heiden verständlich machen? Wie verstehen, was die Menschen dort ihm mitzuteilen begehren? Und ihre Seelen, Majestät, ihre Seelen werden wir auch nur gewinnen, wenn ihnen unsere heilige christliche Lehre in einer Sprache verkündet wird, die sie verstehen.«

»Wisst Ihr denn in Granada einen solchen Mann?«, fragte Isabella. »Der all dieser Zungen mächtig ist?«

Santángel zögerte. »Nur den gelehrten Luis de Torres könnte ich Euch nennen«, sagte er. »Der zudem noch die Sprache der Griechen beherrscht und das Armenische. Jedoch ...« Er schwieg.

»Jedoch?«, sagte die Königin.

»Er ist ein Jude«, sagte Colón. »Nicht einmal ein *converso*. Auch mir wurde sein Name schon genannt. Kastilisch spricht er so gut wie Arabisch, Hebräisch wie Griechisch, Armenisch und Koptisch. Doch ist er ein Jude. Wollt Ihr, Majestät, einen Juden reisen lassen in Eurem königlichen Auftrag?«

Die Königin senkte den Kopf. »Noch vor der Reise zu bekehren wäre er nicht?«, fragte sie leise.

Santángel und Colón schüttelten gleichzeitig den Kopf, als hätten sie sich abgesprochen.

»Und wenn man ihm die Instrumente zeigte?«, flüsterte die Königin. Sie sah niemanden an.

»Er würde eher sterben als seinem Glauben abschwören, Majestät«, sagte Santángel. »Er ist, wie ich gehört habe, nicht nur sehr gebildet, sondern auch sehr verstockt.«

Die Königin nickte nachdenklich. »Nun, wenn der Herr es so gefügt hat, dass es ein Jude sein soll, der die Seelen im fernen Indien für unseren Glauben gewinnt«, sagte sie entschlossen, »so soll der Jude reisen. Die Wege des Herrn sind unergründlich.«

Zum ersten Mal in diesem Gespräch verneigte sich Colón. »Ich werde morgen wieder vorsprechen, Majestät«, sagte er. »Wenn Euer Schreiber die königliche Order für die Stadt Palos aufgesetzt hat. Mit Eurem Siegel darunter.« Er verließ den Raum, ohne eine Antwort abzuwarten.

Danach herrschte Schweigen.

»Ihr wolltet es so, Señor Santángel«, sagte die Königin dann.

»Die Heilige Jungfrau wollte es, Majestät«, sagte Santángel. Er sah sie an und lächelte.

Er weiß, was in mir vorgeht, dachte Isabella. Er versteht, wie sehr ich Colón verabscheue.

»Lasst auch eine Order aufsetzen, die dem Juden Torres gestattet, auf den Karavellen des Don Cristóbal zu reisen«, sagte Santángel. »Und die ihn als Übersetzer im Namen der Krone ausweist. In diesen Zeiten, Majestät«, jetzt war das Lächeln von seinem Gesicht verschwunden, »ist es nicht einfach für einen Juden, unbehelligt durch Eure Lande zu reisen.«

»Die Order wird ausgefertigt werden«, sagte Isabella. »Wenn Ihr warten mögt.«

Sie läutete nach dem Schreiber.

Ein Diener brachte einen Krug mit Wasser, in dem Scheiben von Limonen schwammen.

Sie warteten und schwiegen.

49.

Johanna wartete auf Santángel hinter der Puerta de la Justicia auf seinem Weg zurück in die Stadt. Sie lauerte ihm auf wie ein Räuber, im Gestrüpp am Wegesrand, es war wunderbar.

»Schickt den Kutscher fort!«, sagte sie.

Santángel hob eine Braue. Er neigte sich aus dem Fenster seines Wagens. »Ihr überrascht mich, Prinzessin«, sagte er. Er gab dem Kutscher ein Zeichen. »Entferne dich nicht zu weit!«

»Ich werde Euch vielleicht gleich noch mehr überraschen, Señor Santángel«, sagte Johanna und stieg zu ihm in den Wagen.

Als sie zu Ende gesprochen hatte, senkte Santángel den Kopf. »Ich wüsste wohl eine Möglichkeit«, sagte er. »Und in der Tat, Prinzessin: Ihr überrascht mich mehr, als ich sagen kann. Nach den Gründen will ich nicht fragen.«

»Warum solltet Ihr auch? Sie gehen Euch nichts an«, sagte Johanna. »Ich kann mich auf Eure Zusage verlassen? Wenn es nicht gelingt, Señor Santángel, riskiert Ihr Euren Kopf.«

Santángel verneigte sich spöttisch. »Der Kopf eines *converso* ist in diesem Reich ohnehin nicht viel wert«, sagte er. »Wer weiß, was sonst alles mit meinem armen Kopf geschehen würde. Aber Ihr, Königliche Hoheit, riskiert womöglich auch den Euren.«

Johanna lachte. »Ich, meinen Kopf?«, sagte sie. »Was sollte mir wohl geschehen? Ich bin die Tochter der Königin, niemals wird die Inquisition Hand an mich legen. Wenn der Plan scheitert, Señor, wenn herauskommt, was ich getan habe: Dann werden sie nur sagen, ich wäre verrückt. *Juana la Loca!* Johanna die Wahnsinnige! Das werden sie sagen, Schatzkanzler, und nicht mehr. Was sollte mir also geschehen?«

»Ihr seid die Tochter Eurer Mutter, Prinzessin«, sagte Santángel. »Auch wenn sie es noch nicht begriffen hat. Nie glichen zwei Frauen einander mehr.«

Er pfiff nach seinem Kutscher. Johanna stieg vom Wagen. »Im Morgengrauen«, sagte sie. »Ihr braucht nur herauszutreten auf die Gasse und es ihnen zu geben. Nur kurz. Mehr wird nicht nötig sein.«

Santángel verneigte sich. »Beten wir zur Heiligen Jungfrau, dass es gelingen möge«, sagte er. »Und möge Euch erspart bleiben, Prinzessin, in der Zukunft ›die Wahnsinnige‹ zu heißen.«

Der Kutscher stieg auf den Bock. Johanna lachte. Nichts war mehr langweilig, alles war gut.

Nebel lag über den Bergen. Er hatte sich auch nicht verzogen, als die Sonne höhergestiegen war, nur zu erahnen durch den Dunst.

Keine Sonne mehr über den al-Pudxarras, dachte Abu abd'Allah. Vielleicht leuchtet sie in der Ferne, wo meine Stadt Gharnata noch immer liegt und auf mich wartet, die Blume der Sierra.

Er sah über das Tal. Die Soldaten der Könige verhielten sich ruhig, am Abend sah man sie beim verbotenen Würfelspiel. Der Hauptmann war höflich und tat, als handle es sich um einen Freundschaftsbesuch, als würde er mit seinen Leuten wieder fortziehen eines Tages, und sie würden zurückwinken beim Abschied, wie man es tut, wenn man Freunde verlässt.

Aber ich bin ihr Gefangener, dachte der Emir. In meinem eigenen Fürstentum bin ich ihr Gefangener. In meinem Fürstentum von ihren Gnaden, welche Schande.

»Emir?«, sagte die Stimme des Hauptmanns in seinem Rücken. »Ich bin gekommen, Euch um eine Partie Schach zu bitten.«

Abu abd'Allah warf einen letzten Blick über das Tal. Keine Sonne.

»Ich komme, Hauptmann«, sagte er und lächelte.

Er würde gehen. Jenseits der Meerenge würde der Sultan von Marokko ihn mit Freuden empfangen.

Du gibst deine Stadt also auf? Dein Königreich, endgültig diesmal? Du gibst alle Hoffnung auf?

Was vermochte er gegen die Könige. Mit dem Gold, das sie den Juden raubten, würden sie ihre Armeen verstärken, sie mussten ihn längst nicht mehr fürchten. Er würde über die Meerenge ziehen, kein Fürst mehr, aber frei.

Du lässt dein Volk im Stich.

Was vermochte er gegen die Könige. Sein Entschluss war gefallen.

»Wer führt den ersten Zug?«, fragte der Emir.

Auf dem Weg zur Medina grübelte Johanna. Dieses war die schwierigste Aufgabe, alles andere erschien ihr nach dem Gespräch mit Santángel auf einmal ganz leicht. Der erste Schritt. Der letzte Schritt. Nur woher sie den Wagen nehmen sollte, wollte ihr nicht einfallen.

Die Küchengebäude lagen weit genug vom Palast entfernt, und die Wachen waren spärlich, das war gut. Bedienstete kamen ihr entgegen und senkten eilig den Blick. Im Gestrüpp hatte ihr Kleid einen Riss bekommen, ihr Haar unter der Haube war zerzaust, Blätter hatten sich darin verfangen. Aber ich könnte sie alle in den Kerker werfen lassen, niemand würde nach ihnen fragen, dachte Johanna trotzig. Einfaches Volk. Gesindel. Niederes Pack. Sollen sie mich doch anstarren.

Auf dem steinigen Platz vor dem Vorratslager blieb sie verblüfft stehen. Ein Maultier schrie. Vielleicht hielt die Heilige Jungfrau doch ihre Hand über das Unterfangen.

»Du bist noch immer hier?«, fragte Johanna. Der kleine Mönch verneigte sich. Er trug wieder eine Kutte, woher auch immer sie gekommen sein mochte; sie spannte über seinem Bauch, das Kreuz darauf hüpfte bei jedem Atemzug.

»Ich wurde so lange befragt, Königliche Hoheit«, sagte er. »Und zu Recht, ganz zu Recht! Denn bedenkt doch nur, ich war es ja, der den Teufelsbündner auf Eure Burg geführt hat!« Er schlug sich die Hand vor den Mund und starrte sie erschrocken an. »Denkt nur, was alles hätte geschehen können! Ich war ein Werkzeug des Satans!« Er bekreuzigte sich.

Johanna sah ihn misstrauisch an. Keine Sekunde hatte sie an den kleinen Mönch gedacht, als sie geschrien hatte, weil der Knabe vor ihren Augen das Blut trank. Natürlich nicht. Aber es war wie ein Wunder, dass er noch lebte. Dass er so unbehelligt hier neben seinem Karren stand, der noch immer den starken Geruch von Käse verströmte, auch wenn doch die Körbe längst alle im Lager standen.

»Ein Werkzeug des Satans!«, rief der Mönch und starrte sie aus geweiteten Augen an. »Wie dankbar müssen wir der Heiligen Jungfrau sein, Königliche Hoheit, dass sie uns noch einmal bewahrt hat vor den Folgen!«

»Damit meinst du, dass sie dich vor dem Scheiterhaufen bewahrt hat?«, fragte Johanna. »Wie mir scheint, hat die Heilige Jungfrau auf dieser Burg zurzeit viel zu tun!«

»Dass sie Sorge getragen hat, dass der Knabe aufgegriffen wurde!«, rief der Mönch. »Dass er von Euch, Prinzessin, erkannt wurde als der, der er ist! Dass uns also jetzt die Heilige Inquisition vor ihm beschützt!«

»Mit dir dagegen, Bruder, hat die Heilige Inquisition sich offensichtlich nicht befasst«, sagte Johanna. »Sonst stündest du nicht hier.«

Der Mönch seufzte. »Es war der Vater Talavera, dem ich vorgeführt wurde«, sagte er. »Der Bischof von Granada selbst! Er wollte wissen, warum ich den Knaben, als Mönch verkleidet, auf die Burg geführt habe.«

»Und was hast du ihm geantwortet?«, fragte Johanna.

Der Mönch sah sie aus seinen großen Augen eifrig an. Ein Kind, dachte Johanna, er gibt sich wie ein Kind. Und alle glauben sie ihm, die Dummköpfe. »Die Wahrheit, Königliche Hoheit, was sonst?«, rief der Mönch. »Nichts als die heilige Wahrheit! Darf ein Mönch denn wohl lügen? Dass der Herr der Hölle mich blind gemacht hat! Kein Misstrauen hat mich erfasst, als bei der Ausfahrt aus unserem Kloster der Teufelsknabe plötzlich vor mir stand, als Mönch gewandet, und sprach: Der Vater Abt habe ihm befohlen, mit mir zu reisen! Neu sei er in unserem Kloster und bestimmt, das Handwerk des Käsens zu lernen. Nun solle er mich begleiten.« Er riss die Augen noch weiter auf. »Und ich Tor schenkte ihm Glauben, Königliche Hoheit!«, rief er. »Verblendet vom Satan, ohne Frage! Bedenkt, welches Unglück ich über uns alle hätte bringen können!«

»Das habe ich bedacht, Bruder Käser«, sagte Johanna. »Und bedacht habe ich auch, welches Glück du doch hattest, dass es der Bischof Talavera war, der dich befragte, nicht Seine Eminenz Torquemada.« Sie kräuselte die Lippen. »Oder ich, Bruder Käser, oder ich«, sagte sie. »Ich kann sehr zornig werden, wenn man versucht, mich zu täuschen. Und auch im Glauben an den Teufel muss ich mich noch üben.«

Sein Blick veränderte sich. Er fragt sich, was ich damit meine, dachte Johanna. Nun, ich will ihn aufklären.

»Komm mit mir ins Lager, Bruder Käser«, sagte sie. »Es mag sein, dass wir Geschäfte miteinander haben. Nur du und ich. Ganz ohne dass, was in diesen Ländern immer seltener zu werden scheint, der Teufel seine Finger im Spiele hat.«

Sie sah den wachsamen Blick auf seinem Gesicht. Alles Kindliche war daraus verschwunden. »Mich dünkt, ich fange an zu begreifen«, murmelte der Mönch.

So konnte es gelingen. Hätte sie wie ihre Mutter geglaubt, dass die Heiligen sich ständig einmischten in die Geschäfte der Menschen, sie hätte vermutet, die Heilige Jungfrau habe ihr den Mönch geschickt. Alles war einfach jetzt.

»Ich befehle dir, die Körbe auf den Karren zurückzutragen. Der Käse war verdorben.«

50.

Boston erwachte, als die Nacht am dunkelsten war. Vor dem Kerker stritten sich zwei Stimmen.

»Wenn ich dir befehle, die Tür zu öffnen, so wirst du mir gehorchen!«, zischte die Prinzessin. Unzweifelhaft war es die Stimme der Prinzessin, er hatte sie oft genug gehört.

»Ich darf Euch nicht gehorchen, Königliche Hoheit!«, antwortete der Wachsoldat im Flüsterton. »Ich flehe Euch an! Wenn ich Euch die Tür öffne und die Gefangenen mir entkämen – keine Sekunde würde Eure Mutter mit meiner Hinrichtung zögern!«

»Was nimmst du dir heraus, Tölpel!«, rief die Prinzessin. Boston spürte, dass jetzt auch die anderen drei erwacht waren. »Ich bin die Königliche Prinzessin, und du weißt, was mit dir geschieht, wenn du dich meinem Befehl widersetzt! Glaubst du, *ich* würde eine Sekunde zögern, dich dem Scharfrichter zuzuführen? Fürchte nicht nur meine Mutter, fürchte auch mich! Schließ auf!«

»Die Königin befahl …!«, flüsterte die Wache.

»Schließ auf!«, brüllte Johanna. Dass sie nicht Sorge hatte, die Burg aufzuwecken! Aber die dicken Mauern des Kerkers verschluckten jedes Geräusch.

»Sie sind zu viert, Königliche Hoheit!«, flüsterte die Wache eindringlich, aber Boston hörte doch schon das Klirren des Schlüsselbundes. »Was, wenn sie Euch überwältigen? Was, wenn sie Euch entkommen? Jetzt, mitten in der Nacht?«

»Wenn ich sage, ich habe mit den Gefangenen zu reden!«, sagte die Prinzessin. Der schwere Schlüssel drehte sich im Schloss. »Dann wirst du mich nicht hindern, Soldat! Sobald du mich hineingelassen hast, schließ wieder hinter mir zu! Und du geh zur Treppe und lausche, ob auch niemand mir gefolgt ist! Wenn du jemanden hörst, komm zurück und warne mich.«

Die Tür öffnete sich einen Spalt, und Johanna trat ein; dann drehte sich von außen der Schlüssel im Schloss.

Boston setzte sich aufrecht.

»Psst!«, flüsterte die Prinzessin und drehte lauschend den Kopf. »Wartet, bis er uns nicht mehr hören kann!«

Auch die anderen starrten sie jetzt an.

»Sie ist wahnsinnig!«, sagte Tariq und rieb sich die Augen. »Was kommst du hierher? Wir könnten dich erschlagen, Prinzessin! Wir könnten …«

Salomon unterbrach ihn. »Wir könnten sie als Geisel nehmen!«, flüsterte er. »Wir nehmen sie als Geisel, damit die Königin uns abziehen lässt!« Er sprang auf.

»Ich glaube, das solltet ihr lassen!«, sagte Johanna. Tariq hatte ihren Arm gepackt; sie versuchte vergeblich, sich aus seinem Griff zu befreien. »Wie weit würdet ihr, glaubt ihr denn, kommen?« Sie schnaubte. »Da müsstet ihr mich schon töten, dass ich nicht schreie! Und tot wäre ich als Geisel nicht mehr viel wert. Seid nicht töricht!« Sie schlug Tariq auf die Hand, aber er lockerte seinen Griff nicht. »Was glaubt ihr denn wohl, warum ich gekommen bin? Was? Um euch zu befreien, ihr Dummköpfe!«

»Befreien?«, fragte Isaak. Jetzt war auch er aufgestanden. »Ihr, Königliche Hoheit? Uns?«

»Schweig Er, Jude!«, sagte Johanna. »Habe ich Ihm gestattet, mich anzureden? Habe ich Ihm gestattet, mir Fragen zu stellen? Er ebenso wie sein Sohn dort und auch dieser Maurenknabe«, wieder versuchte sie ihren Arm zu befreien und warf Tariq einen wütenden Blick zu, »werdet nur frei sein, weil ich will, dass der Knabe aus der Zukunft«, sie lächelte Boston an, »dem Scheiterhaufen entkommt. Und nur mit euch kann ihm die Flucht gelingen.«

Boston starrte sie an. »Dass ich dem Scheiterhaufen entkomme?«, flüsterte er. Seine Hände zitterten. Sein Herz schlug, dass er kaum Atem holen konnte. »Warum?«

Aber Johanna antwortete nicht.

»Gleich werde ich wie in höchster Angst nach der Wache rufen!«, sagte sie. »Hört mir zu! Alles muss geschehen, wie ich es euch sage! Der Tölpel dort draußen wird die Tür aufschließen, und noch bevor er seinen Säbel ziehen kann, überwältigt ihr ihn gemeinsam und schleift mich mit euch aus dem Kerker fort. Ich werde brüllen, ich werde um Hilfe schreien, davon werden die übrigen Gefangenen der Königin später berichten.«

»Ich verstehe nicht, Königliche Hoheit«, sagte Isaak, als hätte sie ihn nicht gerade erst zurechtgewiesen. »Was, wenn er längst andere Wachen zu Hilfe geholt hat? Wie sollen wir dann wohl entkommen?«

Die Prinzessin lachte. »Jetzt, mitten in der Nacht?«, sagte sie. »Wo wollte er sie wohl so schnell finden? Und außerdem: Bedenkt, welche Strafe er fürchten muss, wenn die Königin erfährt, dass er mich zu euch in den Kerker geführt hat! Er wartet, zitternd und allein, verlasst euch darauf!« Sie lachte. »Alle werden sie sagen, dass ich wahnsinnig sei, zu euch in den Kerker zu gehen; aber ich werde antworten, ich schlafwandle jede Nacht. Die Ärzte werden mir Tränke brauen, es wird ein Spaß! Es wird ein Spaß!«

Ihr Lachen klang schrill. Sie ist wirklich wahnsinnig, dachte Boston erschrocken. Jedenfalls merkwürdig ist sie.

»Viele Ärzte werden Euch nicht geblieben sein in Granada«, murmelte Isaak. »Sie alle waren Juden.«

Die Prinzessin antwortete nicht.

»Die Wache wird geköpft werden«, sagte Salomon. »Wenn wir tun, was Ihr sagt. Kein Zweifel, die Wache wird geköpft werden. Denkt Euch eine andere Geschichte aus!«

»Was kümmert mich die Wache!«, sagte Johanna. »Hört mir zu! Ihr werdet die Burg verlassen …«

»Wie denn wohl?«, zischte Tariq. Boston sah, dass er inzwischen ihren Arm losgelassen hatte. »Wie?«

Die Prinzessin winkte ab. »Für alles ist gesorgt!«, flüsterte sie. »In der Stadt werdet ihr euch zum Haus des Schatzkanzlers begeben …«

»Santángel?«, flüsterte Tariq verblüfft. »Aber wie?«

Schritte näherten sich auf dem Gang. »Königliche Hoheit?«, rief die Wache flüsternd. Ihre Stimme klang angespannt, ängstlich. »Königliche Hoheit, ich sorge mich …«

»Sagte ich dir nicht, du solltest an der Treppe warten?«, brüllte Johanna. »Willst du, dass ich dich enthaupten lasse?«

Die Schritte entfernten sich eilig. Er hinkt ja gar nicht, dachte Boston und wunderte sich, dass er es bemerkte. Wieso hinkt er nicht mehr.

»Dort wird der Schatzkanzler dem Juden ein Papier geben, das ihn ausweist als einen Señor Luis de Torres, von der Königin befugt, Señor Colón als Dolmetscher nach Indien zu begleiten, wo er die Sprache des Khan entschlüsseln soll. Du sprichst doch Hebräisch, Jude? Arabisch auch? Die Knaben werden dich als dein Diener, Sohn und Eseltreiber begleiten. So könnt ihr gefahrlos reisen.«

»Colón wird segeln?«, fragte Boston erregt. »Nun doch? Er wird segeln?«

Johanna lachte. Es klang beinahe fröhlich. »Hast du uns nicht gesagt, er würde ein neues Land für uns entdecken, Knabe?«, sagte sie. »Nun, Señor Santángel hat dir geglaubt, anders als meine Mutter. Ihm ist es gelungen, sie zu überzeugen, dass Indien von Colón erreicht werden wird. Sie stattet ihm drei Karavellen aus.«

»Und von wo?«, fragte Isaak. »Die Häfen sind alle überfüllt.«

»Palos im Westen«, sagte Johanna. »Und wenn das Land erst einmal entdeckt ist«, sie klang aufgeregt, »das fremde Land Amerika: So werde auch ich dorthin reisen, wer sollte mich hindern? Eine neue Welt! Wir entdecken eine neue Welt!«

Boston griff nach Salomons Arm. Er spürte, wie der Boden wieder zu schwanken begann. Er würde frei sein. Keine Folter mehr, kein Scheiterhaufen. Und Amerika würde entdeckt werden.

»Seid ihr bereit?«, flüsterte die Prinzessin.

Fehlte nur noch die Fliese.

»Seid ihr bereit?«

Für die Prinzessin ist das alles nur ein Spiel, dachte Boston. Für uns geht es um unser Leben.

Er nickte wie die anderen auch. Wie sehr hatte er sich immer gewünscht, einmal nach Amerika zu reisen. Nun würde es geschehen; in einem falschen Leben.

»Wache!«, brüllte Johanna. Ihre Stimme überschlug sich. »Zu Hilfe! So komm Er doch schnell! Wache! Zu Hilfe!«

Neben der Tür standen Tariq und Salomon, warfen sich einen Blick zu und warteten.

Granada im April, Gegenwart

»Jetzt ist es genug, Manuel Corazón, bei Gott, jetzt ist es genug!«, rief der Nachbar.

Dunkelheit hatte sich über die Alcaicería gesenkt, die Gassen lagen ruhig. Längst hatten die Touristen den Basar verlassen, um in ihren Hotels an der Küste zu Abend zu essen und sich bei einer Sangria, einem Bier das kostenlose Unterhaltungsprogramm anzusehen. Vor den Läden waren die Rollbalken heruntergelassen, Kissen und Schalen, Fliesen und Ohrringe waren von den Wegen verschwunden.

Nur Manuel Corazón hatte nichts zurück in seinen Laden getragen.

»Was glaubst du, wie oft ich dich noch nach Hause schleifen will? Was glaubst du, was meine Frau dazu sagt, dass ich nun schon seit Tagen immer erst komme, wenn sie die Kinder längst zum Schlafen gelegt hat? Jetzt ist es genug, Manuel Corazón, bei Gott, jetzt ist es genug!«

Manuel stöhnte. Seit ein paar Stunden schon lag er zusammengekrümmt auf dem Pflaster der Gasse. Der Hocker war so hoch gewesen, so hoch. Und so unbequem. Hatte geschaukelt, hatte immerzu geschwankt.

»Manuel Corazón!«, rief der Nachbar und stieß ihn behutsam mit der Schuhspitze an. »Hörst du mich überhaupt?«

Nicht einmal die Jungen hatten ihn ausgelacht, als er ihnen seine Geschichte erzählt hatte, niemand wollte lachen. War ja verschwunden, der Junge, war ja verschwunden.

Wo war die Flasche? Wer trat da immerzu nach ihm, sollte ihn nicht treten, wo war seine Flasche?

»Soll mich nicht treten«, murmelte Manuel. Er zog die Knie ans Kinn. »Wo ist meine Flasche?«

»Ach Manuel Corazón!«, sagte der Nachbar. »Ich kann dich doch hier nicht so liegen lassen! Aber wie soll es denn weitergehen? Ich wünsche dir alles Gute, Manuel Corazón! Wenn die *guardia* ihre Runde macht, wird sie dich mitnehmen. Vielleicht bringt dich das wieder zu Verstand!«

Schritte entfernten sich, der Mann hatte ihm seine Flasche weggenommen. Durfte er doch nicht! Durfte er nicht!

Manuel spürte es feucht und warm auf seinen Wangen.

Dann war er eingeschlafen.

al-Andalus, 1492

Mit nur einem einzigen Schlag hatten sie die Wache überwältigt, noch immer hatte Johanna geschrien. Tariq hielt sie an einem Arm gepackt, Boston am anderen, so zerrten sie sie den Gang entlang. Neben der Kerkertür lag der Soldat auf dem Boden und stöhnte.

»Jetzt leise!«, flüsterte Johanna und schüttelte Boston und Tariq ab. »Und schnell! Ich gehe voran!«

Der Exerzierplatz lag grau in der beginnenden Morgendämmerung. Am Himmel verblassten die Sterne, der Mond verbarg sich hinter dichten Wolken, günstiger konnte es kaum sein. Bald würden die ersten Strahlen der Sonne den Himmel über dem Horizont golden färben, und unten am Hügel würden die Tore geöffnet werden.

»Zu den Küchengebäuden!«, flüsterte Johanna. In ihrer Stimme spürte Boston Aufregung und Lachen. Für sie ist alles nur ein Spiel, für uns geht es um unser Leben. »Ihr habt die Wache ja nicht vollends erschlagen, Dummköpfe! Kommt schnell, bevor sie wieder erwacht und noch den ganzen Hof aufweckt!«

Den Karren vor dem Vorratslager erkannte Boston sofort. »Bruder Käser!«, flüsterte er.

In der tiefen Finsternis der sternlosen Nacht waren die Körbe kaum auszumachen. Die Prinzessin gab eilig ein Zeichen. Bei Tageslicht hätte man sie unschwer entdeckt, wie sie sich zwischen den Körben verbargen; jetzt in der Dunkelheit mochte es angehen.

»Ich befehle Euch zu fahren, Bruder Käser«, sagte die Prinzessin. »Und alles, wie wir es besprochen haben!«

Dann beugte sie sich noch einmal über den Karren. »Und du, Knabe, hab gut acht auf dich! Möge dein Schicksal dich dorthin zurückführen, von woher du zu uns gekommen bist.« Sie legte Boston ihre Hand auf den Arm. Wäre es nicht Johanna gewesen, er hätte geglaubt, ein kleines Streicheln zu spüren. »Und vergiss mich nicht, Knabe!«, flüsterte sie. »Vergiss mich nicht!« Sie zog ihre Hand zurück.

»Danke, Johanna!«, flüsterte Boston. »Ohne dich …« Der Wagen ruckte an; die Räder knirschten auf dem Sand.

Boston hob seine Hand, um zu winken; längst hatte die Dunkelheit die Prinzessin verschluckt. Sie war merkwürdig, das doch zumindest. Auch grausam. Er verstand nicht, warum sie ihm so leidtat.

»Was willst du der Wache am unteren Tor erklären, Bruder Käser?«, flüsterte Boston. Noch immer spürte er Angst, aber es war eine andere Angst als vorher im Kerker. Lebendiger, vermischt mit Mut, erwartungsvoll. Dass es so viele Arten von Angst geben konnte.

Der Mönch wandte sich nicht um, er sprach zum Hals seines Esels.

»Bei der Heiligen Mutter Gottes, welche Schande! Welche Schande es ist, werde ich der Wache sagen, dass ich der Königin verdorbenen Käse gebracht habe, der schon zum Himmel stinkt! Riecht ihr es denn nicht? Riecht ihr es nicht? Fast hätte die Königin mich auspeitschen lassen deshalb! Sie befahl, eilends den stinkenden Käse von ihrer Burg zu entfernen und ihr frischen zu bringen. Wie schäme ich mich!«

Boston lachte. »Ihr lügt und lügt, Bruder Käser!«, sagte er. »Habt Ihr denn gar keine Angst um Eure unsterbliche Seele?«

Mit einem Ruck blieb das Maultier stehen. Vielleicht hatte ein Nachtgeräusch es erschreckt.

»Seiner Seele wird nichts geschehen, wa Allah!«, sagte Tariq grimmig. »Auch du wirst mit uns im siebten Garten des Paradieses wandeln, Bruder Mönch. Allah sieht auf die Taten mehr als auf die Worte.«

»Das könnte ein Jude gesagt haben«, sagte Isaak.

Der Mönch stieg ab und tätschelte dem Maultier den Hals. »Vorwärts, Grauer!«, sagte er. »Du ziehst eine wertvolle Fracht.« Er packte die Trense. »Verbergt euch jetzt zwischen den Körben, bald sind wir am Tor.«

Der Esel stand störrisch.

Tariq berührte Bostons Arm. »Boston-aus-der-Zukunft!«, flüsterte er. »Bald geht es ans Abschiednehmen. Wenn die Flucht aus der Burg uns gelingt«, er packte Boston fester, »werde ich euch vor der Stadt verlassen. Ich will nicht mit in eure neue Welt. Ich gehe zurück in die al-Pudxarras. Ich reise mit dem Mönch auf seinem Karren.«

Alles wird, was es war, dachte Boston. Also doch, wie erstaunlich. Was geschehen ist, wird geschehen. Wenn Kolumbus reisen darf; wenn durch ihn die Neue Welt entdeckt werden wird; dann wird auch alles andere so geschehen, wie die Bücher es berichten, das weiß ich jetzt. Nur ich werde nicht dazugehören. Jetzt weiß ich, es war richtig, dass Tariq und Salomon in den Bergen versucht haben, dem Soldaten die Fliese zu stehlen, obwohl ich doch mutlos war. Aber es ist nicht gelungen; und jetzt ist es zu spät.

»Der Emir wird nicht mehr lange dortbleiben«, flüsterte Boston. »In seinem Fürstentum in den Bergen. Es tut mir so leid für dich, Tariq! Komm mit uns! Ihr werdet al-Andalus nicht für die Mauren zurückgewinnen, ich bin mir ganz sicher jetzt. Alles wird geschehen, wie es geschehen ist. Der Emir wird nach Afrika gehen. Granada ist für immer verloren.«

Das Maultier tat zögernd einen ersten Schritt, die Ohren noch immer lauschend zurückgelegt.

Tariq schwieg. »Vielleicht ist wahr, was du uns über die Zukunft berichtest«, sagte er dann. »Und doch, möge Allah mich beschützen! Ich gehe mit ihm. Ich folge dem Emir.«

Boston nickte. »Und ich danke dir für alles«, sagte er. »Wenn du mir nicht geholfen hättest schon in der ersten Nacht – danke, Tariq. Und in den Bergen. Du hast dein Leben für mich aufs Spiel gesetzt. Ich wünschte, wir müssten uns nicht trennen.«

»Das wünschte ich auch!«, flüsterte Salomon. »Überleg es dir, Tariq! Wir haben so vieles gemeinsam durchgestanden! Komm mit uns nach Amerika!«

Aber Tariq schüttelte den Kopf. »Ich bin ein Maure«, murmelte er. »Und Maure werde ich bleiben. Was soll ein Maure im Reich der Könige, auch wenn es jenseits des Meeres liegt? Heute seid es ihr Kinder Israels, die aus Spanien fliehen müssen; schon morgen werden es die Mauren sein. Wenn dir, Freund Boston, doch die Zukunft bekannt ist: Wird es denn jemals Frieden geben zwischen den *dhimmi*, den Völkern des Buches, so wie es war in den goldenen Tagen von al-Andalus? Zu deiner Zeit in der Zukunft, Boston, wie wird es sein?«

Hinter seinen Augen sah Boston das Wohnzimmer, seine Mutter auf dem Sofa mit einer Tasse Tee, im Fernsehen die Nachrichten, die ihn nicht kümmerten. Alles war so unendlich weit entfernt gewesen, jetzt war es ganz nah. »Auch dann noch nicht«, flüsterte er. »Auch dann noch lange, lange nicht.« Er war still.

In diesem Augenblick stieß das Maultier einen Schrei aus. Eine Gestalt sprang vor dem Karren auf den Weg und breitete die Arme aus. »Nehmt mich mit, ich flehe euch an!«, flüsterte der Wachsoldat. »Wenn die Königin erfährt, dass ihr fort seid, wird sie mich töten!«

Der Klosterbruder zog am Zügel, der Esel stand.

»Nein!«, sagte Tariq.

»Steig auf, Bruder Soldat«, sagte der Mönch. Er wandte sich nicht um, um Erlaubnis fragte er niemanden. »Wenn noch Platz ist zwischen meinen Körben, so soll er für dich sein.«

Plötzlich wusste Boston wieder, wo er den Soldaten zum ersten Mal gesehen hatte. »Wir rücken zusammen«, sagte er.

51.

»Er wird uns verraten!«, flüsterte Tariq. »Bist du wahnsinnig, Boston? Bei Allah und allen Propheten! Unten am Tor wird dieser Schweinefresser uns der Torwache verraten!«

Boston warf einen Blick auf den Soldaten, der zusammengekrümmt zwischen den Körben hockte. »Er hat mich entkommen lassen, als die Königin erfahren hat, dass ich nicht Philipp von Burgund bin«, sagte er. »Warum hast du das getan, Soldat? Er hat uns zu trinken gegeben, als wir im Kerker gefangen waren. Ich glaube, es ist ihm ernst damit, Tariq! Er will wirklich mit uns fliehen! Wenn er uns verraten wollte, hätte er doch längst um Hilfe schreien können!«

Der Soldat unterbrach ihn. »Hört mich an!«, flüsterte er. »Was glaubt ihr denn, was mit mir geschehen wird, wenn die Königin erfährt, dass ihr durch meine Schuld aus dem Kerker entwichen seid? Auch wenn ich jetzt hülfe, euch wieder gefangen zu nehmen! Was würde die Prinzessin erzählen, was geschehen ist? Und stünde ihr Wort gegen das meine – wem würde die Königin Glauben schenken?« In der Dunkelheit war sein Gesicht nicht zu erkennen.

»Ich glaube ihm kein Wort!«, sagte Tariq hart. »Warum sollte er denn …«

»Ich flehe euch an!«, flüsterte der Soldat. »Wenn ihr mich hier zurücklasst, bin ich verloren! Und ich ertrage dieses Leben nicht mehr länger! Folter und Morden, nichts als Folter und Morden überall!

Nehmt mich mit euch!« Er seufzte. »Und in meinem Dorf wartet mein Mädchen auf mich.«

»Das ist allerdings ein Grund!«, sagte Tariq spöttisch.

Der Soldat griff in sein Hemd. »Aber diese hier«, sagte er, »werde ich nicht mit mir nehmen. Wer vergessen will, sollte nichts mit sich tragen.«

»Halt!«, schrie Boston. Viel zu laut, viel zu laut. Über den Dächern begann der Himmel sich aufzuhellen, noch immer in den verschiedensten Tönen von Grau; noch immer konnte Boston das, was der Soldat jetzt aus seinem Gürtel zog, mehr ahnen als sehen. Und doch … »Halt! Wirf sie nicht fort!« Seine Stimme überschlug sich.

In seiner Hand hielt der Soldat die Fliese aus der Alcaicería.

»Sei still!«, zischte Tariq erschrocken. »Bei Allah, Boston, sei still!«

Mehr ahnen als sehen: abgestoßen an den Kanten, die Muster auf ihrer Oberfläche grau von Staub. Gar keine richtige Fliese eigentlich. Eher wie die Arabesken oben auf der Alhambra. Wenn sie heil gewesen wäre, wäre diese Fliese vielleicht etwas ganz Besonderes gewesen. Die Verzierungen auf ihrer Oberfläche sahen aus wie arabische Schriftzeichen, und auf einmal war Boston sich ganz sicher. Sein Weg zurück. Das Tor zurück durch die Zeit.

»Wirf sie nicht fort!«

Aber der Soldat beachtete ihn nicht. Weit hatte er ausgeholt und schleuderte die Fliese von sich, der Luftzug streifte Bostons Gesicht. Irgendwo hinter dem Karren hörte er den Aufschlag auf dem Sand.

»Nicht! Nein! Die Fliese!«

Er sprang vom Karren, er dachte nicht nach. Für einen winzigen Augenblick hatte er geglaubt, es gäbe doch einen Weg für ihn zurück; nun verschwand mit der Fliese seine Hoffnung in der Dunkelheit.

»Nicht, oh, nicht! Nein! Ich brauche sie doch! Ich …« Er rannte den Berg hinauf, zurück, zurück. Warteten die Freunde denn nicht auf ihn? Gleichgültig alles, ganz gleichgültig. Nur das eine zählte jetzt, dass er sie wiederfand, seine Rettung, sein Tor zurück. Das Geräusch der Räder auf dem unebenen Weg entfernte sich abwärts.

Und dann sah er sie. Die Fliese war in der beginnenden Morgendämmerung kaum auszumachen auf dem Weg, und doch musste sie es sein, nur ein dunklerer Fleck im Grau. Boston machte einen Satz, er bückte sich. Sein Herz zog sich zusammen, als er die Hand nach ihr ausstreckte. Jetzt.

Zurück in die Zukunft, wie ihre Berührung ihn vor Tagen in die Vergangenheit geführt hatte. Alles würde geschehen, wie es geschehen war. Jetzt.

Und nichts.

Die Enttäuschung durchfuhr Boston so scharf, dass sein Atem stockte. Es war, als entwiche zugleich mit der Hoffnung alles Leben aus ihm.

Die Fliese hatte ihn nicht zurückgebracht, es war alles ein Irrtum gewesen. Es war gar nicht die Fliese, die das Tor in der Zeit öffnete und schloss. Umsonst Tariqs Versuch, sie dem Soldaten mit der Narbe zu stehlen, umsonst sein Bemühen um Amerika. Auch die Fliese brachte ihn nicht zurück.

Auf seinem Minarett rief ein Muezzin; ein zweiter fiel ein in den Morgenruf, dann ein dritter. Erst als er die Fliese wieder und wieder in seinen Händen gedreht hatte, ein altes Ding ohne jede magische Kraft, abgestoßen an den Kanten, wurde Boston bewusst, dass auch seine Flucht jetzt zu Ende war. Er würde den Karren nicht mehr einholen.

Er hörte die Rufe der Wachen. Noch immer war er auf dem Burgberg. Noch immer im Granada der Könige. Die Fliese hatte ihn nicht nach Hause zurückgebracht; aber mit seinem Schrei hatte er die Wachen geweckt auf der Alhambra.

Boston zuckte zusammen. Nicht einmal die Hufe des Maultieres waren jetzt mehr zu hören. Der Karren war weitergefahren, als wäre nichts geschehen, vielleicht war er längst durch das untere Tor verschwunden; und hier auf dem Berg liefen jetzt die Wachen zusammen, stießen Warnpfiffe aus, weckten einander.

»Die Stimme des Teufelsbündners!«, rief ein Soldat, und Boston sprang erschrocken ins Gestrüpp am Wegrand. »Ich schwöre, es war seine Stimme! Und der Kerker ist leer! Satan hat ihn befreit! Hier irgendwo muss er sein!«

Schritte, eilig auf dem Sand. Boston presste sich an den Stamm einer Zypresse. Die Stimmen entfernten sich den Berg hinab. Wieder suchten sie nach ihm.

Wie viele verschiedene Arten von Angst es doch gab. Diese ließ ihn ganz ruhig werden. Alles war gleichgültig jetzt. Er hatte die Fliese gefunden, schwer lag sie in seiner Hand, und für einen Augenblick war er sich so sicher gewesen; aber auch mit ihr gab es für ihn keinen Weg nach Hause zurück. Es war zu viel alles, zu viel. Alles war gleichgültig.

Boston trat aus dem Gestrüpp zurück auf den Weg. Die ersten Sonnenstrahlen berührten die Wipfel der Bäume; über der Stadt hing der Gesang der Muezzins. Er dachte nicht länger nach. Auf dem verlassenen Weg ging er weiter den Burgberg hinauf, hoch zur Alhambra, während unter ihm die Wachen brüllten und suchten. Dieses Mal würde es keinen Ausweg mehr geben.

Wenn es geschehen musste, sollte es schnell geschehen. Einen Weg zurück in die Zukunft gab es nicht und auch keine Hoffnung auf Flucht. Er mochte nicht mehr. Es sollte endlich zu Ende sein.

In der Mitte des Exerzierplatzes stand die Prinzessin.

»Knabe!«, rief sie. Sie schlug sich die Hand vor den Mund. »Warum bist du nicht mit ihnen geflohen?«

Aus dem Palast kam die Amme gelaufen. Stimmen überall. Die Alhambra war erwacht; die Nachricht von der Flucht der Gefangenen hatte sich verbreitet; jeder machte sich auf den Weg, nach ihnen zu suchen.

»Komm mit mir!«, zischte Johanna. »In meine Gemächer!« Sie packte ihn am Arm. Die Amme stieß einen kleinen Schrei aus. Gleich mussten die Verfolger bei ihnen sein.

Boston wollte sich wehren, aber er hatte keine Kraft mehr. Alles war fehlgeschlagen; alles war gleichgültig.

»Hier entlang! Durch den Botschaftersaal!«

Die schmalen Fenster lagen hoch, die Sonne hatte sie schon erreicht. Finger aus Licht tasteten sich über die Wände, ließen *azulejos* aufleuchten, Gold und Blau. Und rings um alle Wände der Schriftzug; *wa-la ghaliba illa'llah.* Wieder und wieder. Und dann die hässliche Lücke wie eine Wunde.

»Komm hinaus in den Hof!«, flüsterte die Prinzessin. »Komm schnell!«

Er wollte sich nicht beeilen, alles war gleichgültig jetzt. Nie mehr wieder fliehen, sich nie mehr wieder verstecken. Es sollte zu Ende sein. Die Prinzessin rief nach ihm. Die Amme schrie. Schon kamen die ersten Soldaten in den Saal der Gesandten gestürmt, der Soldat mit der Narbe ihnen voran, den Säbel gezückt.

»Haltet ihn!«, brüllte er. »Haltet den Teufelsbündner!« Seine Hand senkte sich auf Bostons Schulter.

Boston beachtete sie nicht. Behutsam hob er die Fliese. Dieses noch, ganz zuletzt. Ihre zerborstenen Kanten fügten sich glatt in die Lücke in der Wand und schlossen die Wunde.

52.

Granada im April, Gegenwart

Wie vor Tagen bemerkte Boston zuerst am veränderten Licht, was geschehen war. Oben auf der Alhambra hatte der Tag schon begonnen; die Gassen der Alcaicería lagen noch in fast vollkommener Dunkelheit.

Das Erschrecken war grenzenlos. Es hätte Freude sein sollen, Glück; stattdessen war da zuerst nur Unglaube und das Gefühl von Unwirklichkeit.

Zurück. Wieder zu Hause.

Kein Scheiterhaufen, keine Folter. Wieder zurück in seiner eigenen Zeit.

»Ich bin wieder zu Hause!«, flüsterte Boston. Wie vor Tagen begann der Boden unter ihm zu schwanken, wie vor Tagen raste sein Herz. Nur dass er dieses Mal wusste, was geschehen war. Schreck; Verblüffung; aber dieses Mal keine Angst.

»Ich bin wieder zu Hause!«

Auf dem Boden vor seinen Füßen stöhnte jemand. Boston sprang zurück.

In diesem Augenblick fiel der erste Sonnenstrahl in die Gasse und färbte die gegenüberliegende Mauer rot; wanderte tiefer und schlug Funken im Fenster des Ladens.

Boston beugte sich nach unten. Er erkannte den Mann sofort.

»Hallo?«, flüsterte Boston und rüttelte ihn an der Schulter. *»Hola?«* Es war doch sonderbar, dass sein Herz sofort ruhiger schlug. Als wäre dieses Gesicht der Beweis dafür, dass er wirklich zurück war. Als wäre er niemals fort gewesen.

»Kann ich Ihnen helfen?«

Der Mann wälzte sich auf den Rücken und starrte Boston aus blutunterlaufenen Augen verwirrt an. »Nicht!«, murmelte er. »Ich will nicht …!« Dann sog er den Atem ein, scharf und mit einem Geräusch, das in einem Stöhnen endete. »Heilige Mutter Gottes! Du bist zurück!« Er bekreuzigte sich. Seine Hände flatterten.

»Heilige Mutter Gottes!«, sagte Boston und spürte ein Lachen in seiner Kehle aufsteigen. »Wa Allah, ya Allah, beim Barte des Propheten! War ich denn wirklich jemals fort?«

Dann sah er die Kutte über seinem Bauch, mit einer Kordel zusammengehalten, verschwitzt und inzwischen überall fleckig. In der anderen Welt hatte das nicht gezählt.

»Du bist zurück!«, flüsterte der Mann. Er setzte sich mühsam auf. Es sah aus, als wäre er auf einen Schlag nüchtern geworden. »Oh Maria voller Gnaden, Mutter unseres Herrn, ich danke dir!« Sein Blick fiel auf Bostons Hände. »Wo ist die Fliese?«

»Sie wussten …?«, fragte Boston. Statt Lachen jetzt Zorn. »Und trotzdem haben Sie mich die verdammte Fliese nehmen lassen? Sie ist wieder auf der Alhambra, wo sie hingehört.«

Der Mann bekreuzigte sich zum zweiten Mal. »Dank sei dem Himmel und allen seinen Heiligen!«, sagte er. »Dann ist das Tor in die Vergangenheit endlich verschlossen! Niemand muss mehr fürchten, in der Zeit verloren zu gehen.«

»Und deswegen musste ich …?«, sagte Boston. »Deswegen haben Sie die Fliese …?« Noch vor wenigen Minuten hätte er zugeschlagen, ohne zu zögern. Aber dieses hier war eine andere Welt.

Von der Plaza Bib-Rambla her näherten sich Schritte. »Komm

schnell!«, flüsterte der Mann. Seine Hand mit dem Schlüsselbund darin zitterte. »Bevor sie dich so sehen! Wir müssen reden!«

Boston stieß gegen die Ladentür. Sie war nicht verschlossen. Eine Flasche rollte über den Boden.

»Der Schluck«, murmelte der Mann. »Ach ja, der Schluck. Komm nach hinten! Das ist jetzt vorbei, ich danke dem Herrn.«

»Nanu, so früh schon auf, Manuel Corazón?«, sagte eine Stimme an der Tür. Boston presste sich hinten im Laden in eine Ecke hinter Sitzkissen und Wasserpfeifen. »Willst du der Erste sein, der etwas verdient? Du bist umsonst schon im Morgengrauen aufgestanden, Manuel Corazón! Die Touristen schlafen lange!« Er lachte.

Manuel Corazón lachte mit ihm. »Der frühe Vogel fängt den Wurm!«, sagte er. »Ich will ein wenig räumen, bevor die ersten Käufer kommen! Es ging mir nicht gut in den letzten Tagen.«

»Jeder hat davon gesprochen«, sagte die Stimme. »Ich bin froh, dass es vorüber ist. Einen glücklichen Tag, Manuel Corazón! Einen erfolgreichen Tag!«

»Dir auch, dir ebenso!«, rief Manuel. Boston sah, wie er in den Laden trat. »Das war die *guardia*, ich wollte nicht, dass sie dich entdecken. Als Erstes jetzt einen starken *cortado*.« Er holte einen Topf aus einem Winkel und füllte Kaffeepulver ein, dann Wasser aus einer Flasche. Er stellte den Topf auf eine verklebte Kochplatte. »Wir müssen überlegen.«

Boston ließ sich auf einen Kamelhocker sinken. »Sie haben es gewusst«, sagte er wieder. »Und trotzdem haben Sie mich die Fliese nehmen lassen.«

Manuel Corazón schüttelte den Kopf. In einem Regal stöberte er nach Tassen. »Nicht gewusst: gefürchtet!«, sagte er. »Du bist durch die Zeit gereist, ich sehe es an deinem Gewand. Niemand wusste ja, ob, was seit Jahrhunderten über die Fliese berichtet wurde, nicht vielleicht nur ein Märchen wäre!«

»Und darum wollten Sie es ausprobieren?«, fragte Boston ungläubig. »Ganz egal was passieren würde? Können Sie sich vorstellen, wie es mir dabei gegangen ist? Am liebsten würde ich Sie jetzt verprügeln!«

Manuel Corazón warf ihm einen kurzen Blick zu. »Glaub mir, ich verstehe dich gut!«, sagte er. »Und glaub mir auch, dass ich gelitten habe wie ein Hund! Nicht einmal du selbst kannst glücklicher sein, dich jetzt wieder hier zu finden.« Im Topf auf der Kochplatte begann das Wasser zu sprudeln und durch das Kaffeepulver zu sickern. Es roch nach Frühstück und nach frühem Morgen.

»Ich könnte zur Polizei gehen!«, sagte Boston. »Ich könnte Sie anzeigen!«

Manuel Corazón lachte. »Und du denkst, die würden dir glauben?«, sagte er. »Untersuchen lassen würden sie dich, und je mehr du protestierst, je standhafter du behauptest, deine Geschichte wäre wahr, desto länger würden sie dich festhalten. Eine Reise durch die Zeit! Man muss schon wahnsinnig sein, um so etwas zu glauben.«

»Ich könnte ihnen von meinen Erlebnissen erzählen!«, rief Boston, aber schon während er sprach, wusste er, wie unsinnig das war. Niemand würde ihm glauben; und Beweise hatte er nicht. »Ich könnte meine Kutte untersuchen lassen! Es gibt Verfahren, mit denen man feststellen kann, wie alt etwas ist!«

Manuel schenkte Kaffee in zwei zierliche Tässchen, dann warf er Zucker hinterher. »Und du glaubst, das würden sie tun?«, sagte er. »Junge! Das Verfahren ist teuer! Sie wenden es nicht an, wenn jemand behauptet, er wäre in die Vergangenheit gereist! Wenn doch die Erklärung so offensichtlich auf der Hand liegt! Der Junge ist verwirrt!«

Boston nahm die Tasse. Er hatte sie auskippen, auf den Boden schmettern wollen; aber er wusste, dass der Händler recht hatte. Wenn er seine Geschichte erzählte, würde niemand ihm glauben. Isabella! Johanna! Kolumbus und Amerika! Und seine Mutter würde verzweifelt sein.

»Wir müssen uns etwas überlegen, das erklärt, warum du so lange verschwunden warst«, sagte Manuel Corazón. »Etwas, an das jeder leicht glauben kann. Trink deinen Kaffee. Wir müssen von hier verschwunden sein, bevor die anderen kommen, um ihre Läden aufzuschließen.«

Sie waren über die Autobahn gefahren. Aus verstaubten Kästen in seinem Laden hatte Manuel ihm vorher eine beschämend bunte Shorts geholt, ein lächerlich besticktes Hemd.

»Ich sehe albern aus!«, hatte Boston gesagt, aber Manuel hatte seine Worte beiseitegewischt. Boston sah erstaunt, dass seine Augen nicht mehr gerötet waren. Manuel sah aus, als könne er jede Aufgabe meistern, die das Leben ihm in den Weg werfen würde.

»Glaubst du, Entführer kümmern sich um Haute Couture?«, fragte er. »Die Modelle sind mindestens fünf Jahre alt. Alte Klamotten! Das glaubt die Polizei.«

Sie fuhren über kleinere Straßen mitten hinein in die Berge. Je höher sie fuhren, desto weiter reichte der Blick: Felsen, glatt geschliffen vom Regen der Jahrtausende, in deren Mulden und Höhlungen sich Pinien angesiedelt hatten, zart, grün und durchscheinend. Täler und Berge bis zum Horizont, einsam, unbewohnt; nur ab und zu schimmerte irgendwo in der Ferne weiß ein Haus, ein verlassenes Gehöft vielleicht. Sonst nichts, keine Menschen.

Aber der Asphalt war glatt und neu, weiße Begrenzungsstreifen rechts und links, kleine Haltebuchten, wo der Blick in die Weite am schönsten war. Manuel brachte das Auto zum Stehen.

»Geh abseits der Straße noch ein Stück hinunter ins Tal«, sagte er dann. »Aber geh nicht zu weit! Du weißt nicht genau, wo du in den letzten Tagen gewesen bist, sie hatten nur eine Plane zwischen Bäumen aufgespannt. In der letzten Nacht ist es dir gelungen, ihnen zu entkommen, du bist durch die Dunkelheit gelaufen, Stunde um Stunde, wo genau, kannst du nicht sagen. Soll die Polizei doch suchen! Sie werden den Ort nicht finden, wen wird es wundern in dieser Einöde?« Er lächelte aufmunternd. »Bald werden die ersten Touristen auf dem Weg zum Stausee hier vorüberkommen, lass dich von ihnen entdecken. Oder wenn es dir zu lange dauert: Nicht weit hinter der Kurve biegt ein Sandweg ab, der zu einer Bar führt, Gott allein weiß, wie der Besitzer diese Einsamkeit erträgt, wenn abends der letzte Gast abgefahren ist. Du weißt, was wir besprochen haben. Wenn alles geregelt ist: Komm einmal vorbei und besuch mich.« Er beugte sich über den Beifahrersitz und öffnete Boston die Tür.

Boston stieg aus. Die Luft duftete nach Morgen, nach feuchtem Gras und nach Pinien. Wäre da nicht das Auto, dachte er. Wäre da nicht diese alberne bunte Kleidung, es könnte noch immer das Granada der Könige sein. Wie es den anderen wohl geht. Ich hoffe, sie konnten durch das Tor entkommen.

»Und verzeih mir«, sagte Manuel Corazón, bevor er die Autotür wieder zuschlug. »Hörst du mich, Junge? Verzeih mir. Vielleicht habe ich doch nicht wirklich daran geglaubt.«

Boston ließ sich seitlich ein Stück den Abhang hinuntergleiten. Das Hemd musste schmutzig werden, die Hose musste schmutzig werden, verschwitzt, staubig. Er hob zum Abschied die Hand, ohne sich noch einmal umzudrehen.

Es war ja nicht weniger unglaublich als beim ersten Mal.

Blitzlicht. Journalisten, Polizisten, seine Mutter, die weinte. Und immer dieselben Fragen.

Nein, ich weiß nicht, wo ich gewesen bin. Vielleicht finden Sie ja noch irgendwo den Rucksack mit meinen Sachen. Nein, ich weiß nicht, warum sie mich entführt haben, ich dachte, es solle um Lösegeld gehen.

Wie, sie haben keine Forderungen gestellt? Dann weiß ich auch nicht.

Fragen auf der Wache, Fragen schon in der einsamen Bar hoch über dem Tal, in der die Polizisten ihn abgeholt hatten; Fragen im *hostal,* wieder auf der Wache.

Ich weiß doch nichts. Ich kann doch nichts sagen. Mein Spanisch ist nicht so gut, ich konnte sie ja gar nicht richtig verstehen, die Entführer.

Wir finden dein Spanisch erstaunlich, Junge.

Dann habe ich wohl dazugelernt in den letzten Tagen.

Nein, ich weiß nichts, ich kann doch nichts sagen.

»Nun lassen Sie den Jungen doch endlich in Ruhe!«, sagte Frau Hilbert, die ihn als Dolmetscherin begleiten durfte. »Sie tun ja fast so, als hätte er sich mit Absicht entführen lassen! Glauben Sie nicht, es ist auch so schon schlimm genug für den Jungen, was er durchmachen musste? Würden Sie Ihrem Kind so etwas wünschen?« Sie funkelte die Polizisten an. Ihr Spanisch war fantastisch, doch, tatsächlich, das hatte Boston gar nicht gewusst. »Und würden Sie sich dann wünschen, dass irgendwelche verbohrten Polizisten so mit ihm umgehen?«

Die Polizisten zuckten die Achseln. Seine Mutter weinte. »In der letzten Nacht hast du im Schlaf immerzu geschrien!«, flüsterte sie. »Du hast von Folter geredet. Vom Scheiterhaufen.«

Auch ihr durfte er nicht die Wahrheit erzählen. Ihr doch am wenigsten.

»Da hören Sie es!«, rief Frau Hilbert. »Welchen Beweis brauchen Sie denn noch? Haben sie dir mit Folter gedroht, Boston?«

Boston nickte. Frau Hilbert übersetzte. Die Polizisten guckten skeptisch.

»Das gesamte Gelände ist durchsucht worden«, sagte ein Polizist. »Und das Einzige, was wir gefunden haben, sind frische Reifenspuren in einer Haltebucht ganz nah an seinem Fundort. Was sagt er dazu?«

Boston zuckte die Achseln. Ich weiß doch nichts. Ich kann doch nichts sagen.

»Nun lassen Sie ihn endlich in Ruhe!«, brüllte Frau Hilbert. »Ich warne Sie! Die deutsche Presse wartet vor der Tür!«

Der Kommissar warf Boston einen Blick zu.

»Wenn dir noch etwas einfällt!«, sagte er misstrauisch. Boston war entlassen.

Sie sind nicht dumm, dachte Boston. Aber sie können mir nicht beweisen, dass ich lüge. Und was mir wirklich passiert ist, würden sie mir ja ohnehin nicht glauben.

53.

»Mann!«, sagte Tukan. »Da bin ich aber echt froh, dass wir endlich wieder nach Hause fahren, aber echt!«

»Aber echt!«, sagte Kadir.

»Scheißwetter!«, sagte Sergej.

Pfützen standen auf den unebenen Granitplatten vor der Kathedrale und zwischen den schwarz-weißen Kieseln des Kopfsteinpflasters im Realejo; Rinnen, in Jahrhunderten ausgewaschen, führten Sturzbäche die schmalen Gassen im maurischen Viertel des Albaicín hinab, und über den engen Gängen in der Alcaicería, dem orientalischen Basar zwischen Plaza Bib-Rambla und alter Karawanserei, spannten die Händler eilig endlose Plastikbahnen über Schnabelschuhen, ledernen Sitzkissen, Messinglampen und Wasserpfeifen aus. Der afrikanische Händler an der Calle de los Reyes Católicos verdiente mit seinen billigen Klappschirmen in wenigen Stunden mehr als sonst im Rest des Jahres, so gierig rissen ihm die Touristen, angereist aus dem kalten, regnerischen Norden und am Ziel ihrer Reise nur auf Sonne eingestellt, seine Ware aus den Händen.

Kleine alte Frauen in schwarzen Kleidern trippelten in durchweichten Hausschuhen tapfer, als bemerkten sie das Wetter nicht, hügelauf und -ab, um Fisch zu kaufen oder Brot. Die Straßen leerten sich. Die alten Frauen öffneten die Türen ihrer Häuser und warfen einen letzten Blick hinter sich in das Grau.

Schon morgen, das wussten sie, würde die Sonne der Stadt wieder ihre Farben zurückgeben, die Pfützen trocknen und die Schöne am Fuße der Sierra den Touristen präsentieren, wie die Reiseführer es ihnen versprochen hatten. Vielleicht am Nachmittag schon. Nur im Winter war es der Regen, der die Wahrheit erzählte, und die Sonne, die log. Jetzt aber würden sie an irgendeinem Morgen erwachen, und auch die letzte Ahnung von Schnee auf den Gipfeln der Berge jenseits der Alhambra würde verschwunden sein. Und bunt und leuchtend würde der Sommer von der Sierra her Einzug in die Stadt halten. So war es immer gewesen. So würde es auch in diesem Jahr wieder sein.

»Bist du nicht froh, Boston, Alter, Dicker? Ey, Kleiner, du musst doch voll froh sein, hier wieder wegzukommen!«

War er froh? Boston war sich nicht sicher.

Auf Wiedersehen, Tariq, dachte er. Salomon, auf Wiedersehen. Und Johanna, du auch. Was habe ich alles erlebt. Ich hoffe, euch geht es gut.

Vorne im Bus saß seine Mutter neben Frau Hilbert und dem schüchternen Spanischreferendar.

»Ey, weißt du, was uns so ein Spinner in diesem Basar da erzählt hat? Bei diesem Platz? Hat Tukan schon erzählt?«

Boston schüttelte den Kopf.

»Bib-Rambla meinst du«, sagte er. »Alcaicería.«

Sergej nickte. »Voll die Scheiße, Dicker!«, sagte er. »Der hat sich voll ins Hemd gepisst! Dass du in die Vergangenheit gereist bist! Zeitreise, echt! Hat der voll dran geglaubt!« Er schlug sich auf die Schenkel.

»Bin ich ja auch«, sagte Boston.

»Ey, Dicker, du bist voll krass, weißt du das?«, schrie Tukan. Der Regen peitschte unregelmäßige Striemen außen über das Fensterglas. Fast waagerecht zogen schwere Tropfen zitterige Spuren: von vorne nach hinten, dann in einer vorsichtigen Kurve wie unwillig nach unten, wo sich am unteren Fensterrand oberhalb der Gummidichtung das Wasser sammelte, bis es schließlich auf dem Blech der Buswand verschwand. Zwischendurch schien es manchmal, als hielte ein Tropfen einen Augenblick lang inne, als zögere er, wohin, bevor er dann eilig weiterzog, auf der gleichen Bahn wie alle anderen.

Und draußen, jenseits der Scheibe, lag immer noch Spanien, lag die Costa del Sol: einförmige Siedlungen, Wohnblocks, Vororte ohne Ende, ein Golfhotel direkt an der Autobahn, das seine Lage auf riesengroßen Plakatwänden in spanischer, deutscher und englischer Sprache als einmalig pries. Manchmal war hinter dem Meer aus Häusern zwischen zwei Hügeln für einen winzigen Augenblick ein kleiner Streifen stumpfes Grau zu sehen, nur um sofort wieder zu verschwinden. Das Mittelmeer.

»Habt ihr das gehört, Leute? Ist er ja auch!«

Der ganze Bus lachte. Sylvia warf ihm ein Lächeln zu. Boston lachte mit.

Meine Leute, dachte er. Meine Leute.

»So voll der Scheiß!«, sagte Tukan. »Aber echt! In die Vergangenheit, Alter! Wozu sollte das denn wohl gut sein, oder? Oder?«

Boston nickte.

»Vielleicht, damit Amerika entdeckt werden konnte?«, sagte er.

Tukan starrte ihn verständnislos an, Kadir, Sergej. Als sie brüllten vor Lachen, lachte Boston mit.

Vorne im Bus lachten sogar Frau Hilbert und der schüchterne Referendar, und nach einer Weile fiel seine Mutter mit ein.

Im Flugzeug, als sie die Wolken durchstoßen hatten, blendete ihn die Sonne.

al-Andalus, 1492 im August

Die Wellen schlugen saugend gegen den Strand von Palos. Es war eine sternklare Nacht, die Milchstraße glänzte unwirklich, durchscheinend wie ein weißer Schleier.

»Da!«, rief Salomon. »Ein Komet! Ich habe einen Kometen gesehen!«

»Jetzt ist dafür die Zeit«, sagte Isaak. Sie waren gekommen, um Abschied zu nehmen von der Heimat, für immer.

»Und Tariq?«, sagte Salomon. »Ob der Mönch ihn mitgenommen hat bis in die al-Pudxarras, wie er es ihm versprochen hat? Und Boston, was ist jetzt mit ihm? Haben sie ihn gefasst?«

Isaak schwieg, dann schüttelte er den Kopf. »Wir hätten davon gehört, wenn der Teufelsbündner aufgegriffen worden wäre«, sagte er. »Was immer das bedeuten mag: Dein Freund ist wieder zu Hause. Lass uns nicht grübeln.«

»Noch einer!«, rief Salomon und zeigte hoch zu den Sternen. »Und da! Und da auch!« Er legte seinen Kopf in den Nacken. »Glaubst du, dass sie uns Glück bringen, Señor de Torres?« Mit den Füßen schob er weiße Kiesel hin und her, hin und her. »Morgen werden wir segeln: Und was kommt danach?«

Unwillkürlich wandten sie sich beide dem Hafen zu, in dem die drei Karavellen sanft auf der Dünung schaukelten. Ihre Masten ragten hinauf in den Himmel.

»Dann entdecken wir eine neue Welt?«, sagte Isaak. Er lächelte. Zwei Sternschnuppen, dann eine dritte, kreuzten sich in ihrer Bahn und verglühten. »Oder zweifelst du daran? Dann entdecken wir eine neue Welt.«

Alphabetisches Verzeichnis der historischen Personen, Orte und schwierigen Begriffe

Abu abd'Allah: letzter Emir von Granada; siehe auch *Boabdil.*

al-Andalus: (arabisch) Bezeichnung für das muslimisch beherrschte Territorium in Spanien. Es ist nicht mit dem heutigen Andalusien identisch, sondern war je nach Epoche größer oder kleiner. Schließlich bestand al-Andalus bis zur Übernahme durch die Könige 1492 nur noch aus dem Königreich Granada.

Albaicín: maurisches Viertel Granadas

Alcaicería: ehemaliger Seidenmarkt Granadas, heute basarähnlicher Touristenmarkt

Alcazaba: die alte Festung auf dem Gelände der Alhambra

Alhambra: maurische Burg auf einem Hügel vor (heute in) Granada. Zur Alhambra gehörten im Jahr 1492 die *Alcazaba* (siehe dort) und der Nasridenpalast mit Löwenhof, Botschaftersaal usw. Heute gehört auch noch der Palast dazu, den Karl V., der Enkelsohn Isabellas und Sohn Johannas, dort errichten ließ.

Allahu Akbar: (arabisch) Gott ist groß.

alpargatas: (spanisch) auch Espadrilles genannt, Schuhe aus Baumwollstoff mit einer Sohle aus geflochtenen Pflanzenfasern

Alpujarras (spanisch), **al-Pudxarras** (arabisch)**:** Gebirgszug zwischen Granada und der Mittelmeerküste. Letztes Rückzugsgebiet der Mauren in Spanien.

Arabeske: Ornament, das ursprünglich aus der islamischen Kunst stammt, häufig aus Stuck. Es besteht aus ineinander verschlungenen Linien, arabischen Schriftzeichen oder stilisierten Pflanzenranken.

Autodafé: Vollstreckung eines Urteils der Inquisition, häufig auf dem Scheiterhaufen. Die von der Geschichtsschreibung genannte Zahl der Autodafés allein unter dem Großinquisitor Torquemada reicht von 400 bis 8000.

Azulejo: Mosaik aus glasierten, bunt bemalten Keramikfliesen

Bab: (arabisch) Stadttor

Boabdil: spanische Verballhornung des Namens Abu abd'Allah, letzter Emir von Granada. Dieser übergab Ferdinand und Isabella im Januar 1492 sein Königreich Granada, nachdem ein Sieg nach langer Belagerung aussichtslos erschien. Er erhielt ein winziges Königreich in den *Alpujarras* (siehe dort). Er handelte einen Übergabevertrag aus, in dem den Mauren zugestanden wurde, weiterhin ihre Religion auszuüben und nach ihrer Tradition weiterleben zu dürfen wie bisher. Dieser Vertrag wurde von den Katholischen Königen schon früh gebrochen, 1499 wurden die Mauren aus Granada vertrieben oder zur Konversion gezwungen wie 1492 die Juden, ihre Bibliotheken, Badehäuser etc. wurden verbrannt, die Moscheen zerstört oder in christliche Kirchen umgewandelt, die arabische Sprache verboten. Boabdil verließ bereits 1494 die Alpujarras und ging nach Fes in Marokko ins Exil, wo er noch fast vierzig Jahre lebte.

Boston: größte Stadt Neuenglands an der Ostküste der USA, wurde 1630 von aus England eingewanderten Puritanern gegründet. In diesem Buch auch der Name eines Jungen.

Calle de los Reyes Católicos: große Straße im Zentrum von Granada

Cathai: China

cerveza: (spanisch) Bier
chico: (spanisch) Junge
Cipangu: Japan
Colón: Cristóbal Colón, spanischer Name des Christoph Kolumbus
converso: (spanisch) zum Christentum konvertierter Jude
cortado: (spanisch) **café cortado**, sehr kleiner, sehr starker Kaffee mit geschäumter Milch
Costa del Sol: südlichster Zipfel der spanischen Mittelmeerküste, touristisch bis zum letzten Sandkorn erschlossen
Dhimmi: Als Dhimmi bezeichnet der Islam Monotheisten, also Menschen, die wie die Moslems glauben, dass es nur einen Gott gibt: Dies sind hauptsächlich Juden und Christen, die auch »Völker des Buches« (Thora bzw. Bibel) genannt werden. Sie stehen unter dem Schutz des islamischen Staates, müssen dafür jedoch eine Steuer zahlen und besitzen nur eingeschränkte Rechte.
Diwan: gepolstertes Bettsofa
Ferdinand: Ferdinand von Aragón, 1452–1516, König von Sizilien, heiratete Isabella von Kastilien. Dadurch wurden die beiden Königreiche vereinigt. Er galt als sehr geschickter und gerissener Politiker.
Frodo: Hauptfigur des Romans »Der Herr der Ringe«
funduq: siehe Karawanserei
Generalife: Sommerpalast der Maurenherrscher oberhalb der Alhambra mit wunderschönen Gartenanlagen
Genueser: Kolumbus stammte aus Genua.
Gharnata: (arabisch) Granada
Gran Vía: (spanisch) wörtlich: großer Weg, große Straße. Straße im Zentrum Granadas.
Granada: Stadt in Andalusien, Südspanien, am Fuße des Gebirges Sierra Nevada und ca. 80 km vom Mittelmeer entfernt

Großes Sterben: zeitgenössischer Begriff für die Pest (später stattdessen: der Schwarze Tod). Im vierzehnten Jahrhundert wütete die Pest fast in ganz Europa. Da man keine medizinische Erklärung dafür kannte, gab man den Juden die Schuld, die angeblich die Brunnen vergiftet hätten. Es kam zu fürchterlichen Pogromen in vielen Städten, bei denen Tausende Juden getötet wurden.

Großinquisitor: Vorsitzender der *Inquisition* (siehe dort), im Jahr 1492 *Torquemada* (siehe dort)

guardia: (spanisch) Wache

Hadsch: (arabisch) islamische Pilgerreise nach Mekka, die jeder gläubige Muslim einmal in seinem Leben unternehmen sollte, sofern seine Situation – finanziell und persönlich – es ihm gestattet. Sie zählt zu den »fünf Säulen des Islam«. Die übrigen vier sind: das Glaubensbekenntnis, das Gebet fünfmal täglich, das Fasten im Monat Ramadan, Güte gegenüber den Armen, Almosensteuer.

Hamam: (arabisch) Badehaus. In Granada soll es zur Maurenzeit Hunderte von Badehäusern gegeben haben, die 1499 bei der »Säuberung« der Stadt von allem Maurischen niedergebrannt oder abgerissen wurden.

Harem: Privaträume in einem arabischen Palast, im Gegensatz zum Diwan, dem öffentlichen und offiziellen Bereich. Im engeren Sinne auch der Bereich, in dem sich die Frauen aufhielten.

hola!: (spanisch) hallo!

hostal: (spanisch) Herberge, einfaches Hotel

Inquisition: eine Art Kirchengericht, Einrichtung zur Verfolgung und Bestrafung von Ketzern. Ursprünglich wurden vor allem zum Christentum konvertierte Juden und Muslime verfolgt, die man verdächtigte, heimlich doch ihre alte Religion weiterzupraktizieren. Später richtete sich die Inquisition auch gegen abtrünnige Katholiken selbst.

Isaak Abravanel: 1437–1508, jüdischer Politiker und Philosoph, der im Dienste der Herrscher von Portugal, Spanien, Neapel und Venedig stand. Seit 1483 Schatzmeister der Könige Isabella und Ferdinand. Er versuchte, das Judenedikt vom 31. 3. 1492 zu verhindern. Als ihm dies nicht gelang, hielt er trotzdem an seinem Glauben fest und konvertierte nicht zum Christentum, sondern floh nach Neapel, Sizilien und schließlich nach Venedig.

Isabella: Isabella von Kastilien, 1451–1504. Heiratete Ferdinand von Aragón. Als »Katholische Könige« (vom Papst verliehener Titel) herrschten sie über ein geeintes Spanien.

Ischibiliya: (arabisch) Sevilla

Johanna: 1479–1555, später auch »Johanna die Wahnsinnige« genannt, Tochter von Isabella von Kastilien und Ferdinand von Aragón, wurde als Vierzehnjährige mit *Philipp dem Schönen von Burgund aus dem Hause Habsburg* (siehe dort) verlobt, den sie 1496 heiratete.

Judenedikt: Am 31. 3. 1492 unterzeichneten die spanischen Könige Isabella und Ferdinand ein Edikt, das allen Juden Spaniens befahl, entweder zum Christentum zu konvertieren oder das Land zu verlassen. Ihren gesamten Besitz mussten sie zurücklassen. Es folgte eine gigantische Auswanderungswelle.

judería: (spanisch) Judenviertel; in Granada der Realejo

Karavelle: das erste europäische Segelschiff, das gegen den Wind kreuzen konnte, zwei oder auch drei Masten. Im fünfzehnten Jahrhundert in Portugal zum Großsegler entwickelt. Zwei der drei Schiffe des Kolumbus (Niña und Pinta) waren Karavellen, das dritte (die Santa María) war eine Karacke.

Karawanserei: auf Arabisch *funduq*; Ort, an dem zu maurischer Zeit die Reisenden absteigen konnten. Der *funduq* von Granada gegenüber der Alcaicería ist heute noch erhalten.

Kurtuba: (arabisch) Córdoba

Lo siento mucho: (spanisch) Es tut mir leid.

Luis de Torres: jüdischer Übersetzer, der Kolumbus auf seiner ersten Reise im Auftrag der Königin begleitete, da er viele Sprachen beherrschte; so hoffte man, dass eine davon auch in Indien gesprochen würde. Obwohl die Bevölkerung von Kuba, wo Kolumbus zuerst anlegte, weder Arabisch noch Hebräisch noch eine der anderen Sprachen sprach, gelang de Torres eine Verständigung. Er blieb freiwillig und kehrte nie mehr nach Spanien zurück.

Málaga: Hafenstadt am Mittelmeer in Andalusien, Südspanien

Malaka: (arabisch) Málaga

Maravedis: spanische Währung zur Zeit der Katholischen Könige. Einem Goldstück entsprachen vierhundert Maravedis.

marrano: (spanisch) Schwein; Bezeichnung für *conversos* (siehe dort), von denen man annahm, dass sie weiterhin dem jüdischen Ritus anhingen

Mauren: Muslime, ursprünglich aus Nordafrika und Kleinasien gekommen, die in Spanien vom achten bis zum fünfzehnten Jahrhundert herrschten. Dabei beherrschten sie ca. dreihundert Jahre lang praktisch ganz Spanien und wurden dann allmählich von christlichen Herrschern immer weiter zurückgedrängt, bis schließlich nur noch das Königreich Granada übrig blieb, das 1492 von Isabella und Ferdinand erobert wurde.

Mayflower: Segelschiff, mit dem die sogenannten Pilgerväter 1620 von Plymouth (England) nach Amerika auswanderten. Sie waren religiöse Separatisten, vermutlich Puritaner, die in England ihre Religion nicht ausüben durften.

Medina: Stadt auf dem Palastgelände der Alhambra mit Wohngebäuden für Bedienstete und Personal

Mexuar: Saal im Nasridenpalast auf der Alhambra, der Bereich für die Rechtsprechung und öffentliche Angelegenheiten

Mierda!: (spanisch) Scheiße!

Minarett: Turm der Moschee, von dem aus der *Muezzin* (siehe dort) die Gläubigen fünfmal täglich zum Gebet ruft. Vorbild waren wahrscheinlich die Glockentürme der im Vorderen Orient verbreiteten christlichen Basiliken.

Morisco: (spanisch) zum Christentum konvertierter Muslim

Muezzin: Ausrufer, der die Muslime vom *Minarett* (siehe dort) aus zum Gebet ruft. Damit erfüllt er eine Funktion ähnlich den Kirchenglocken im Christentum.

Mulay: Anrede für einen Herrscher

Nasriden: maurische Dynastie, herrschte in Granada von 1237 bis 1492

Osmanen: Türken. Ihr Reich wuchs zu dieser Zeit, der Weg nach Osten – nach Indien – über das Mittelmeer wurde dadurch sehr erschwert, was zu einem wachsenden Interesse am westlichen Seeweg nach Indien führte.

Ottomane: gepolstertes Sitzmöbel mit halbrunder Lehne, stammt ursprünglich aus dem Osmanischen Reich

Pacta sunt servanda: (lateinisch) Verträge müssen erfüllt werden.

Patio: (spanisch) Hof, Innenhof

Patio de la Acequía: Hof des *Generalife* (siehe dort)

Philipp: »Philipp der Schöne« von Burgund aus dem Hause Habsburg, 1478–1506, Sohn des Kaisers Maximilian I., heiratete Johanna, die Tochter Isabellas und Ferdinands, im Jahr 1496.

Plaza Bib-Rambla: großer Platz im Herzen der Altstadt von Granada, grenzt an die Alcaicería

Puerta de la Justicia: (spanisch) Tor der Gerechtigkeit; Eingangstor zum Burggelände oben auf dem Alhambrahügel

Realejo: Judenviertel Granadas

Sabbat: nach dem Schöpfungsbericht der Thora (Fünf Bücher Mose) der siebte Tag, an dem Gott ruhte. Wird von den Juden als Feiertag begangen. Der Sabbat beginnt am Freitagabend und endet am Samstagabend. Während dieser Zeit ist es verboten zu arbeiten – vor allem alles, was mit Erwerbstätigkeit zu tun hat, ist unzulässig. Es darf aber auch kein Feuer angezündet werden. Darum war fehlender Rauch über Hausdächern am Sabbat für die Inquisition ein Beweis, dass man in diesen Häusern dem jüdischen Ritus folgte. Zum Mahl am Vorabend des Sabbats gehört auch das geflochtene Brot und der zweiarmige Leuchter.

Sala de los embajadores: (spanisch) Botschaftersaal, Saal der Gesandten; Audienzsaal auf der Alhambra

Salam alaikum!: (arabisch) Friede sei mit dir! Häufigster Gruß unter Muslimen weltweit.

Sanbenito: Büßersack, in dem die Opfer der Inquisition zum Scheiterhaufen geführt wurden

Santa Fé: (spanisch, wörtlich: Heiliger Glaube) Bei der Belagerung von Granada brannte im Jahr 1491 das Feldlager der Spanier, das aus Zelten bestand, vollständig ab. Daraufhin ließ Isabella eine neue Stadt aus Stein in Form eines Kreuzes errichten, da sie die Reconquista, die Rückeroberung Spaniens von den Mauren, als Kreuzzug verstand. Hier wurde am 17. 4. 1492 auch der »Vertrag von Santa Fé« unterschrieben, in dem Isabella Kolumbus die Reise nach Indien genehmigte und ihm weitreichende Zugeständnisse machte, weshalb dieser Vertrag auch den Namen »Kapitulation von Santa Fé« trägt.

Santángel: Luis de S., Schatzmeister des Ferdinand von Aragón, war ein *converso* (siehe dort). Bis heute ist nicht geklärt, warum er sein gesamtes Vermögen einsetzte, um Kolumbus die Reise nach

Indien zu ermöglichen. Nur durch seine Fürsprache erhielt Kolumbus die Zustimmung der Katholischen Könige zu seinen Indien-Plänen.

Schalom!: (hebräisch) Friede! Gängigster Gruß unter Juden, mit dem arabischen *salam* eng verwandt.

Segovia: 1490 gestand hier ein Jude unter der Folter, ein Christenkind gekreuzigt und sein Herz herausgeschnitten zu haben. Dieses und andere ähnliche Geständnisse führten zu den jahrhundertelang verbreiteten Gerüchten über jüdische Ritualmorde.

Se puede?: (spanisch; wörtlich: Man kann?) Ist es erlaubt? Gestatten Sie?

Sierra Nevada: (spanisch; wörtlich: Beschneites Gebirge) Gebirgszug nördlich von Granada

Stalaktiten: ursprünglich die in Tropfsteinhöhlen von der Höhlendecke herabhängenden »Säulen«. In der maurischen Architektur wurden gegliederte Decken häufig ähnlich verziert.

Talavera: Hernando de T., 1428–1507, Beichtvater und enger Vertrauter von Königin Isabella, wird von ihr nach der Eroberung Granadas zum ersten Erzbischof ernannt. Lässt die Bibel ins Arabische übersetzen und gestattet arabische Musikinstrumente im Gottesdienst. Versucht, die Mauren durch Diskussionen mit muslimischen Geistlichen vom Christentum zu überzeugen. Von 1486 bis 1490 Vorsitzender der von Isabella eingesetzten Gelehrtenkommission, die die Pläne des Kolumbus überprüfen sollte. Sie gab Kolumbus aufgrund der Berechnungsfehler in seinen Überlegungen einen abschlägigen Bescheid.

Torquemada: 1420–1498, seit 1484 Großinquisitor für ganz Spanien. Hatte großen Einfluss auf die Könige Isabella und Ferdinand, organisierte die *Inquisition* (siehe dort) neu. Gilt als sehr grausam.

Vega: fruchtbare Ebene vor den Toren Granadas

wa Allah!: (arabisch) Bei Gott!

wa-la ghaliba illa'llah: (arabisch) Es gibt keinen Sieger außer Gott (Allah); Gott (Allah) allein ist Sieger. Textstelle aus dem Koran. Der Schriftzug findet sich überall an den Wänden des Nasridenpalastes in der Alhambra.

Ya Allah!: (arabisch) Oh Gott!

Zahara: Nachdem 1481 der Marquis von Cadix die kleine maurische Stadt Villaluenga mit einem Überraschungsangriff erobert hatte, überfielen die Mauren in der Weihnachtsnacht die kastilische Festung Zahara. Die Besatzung kam um, die Bevölkerung wurde versklavt.

Nachwort

Bevor ich dieses Buch geschrieben habe, habe ich unendlich viel gelesen: zum maurischen Spanien, zur Reconquista (der Rückeroberung maurischer Gebiete durch christliche Herrscher), zur Inquisition, zu Kolumbus und der Entdeckung Amerikas. Ich habe versucht, mich so weit wie möglich an die Tatsachen zu halten – oder besser: an das, was uns die Geschichtsschreibung als Tatsachen präsentiert; mit einigen Ausnahmen allerdings, die ich gleich nennen werde.

Tatsächlich gab es in Spanien über siebenhundert Jahre lang ein maurisches, ein muslimisch-arabisches Reich, al-Andalus. Mehr oder weniger in ganz Spanien zunächst, dann, nach der Rückeroberung von immer mehr Städten und Regionen durch christliche Könige, blieb schließlich nur noch das Königreich Granada. Siebenhundert Jahre sind viel: Die USA, zum Vergleich, gibt es erst seit gerade einmal gut zweihundert Jahren. Es ist also nur natürlich, dass die Maurenherrschaft in Spanien und sogar in ganz Europa tiefe Spuren hinterlassen hat. Denn während im Rest Europas gerade zu dieser Zeit »das finstere Mittelalter« herrschte, war das maurische Spanien hochzivilisiert. Man legte dort großes Gewicht auf Wissenschaft und Künste, auf Architektur und Medizin. Arabisch war zu dieser Zeit die Sprache der Gebildeten, egal welchen Glaubens. Gelehrte aus ganz Europa reisten nach al-Andalus, um in den dortigen Bibliotheken das Wissen der Zeit kennenzulernen.

Auch zwischen den verschiedenen Religionen fand in al-Andalus ein reger Austausch statt. Da der Koran, das heilige Buch der Muslime, Judentum und Christentum als Bruderreligionen anerkennt, war Christen und Juden ein Leben ohne Bekehrungsversuche und ohne Verfolgung zu gewährleisten. Allerdings mussten sie Sondersteuern zahlen. An den maurischen Höfen gab es (wie bis zur Inquisition auch an den christlichen Höfen Spaniens) viele jüdische Ratgeber, es gab jüdische Ärzte und Wissenschaftler. Auch das Zusammenleben von Muslimen und Christen erscheint uns heute überraschend konfliktarm, viele Christen standen in maurischen Diensten: So war z. B. der *christliche* Bischof von Elvira, Racemundo, Botschafter des *maurischen* Kalifen am *christlichen* Kaiserhof Ottos I. Spanien war zur Maurenzeit das fortschrittlichste Land Europas, auch wenn wir es nicht zu sehr idealisieren sollten. So gab es etwa auch in Granada im Jahr 1066 ein Judenpogrom, dessen Ursache unbekannt ist. Vollkommen konfliktfrei war sicher auch das Zusammenleben der Religionen in al-Andalus nicht. Aber es war Alltag, es gab Eheschließungen untereinander, man lebte friedlich zusammen zum allseitigen Nutzen. Und wenn christliche Herrscher später Maurenstädte eroberten, übernahmen sie zunächst viele der dort herrschenden Traditionen. Ihre Paläste ließen sie jahrhundertelang von maurischen Handwerkern im maurischen Stil bauen. Ganz selbstverständlich beherrschten sie Arabisch als die Sprache der Gebildeten. Und für eine Weile funktionierte sogar das Zusammenleben der Religionen auch in den christlichen Städten.

Als die »Katholischen Könige«, das Ehepaar Isabella von Kastilien und Ferdinand von Aragón, 1492 Granada eroberten, war es schon seit zweihundert Jahren das letzte maurische Königreich auf der spanischen Halbinsel. Man kann wohl tatsächlich davon ausgehen, dass für Isabella der Grund für die Reconquista in einer geradezu fanatischen Frömmigkeit lag, während Ferdinand vor allem ein Interesse an den Reichtümern dieses dreihundert Kilometer langen, einhundert Kilometer breiten Königreiches hatte. Aber natürlich sind die Figuren in diesem Buch Gestalten meiner Fantasie. Was sie denken und sagen, ist, wie bei allen anderen historischen Figuren, erfunden auf der Grundlage dessen, was ich über sie gelesen habe.

Tatsächlich begann unter Isabella und Ferdinand in Spanien die Inquisition, die sich zunächst nur gegen jüdische *conversos*, dann gegen Juden, dann gegen die Mauren und schließlich gegen jeden richtete. Die Juden, später die Mauren, wurden vertrieben, und im nun rein christlichen Spanien herrschte für Jahrhunderte ein Klima der Angst. Auch die im Buch genannten Foltermethoden hat es so gegeben, und die Beschreibung der Persönlichkeit Torquemadas stützt sich auf das, was ich in Geschichtsbüchern über ihn gelesen habe.

Dass alle Daten, die in dieser Geschichte genannt werden, historisch korrekt sind, ist selbstverständlich. Einmal allerdings habe ich mir schon erlaubt, ein wenig zu schummeln. So heiratete Isabellas Tochter Johanna den Prinzen Philipp von Burgund im Jahr 1496, mit ihm verlobt wurde sie als Vierzehnjährige 1493. Von einer geplanten Reise Philipps zu seiner Verlobten schon ein Jahr früher, im Jahr 1492, ist nichts bekannt, sie passte mir einfach nur gut in die Geschichte. Übrigens wurde Johanna später wirklich »die Wahnsinnige« genannt, und zwar nach dem Tod ihres Mannes, den sie sehr geliebt haben soll, im Jahr 1506. Es gibt aber eine Geschichtsschreibung, die diesen Wahnsinn anzweifelt. Denn nach dem Tod ihrer Mutter im Jahr 1504 erbte Johanna die Königswürde, die sie sich mit ihrem Vater teilte – und sowohl Ferdinand als auch ihr ältester Sohn hatten durchaus ein Interesse daran, dass Johanna zumindest als so verrückt galt, dass sie nicht mehr regierungsfähig war.

Am verblüffendsten ist vielleicht die Geschichte des Kolumbus. Hier ist sich die Geschichtsschreibung heute relativ einig. Kolumbus war ein größenwahnsinniger Wollwebersohn aus Genua, der besessen war von der fixen Idee, den westlichen Seeweg nach Indien zu entdecken. Im Gegensatz zu den Gelehrten seiner Zeit hing er einem völlig unsinnigen Weltbild an. Während sie ganz richtig ausgerechnet hatten, dass kein Mensch die Seereise nach Indien mit dem Segelschiff über die westliche Route überleben könnte, weil sie einfach zu weit war – dass die Erde eine Kugel war, war unter den Gebildeten längst allgemein bekannt und akzeptiert –, beruhten die Überzeugungen des Kolumbus nicht auf wissenschaftlichen Berechnungen, sondern vor allem auf Bibelstellen wie den in der Geschichte zitierten. Offenbar war er zudem von einem religiösen Wahn besessen. Aus diesem Grund wollten ihn weder der König von Portugal noch die spanische Königin reisen lassen – dass Isabella ihm dann doch seine zwei Karavellen und eine Karacke ausrichten ließ, geht tatsächlich auf den Einfluss des Schatzkanzlers von Aragón, des *converso* Santángel zurück, und hier rätselt die Forschung bis heute, warum er wohl sein Vermögen für dieses Wagnis eingesetzt hat, das noch dazu gegen die politischen Interessen seines Königreiches Aragón gerichtet war. Aragón nämlich hatte kein Interesse an einem neuen Seeweg nach Indien. Mit dem Hafen Barcelona war Aragón am Mittelmeer orientiert. Warum also setzte sich Ferdinands Schatzkanzler dann plötzlich für die Pläne des Kolumbus ein? Warum überhaupt, und warum so plötzlich – denn auch, dass Kolumbus wutschnaubend aus Granada nach Frankreich abgereist war und von der Königin nachträglich durch einen Boten zurückgeholt werden musste, ist historisch belegt. Die Geschichtsschreibung kennt hier keine Antwort.

Die historischen Informationen dieses Buches kann man also im

Großen und Ganzen für bare Münze nehmen. Auch dass der Jude Luis de Torres Kolumbus als Übersetzer begleitet hat, ist belegt; dass an seiner Stelle in Wirklichkeit ein anderer gereist ist, ist meine Erfindung. Nebenfiguren wie Tariq, Salomon, Isaak, der kleine Mönch, der Bauer, Pablo, der Hauptmann, die Amme oder der ständig betrunkene Soldat mit der Narbe sind ebenso ausgedacht wie Boston und alle Figuren in der Gegenwart. Aber dass es sie so oder so ähnlich gegeben haben könnte: Davon bin ich überzeugt.